PUNTO DE REALCE

colección andanzas

Obras de Simonetta Agnello Hornby
en Tusquets Editores

La Mennulara
La tía marquesa
Boca sellada
Entre la bruma
La monja y el capitán
El veneno de las adelfas
Café amargo
Planta noble
Punto de realce

SIMONETTA AGNELLO HORNBY
PUNTO DE REALCE

Traducción de Carlos Gumpert

TUSQUETS
EDITORES

Título original: *Punto pieno*

1.ª edición: noviembre de 2023

Diseño de la colección: Guillemot-Navares

Tusquets Editores, S.A. - Av. Diagonal, 662-664 - 08034 Barcelona
www.tusquetseditores.com
ISBN: 978-84-1107-363-9
Depósito legal: B. 17.030-2023
Fotocomposición: Realización Tusquets Editores
Impresión y encuadernación: CPI Black Print
Impreso en España

Índice

Sufre, Sicilia, de un exceso de identidad, y no sabría decir si se trata de algo bueno o malo. Lo cierto es que para los nacidos allí la alegría de sentirse sentados en el ombligo del mundo no dura mucho, sustituida pronto por el sufrimiento de no saber desenredar, entre mil curvas y entramados de sangre, el hilo del propio destino.

GESUALDO BUFALINO, *L'isola plurale*

Índice de los personajes principales

FAMILIA DEL BARÓN ANTONIO SORCI

Barón Antonio Sorci (1827-1899)
casado en 1856 con Maria Teresa Vitaliano (1832-1890)

Hijos:
1. Nicola Sorci (1857-1876)
   comprometido con Mariastella Tripputi (1859-1876)
2. Barón Enrico Sorci (1858-1942)
   casado en 1877 con Rosaria Lupino Stassi (1860-1920)
3. Sara (1872-1965)
   casada en 1894 con el barón Ignazio Imballomeni (1870-1906)
4. Rachele (1874-1957)
   casada en 1895 con el ingeniero Riccardo Giaconia (1862-1920)

[Beatrice Benso (1875-1957), prima, monja de casa]

FAMILIA DEL BARÓN ENRICO SORCI

Barón Enrico Sorci (1858-1942)
casado en 1877 con Rosaria Lupino Stassi (1860-1920)

Hijos:

1. Maria Teresa (1878)
   casada en 1898 con el barón Ferdinando Merlo
   i) Sebastiano (1899)
   ii) Maria (1902)
   casada con Ugo Moncada Sacerdoti
   iii) Enrico (1904)

2. Marianna (1879; muerta al nacer)

3. Nicola (Cola) (1880-1965)
   casado en 1919 con Margherita Lupino Stassi (1895)
   i) Rico (1919-1982)
   casado en 1951 con Rita Sala (1927)
   a) Amelia (1955)
   b) Cola, apodado Colapé (1957)
   ii) Rosamaria (1920), solterona
   iii) Carmela (1922)
   casada en 1939 con Pietro Augeri
   a) Luigi (1940)
   b) Margherita (1943)

4. Ludovico (1882)
   casado en 1912 con Caterina Degli Esposti (1894-1978)
   i) Rosarietta (1913-1947)
   casada en 1931 con Pietro Sillitti (1910-1947)
   ii) Enrico (1915)
   casado en 1941 con Virginia Mutolo (1920)
   iii) Mario (1917)

5. Maria Concetta (1883; muerta al nacer)

6. Filippo (1884-1969)
   casado en 1920 con Carmela Schifani (1900-1928)
   casado en 1929 con Stefania Rizzo (1901)
   i) Enrico (1921)

ii) Luigi (1922)
iii) Mariolina (1932)
casada en 1956 con Alfio Buscemi (1929-1962)
casada en 1962 con Peppe Vallo (1890[5]-1967; hijo ilegitimo del barón Enrico Sorci y de Concettina Vallo)
a) Harry (1962-1988)

7. Anna (1885)
casada con el barón Peppino Bianco en 1904
i) Sandrina (1906)
casada en 1926 con Giovanni Di Martino (1900-1951)
ii) Stefano (1908)
iii) Lucia (1910)

8. Andrea (1888-1955)
casado en 1924 con Laura de Nittis (1904-1954)
i) Antonio (1925)
ii) Enrico (1927; nacido muerto)
iii) Matilde (1928)
casada en 1953 con el notario Giuseppe Celato
[iv) Carlino (1930); hijo adulterino de Cola y Laura]

9. Sebastiano (1899-1918)

10. Lia (1900)
casada en 1920 con el ingeniero Giacomo Ponte (1895)
i) Leonardo (1921)
ii) Rosaria (1923)
iii) Teresa (1925)

11. Mariangela (1902; muerta al nacer)

[12. Stellina Panzi (1922, hija adulterina del barón Enrico Sorci y de Annetta Panzi)
casada en 1945 con Lorenzo Valledolmo (1917)]

Rosaria Casamassima, administradora de la farmacia Spallanzani
Padre Gioacchino, párroco de la iglesia dei Santi Scalzi
Mimmo Inzinna, encargado del bar Luce
Don Totò Spati, portero del Palazzo Sorci
Nora Contorno, primera mujer de Peppe Vallo
Doña Rosalia Spati, mujer de don Totò
Lillo Spati, sobrino de don Totò y doña Rosalia
Emilio Greco, novio de Carlino Sorci
Ersilia Mondelli, criada de Andrea Sorci
Stefano Casazza, jefe de policía de Palermo
Coronel Rob Hill, oficial estadounidense
Maria Marra, viuda Sala, madre de Rita Sala y compañera de Giosuè Sacerdoti
Anna Sala, hermana de Rita Sala
Pippo Carta, marido de Anna Sala
Vito Sala, hermano de Rita Sala
Beatrice Sala, mujer de Vito Sala
Anna Còrapi Di Stefano, amante de Rico Sorci
Miss Deborah Taylor, niñera de Amelia y Colapé Sorci
Giosuè Sacerdoti, antiguo diputado fascista, judío, compañero de Rita Sala
Antonia Codacci, amante de Rico Sorci
Loredana Costa, amante de Rico Sorci
Giuseppina, campesina
Comisario Emanuele Balestrieri
Padre Vincenzo Nasillo, confesor de Sara Imballomeni
Angela y Carmela, dos mujeres del pueblo
Agatina, bordadora
Guido Sacchi, amigo milanés de Carlino Sorci
Ruben Goldsmith, cónsul estadounidense
Ema Babnič, amante de Rico Sorci
Ciccio Cusimano, proxeneta
Antonio, chófer de Mariolina Sorci
Julienne Biolay, novia de Leonardo Ponte

Padre Fausto, nuevo párroco de la iglesia dei Santi Scalzi
Rosa Carta, hija de Pippo y Anna Carta
Profesor Vittorio Pachini, novio de Amelia Sorci
Umberto Campino, novio de Mariolina Sorci

Viento
(6 de abril de 1955)

Ha entregado su alma a Dios

el caballero Andrea Sorci, hijo del difunto Enrico,

después de una vida cristianamente vivida.
Dan el triste anuncio sus hijos Antonio, Carlino y Matilde,
junto con su marido Giuseppe Celato,
y todos los miembros de la familia.
La conducción del féretro hasta su última morada
partirá desde el palacio de via delle Repentite.
Se dispensa de las visitas.

Palermo, 6 de abril de 1955

Cuando las primas Beatrice Benso y Rachele Giaconia, una vez superados los Quattro Canti, tomaron el Cassaro para bajar hacia el mar dándose el brazo, ambas llevaban un ejemplar del *Giornale di Sicilia* que asomaba enrollado del bolso.

La mañana había empezado mal: en el cuarto de baño de Rachele había aparecido un ratón, y eso había puesto histéricas a las criadas. Por suerte, habían conseguido encerrarlo antes de llamar al portero para que las ayudara. El señor Franco y su mujer, armados cada uno con una escoba de sorgo, habían bloqueado en un santiamén al ratón en una esquina y lo habían aplastado sin piedad. En la confusión, y como se le hacía tarde para su cita con Beatrice, con quien debía reunirse junto a su hermana Sara en la farmacia Spallanzani, Rachele se había olvidado de ponerse las medias negras.

En cuanto a la esquela, ambas —según se dijeron de inmediato— hubieran preferido un texto menos escueto y, aun sin conocer todavía los detalles de la muerte de su sobrino, estaban convencidas de que el anuncio debía reflejar con más solemnidad el duelo de la familia. Su bien conocida sabiduría seguía ejerciendo con diligente pertinencia el arte de preservar el buen nombre de los Sorci en todo momento y a cualquier precio.

—Misérrimo anuncio, Beatrice, poco meditado —sentenció Rachele—. Ni siquiera dice la edad que tenía. El «triste anuncio» —repitió. Para proseguir luego—: «Triste nueva» habría escrito yo, es más elegante. Además, ¿a qué viene toda esta reserva? «Se dispensa de las visitas...» Pero si las visitas son la esencia del luto. —Se lo pensó y concluyó—: Por supuesto, hay que saber recibir.

Beatrice sacudió la cabeza, esa reacción le había parecido demasiado vivaz, exagerada, y un pudoroso rubor le cubrió el rostro. Rachele se percató y la tranquilizó apretándole cariñosamente el brazo:

—Tú prefieres el decoro, y tienes razón, perteneces mucho más que Sara y yo, que también somos mayores, al mundo de las buenas maneras de una época que nos pertenecía a todos.

—Ya, no estaríamos aquí si se nos hubiera consentido una visita formal.

—Dentro de una hora, sin embargo, podríamos pasarnos por casa de Cola, que seguro que nos necesita.

Rachel llevaba un traje gris y un ligero sobretodo algo más claro. Se había cubierto la cabeza con un pañuelo anudado bajo la barbilla, y la brisa primaveral agitaba sus amplias puntas de seda. Beatrice vestía un abriguito de paño azul que databa de antes de la guerra. En la cabeza llevaba un sombrero cloche, que tenía que ajustarse de vez en cuando, cosa que hacía con tímida compostura, levantando sus manos blanquísimas, casi de cera, para asegurar la sujeción de su tocado, quizás demasiado flojo, quizás inadecuado para un día tan ventoso como ese.

—¿Crees que lloverá? —preguntó, mirando hacia arriba para explorar el cielo, muy azul.

—Yo diría que no —respondió Rachele, para disipar de inmediato ese infundado temor de mal tiempo.

Con cierto esfuerzo se adentraron en el laberinto de callejuelas que se extendía más allá de via Roma para llegar hasta la farmacia Spallanzani. Allí las esperaba Sara Imballomeni —con quien volverían a formar el trío de las Tres Sabias—, ella también con el *Giornale di Sicilia* en el bolso, acompañada de sus sobrinas nietas Maria Merlo, casada con Moncada Sacerdoti, y Mariolina Sorci, veinteañera, la menor de las hermanas Sorci y, por tanto, llamada por sus tías para que hiciera su aportación al proyecto que estaban a punto de poner en marcha.

Sara no se había puesto ni una sola capa de su indispensable pintalabios rosa, lo cual era ya una dolorosa señal de su estupor ante la repentina muerte de su sobrino. Hacía tiempo que habían concertado una cita justo para ese día con el fin de encontrar un espacio para el proyecto en el que llevaban meses pensando y, a pesar de todo, habían decidido mantenerla.

Sara había sido la hermana favorita de Enrico Sorci, el abuelo de Maria y Mariolina. Era alta y cada vez estaba más delgada: sus delgados tobillos parecían a punto de romperse, pero la expresión de su enjuto rostro era de indomable orgullo.

—¡Tía Sara! —dijo Mariolina esbozando una sonrisa—. Por ti no pasa el tiempo.

—Sí que pasa, *bedda mia,* pasa, y mientras tanto pasa también para el mundo. —Sara hizo una pausa y luego, en un tono que mezclaba severidad y generosidad, prosiguió—: El luto por tu tío Andrea exige silencio, pero había que respetar esta cita si queremos abrir un nuevo camino también a las jóvenes como tú.

—Claro, tía. Luego me pasaré por casa de Carlino: me está esperando para ir juntos a casa del tío Cola.

—Hacéis bien —aprobó Beatrice.

La farmacia Spallanzani hacía esquina con el callejón Busambra, en uno de cuyos lados se levantaba lo que quedaba de un edificio jesuita que nunca llegó a formar parte de las seis casas de noviciado de Palermo, fundadas entre los siglos XVII y XVIII. Era una especie de prolongación del Collegio Massimo, y había sido primero hospital y luego asilo de pobres: el edificio revelaba una voluntad arquitectónica próxima a la de la Casa Professa, en particular, el diseño de la enfermería del padre Tommaso Blandino. Hacia finales del siglo XVII, gracias a los escudos que ya se habían invertido en la iglesia de San Francisco Javier y en la Casa de la Tercera Probación, se había desarrollado aún más, pero de forma desordenada, de modo que el edificio donde se hallaba la farmacia estaba conectado con la pequeña iglesia dei Santi Scalzi a través de una serie de pasadizos y patios. En el corazón de este edificio, que había perdido los signos más evidentes de la Compañía de Jesús, había una sala que había sido comedor de los padres, nosocomio, almacén y, por último, sacristía.

La señora Rosaria Casamassima, esposa del procurador general y mujer piadosa, se encargaba de la administración de la farmacia, para lo que había contratado a un farmacéutico diplomado y a un mancebo: rendía cuentas de su funcionamiento al padre Gioacchino, puesto que los jesuitas seguían siendo los propietarios. Fue con ella con quien Sara Imballomeni había iniciado las negociaciones para alquilar esa sala abandonada, y ahora el grupito de señoras esperaba a que Rosaria las atendiera. Una brisa traviesa e insistente soplaba por el callejón y solo la joven Mariolina era capaz de reaccionar con ligereza a las ráfagas, abriendo los brazos cual alas, como si estuviera volando.

—Ahora habrá que ponerse manos a la obra —retomó Sara su razonamiento—. Si la sala interior es tal como la recuerdo, es perfecta para nuestro propósito. Debemos estar cómodas, disponer de espacio y también de mucha luz, porque el bordado requiere buenos ojos, mucha paciencia y una precisión de cartujos.

—Es verdad, paciencia y precisión —repitió Beatrice, recordando con un suspiro de nostalgia los innumerables pañitos, pañuelos y manteles, así como baberos y blusas de bebé que había bordado desde niña. Cuando tenía ocasión de volver a verlos, ahora que debía recurrir a una lupa para leer el periódico, no podía concebir que las artífices del florecimiento en el lienzo de todas aquellas flores, cintas y brotes hubieran sido sus manos.

—Es verdad —prosiguió Sara—, la aguja no funciona de forma diferente al buril, que graba, que talla, que dibuja.

—Aquí podemos crear algo que sea completamente femenino —declaró Rachele—, una «empresa productiva», como dicen en el norte. Ya sabéis cuántas mujeres en París dictan ley en la moda, pero a nosotras no nos interesa la mundanidad ni las páginas de las revistas, queremos continuar con una de las tradiciones sicilianas más antiguas: el bordado. Si sabemos transmitirla tan bien como nos prometemos, lo que para muchos de nosotros es un simple pasatiempo, para muchas otras mujeres, sean jóvenes o no, podría convertirse en una profesión.

Otra pausa, más larga. Todas, excepto Mariolina, tenían los ojos clavados en la puerta de cristal de la farmacia. Los tarros abombados de cerámica y sus bandas azules y verdes —con los nombres de las plantas que contenían, escritos en letras ondeantes, *Sambucus nigra, Hamamelis, Rheum palmatum*—, así como los productos, de lo más diverso, alineados o apilados en el escaparate, impedían divisar lo que ocurría dentro de la tienda, pero estaban seguras de que Rosaria las había visto y confiaban en que no tardara en salir: soplaba demasiado viento para esperar fuera mucho más tiempo.

Mariolina no tenía el temple de sus tías abuelas y no había sido capaz de dejar de lado el horror que le producía la muerte del tío Andrea; de repente, toda su ligereza se contraía en pena: con la cabeza rubia inclinada, los labios color escarlata apretados, parecía perdida en sus propios pensamientos.

—Mariolì, ¿has visto el anuncio? —preguntó Rachele, entregándole el *Giornale di Sicilia*.

—Sí, tía, lo he visto. Aún no sabemos qué ha pasado —comentó desolada.

—Ya hablaremos de eso más tarde —dijo Beatrice, haciéndole una caricia en la mejilla.

Rachele intentó decir algo.

—*Mischineddu*, tu pobre tío Andrea, siempre fue un hombre infeliz...

Pero Sara acabó con los titubeos:

—Estamos aquí —dijo— para cerrar las negociaciones de nuestro asunto. —Y, decidiendo que ya habían esperado bastante expuestas al viento, empujó con decisión la puerta de cristal de la farmacia.

—Qué bonita esta idea de una escuela de bordado —dijo en voz baja Maria Merlo, resignada a esperar, ya por fin al resguardo, a que la señora Casamassima se ocupara de ellas.

—No solo eso —replicó Sara—. No cabe duda de que enseñaremos a las más jóvenes, pero nuestro objetivo es crear un círculo de mujeres que quieran dedicarse juntas al bordado, como hacían nuestras antepasadas en los monasterios, recreando en el lienzo la magia de la belleza, la que nos han transmitido nuestras madres y nuestras abuelas. ¿O queremos ceder ante la invasión del bordado que viene de lejos, moldeado al ritmo de las máquinas?

—La verdad es que los de Frette son muy bonitos —intervino Rachele pensativa—, pero hay otros, incluso más caros, ¡que son realmente lamentables!

—Veamos, *bedde mie*... —Imperiosa, la voz de Rosaria las redujo al silencio—. ¿Queréis seguirme?

Volvieron a salir y Rosaria echó a andar guiándolas por un largo pasadizo cubierto que empezaba en la pequeña verja junto a la farmacia y avanzaba cada vez más oscuro hacia un corredor más ancho, con paneles de madera coronados por calaveras de piedra y fémures cruzados, siguiendo el motivo de las *vanitas*. El corredor se abría a un patio en forma de claustro, con un pozo en el centro y columnas salomónicas a su alrededor. Rosaria señaló una enorme puerta, que cedió inmediatamente al empujarla con sus manos. Se encontraron ante un espacio inmenso, con un techo abovedado de unos diez metros de altura. A lo largo de las paredes corrían, allí también, paneles de madera para proteger los muros de la humedad, jalonados por sitiales decorados de diferentes maneras, que parecían un coro o una sala de oración.

En el centro, dos largas mesas.

Rosaria pasó un dedo por encima y lo levantó, meneando la cabeza.

—Dije que quitaran el polvo, insistí varias veces... ¡Una no se puede fiar! —Luego se volvió hacia Sara y le preguntó si seguía convencida de alquilar esa sala.

—¡Sí! Aquí se harán los mejores bordados de Sicilia, nos basaremos en métodos antiguos, pero con un ojo puesto en la modernidad. Vendrán de toda Italia para comprar nuestros productos —respondió Sara con orgullo, interpretando los pensamientos de todas.

Desde lo alto, las grandes ventanas ojivales derramaban sobre la madera oscura, sobre los sitiales, sobre el suelo de baldosas, una luz cálida y polvorienta que rebotaba por todas partes, rediseñando cada curva, cada motivo decorativo que perduraba en las paredes más allá del borde de la madera. En un rincón, desde una pequeña ventana redonda, un haz de luz aún más intenso se deslizaba sobre un Cristo adolescente desnudo. Sus partes pudendas apenas estaban cubiertas por una tela blanca, el pelo le caía sobre los ojos y el rostro masculino.

—¿Cómo vais a llamarlo? —preguntó Rosaria, hinchando el pecho oprimido en una vieja chaqueta demasiado ajustada.

—¿El qué? —Mariolina había emergido de la contemplación de aquel Cristo y había vuelto a la realidad.

—El círculo que vais a formar, ¡qué va a ser!

—Pues no lo hemos pensado aún —dijo Beatrice.

—Sí que lo hemos pensado —intervino Rachele, y volvió a dirigir la mirada a su hermana mayor.

—Círculo del Punto de Realce —declaró Sara con satisfacción.

Silencio. Y luego, como en ciertas disposiciones automáticas de los seres humanos propensos a la obediencia, las Tres Sabias —Sara, Beatrice y Rachele— se alinearon una al lado de la otra e indujeron a las dos nietas a que se alinearan a su vez con ellas.

En ese momento, desplegadas de esa forma, habrían podido lanzar un ataque o avanzar impertérritas hacia el autosacrificio, y se hubieran sentido fuertes en cualquiera de las dos circunstancias. Rosaria Casamassima se sintió intimidada: rozó apenas con la mirada los rostros de sus interlocutoras —los empolvados de las ancianas, sus labios con apenas un toque de manteca de cacao, y los más frescos de sus nietas— y depositó con cierta dificultad los papeles del alquiler sobre una de las dos mesas.

—¿Desde cuándo? —se limitó a preguntar.

—A partir de hoy estamos de luto —respondió Sara—, pero daremos señales lo antes posible. Y por favor, dele recuerdos al padre Gioacchino.

Primera parte
Borda tu vida y Dios te perdonará

1
Dice Peppe Vallo
(5 de abril de 1955)

Me ha despertado el timbre del teléfono. No son más que las seis, todavía hace frío. Parece invierno, por más que estemos en la tercera semana de primavera, dentro de unos días será Semana Santa.

—Perdone que os moleste, abogado, pero están pasando «cosas» inquietantes en el Palazzo Sorci —dice la voz tensa de Mimmo Inzinna. Me resigno a una larga perorata, mi leal Mimmo carece del don de la concisión. Ya se encuentra en el bar Luce, en via delle Repentite—. Esta mañana he llegado puntual a las cinco; he encendido la cafetera y luego, como de costumbre, abogado, me he servido el primer café del día, frente a la puerta del bar: a estas horas no hay alma viva por la calle. Frente al café, el portal del Palazzo Sorci está cerrado, como es natural, pero en el tercer piso, donde vive el caballero Andrea, ¡menudo jolgorio de luces en todos los balcones y ventanas! Y en la planta noble, donde ya hace unos diez años que no vive nadie, desde que los americanos *s'inn'jeru,* se largaron, las contraventanas de los balcones del dormitorio del difunto barón Sorci están entreabiertas: dentro, la araña tiene todos los brazos encendidos. ¡Parecía *'u Fistinu di Santa Rosalia!* ¿Quién habrá ahí dentro?

No contesto. Estoy estupefacto.

—¡Abogado, algo está pasando ahí! —Y luego, rápidamente, en voz baja, Mimmo añade—: Estaba entrando de nuevo en el bar cuando he visto que el postigo del portal se abría lentamente y salía el caballero Andrea, ¡con el largo abrigote verde oscuro de su difunto padre! —Toma aire—. Tenéis que creerme, abogado,

¡hace veintitantos años que trabajo en el bar Luce y jamás había visto a uno de los Sorci en la calle a esas horas! Tenía la cabeza gacha y *parìa 'ntrunato,* parecía aturdido, ¡pobre caballero Andrea! Cerró el postigo de un fuerte tirón y se quedó de pie frente al palacio, con los hombros caídos, ¡como mirándose los pies! Luego se puso recto y se encaminó hacia la piazza Marina, con pasos largos y lentos, como cuando sale de paseo con el barón Cola. —Mimmo vacila, no encuentra las palabras—: Abogado, todavía debe de estar en via delle Repentite... ¿Qué hago, voy a buscarlo? ¿O despierto a don Totò Spati, *'nsamai il cavaliere cadìu,* por si el caballero se ha caído y se ha hecho daño, pero ha salido de todos modos? Entre los dos podemos llevarlo a casa...

Ordeno a Mimmo que se quede en el bar y no deje de observar el Palazzo Sorci:

—¡En un cuarto de hora estoy allí!

En el bar Luce, encuentro mi café humeante; me lo bebo mientras Mimmo me pone al corriente de ciertas pesadas cajas de cartón que desde hace unas semanas no paran de entrar y salir por la puerta principal del edificio, de noche y de madrugada —está claro que don Totò tiene nuevos inquilinos en los almacenes patronales, peores que los anteriores—. El bueno de Mimmo habla y habla, y mientras tanto me entra un mal presentimiento. Debo investigar y esclarecer los hechos, de inmediato y por mi cuenta.

—Olvídalo, Mimmo —le digo—, no te preocupes por la salud de los Sorci, tranquilo. —Y añado, para que se serene—: Has hecho bien en llamarme. Ahora sigue con tu trabajo en el bar. Ya me encargo yo de hablar con don Totò, en cuanto abra el portal.

Lo dejo ahí y subo al primer piso, al despacho que siempre ha sido en realidad mi cuarto, un punto de reflexión y un observatorio del Palazzo Sorci. Desde allí busco la figura de Andrea, si es que sigue camino de la piazza Marina. Me gustaría seguirlo, tal vez debería, pero no lo hago. Algo va mal. Al final me quedo aquí. Mirando. Esperando.

Me quedo de pie detrás de la cortina del balcón. Y a medida que el cielo se aclara, me llegan oleadas de aire fresco sazonado por el mar, cada vez más frecuentes y cada vez más intensas; respiro a pleno pulmón y me siento revitalizado; no era consciente de que a estas horas la brisa se aventura hasta el centro de la ciudad, subiendo por las calles que llevan al mar como corredores de aire.

Por via delle Repentite no se ve un alma humana, pero sí animal. El perro de la panadería Savoca dormita frente a la puerta de entrada; la estrecha acera parece reservada a los gatos —no hay familia que no tenga al menos uno, pues abundan las ratas que merodean por delante de la panadería—, algunos burlones, otros cautelosos, otros con gesto asustado y con el pelaje erizado, no vaya a ser que el perro se despierte y salga tras ellos. Los gorriones, alineados en las barandillas de los balcones vacíos a esa hora, los observan con curiosidad. Hay gaviotas que vuelan en formación desde la playa sobre la ciudad, camino de las altas palmeras de Villa Bonanno: las más pequeñas pasan por debajo y por encima de los cables eléctricos que «unen» las fachadas de las casas, como si fueran festones para la inminente Semana Santa.

Desde los palomares de las azoteas de los edificios, los pichones zurean ruidosamente.

Cuaresma, Cuaresma. Aquí se siente por todas partes, como en una dimensión colectiva de sufrimiento y arrepentimiento: lo cierto es que, si no fuera porque siempre hay un Cristo en la cruz para recordarnos el tormento y la muerte, parecería una fiesta. No soy creyente, pero me sigue atrayendo la suntuosa teatralidad de las procesiones católicas, aquí y en otros lugares. Cada estación del año tiene su propia procesión: la gente sale en tropel a la calle, se amontona, se concentra en corrillos o a los lados, o se asoma a los balcones adornados con paños de colores. Es un movimiento que distrae de los pensamientos tristes, que mezcla estratos sociales, y todos acaban experimentando un misterioso sentimiento de pertenencia al pueblo o a la ciudad.

Cuando era niño, la procesión de san Calogero en Camagni parecía un ritual mágico: el 3 de mayo, la estatua del santo africano —vestido de blanco, con el rostro negro, los labios finos y rojos— era llevada a hombros por ocho hombres (un privilegio transmitido de padres a hijos), mientras los huérfanos avanzaban a ambos lados. Durante el recorrido, además de detenerse ante los edículos de las esquinas callejeras, los portadores hacían que el féretro realizara movimientos bruscos, como si cumplieran las órdenes del santo, y se detenían ante las casas de los ricos: allí golpeaban con la punta de las barras de madera de la peana contra el portal, bajo la mirada de la familia asomada al balcón del primer piso. Después de llamar varias veces, al final se abría la puerta y aparecía el cabeza de familia con un collar de flores y una bolsa llena de monedas.

¿Acaso se había sentido mal Andrea? Posiblemente. Andrea es un ablandabrevas. Le he mirado siempre con recelo. Él sí que era devoto o, mejor dicho, quizás algo más que devoto. Incapaz de quitarse los santos de la cabeza. Pero no aparecía en las procesiones. Eso sí, podías encontrártelo solo en una iglesia vacía, de rodillas, encorvado. En la fiesta de Santa Rosalía, el 14 de julio, ¿lo vio alguien alguna vez? Se quedaba encerrado en casa y la gente le daba asco, pero sobre todo le daban asco las mujeres. Y Santa Rosalía es una fiesta de hembras, una procesión de hembras. Cuando me marché a América el 18 de julio de 1905, mi madre quiso que llegáramos a la ciudad cuatro días antes. «Así podremos ver la fiesta», me dijo con una triste sonrisa. Nos alojamos con un pariente lejano, y pudimos pasar así unos días juntos antes de despedirnos. Fue un maravilloso desfile de sacerdotes, monjas, frailes, huérfanos y miembros de congregaciones religiosas, todos detrás de la carroza sobre la que se alzaba la estatua de la Santuzza.

Cuando volví a Palermo, más de veinte años después, descubrí que había dos tipos de procesiones: las solemnes, que bajaban de la catedral y recorrían el Cassaro hasta Porta Felice, en el puerto, y las procesiones de las parroquias, que serpenteaban por las sinuosas callejuelas de la vieja Palermo.

En ambos casos siento que estoy en el teatro, y la ciudad se convierte en un melodrama. Resuena la música, los cánticos, casi siempre toscos, se elevan de la multitud, los gestos son enfáticos, las carrozas, las estatuas, las flores, las velas, los portadores..., todo se mueve lentamente.

En cambio, la calle está ahora vacía. En el Palazzo Sorci reina el silencio. Y yo espero. Como he hecho tantas veces. Y también esta vez me toca mirar y esperar.

Soy uno de los muchos hijos ilegítimos del barón Enrico Sorci. Lo supe por mi madre, criada al servicio de la familia. Era muy joven cuando yo nací, en una alquería propiedad del barón a la que la habían mandado durante los últimos meses de embarazo. Tres meses después, mi madre me confió a mis tíos y volvió a servir. Venía a verme una vez al mes y en verano pasaba conmigo dos o tres semanas en la alquería. Me traía como regalo libros viejos y ropa usada de los hijos del barón, papel y lápices de colores.

En la casa solariega de la quinta había una habitación con unas cuantas estanterías de libros llamada pomposamente «el colegio». Una maestra rural venía todos los años, de octubre a junio, para enseñaros a leer y escribir a los campesinos y a nosotros, los *carusi,* los niños. Yo, que tampoco tenía padre y era casi como si no tuviera madre, corría feliz al «colegio» y leía, imaginaba, aprendía. En cada frase me parecía descubrir algo desconocido, o algo que tarde o temprano llegaría a conocer, y me aferraba a ese horizonte, incluso sin la complicidad de los adultos. La mujer del guardés —que se pasaba el día recorriendo a caballo las tierras, y al que obedecían todos los que vivían en la granja o iban a trabajar allí— sabía leer y escribir y también era comadrona. Durante los meses escolares ayudaba a la maestra. Todos los *carusi* íbamos a la escuela, porque la maestra nos daba galletas, leche caliente y pan duro, que mojábamos en la leche y luego en la taza de azúcar y canela, con cuidado para que no se nos cayera dentro.

Qué extraño, evocar ahora aquella época remota. Tengo muchos recuerdos, pero la infancia siempre vuelve. Camino por Palermo, estoy sentado tras el escritorio en mi despacho, me siento solo en el bar, y se me aparecen esas imágenes, esos años, esos días, que regresan uno tras otro.

Cuando tenía cinco años, mi madre se quedó conmigo seis meses: estaba embarazada de mi hermana Marietta. De los racimos de uvas que formaban parte de su comida —porque ella también tenía una ración fijada por el guardés—, separaba las uvas y las repartía entre los demás niños de la quinta y yo, a partes iguales. Ella, que había renunciado al racimo, se quedaba con las uvas «impares», pues de habérselas dado a algún *caruso,* habrían provocado una agarrada. Fue entonces cuando empezó mi obsesión por la justicia. Quiero que se imparta, quiero que quede garantizada, por la ley, naturalmente, pero también por la ley que no puede contar con códigos, y por eso no temo convertirme yo mismo en un justiciero. Nunca he olvidado ni perdonado la patada del hombre que me lanzó contra la pared cuando, con apenas cinco años, me pusieron a vigilar la cuna de Marietta. Luego supe que quien me había dado esa patada era mi padre. Y entonces lo odié aún más.

Tres años más tarde, mi madre, Marietta y yo dejamos la granja y nos trasladamos a Camagni: mi madre se había casado con Agostino Butticè. Era un contable, pero se había metido en líos varias veces y había empezado a beber. Para una mujer con dos hijos no reconocidos, el matrimonio era un acomodo, en cualquier caso. Durante algún tiempo, Agostino se preocupó por mi educación escolar, pero el equilibrio de la nueva familia pendía de un hilo.

Vivíamos en una habitación grande; por la noche echábamos las dos sábanas colgadas de un alambre que separaban su cama de nuestro catre, el de los niños. No había paz en casa: detrás de la cortina, Agostino, borracho, zurraba a mi madre. Todas las noches oíamos sus sollozos. Demasiado vino, demasiada violencia, incluso hacia mí, dentro de esa habitación.

Fue entonces cuando mi madre comprendió que yo tenía que

marcharme, por mucho que hubiera preferido que me quedara con ella. Me dijo que su marido tenía muchas cosas en la cabeza, por eso parecía malo, pero que en realidad era bueno. Siempre que nos molía a palos —ella incluida—, Agostino lloraba por la noche y prometía no volver a hacerlo. Eso era lo que me decía ella. Yo sabía que era mentira, pero fingía creerla. Durante unos días, Agostino parecía tranquilo. Hasta que, una vez, le dio una bofetada a Marietta con tanta fuerza que le rompió un diente. Le rogué a mi madre que me enviara con su hermano Giovanni a los Estados Unidos y accedió.

Así pues, a los diez años, me marché. Antes del último abrazo en el muelle del puerto, mi madre me reveló que yo era hijo del barón Sorci: era él quien había pagado mi billete a América y quien le había dado dinero a mi tío americano para que me alojara durante un año. No le di mucha importancia a esa noticia, pensé que no era cierta. Me alegré de irme, le prometí que volvería rico y que cuidaría de ella y de Marietta y Agata, que entretanto había nacido. Y así sucedió.

Volví a Sicilia en 1927 porque mi madre estaba enferma: tenía un tumor del que murió poco después de mi llegada. Decidí quedarme en Palermo: mi hermana Marietta me necesitaba, su marido la sacudía y ella no sabía defenderse. Tuve éxito en mi antiguo trabajo y luego me matriculé en la Facultad de Derecho con la colaboración del cónsul estadounidense, que enseguida me ofreció un puesto de asesor. Por mi parte, no había perdido la relación con los terratenientes a los que había vendido maquinaria agrícola, sobre todo tractores Massey Ferguson, mientras la autarquía fascista lo permitió. En cualquier caso, no dejé de venderlos, trayéndolos de Malta gracias a las leyes de libre comercio. También tuve éxito como abogado: rehacer mi vida en mi tierra natal era un reto, quería llegar a ser rico e importante en Sicilia. Por encima de todo, quería despreciar al barón Sorci, vengarme de aquella patada cuando era *caruso*.

Se me consideraba, con razón, como alguien que había hecho fortuna en el extranjero: a los treinta y siete años tenía un título universitario y era representante de varias empresas que me pagaban muy bien. En realidad, tenía treinta y dos años: en 1905, cuando emigré, tenía diez años, pero en mis documentos de viaje y en mi partida de nacimiento constaba que tenía quince, de lo contrario no habría podido viajar sin acompañante. La ficción ha continuado hasta hoy: la gente me considera un atractivo hombre de sesenta y cinco años.

Pronto pude dejar mi primer alojamiento en Palermo, una habitación alquilada en via delle Repentite: todos los días pasaba por delante del Palazzo Sorci y aminoraba el paso con la esperanza de ver al barón; no mucho después compré todo el inmueble del bar Luce, frente al palacio.

Desde entonces, hasta la muerte del barón, no hubo día, cuando estaba en Palermo, que no fuera una o dos veces al bar para retirarme a este despacho, que da justo al dormitorio de mi padre. Me asomaba a la puerta y entraba con la imaginación en los almacenes, las bodegas, los apartamentos de los niños. Era como si hubiera vivido allí, en este palacio.

Tenía a mis informadores entre los empleados de la administración de casa Sorci. Mi padre sabía de mí, y sabía que yo tenía relaciones con su hijo Filippo, el único *'sperto,* el único ladino, que se convirtió enseguida en cliente mío. Podría haberme conocido a través de Filippo, que nada sabía del asunto. Pero durante mucho tiempo no hizo nada.

Me había convertido en un hombre de éxito en el oeste de Sicilia: además de asesor del consulado americano, era propietario de una gran empresa de importación. Me conocían tanto en el mundo de la Sicilia oficial como en el de la Sicilia clandestina, donde mafia y política son una misma cosa: se acuestan juntas, como suele decirse. Mi esposa Nora, hija de uno de mis profesores, desconocedora de mis orígenes, estaba bien relacionada en la buena sociedad palermitana y conocía a las hermanas Sorci. Alquilamos un palco en el teatro Massimo, frente al de mi padre; mis prismáticos se dirigían más a él que al escenario.

De repente, me hizo saber a través del hermano de mi madre que quería conocerme: me propuso un encuentro secreto en una de sus tierras, como si le diera vergüenza verme en otro lugar. Me negué.

Los años de la guerra me trajeron suerte. Hacía tiempo que formaba parte de los servicios secretos estadounidenses y colaboraba con los militares y con los jefes mafiosos de los que podía fiarme. Mi patrimonio era ahora mayor que el de cualquiera de mis hermanos. Los conocía a los cuatro —Cola, Ludovico, Filippo y Andrea—, pero solo me trataba con Filippo.

El palacio se libró de las bombas aliadas, pero no de la desidia de los Sorci. Y ahora ahí está: el enlucido desmoronado de la fachada, las grandes manchas de humedad bajo los aleros, la pintura agrietada de las contraventanas. También las casas sufren.

Salgo a la calle, me gustaría ver a través de los muros, voy y vengo, con la inquietud de quien, a pesar de todo, no puede desprenderse del pasado. He hecho de todo, me las he apañado, he construido una fortuna como si el dinero pudiera compensar todo lo que no he tenido, y en parte es cierto. Es solo mi patrimonio lo que reconforta mi necesidad de justicia. Estos hijos tuyos, padre mío, son unos desgraciados. Si no fuera por Filippo, quedaría muy poco de los Sorci. Y no es casualidad que haya preferido mudarse del Palermo antiguo al último piso de un edificio moderno con ascensor y calefacción central. ¿Y los demás? Los demás son lo que son.

Cola es un buen hombre, pero ¿de qué sirve gente como él? Durante veinticinco años, para complacer a su esposa, se instaló en un palacio del Cassaro. Ludovico, por su parte, se instaló en el último piso libre del palacio que el barón había construido para sus hijas casadas: Maria Teresa, Anna y Lia.

Ahora, en los balcones que antaño rebosaban de amapolas, rosas y jazmines, solo hay macetas desoladas: la tierra quemada se ha convertido en el retrete de los pájaros, los papeles que arrastra el viento se pegan al guano. Y Andrea reside ahí, en el abandono, en el vacío, en el silencio.

A través de Mimmo Inzinna, un informador eficaz y discreto, he estado al corriente de las disputas entre los Sorci, en su mayoría estúpidas y mezquinas. Por ejemplo, la del salario de don Totò Spati, que debería haberse repartido entre todos los hermanos, copropietarios del edificio.

El relato de Filippo era casi cómico. Exigió una compensación a sus hermanos, pasando por alto descaradamente el hecho de que, mientras su padre estuvo vivo, ninguno de ellos había soltado jamás un céntimo para el mantenimiento del edificio: todo, desde los salarios del portero y de los criados hasta las facturas y los impuestos, lo pagaba el barón Enrico. Tras su muerte, Cola empezó a pagar un tercio del sueldo de don Totò, aunque este ya no vivía en el palacio, mientras que Filippo y Ludovico pagaban cada uno una sexta parte hasta que se trasladaron a otro lugar, dejando sus pisos vacíos y desocupados. Por su lado, Andrea siempre se había negado a pagar su parte, y Cola había tenido que poner remedio; curiosamente, sin embargo, cuando Filippo y Ludovico señalaron que los tiempos habían cambiado, que el edificio ya no necesitaba una portería durante doce horas con un conserje uniformado y la garita siempre abierta —bastaba con meter a alguien en el pisito de la planta baja para que se encargara de limpiar el vestíbulo y las escaleras e introducir el flamante interfono, que permitía la comunicación directa entre los pisos y los visitantes—, fue Andrea quien protestó: la portería debía permanecer abierta con servicio regular, como siempre; y los hermanos, además de asumir el sueldo de don Totò, debían pagarle a él una pequeña renta por el mero hecho de haber permanecido al cuidado del edificio. Filippo había amenazado con demandarle a él y a su hijo mayor, Antonio, que dirigía los negocios de su padre. En ese momento, Cola había ofrecido pagar de su bolsillo dos tercios del sueldo de don Totò, mientras que el tercio restante se dividiría entre los tres hermanos. Y por fin habían llegado a un acuerdo.

Filippo soltó todas sus amarguras una mañana como esta,

sentado en el bar Luce: me contó que había intentado oponerse, que había armado tal alboroto que el atolondrado de Andrea tuvo que renunciar por propia voluntad a la «renta» que pretendía. Al final, el acuerdo alcanzado dejó descontentos a todos. Donde dinero no hay, el dinero no se inventa. Y si hay poco, solo sirve para guerras encubiertas, miserias, rencores, cosas de gente mezquina. Incluso lo bueno, cuando lo hay, suena desafinado. Lo digo porque me he enterado de que, como de costumbre, Cola ha protegido a Andrea: le reembolsa en secreto su parte de los gastos de la portería.

Con todo, hubo una época feliz en la planta noble, al menos para mí: cuando conseguí que dejaran instalarse allí el Círculo de Oficiales del Gobierno Militar Aliado para los Territorios Ocupados. Le enseñaba el bugui bugui a Mariolina, que entonces tenía catorce años. Ella, por primera vez en sandalias altas con cuña de corcho, se dejaba llevar, encantada. Al final del disco estábamos sudorosos, acalorados, y ella me condujo a un balcón para refrescarnos. El aroma de los jazmines era poderoso. Apoyada en la barandilla, ella respiraba a pleno pulmón, con la frente perlada de sudor, plenamente consciente de la atracción que yo no conseguía ocultar. Notaba, sin duda, mi agitada respiración cayendo sobre sus hombros desnudos y disfrutaba de ello, mientras me explicaba el origen de los dos campanarios, simétricos pero no idénticos, que se alzan tras los tejados de los edificios del este, obra de arquitectos toscanos llamados para construir simultáneamente, pero que desconocían cada uno el diseño del otro. Fingí estar sorprendido por sus conocimientos de arquitectura, manteniéndome firme detrás de ella. Lentamente, dejaba correr mis dedos por su torso, que notaba bajo su vestido azul. Mariolina palpitaba. Aunque tuvieron que pasar años antes de que hubiera «aquello» entre nosotros.

Mariolina es la mujer que hubiera querido tener a mi lado cuando estaba en la flor de la vida; la recuerdo de niña, pero quedé hechizado cuando volví a verla el día de la muerte de su abuelo, en junio de 1942: una *fimminedda* con coletas y sin maquillaje —ojos claros, labios carnosos, una barbilla pequeña con un hoyuelo y un cuerpo suave y hermoso—, enamorada del amor, se contoneaba voluptuosamente del brazo de su primo Carlino.

Yo no era feliz en mi matrimonio con Nora, y ella lo era menos todavía: así que decidimos vivir separados en casa. Y cuando Mariolina me dijo que sí, alquilé un piso en el moderno complejo de via Lazio, adonde Filippo se había mudado con su familia. Ella amuebló el piso, le di carta blanca: yo me limitaba a firmar cheques, aunque al final me divertí comprando un sillón y un par de lámparas. E hice que le instalaran el teléfono. Tenemos un acuerdo: ella me llama por teléfono cuando está libre, y yo intento ir a verla. En cuanto me llama, a pesar de mis sesenta años, se me despierta el deseo por ella de forma impetuosa.

Mis pensamientos se demoran entre las sábanas de Mariolina, pero vuelvo a mirar las luces del piso de Andrea. Todo sigue iluminado, incluso el dormitorio de la planta noble, justo enfrente del bar Luce desde el que las observo. Ahora me nace de las entrañas, desenfrenada, una furia protectora. ¿Quién ha tenido la osadía de dormir en la cama de *mi* padre? Aunque fuera su hijo Andrea, ¿cómo se atreve a profanarlo? Me cuesta respirar de lo enfurecido que estoy. ¿Y quién sigue aún en la habitación de mi padre, si Andrea ha salido? ¿Y por qué hay tantas luces en la habitación? A este intruso, yo lo mataría, pues no solo ha encendido todas las luces, sino que quizás haya abierto armarios y cajones también, y hasta haya robado, ultrajando la memoria de mi padre.

Me quedo ahí parado como un tonto, con la mirada vagando de las luces del último piso a la calle, y de la calle a las luces.

Vuelvo a quedarme mirando *ese* balcón, no puedo apartar los ojos de él. Vi envejecer a mi padre, sin acercarme a él. «Padre mío...», farfullo, y me deshago en un llanto que no consigo detener.

Uno se cree adulto, se cree fuera de los confines de los sentimientos ofendidos, del alma desgarrada, y eso es algo, en cambio, que nunca llega a suceder. Podemos recurrir a nuestra inteligencia para dominar el estruendo del dolor, pero al final acaba volviendo, y si no es estruendo, es murmullo, es chirrido, es susurro, y nunca nos abandona, en todo caso. El abogado Vallo no tiene miedo, eso es lo que leo en los ojos de las personas con las que me relaciono, porque las heridas que no se han cerrado no se ven.

Hay movimiento en la portería; tras el deslizamiento metálico de los pesados cerrojos, se oye el chirrido de la puerta de carruajes que se abre y el tira y afloja entre don Totò y doña Rosalia Spati que resuena en el silencio.

La cabeza de don Totò se asoma a la calle; mira a su alrededor; luego tose, escupe y levanta la mirada hacia el bar Luce. Me ve detrás de la ventana, intercambiamos un rápido saludo con la cabeza. Cierra el portón con un movimiento de muñeca, luego abre lentamente una de las puertas, empujándola hacia dentro, y sale a la calle desierta: mira a derecha e izquierda, al final acompaña desganado la apertura de la otra puerta y el portal queda abierto de par en par, entreveo los bancos de piedra con sus respaldos de mármol gris pegados a los muros y la entrada a la gran escalinata frente a la garita de la portería.

Doña Rosalia se dirige hacia las escaleras. Casi inmediatamente vuelve al zaguán, se acerca a su marido, que ya está sentado en la garita, donde le esperan la habitual botella de agua y el *Giornale di Sicilia,* le susurra algo; él, repentinamente disgustado, se levanta y desaparece. Su mujer, mientras tanto, llena un cubo del grifo del patio y lava rápido el suelo del zaguán.

Don Totò regresa seguido de un joven somnoliento, su nieto Lillo Spati: parece que ha ido a sacarlo de la cama, y ahora lo sienta en la garita en su lugar. Luego hace una seña a doña Rosalia, ella vuelve a llenar el cubo, y marido y mujer suben rápidamente por la escalera principal. Poco después, la luz del dormitorio del barón se apaga. Don Totò reaparece en el zaguán, con signos de nerviosismo y de apresuramiento. Lillo le cede el sitio, coge un segundo cubo, sale al patio a llenarlo y se dirige a la escalera, quizás para ayudar a la abuela.

Qué habrá pasado en el palacio, para generar semejante diligencia tan temprano por la mañana. ¿A qué viene tanta urgencia de lavar las escaleras e ir a apagar las luces de la habitación del barón?

Mimmo Inzinna me ha contado que, tras la muerte del barón, Andrea había adquirido la costumbre, cuando estaba triste o «perturbado», de refugiarse en la habitación de su padre en la planta noble. Iba allí también en las raras ocasiones en las que Cola no podía dar su paseo diario con él después de comer: se consolaba descansando en la cama de su padre. A veces incluso dormía allí por la noche.

Mimmo lo sabe porque el propio don Totò se lo ha contado, con cierta admiración hacia Andrea: «*Stu Sorci siccu e longu,* ese Sorci larguirucho y fideo parece que se asusta de su sombra, ¡pero no teme quedarse solo, de noche, en la planta noble, deshabitada!

Pero si anoche durmió en la habitación de su padre, ¿por qué dejó la luz encendida? ¿Y esa profusión de luces que hay en la casa? Todo el mundo sabe que los Sorci procuran ahorrar todo lo que pueden.

En casa de Filippo se come bien y el vino es excelente. Procura que no le falte de nada. No es el único de los hermanos Sorci que ama el lujo y la hospitalidad, pero es el único que puede permitírselos; los demás van empobreciéndose por incapacidad y negligencia, no, desde luego, por despilfarrar. Filippo es ambicioso; busca poder y dinero a través de mis contactos políticos y profesionales. Y yo lo complazco, lo complazco de buen grado, entre otras cosas, porque es el padre de Mariolina: a cambio, satisface mi curiosidad sobre la familia Sorci, me cuenta los *curtigghi,* los chismorreos de sus cuñadas y las peleas entre hermanos. Con respecto a Andrea, es despiadado: lo describe como un mojigato, imprevisible en sus ataques de nervios, de mano larga con su difunta esposa de la que se había separado, Laura de Nittis: la noble sin un cuarto. Dice que Andrea nunca ha hecho nada bueno o que merezca la pena en toda su vida, y que es incapaz de mantener a raya a su hijo mayor, Antonio, un notorio canalla y fullero. En este último asunto tengo que darle la razón. Antonio no solamente ha querido administrar los bienes familiares y las tierras heredadas de su padre, mostrándose rapaz y deshonesto, sino que también se dedica a engatusar a las viudas y solteronas ricas del parentesco: ha conseguido que le confíen la gestión de pisos y fondos de inversión en Bolsa, luego se ha apoderado de los beneficios y ha vendido acciones falsificando las firmas de los propietarios. De su hija, Matilde, solo sé que está casada con un notario, mientras que Carlino, el hijo menor —que no es hijo de Andrea, sino de Cola—, vive con un hombre de su edad, Emilio Greco, que pertenece a una familia de empresarios muy adinerada. Su amor fue aprobado públicamente por la madre de Carlino en el estreno de *Il trovatore* en el teatro Massimo el año pasado.

Habría esperado que alguien —Andrea Sorci o la criada Ersilia— apagara las lámparas del piso de arriba. En cambio, el festival de luces sigue encendido.

¿Por qué tenía Andrea tanta prisa por salir tan temprano? ¿Y adónde se dirigía, con un abrigo de invierno, al amanecer? Los paseos con su hermano siguen otro itinerario y, en cualquier caso, es muy raro que salga solo, ese desgraciado. Una especie de oscura premonición se ha apoderado de mí. Tengo que hacer algo. Debo hacer lo que nadie hace, porque nadie ha visto nada. Casi me siento investido de una misión, e incluso sonrío cuando pienso en eso de «misión», pero es así. Debería ir al bufete, en vez de eso, llamo para aplazar algunas citas. El día ha empezado aquí y seguirá aquí.

Así que telefoneo a Stefano Casazza, el jefe de policía, una persona de confianza y amigo: sé que puedo llamarle en cualquier momento, y él sabe que puede hacer lo mismo conmigo. Le hablo de Andrea Sorci, le digo que estoy preocupado y que me encuentro en la oficina sobre el bar Luce.

Casazza me escucha y comprende:

—Si tenemos noticias de él, no te quedarás sin saberlo. —Se

despide con su habitual y tranquilizadora expresión—: Seguimos en contacto.

Ersilia, la criada toscana, como todos los criados, recorre la casa para cerrar las contraventanas y apagar las luces cada noche antes de irse a dormir. Siempre me ha parecido una mujer humilde, ordenada y atenta. Si Andrea se ha levantado tan temprano, seguro que ella habrá madrugado aún más para servirle el café. ¿Cómo es que ha dejado todas las luces encendidas? ¿También ella ha salido con prisas? ¿O no se sentía bien y se ha vuelto a la cama? Cuando Andrea regrese, seguro que recibe duros reproches: desde la guerra, el coste de la electricidad ha subido desorbitadamente.

Sé por Filippo que en lo único en lo que Andrea no repara en gastos es con sus santos: colecciona estatuas de madera, cerámica y mármol, delante de cada una hay un par de velitas eléctricas. Algunas las decora con las guirnaldas de luces del árbol de Navidad que en tiempos de su padre presidían el salón de la planta noble. Las guirnaldas son realmente magníficas: el grueso alambre eléctrico, dorado y trenzado, está salpicado de lamparillas de cristal de Murano, todas diferentes entre sí de forma y color: una velita dorada o plateada, capullos de rosa, bolas y cubos de cristal transparente y multicolor, envueltos en una red plateada. Recuerdo bien esas guirnaldas de luces porque Filippo, sin consultar a sus hermanos y hermanas, se las prestó al Círculo de Oficiales americanos para decorar su árbol de Navidad. El presidente del consejo de administración del Círculo se moría de risa cuando le contó la pelea entre las cuñadas al enterarse del préstamo: Margherita, la esposa de Cola, afirmaba que las guirnaldas pertenecían a su marido, al igual que todo el contenido de la planta noble; Caterina, la esposa de Ludovico, que siempre reivindicaba sus derechos por ser la primera nuera («¡Y la única durante siete largos años!»), la favorita de su difunta suegra, afirmaba que los adornos pertenecían a toda la familia, no solo al hijo mayor: la difunta se lo había dicho varias veces.

Ah, si mis hermanos hubieran seguido los consejos de sus tías, las Tres Sabias, tal vez el deterioro del edificio —y el de la familia— no habría sido tan radical.

Al desdichado de Andrea, sus hermanos le llamaban «alcornoque», título que compartía con Ludovico, pero él no es tonto. Está enfermo por dentro, que es otra historia.

Pero el viejo Sorci sentía poco interés por Andrea, el cuarto hijo varón.

He aquí la voz de la verdad y del buen consejo. Ahora se queda en silencio, esperando mi comentario, que no llega.

Peppe, ¿me estás escuchando? ¿Quieres saber más sobre tu padre? No era mala persona...

Me gustaría saber más sobre el saneamiento de tierras que hizo en nuestras fincas, sobre el dinero que donaba a obras benéficas, y también sobre sus vicios y extravagancias, sus abusos, sus actos de violencia con las criadas de la casa... Inmediatamente, pienso en cómo trató a mi madre, y entonces le maldigo a él y a la voz. No, no quiero saber nada más de mi padre, lo que sé me basta y me sobra: no me quería, no me amaba.

La voz insiste: *Peppe, escucha, concéntrate en tu felicidad, la que te mereces y que tal vez puedas compartir con Mariolina. Antes de embarcarte en una vida mejor, debes aprender a olvidar, y luego a perdonar.*

Olvidar ya es difícil. Perdonar, además...

Es fácil olvidar y luego perdonar, Peppe, si sigues el antiguo método. Tómate un gran vaso de agua y siéntate en el balcón de tu despacho, encima del bar Luce. Recuerda todas las fechorías de tu padre, una por una. Piensa, sufre, maldice y luego bebe un sorbo de agua. El agua se desliza por tu garganta, te la tragas, y mientras tragas, olvidas.

Luego otro sorbo, y tragas de nuevo y olvidas.

Vuelve a beber. Mientras olvidas, empieza a perdonar, poco a poco.

Hasta que te hayas bebido toda el agua.

Sentirás cómo te vacías del resentimiento que te ha atormentado, lo habrás perdonado todo. Solo entonces estarás por fin preparado para empezar de nuevo a vivir y a disfrutar.

No tengas prisa, tómate tu tiempo. Pero hazlo. Verás como la ira, la humillación y el dolor se diluyen y desaparecen; no volverás a atormentarte nunca, jamás.

Olvida a tu padre, el barón Sorci, y olvida su comportamiento contigo, con tu hermana Marietta y con esa santa mujer, vuestra madre.

Seguir quejándose de él, avivando rencores..., ¿de qué sirve ya?

Eres un hombre de éxito y poder. Además, amas a una joven que tiene un cuarto de sangre como el tuyo y eres correspondido. Por su bien, olvida y perdona. El viejo Sorci está muerto. Olvida, Peppe, perdona... Y en un tono más ligero, la voz añade: *¡Disfruta de la vida!*

Lo entiendo, murmuro para mis adentros, quienquiera que seas, voz de la conciencia o voz de los Sorci. Pero ahora, déjame en paz.

El caso es que no soy capaz de apartarme de la ventana mientras el vaso de agua se vacía.

Ahora, después del perdón, tengo que tragarme la angustia, gota a gota también. No es la voz la que lo sugiere. Soy yo.

No hay señales de vida en el Palazzo Sorci. La garita del portero está vacía; reconozco la cabeza de Lillo Spati, nieto del portero, que se asoma de vez en cuando para echar un vistazo dentro y fuera, por todas partes.

Un morto c'avi a essiri, ha habido un muerto, vuelve a empezar la voz, *¡Peppe, llama otra vez al comisario!*

Yo obedezco.

—Estaba a punto de telefonearle —le dijo el jefe de policía, Stefano Casazza—. Han encontrado muerto en el puerto deportivo a un individuo que podría ser Andrea Sorci. Ha caído al suelo desde el banco en el que estaba sentado, frente al mar. Llevaba en el bolsillo una carta, dirigida a Andrea Sorci, de Laura de Nittis, quien, como sabe, era la esposa del caballero, separada de él y fallecida el pasado noviembre. El cuerpo se encuentra actualmente en el Hospital Cívico, tendremos que llamar a sus hijos para su identificación. Luego se realizará la autopsia.

—¿Estaba herido? ¿Había sangre? —pregunto.

—No, parece muerte natural. El corazón quizás... —especula el jefe de policía—. En cualquier caso, le pido la máxima confidencialidad.

Cruzo la calle con Mimmo Inzinna.

Lillo Spati está sentado en la garita de la portería. Nos conoce bien, y cuando nos encontramos en el bar Luce, siempre le ofrezco un refresco, una de esas pequeñas cortesías que sirven para estar al corriente de lo que se cuece en la portería. Acaba de enterarse por Mimmo de que Andrea se marchó apresuradamente al amanecer y aún no ha regresado, y lo repite, como si él mismo hubiera presenciado esa salida. Don Totò quiere averiguar si Ersilia está en casa o no. La han llamado por el interfono, pero no contesta.

—Y teléfono no tiene, el caballero Andrea...

Subimos las escaleras. Observo ligeras huellas en la pared, y restos mal lavados de algo que podría ser sangre en los escalones. La puerta de la planta principal está cerrada. Doña Rosalia ha lavado el rellano —todavía está húmedo— pero no los escalones que llevan al segundo piso: allí también hay rastros rosáceos a la altura de los ojos en la pared.

Nunca hubiera pensado que los aposentos privados de mi padre fueran tantos: un dormitorio, un vestidor, una habitación de los armarios, dos cuartos de baño, una pequeña sala de estar, un estudio con las paredes cubiertas de estanterías llenas de tomos y carpetas, con dos mesas largas y estrechas en el centro y cómodas sillas tapizadas en piel.

El dormitorio es la única habitación en uso, parece que por lo menos le quitan el polvo de vez en cuando. Gran parte del suelo está cubierto por una enorme alfombra con un refinado diseño floral. En el sofá, a los pies de la cama, hay una bata tirada. La colcha arrugada confirma que Andrea ha dormido aquí esta noche. Y luego se marchó para morir en el Foro Itálico, al parecer.

Esta habitación parece una pinacoteca: hay un retrato juvenil de la baronesa Rosaria, de medio cuerpo; sonríe tímidamente, como pillada por sorpresa. En la pared de enfrente, hay un retrato a tamaño natural de Sebastiano, el hijo que murió joven, sosteniendo un objeto, que parece una brújula. Reconozco el estilo de Francesco Camarda y encuentro la firma del pintor en la parte inferior. Observo con atención el retrato del hermano al que nunca llegué a conocer, muerto en la guerra. Me detengo en cada detalle. Tal vez, buscando parecidos. Tal vez, buscando el hilo que me lleva hasta allí, hasta los personajes que el pintor ha entregado a la memoria. Los rostros miran al vacío de su existencia rota, los ojos se muestran melancólicos desde una distancia inalcanzable. Sebastiano es guapo, chisporroteante de jovialidad y desparpajo, recorro cada pliegue de la tela, me demoro en las manos. La última falange de ambos meñiques está torcida, doblada hacia fuera exactamente igual que la mía. Torcida. *Torcida,* repite la voz. Me miro las manos. Y don Totò, ahora que lo pienso, tampoco ha dejado de mirarlas. No solo eso: de repente, ha empezado a llamarme *Voscenza.*

«*Cca si sciddica!,* esto está muy resbaladizo», murmura Mimmo, pero no le hago caso. Sigo mirando a mi alrededor. La mecedora de estilo vienés es similar a la que le regalé a Mariolina, comprada en Ducrot. La araña de ocho brazos es de cristal de Murano; las flores de colores son idénticas a las de la araña, ligeramente más pequeña, que compré con mi mujer en nuestra luna de miel en Venecia.

Veo una bonita fotografía de Sebastiano de uniforme: en ella también es visible la deformación de los meñiques en las manos cruzadas; en esta imagen parecemos dos gotas de agua.

«*Cca si sciddica!*», repite Mimmo. El suelo está manchado de sangre, al igual que la mesilla de noche. Mimmo se aferra a mi brazo, abro la puerta. Dentro hay un fardo de trapos ensangrentados. Encima, papel de periódico igualmente sucio.

Puedo ver a Andrea, puedo verlo matando a Ersilia. Tal vez usara un cuchillo. Si no, ¿a qué tanta sangre? Le veo intentando limpiar el suelo con trapos y bayetas. Pero no son suficientes. Andrea recurre al papel, y luego, de alguna manera, lo lleva todo a la planta noble. Lo veo bajar los escalones uno a uno, con los trapos ensangrentados aferrados a su pecho, su paso inseguro le obliga a apoyarse en la pared. A cada paso, una mancha en la pared y otras en el suelo. Cuando por fin llega al dormitorio de su padre, lo mete todo en la mesilla de noche.

Ahora tengo claro que las manchas de la escalera son huellas de una mano. ¿Debo salvar la reputación de Andrea Sorci? ¿Debo salvar a *mi* familia de la ignominia?

El abogado Vallo no tiene miedo. La voz recoge la opinión que circula sobre mí, pero esta vez suena sarcástica, porque, aunque no se trate de auténtico miedo, la sensación que tengo se le parece mucho. Podría descubrir el cuerpo de Ersilia, pero no me decido. Algo me retiene ante la evidencia de esta muerte segura. Me digo que también debo cuidar de Mimmo, que en el último cuarto de hora ha estado a punto de desmayarse varias veces, él, que es un chicarrón todo músculos. Le digo que vuelva al bar Luce, quiero saber si el jefe de policía ha dado señales de vida. Mimmo acepta, aliviado, y bajo con él al zaguán. Los porteros no están, su nieto nos mira con curiosidad y nos explica que los abuelos están hablando con la gente que alquila los almacenes:

—Me han dicho que se reunirán con vos delante de la puerta del caballero Andrea.

Deambulo por el vestíbulo, pero sea lo que sea lo que está ocurriendo, ocurre dentro de algún almacén. Estoy a punto de volver a la planta noble, cuando llega a toda prisa Mimmo: ha llamado el jefe de policía, recomendando silencio absoluto a la espera del resultado de la autopsia. La recomendación es superflua, mientras tanto, reflexiono sobre el hecho de que tendré que poner al corriente al jefe de policía de cuanto he visto en la planta noble. Subo las escaleras, solo, y vuelvo a la habitación de mi padre. Desde el balcón veo una furgoneta aparcada delante de la puerta principal, no hay nadie dentro: será contrabando de mercancías, el negocio ilícito de don Totò, con el consentimiento tácito de todos los Sorci.

Vago por las habitaciones de mi padre, por fin solo. No quiero que Andrea Sorci, por muy repulsivo y extravagante que sea, pase por un monstruo. No puedo permitir que el nombre de los Sorci se vea enfangado en todos los periódicos. Esa sangre en la mesilla del viejo barón «habla»: Ersilia está muerta y Andrea la ha matado. Me siento consternado. Tengo que buscar otra explicación. Que sea otro quien la haya matado, tal vez alguien a quien Andrea conocía. Necesito testigos que juren que vieron al asesino entrar en el edificio. Al menos entrar, si no salir. ¿Y quién, si no los porteros?

Me pierdo en la sucesión de salones y salitas, entro en habitaciones desconocidas para mí: los dormitorios, la cocina, la antecocina, los almacenes, los cuartitos de la ropa blanca, el cuarto de la plancha. Por todas partes, cajas, baúles, cestas llenas de cosas, abandonadas durante años, décadas. Tantas habitaciones, tantos muebles, tantas cortinas, tantas alfombras, tantos cuadros. Los estragos de una familia destruida por una guerra interna, una guerra de envidias y miedos, miedo a la pobreza, a la decadencia, al abandono. La tapicería se cae a jirones, las alfombras están roídas por las polillas, los sofás, destrozados. Vuelvo al dormitorio de mi padre.

Nunca hubo amor en esta familia, en mi familia. Los matrimonios estaban todos concertados. Los varones, sementales obligados a preñar a mujeres que no les atraían, buscaban satisfacer sus apetitos con criadas —mi madre también forma parte de esa secuencia—, o en prostíbulos o picaderos, con mujeres ligeras de cascos de buena familia.

De repente, entra Mimmo corriendo:

—Dos obreros que han entrado en el bar para tomar un café me han contado que al amanecer, mientras caminaban por el paseo marítimo, vieron al caballero Andrea, tirado en un banco..., había una pequeña multitud a su alrededor.

Debo actuar rápido si quiero salvar el honor de los Sorci.

Vuelvo al bar e informo desde el despacho a Filippo y a Cola de la muerte de su hermano, omitiendo mencionar a Ersilia. Cola se queda helado y permanece en silencio durante largo rato antes de responder a la noticia. Amaba a ese desdichado hermano. No sabe qué decir. Ni siquiera me pregunta cómo me he enterado.

—Debería bajar al puerto —dice—, pero quizás a estas horas ya no esté allí.

—No, desde luego —le digo yo.

Cola parece querer continuar con la llamada, como si necesitara de una mediación, la mía, para llegar a la verdad. Y, en efecto, pregunta:

—¿El corazón?

—Eso parece, pero será mejor esperar a que nos lo cuente el jefe de policía Casazza.

Me da las gracias. Todavía duda en saludarme y me da las gracias de nuevo.

—Ayer debería haberlo sacado a pasear —añade.

—Barón, lo siento mucho —le digo, y entonces le oigo colgar el auricular.

Filippo, por su parte, recibe la noticia sin hacer comentarios. Poco después, Rico, el hijo de Cola, telefonea al bar Luce y pregunta por mí.

Con los modales francos pero respetuosos del antiguo militar, me cuenta que se ha enterado por su padre de la muerte de su tío; me pide información y yo le doy toda la que puedo.

—Tenemos que pensar en el funeral, lo antes posible —concluye.

Le digo que don Totò está intentando forzar la puerta del piso: Ersilia no contesta a los *tuppuliate*, los golpes en la puerta. En ese momento, me dice que su primo Antonio, el hijo mayor de Andrea, desea hablar conmigo, y le pasa el teléfono. Antonio recibe fríamente mis condolencias. Luego me asaetea a preguntas sobre Ersilia: ¿cuándo la he visto por última vez? ¿Cómo estaba? ¿Qué han dicho los porteros? Le respondo que no la he visto y que no sé nada al respecto.

Antonio no desiste:

—¿Así que cree usted que Ersilia ha desaparecido?

Le respondo con sequedad que no me corresponde aventurar conjeturas a falta de datos ciertos, teniendo en cuenta, además, que don Totò aún no ha conseguido entrar en el piso de su padre. Antonio se da cuenta de que no va a conseguir nada más y le pasa el auricular a Carlino, que tiene la voz ronca y parece contener las lágrimas. Es el único que expresa sincera preocupación por Ersilia.

El jefe de policía me llama al bar Luce. Dice que Andrea ha muerto de un infarto, los médicos no tienen ninguna duda. No hay necesidad de más indagaciones.

Dado que me he ofrecido a emprender las operaciones necesarias, Filippo me encarga que proceda a obtener la autorización para el funeral. Cola se muestra de acuerdo.

Pero aún tengo que inventar una historia creíble, que no pueda ser impugnada, para salvar el honor de los Sorci, y luego actuar con rapidez.

Debo asegurarme de que nadie sospeche de Andrea.

Tal como están las cosas, únicamente don Totò, doña Rosalia y ese alcornoque de nieto suyo pueden ser acusados. No se lo merecen. No basta con haber sido deshonestos con los Sorci. Tiene que salir a relucir una historia que desvíe las sospechas no solo de Andrea, sino también de los porteros, y es a ellos precisamente, a don Totò y a doña Rosalia, a quienes tengo que arrancársela. Nos sentamos a su mesa, en la garita. Extiendo las manos sobre la madera desgastada. Don Totò no deja de mirar mi última falange, pero ahora está alerta. Siente al abogado en mí, siente el poder. Me interesa guiarlos sin dar a entender que quiero doblegar su voluntad. Así que busco las miradas de ambos, alternativamente, pero con la misma intensidad. Dejo que un poco de silencio despeje el camino y pregunto, por fin, si Ersilia se veía con alguien. Podrían haberme dicho inmediatamente que no, que qué cosas se me ocurren. Pero no lo hacen. Estimulo su imaginación. Los aguijoneo. Y deben ser ellos los que hablen. ¿Quién, habiendo visto a Ersilia, podría suponer otra cosa que no fuera una vida retraída, una existencia temerosa, un destino colgado de un hilo? Ersilia había ido a parar a casa de Andrea Sorci y tal vez hubiera dado las gracias a su buena estrella, a pesar del carácter extraño y malicioso de su empleador. Pero precisamente por eso, por el vacío que la rodeaba, todo es posible.

Doña Rosalia y don Totò parecen dos titiriteros dispuestos a escenificar una historia. Es como si se consultaran entre sí. Se aferran el uno al otro. Cae sobre ellos una luz que refuerza sus ojos hundidos y sus arrugas. Sus bocas están entreabiertas, casi como picos de pájaros listos para recibir comida. Los escruto, sin soltar la presa. Exprimo lo que, sin duda, está chisporroteando en sus cabezas. Y al final lo logro, osan.

—Los primos —dice él.

Y doña Rosalia:

—Sí, sus primos, los del continente.

La historia puede sernos útil. Aún no sé cómo, pero puede sernos útil.

Doña Rosalia se pone en pie de un salto y, con una especie de furia, confecciona su denuncia:

—Volvieron, una noche, este invierno. Y luego empezaron a venir todas las semanas. Iban y venían d'aquí p'allá, como si fueran los amos, se iban siempre tempranito por la mañana. Arramblaron con lo poco que quedaba en los cuartos del segundo piso, y pue ser que con cosas de plata de la capilla, y hasta objetos de la casa del caballero Andrea..., que no se enteraba de na, el pobre.

Don Totò, como hechizado, se aferra inmediatamente a esa declaración:

—Cierto es. Y no metimos baza, porque Ersilia, la desgraciá, nos daba pena y, aparte, nos acojonaba que esos primos la tomaran con nosotros.

Últimamente, dicen los porteros, los primos habían empezado a ir y venir con algunos maletines: todos los días, cuando el caballero Andrea y el barón Cola salían a pasear, Ersilia los dejaba entrar, y solo *u Signuruzzu,* nuestro Señor, sabrá lo que había dentro de esos maletines.

—Muy bien —digo.

Don Totò y doña Rosalia tienen que declarar que están al corriente de los trapicheos de esos misteriosos primos de Ersilia en el piso de Andrea, y que nunca se lo mencionaron a Filippo y Cola, ni al propio Andrea, por miedo. También podrían declarar que de vez en cuando, a petición suya o de Ersilia, «guardaban» esos maletines en los almacenes.

Solo ahora me siento preparado para dar el último paso.

Subo al tercer piso con Mimmo y los porteros. La cerradura de la puerta de Andrea salta por fin. Era como si, antes, las dificultades para entrar tuvieran un motivo distinto, como si la muerte buscara silencio, ocultación, protección.

Solo hay que seguir el riachuelo de sangre coagulada que sale por debajo de la puerta y que se ha colado en las uniones de las losas de mármol del rellano.

Avanzamos juntos. Rosalia se queda apartada, ya se ha llevado las manos a la cara antes incluso de poder ver. Y ahora ese rastro pardo nos lleva frente al cuerpo de Ersilia. Su cabeza está destrozada. La masa cerebral se mezcla con la sangre coagulada y el pelo se le adhiere a la cara, invisible. La han golpeado, es evidente, con enorme furia. El cuerpo está en posición fetal, como si la mujer se hubiera encogido para intentar defenderse. Todos los santos están iluminados, o eso parece. Andrea utilizó trapos y periódicos, pero la cantidad de sangre debió de convencerle de que parara, ya que nunca hubiera conseguido secar, limpiar.

Mimmo trata de mostrarse compuesto, pero ha desviado la mirada y oigo su respiración agitada.

Ordeno que abran las ventanas y hago una señal a los tres para que me sigan a la habitación contigua, el cuarto de plancha. Doña Rosalia se deja caer en una silla y se persigna. Su marido, pálido y sudoroso, mira por la ventana.

—Tenemos que llamar enseguida al jefe de policía, encárgate tú —le digo a Mimmo, que se aleja encantado.

Luego me dirijo a don Totò y a su mujer:

—Después de que se fueran los demás hermanos, desde que el caballero Andrea se quedó solo, no vienen muchas visitas por aquí, ¿verdad? Aparte de los tejemanejes de ustedes... —Y hago una pausa para ver su reacción.

Doña Rosalia se restriega las manos y mira a su marido. Permanece callada.

—A Ersilia no le gustaba esa gente que venía a verlos... Pero ustedes me han dicho que hace unos meses volvieron esos primos suyos, y que iban y venían p'aquí y p'allá, ¿no?

Los dos entienden el significado de mis preguntas. Tienen que meterse en el papel.

—Venían tarde por la noche a dormir y se iban temprano por la mañana... —repito, retomando la historia que ellos mismos acaban de confeccionar.

—Sí, *Voscenza* —contesta don Totò—, yo los vi muy poco, porque después del trabajo cierro y me acuesto, y duermo toda la noche, pero no siempre me quedo dormío. A veces los veía.

—Eso es. Exactamente —digo—. Esa pareja llegaba a altas horas de la noche, cuando el caballero dormía, y Ersilia abría la puerta... Ustedes, lógicamente, estaban en casa durmiendo, pero a veces los veían.

Doña Rosalia es astuta:

—Pero siempre nos ofrecíamos a abrir la puerta, por hacer un favor a Ersilia, claro. Iban y venían como si no tuvieran casa en el continente. Y sus maletas estaban llenas cuando llegaban y llenas cuando se iban.

—Don Totò, usted sabía que por la noche aquí pasaban cosas. Decir la verdad no hace daño a nadie. Y, además, me ha dicho que últimamente estos primos venían con maletines...

—Es verdad, maletines —confirma en su lugar doña Rosalia. Y repite que los dos subían a la casa todas las tardes después de comer, cuando el caballero salía a pasear con su hermano, y se marchaban antes de que este volviera a casa.

He conseguido lo que quería: convertir unos fantasmas en personas reales.

—¿Y hablaron alguna vez de esto con el caballero Andrea?

—¡Nunca! —responden al unísono.

—Ersilia se había vuelto esquinada de reciente, nos contestaba desabría si le pedíamos algo —añade doña Rosalia después de pensárselo.

Don Totò la mira con admiración y quiere echar su cuarto a espadas:

—¡Sí, así era, es verdad!

Ha llegado el momento de la pregunta final:

—¿Vinieron ayer también, esos primos?

Ella se apresura a seguir:

—Vinieron por la noche y, como oí voces, subí a ver qué pasaba. Mientras subía, vi al caballero que bajaba y entraba en la planta noble. Puede que no quisiera oír a esa gente mientras se tiraban los trastos, puede que quisiera acostarse en casa de su padre, el barón, que en paz descanse... —añade con aire astuto.

Para que todo quede claro, les informo de que cuando Andrea salió de casa esta mañana, fue al puerto y lo han encontrado muerto de un infarto, sentado en un banco.

A doña Rosalia se le escapan unas lágrimas, don Totò masculla frases de circunstancias.

—No quería decírselo enseguida, porque necesitábamos aclarar muchas cosas antes de que viniera la policía —les explico—, para asegurarnos de que no le habían amenazado ni nada por el estilo. Ha sido, como les he dicho, una muerte por causas naturales, nadie lo ha matado, y en cambio han matado a Ersilia... ¿Tienen alguna idea de por qué salió el caballero al amanecer?

—Os lo explico yo —dice doña Rosalia con los ojos secos, ahora completamente metida en el papel, dejando boquiabierto a su marido, al que le hubiera gustado decir algo—. Como esos no paraban de armar jaleo, volví a subir. Cuando llegué a la planta noble, vi a los primos en lo alto de la escalera, y me pareció que llevaban unos fardos en las manos. Por suerte, tenía la llave, así que abrí la puerta y me escondí dentro, y estuve observándoles por la mirilla. Entonces me di cuenta de que querían entrar justo donde yo me encontraba, también tenían la llave, y estaban abriendo... Así que corrí a los salones. Entraron en la habitación del barón y salieron con más fardos. Luego volvieron a casa de Ersilia, en vez de marcharse como yo pensaba. Yo entré enseguida en la habitación del barón, la cama estaba deshecha, la hice y me mojé los pies. Ahora sé que era sangre, pero en el momento no me di cuenta. Pensé que era vino, o café... —Y doña

Rosalia rompió a llorar de nuevo—: ¡Y en cambio era la sangre de Ersilia!

Le pongo la mano en el hombro:

—Prosiga, doña Rosalia. Han de saber algo más, escúchenme. Cuando se puso a recoger, seguro que tocó algo de sangre, y si alguien hace una prueba pericial, pensará que fue usted la que dejó las marcas en las paredes. También encontrarán algún pelo suyo y huellas dactilares. Todo se descubre, hoy en día, con las pruebas periciales. —Me miran mal, no conocen esa expresión—. ¡Pruebas periciales significa que tienen máquinas que lo reconocen todo!

Doña Rosalia empieza a gritar agarrándose las sienes:

—*U Signuruzzu!* ¿Y si me echa la culpa a mí?

—Se lo digo como amigo, o mejor dicho: se lo digo como abogado también, americano e italiano. Cuando la policía les interrogue, deben decir la verdad. Es decir, que esos primos de Ersilia habían vuelto con los maletines, y que también vinieron anoche. Anoche hubo una pelea entre Ersilia y los primos: no sabemos por qué, tal vez ella ya no quisiera ayudarlos. El caso es que anoche vieron a esos primos entrar en la planta noble con unos fardos, y esta mañana han visto salir al caballero, y luego han vuelto a oír cómo se cerraba la puerta: eran esos dos que huían después de matar a su prima. ¿Se sienten capaces de decirlo? ¿De jurarlo?

Rosalia, desabrida pero temblorosa, responde:

—Pero es que esos primos de Ersilia, no sabemos cómo se llaman, ¿qué le decimos a la policía? —Y me mira.

—Escúchenme. Los nombres no tienen la menor importancia. Si ustedes dicen la verdad que me acaban de contar, Mimmo también dirá que los vio, anoche y también otras veces. Porque esa es la *verdad.* —Los miro directamente a los ojos—. Y también dirá que los vio a ustedes en la portería cuando los otros entraban o salían, después de que el caballero hubiera salido a pasear. Mimmo confirmará todo lo que ustedes han dicho.

Me vuelvo hacia Mimmo, que acaba de acercarse y está apoyado en la pared escuchando.

—Por supuesto, abogado —responde sin vacilar.

Rosalia se ciñe el chal y baja la cabeza.

Entonces me dirijo al portero:

—Don Totò, no se preocupe. Todo lo que tiene que hacer es decir la verdad. Y verá que a partir de ahora los hermanos Sorci les pagarán puntualmente su salario. Una última cosa: dado que la policía querrá inspeccionar todo el edificio, sería mejor que confiesen esos tejemanejes que se traen. Ya saben a qué abogado acudir...

Nos despedimos dándonos la mano.

El jefe de policía ha llegado al Palazzo Sorci, y solo me cabe esperar que don Totò y doña Rosalia se hayan aprendido bien la historia que hemos elaborado juntos.

Vuelvo a llamar a Cola y le informo. No comenta la muerte de Ersilia, ni quiere saber nada más. En su lugar, dice: «Por fin ha dejado de sufrir Andrea. En cuanto a la criada, era una buena mujer». Luego pide ver el cuerpo de su hermano. Los demás Sorci, incluidos sus hijos Antonio y Matilde, prefieren no hacerlo.

El entierro de Andrea, gracias a mi mediación, se produce dos días después, al mismo tiempo que el de Ersilia, en el cementerio valdense, también organizado por mí.

Nunca se volverá a hablar de los dos primos del continente. Tanto la muerte de Ersilia como la de Andrea se declaran casos cerrados.

El Palazzo Sorci se puso a la venta poco después.

2
Dice Cola Sorci
(7 de abril de 1955)

La criada me ha traído el *Giornale di Sicilia* esta mañana temprano, Margherita aún dormía. «*Voscenza taliasse,* tiene que ver esto», dijo, y con lágrimas en los ojos me rozó el brazo, cosa que en tiempos de mi padre habría sido una muestra de confianza intolerable.

BÁRBARO ASESINATO EN LA CIUDAD es el titular de la primera página, a tamaño grande. E inmediatamente debajo, en la entradilla: *En la noche del 4 al 5 de abril, la criada Ersilia Mondelli fue asesinada en el Palazzo Sorci. A la mañana siguiente, el caballero Andrea Sorci, empleador de la víctima, apareció muerto por causas naturales en un banco del Foro Itálico.* «Ersilia Mondelli», informaba el cronista, «de cuarenta y dos años, empleada de hogar en la mansión de los Sorci, fue encontrada tendida en un charco de sangre por los porteros del edificio, Salvatore y Rosalia Spati: tenía el cráneo aplastado por un objeto contundente, un reloj de mesa con base de mármol. Basándose en el testimonio de la familia Spati, los investigadores albergan la hipótesis de que el crimen pudo haber sido cometido por una pareja de malvivientes, primos de la víctima. Los dos ya habían sido vistos en el piso del caballero Andrea Sorci en el pasado, según confirma Mimmo Inzinna, encargado del bar situado justo enfrente del palacio. Las visitas se habían reanudado el pasado mes de febrero, pero a horas poco adecuadas para realizarlas, o aprovechando que el caballero salía a dar su paseo diario a primera hora de la tarde. La policía ya está tras la pista de los sospechosos y, basándose en la descripción detallada facilitada por Inzinna y Spati, el jefe de policía se muestra optimista en poder localizarlos en poco tiempo. Hay motivos para creer, entre otras cosas, que ambos están implicados en el tráfico de estupefacientes.

»Según una primera reconstrucción de los hechos, que ha sido posible gracias al testimonio de los porteros del Palazzo Sorci, el asesinato se cometió durante la noche tras una discusión entre Mondelli y sus primos, que luego intentaron torpemente limpiar la escena del crimen antes de huir. Como los Spati estaban acostumbrados a las idas y venidas nocturnas de la pareja, al principio no recelaron. Pero al enterarse de que el caballero se había marchado de madrugada y no había regresado, subieron a casa de Mondelli y, al ver que no apreciaban señales de vida en el piso, forzaron la cerradura: el cadáver estaba en el dormitorio del caballero Sorci. Este, que vivía solo desde hacía años y llevaba una vida muy retraída, debió de pasar su última noche en el piso de la segunda planta, como —según el testimonio de los Spati— hacía a menudo: tras despertarse muy temprano por la mañana y subir a su piso de la tercera planta, descubrió el cadáver y se marchó corriendo en busca de ayuda (no había teléfono en la casa); de hecho, Mimmo Inzinna, que en ese momento ya estaba dentro del bar preparándose para la apertura, le vio salir hacia las seis de la madrugada de anteayer. No había nadie en la calle. El caballero Sorci, al llegar al Foro Itálico, se sentó a recuperar el aliento en un banco y le sobrevino un ataque mortal. La voz de alarma la dieron hacia las siete y media dos estudiantes que caminaban por el paseo de camino al Instituto Náutico de via Vittorio Emanuele: el caballero Sorci fue trasladado al Hospital Cívico, pero el personal médico solo pudo confirmar su fallecimiento.»

Pobre Andrea...

Rico detiene su Aurelia en la plazoleta frente a la puerta del cementerio de Sant'Orsola y da la vuelta para abrirme la puerta. Los varones de la familia esperan en silencio, vestidos de oscuro, con corbatas negras. Son muchos, pero por sus expresiones y posturas es evidente que no forman un grupo.

En cuanto nos ve, Carlino se separa de ellos y viene hacia nosotros, abraza a Rico llorando, pero es a mí a quien mira atentamente, y, de hecho, es a mí a quien busca incluso mientras le abraza. Todavía le cuesta sentir en mí la imagen paterna, y yo no soy capaz de darle el espacio que necesita. Parecemos figuras inquietas atraídas por el imán natural de la carne, pero repelidas por la trinchera de costumbres que hemos conseguido construir. Me lanza miradas líquidas y yo se las devuelvo con una emoción contenida que encuentra alimento en el recuerdo de su madre. No se le parece, pero hay gestos que la evocan con absoluta claridad: cuando deja caer la cabeza sobre la barbilla, lo hace con la misma amabilidad consciente que tenía Laura. Es una flexión de la cabeza más próxima a la estrategia de una seducción que a una rendición. Y cuando Carlino se echa hacia atrás el pelo que le resbala por la frente, se me encoge el corazón porque siento como si volviera a verla. Como ahora, por lo demás. Y entonces lo llamo. Me basta con decir «Carlino...», y él me ciñe los hombros con el brazo, delicadamente. «Emilio no ha podido venir», dice, y yo asiento, como diciendo que lo entiendo. Mientras estamos allí, juntos, en silencio, veo algo distante al abogado Vallo, que no solo ha hecho todo lo posible por nuestra familia descargándonos de todas las tareas prácticas relacionadas con la muerte de Andrea, sino que también ha hablado con los investigadores y ha colocado dos hombres en la portería del Palazzo Sorci para mantener alejados a los curiosos y a los periodistas. Vallo, Vallo, Vallo. Esta vez lo veo con otros ojos y sé, sin más imposturas, que fue engendrado por nuestro padre el barón.

No hay sacerdote, lo de esta mañana es solo un entierro: el ataúd ya está delante de la capilla. Ahora que Rico y yo ya hemos llegado, caminamos todos juntos por la avenida bordeada de cipreses.

La última vez que nos reunimos aquí fue cuando murió papá, en 1942. De hecho, la familia Sorci tiene dos capillas: la grande, con dieciséis nichos, en el cementerio de Rotoli, en el barrio de la Virgen María, para todos nosotros, y esta, muy pequeña, con solo seis nichos; tres están ocupados por mis hermanas fallecidas al nacer, Marianna en 1879, Maria Concetta en 1883 y Mariangela en 1902; cuando en 1920 murió mamá, quiso que la enterraran en el cuarto nicho, para estar con sus hijas, y papá la contentó. Él también, cuando le llegó su turno, pidió ser enterrado aquí; tal vez solo en sus últimos años aprendió humildad y respeto. Dondequiera que hubiéramos decidido enterrarlo, Andrea habría estado más solo de lo que está aquí. Quizás podríamos haber decidido otra cosa, pero todos teníamos prisa por encontrarle..., ¿cómo deberíamos llamarlo?, un refugio, una morada silenciosa en la que hallara acomodo su delirio, su sufrimiento, su soledad.

El abogado Vallo dijo con arrogancia: «Nada de mujeres». No sé por qué. Mi mujer dice que corteja a Mariolina, pero ella ve intrigas y secretos incluso donde no los hay. Lo cierto es que Peppe Vallo es aún más poderoso de lo que imaginaba, tiene amigos en todas partes; y nosotros, los Sorci, tenemos ahora con él una inmensa deuda de gratitud, porque ha protegido el nombre de la familia. No nos atrevemos a decirlo, pero ninguno de nosotros —excepto Ludovico quizás— se ha creído ni por un momento la fantasiosa reconstrucción de lo ocurrido narrada por don Totò y doña Rosalia (puede que alentados arteramente por el abogado), que ha salvado, de hecho, el honor de Andrea. Tal vez ni siquiera se trate de arrogancia por parte de Vallo, y sea simplemente que ha empezado a sepultar este oscuro asunto en el silencio: como sabemos, no hay eco más fuerte que el creado por la cháchara de las *fimmine,* y en los funerales la gente habla mucho, dice mucho e imagina mucho. Y quizás lo que se imaginan sea correcto. Sea como sea, a nadie se le ha ocurrido cuestionar las instrucciones del abogado. Pienso en la pobre Ersilia... Hermano mío, ¿qué te había hecho? ¿Qué te ha podido hacer? ¿Qué llama se encendió en tu mente incandescente?

Miro las caras de mis nietos, que —con la deplorable excepción de Antonio— parecen todos más sabios y sanos de lo que nunca fuimos nosotros.

Los hijos de Ludovico, Enrico y Mario, están muy unidos a

su padre y no se apartan de él ni un momento. Mi hermano tiene setenta y tres años y es tan frágil como un adolescente: la muerte de Rosarietta —que ha amargado a su esposa Caterina— lo ha hundido en un mundo propio.

Antonio, el hijo mayor de Andrea, disimula apenas su hostilidad hacia mi Carlino: lo desprecia porque ama a un hombre, pero al mismo tiempo le consumen los celos. Y la herencia que Carlino recibió del coronel Hill no hizo más que aumentar su animadversión.

No es casualidad que el único nieto Sorci que tenga un trabajo «de verdad» sea Luigi, el hijo menor de Filippo, un apuesto treintañero que es asesor fiscal. Su hermano Enrico no tiene ni la astucia de su padre ni la inteligencia de su hermano, pero hay tierras que lo mantienen ocupado.

Los demás, quien más, quien menos, se dejan acunar, como él, por la ilusión de ser terratenientes: siguen creyendo que las rentas de las tierras —destinadas a disminuir con cada generación tras la ley de 1942 que iguala a hombres y mujeres en la línea sucesoria— pueden mantenerlos a ellos y a sus familias.

Estoy aquí y divago con la mente, examinando esta familia *scumminata,* hecha jirones, cuya cabeza ostento. Los impulsos de abatimiento y lástima se suceden continuamente, pero tal vez me equivoque. Solo hay una verdad: que somos pobres. Que con la excepción de Filippo, y la de Vallo, estamos condenados a conservar, para no privarnos de lo que aún pasa por nuestro.

Los hijos de mis hermanas, por lo demás, trabajan todos. Sebastiano y Enrico Merlo, hijos de Maria Teresa, se encargan juntos de administrar las propiedades entre Menfi y Castelvetrano, que dan buenos beneficios; Stefano Bianco y Leonardo Ponte, hijos de Anna y Lia, respectivamente, pertenecen en cambio al mundo universitario. Son hombres inteligentes y decentes, como mi yerno Pietro Augeri, que acaba de acercarse para abrazarme. A lo lejos vienen los cuñados —Ferdinando Merlo, Giacomo Ponte, Peppino Bianco, ya doblado sobre el bastón— y los maridos de las sobrinas —Ugo Moncada Sacerdoti, Giovanni Di Martino, Giuseppe Celato— y parecen formar un grupo por su cuenta.

El último nicho libre de la pequeña capilla decimonónica se ha preparado durante la noche; ahora está abierto y listo para acoger el féretro de Andrea. Mi mirada vaga por la pared de enfrente, hacia los nichos que albergan los restos de las hermanas que murieron recién nacidas: para nosotros siempre fueron solo nombres, pero, de repente, pensar en las mujeres en las que no llegaron a convertirse y a las que nunca pude conocer me atenaza el corazón, ojalá Marianna, Maria Concetta y Mariangela estuvieran aquí para llorar a Andrea junto con nosotros.

Y es precisamente en este momento cuando veo a un extraño cuarteto vestido de negro que avanza hacia la capilla: la primera por la izquierda es Rita, mi nuera, con su hermosa melena oscura sujeta por una diadema de terciopelo; a su lado, las Tres Sabias —las tías Sara y Rachele, hermanas de mi padre, y su prima, la tía Beatrice Benso— con pasos un poco inseguros, pero la mirada decidida tras sus velos.

Me acerco a las tías, les digo que siento que falten las mujeres de la familia, balbuceo algo, pero no le atribuyo la responsabilidad de esto a Peppe Vallo: al fin y al cabo, todos estuvimos de acuerdo enseguida. La tía Sara comprende rápidamente:

—No importa. Queríamos asistir.

El entierro ha sido rápido. Rita se pone a mi lado, me apoyo en ella. Peppe Vallo se acerca a las Tres Sabias y ofrece su brazo a la tía Sara. Ella acepta, pero le mira casi con severidad, dividida entre la austeridad y la gratitud, y mientras tanto no pierde de vista a la tía Rachele y a la tía Beatrice, a cuyo rescate acude entonces Rita. El sendero es irregular en algunos lugares, el fuerte brazo de Peppe Vallo viene muy bien.

—¿Cómo han llegado hasta aquí? —le oigo preguntar en un susurro.

—En un vehículo público, abogado. Un servicio al que rara vez renunciamos —dice Sara, que parece saber de quién ha partido la decisión de que solo asistieran los varones de la familia—. Las tres le agradecemos las molestias que se ha tomado por nuestro sobrino, pero quizás no sepa que no ha habido ningún asunto familiar de importancia al que no hayamos sido invitadas a participar.

—Se equivoca —dice con deferencia—, estoy al corriente de todo.

Mientras avanzan, yo voy detrás de ellos.

—He oído que están pensando en abrir un taller... —se aventura a decir Peppe Vallo, y la tía Sara zanja el asunto:

—Ahora no es el momento, abogado.

—Lo sé —dice—, solo quiero que sepa que, en caso de necesidad, mi bufete está a su disposición.

La tía Sara aminora el paso, se tapa la boca con un pañuelo y me lanza una mirada por encima del hombro. Hay una palidez en su rostro que le alisa la piel, la suaviza.

—Se lo agradezco —responde—, lo tendremos en cuenta.

Veo que Rita se acerca, no quiere romper el grupo de las ancianas parientes.

Me siento culpable por haber protegido en exceso a Andrea, desde que era un niño, pero le veía débil mental y físicamente, y nuestro padre no le prestaba atención. Prefirió fingir que no existía, leyendo en su extravagancia un insulto personal, sin ser capaz de encontrar la manera de aproximarse a su desdichado hijo. Al crecer, Andrea parecía un chico seguro de sí mismo, cuando, en realidad, tenía miedo, sufría manías persecutorias; y la fe, en lugar de reconfortarlo, exacerbaba sus obsesiones. Sé bien que ciertas reacciones agresivas provenían de la frustración, pero también sé mejor que nadie —por lo que Laura me contaba— que había una vena de violencia en él. Siempre me esforcé por ayudarlo, sobre todo con esos interminables paseos diarios, intentando cubrir sus carencias. Y amé a su esposa. Sí. Mientras lo acompaño hasta la última morada pienso en él, que no la amó, y pienso en ella, que fue el gran amor, el verdadero amor, de mi vida. Yo no traicioné a mi hermano. Parece imposible, pero solo me sentía culpable cuando dejaba a Laura en sus manos. Pobre Andrea. La gente se le acercaba con amabilidad, pero él siempre reaccionaba como si se sintiera amenazado o acorralado. Lo apoyé como nadie lo hizo. La cuarta protagonista de este cuadrado, desigual pero sólido, era mi esposa Margherita: una mujer posesiva y descortés, que dominaba la escena con su desquiciada arrogancia cuando Laura entró en mi vida. Tras el acuerdo con las Tres Sabias, me vi obligado a soportar su sarcasmo y su despiadada crueldad hacia Carlino. Fue ella, su madrina, quien le animó de pequeño a disfrazarse de chica y le invitaba a su dormitorio para sentarse frente al tocador y maquillarle: una farsa maliciosa ante la que tanto Laura como yo tuvimos que doblegarnos, por miedo a males mayores.

Entrar en la capilla es siempre un momento de gran emoción: yo adoraba a mi madre, Rosaria Lupino Stassi. He sido capaz de contener las lágrimas, aprendí como hombre casado a controlarme en los momentos difíciles. Cuando mi mujer me avergüenza en público, para contener mi rabia cuento todo lo que se puede contar: los cuadros de las paredes, las mujeres de ojos azules, las velas de los candelabros. Y ahora, contando los presentes, he conseguido calmarme.

Hoy somos veinticinco, incluidas Rita y las tías. Mi joven nuera es una buena mujer, y discreta. Mi mujer no la tolera simplemente porque se casó con Rico —quién sabe lo que diría si supiera que se ha presentado en el entierro de Andrea, no seré yo quien se lo diga—, pero Rita parece haber aportado serenidad y dulzura a este hijo mío.

Hace un momento ella le ha susurrado:

—¿Y esas tres niñas muertas?

—Luego te lo cuento —le ha contestado.

Hubiera preferido no oírlo.

Duró incluso menos de lo que había imaginado. Ahora Rico y Rita me llevan de vuelta a casa en el Aurelia.

—Papá —dice Rico—, habrá que decidir qué hacemos con don Totò, lo peor está por llegar. Sé que la decisión os corresponde a ti y a los tíos, pero si de mí dependiera, lo echaría y vendería el palacio. Mejor dicho, ¿sabes qué? Haría falta un incendio, un hermoso incendio provocado por los primos de la pobre Ersilia. —Y menea la cabeza.

Permanezco en silencio. Rita, sentada en la parte de atrás, alarga la mano para acariciarle la nuca:

—Deja en paz hoy a tu padre.

Una vez en casa, Margherita pretende un relato detallado. Le respondo lacónicamente, estoy cansado. Pero su curiosidad es insaciable:

—¿Te ha dicho algo el abogado Vallo?

Le digo que solo me dio el pésame y que debemos estarle agradecidos.

—Sin él, no sé qué habríamos hecho.

En Palermo las noticias vuelan, alguien ya le ha facilitado a mi mujer los detalles que ansiaba:

—¿Así que se ha presentado tu nuera? ¿Ahora resulta que tiene más derechos que yo? —Y se lanza a un torrente de desplantes contra Rita, que no sabe cuál es su sitio, que no sabe cómo comportarse. Como no contesto, Margherita insiste—: ¿Y Mariolina estaba?

—Cállate, no es asunto tuyo.

—¡Claro que es asunto mío! Hasta que se demuestre lo contrario, soy la baronesa Sorci.

—Pues no, Mariolina no estaba. Solo teníamos que asistir los varones.

—¿Y las tías? ¿Es que se han vuelto varones?

Me levanto, no contesto por miedo a montar en cólera. Enciendo mi pipa y miro por la ventana. En el reflejo del cristal veo a mi mujer detrás de mí, con los puños en las caderas. Me giro y le digo:

—¡Métete en tus asuntos! Eso es lo que siempre me dices cuando se trata de tu familia, y esta vez soy yo quien te lo digo: métete en tus asuntos y déjanos en paz. Ni un poco de respeto por los muertos tienes.

3
Dice Rita Sala
(7 de abril de 1955)

Después del funeral del tío Andrea, hemos acompañado a mi suegro a casa antes de volver a Altarello. Rico estaba bastante silencioso. Luego me coge de la mano y me lleva al jardín. Cuando nos casamos, plantamos rosales nuevos y algunos ya están en flor, pero él no parece prestar atención ni al aroma ni a la cantidad de capullos que anuncian una magnífica floración para dentro de unas semanas: hay algo conmovedor en esta tierna promesa. Nos sentamos al borde de la fuente octogonal, cuya pila está decorada con azulejos moriscos. El murmullo del agua se mezcla con el piar de los pájaros. Reina una gran paz.

Rico me mira:

—¿Has oído hablar alguna vez del paño frío?

—No entiendo, ¿qué quieres decir?

Retira su mano de la mía, se levanta. Con frases entrecortadas, Rico me explica la antigua costumbre siciliana, tan extendida entre los ricos como entre los pobres, de matar a las hijas no deseadas al nacer.

—¿Esas niñas en la capilla? ¿Es de eso de lo que me estás hablando?

Él asiente con la cabeza. Mientras tanto, siento que su mirada me acaricia: lleva mucho tiempo esperando mi embarazo, y quizás tema iniciar ahora una conversación que oscurezca nuestra espera o, peor aún, que desencadene la mala suerte. Por otra parte, no tiene por costumbre dejarse impresionar por esa clase de vulnerabilidad, no teme el mal de ojo, los maleficios, ninguna influencia maligna. Sin embargo, al disponerse a hablarme de esa macabra tradición, parece sentirse amenazado en cierto modo.

—Se hacía así: se envolvía a la criatura recién nacida en un paño húmedo, y moría lentamente de frío, pero sin sufrir. —Ahora se apresura a concluir, como si se esforzara por pasar a otra cosa, pero no sin haber agotado ese tema—: Los pobres recurrían a ello cuando no podían permitirse una boca más que alimentar, los ricos, para ahorrarse dotes y ajuares, necesarios tanto para casar a sus hijas como para enviarlas al convento, y aumentar así la riqueza de sus hijos solteros. —Parece que el abuelo de Rico obligó a su mujer a dejar morir a tres *nicaredde:* las que están enterradas en la capilla donde hemos estado esta mañana.

Permanezco inmóvil, en silencio.

—No me lo habías dicho —le hago notar.

—Me daba vergüenza. —Rico se estremece, como si tratara de ocultar el estallido de una emoción más fuerte, vuelve a mirarme fijamente, recupera el aliento y añade—: Será mejor que te lo cuente todo...

Le cojo las manos, alarmada.

—Leerás en el periódico lo de la muerte de Ersilia. Papá me dijo que debíamos estar agradecidos a Peppe Vallo de que no se haya producido un escándalo.

—¿Sobre qué? —le apremio.

—Rita, el tío Andrea... Ha sido él. —Se le hinchan los ojos. Nunca lo había visto así. Me da pena, y él lo sabe. Necesita desahogarse, emprenderla a golpes con algo, con alguien. Luego, el soldado que hay en él recupera el control, se recompone, pero solo para afilar las palabras tajantes que se dispone a decir, ya sin vergüenza—: Somos una raza que da asco.

Lo abrazo.

—Deberías sentir repulsión por nosotros —me susurra al oído—, nos ha faltado educación en el amor y la dignidad. Pero ¿qué estoy diciendo? —Y hace una mueca de dolor—. Se nos ha quedado pegado el polvo de nuestra clase, inútil y malvada. Preferimos dejar de aprender. —Se le ponen los ojos vidriosos—. Mira a tu alrededor: los primos Bianco, Merlo y Ponte son diferentes a nosotros, ¿no te has dado cuenta? —Tiene la cara desencajada—. Las familias de las tías son familias normales, en las que reina el cariño, personas que estudian, que trabajan, que viven en su tiempo... El abuelo no concertó sus matrimonios, a diferencia de otros padres de su generación, y las tías pudieron elegir a los hombres que querían. Pero para los hijos varones, el abuelo exigía una buena dote o la perspectiva de una herencia. Total, los varones eran libres para apañárselas, una vez casados... Ya sabes a lo que me refiero. —Rico sacude la cabeza, desconsolado—. Hoy has conocido lo peor de nosotros. Fue difícil crecer en una familia así, pero, en medio de tanto desbarajuste, mi padre supo mantener una conducta coherente, una melancolía varonil que nos defendía... O por lo menos, yo me sentí defendido. Me dejaba actuar, e incluso cuando no entendía las cosas, las aceptaba, de todo corazón. Yo tenía grandes sueños, quería hacer carrera en el Ejército..., pero luego me hirieron y me licenciaron, las cosas nunca volvieron a ser como antes. Me salvaste tú, y no te merezco...

Luego se levanta y, con el pequeño cuchillo que siempre lleva consigo, empieza a cortar furiosamente un arbusto de rosas blancas:

—Así, ¿lo ves? Yo hago lo mismo que mi abuelo: corto los brotes más pequeños para que toda la savia vaya a las rosas más grandes y hermosas.

—¡Para, Rico!

Pero él sigue cortando, sacudiendo el maltrecho arbusto.

—Soy como mi abuelo, ¡doy asco! ¡Un verdadero Sorci!

Por fin tira la navaja. Habla de la melancolía de su padre, pero yo la veo también en él, transmigrada, poderosa. Dice que le he salvado, pero él no me salva de sus infidelidades. Cuando afirma que no me merece, eso es lo que quiere decir. Causa un extraño efecto oírle decir eso. Mis ojos están encadenados a ese estrago de pétalos y capullos: las rosas blancas son mis favoritas.

—Mi padre —continúa Rico— fue devoto a la tía Laura hasta el final.

No quiero escuchar más, exagera, es como si buscara mi consenso. Y no quiero dárselo.

—Son días duros —le digo—, volvamos a la casa. —Y pongo mi mano en su brazo.

Ahora me toca hablar a mí. Hubiera preferido esperar un poco, pero a estas alturas creo que puedo decírselo sin riesgo. Y probablemente necesite oírlo.

—Rico, estoy embarazada —le digo—. Estamos esperando un niño.

Nos hallamos en el umbral. Retrocede como para ganar distancia de la noticia, como si quisiera verla desde un poco más lejos para abarcarla por entero. Llevábamos al menos tres años preguntándonos si alguna vez ocurriría. Una vez mencioné una visita al ginecólogo, pero Rico no quiso saber nada: es fatalista, confía en el destino. Ahora me contempla como si fuera la Virgen María, y finalmente se aproxima y me abraza, me cubre de pequeños besos y termina con un beso profundo y sensual.

4
Dice Rico Sorci
(junio de 1955)

Rita está embarazada. Hace dos meses que me lo anunció. Le insisto en que se esmere en cuidarse. Está feliz y, en la medida en que puede, pasa sus días en Palermo con el Círculo del Punto de Realce. A veces se queda a dormir en casa de sus tías.

Estoy ansioso. Cuanto más me sumerjo en el papel de futuro padre, más necesito ir a ver a Anna. Lo hice incluso al día siguiente de la noticia. Tenía que salir, de inmediato. El motor del Aurelia rugió en las curvas cerradas de la carretera de Monreale a Palermo, y media hora después estaba en la cama de Anna.

Rita es perfecta, pero siento la necesidad de mujeres apasionadas, que me sigan. Y prefiero a las casadas, que sean madres, que se aburran en casa y solo esperen de mí el triunfo de los cuerpos. La santidad de Rita me desuella y me hace sangrar. La suya es la fidelidad natural, para mí sería la muerte.

Anna Còrapi es hija de un general calabrés y está casada con Vitaliano Di Stefano, un rico comerciante con muchos contactos en el continente. Es bajita, de pechos grandes y ojos de gato. Se viste en Roma, en la sastrería Capucci. Cuando la gente le dice que su elegancia es «continental», ella replica que si acaso será «internacional», y cruza Palermo con sus amplias faldas y corpiños que resaltan la generosidad de sus formas. Le encanta que Capucci la vista, casi tanto como que yo la desnude. Me gusta ceñir sus pechos en un fuerte abrazo que la deja sin aliento y confunde mis sentidos. Anna ha aprendido a guiarme hacia el placer para obtener placer. No me deja que la penetre enseguida, me tiene a la espera mientras la manoseo entera, y cuando me invita, me abro camino sin impetuosidad, a veces me acompaña con la mano y siempre repite suavemente en francés: *«Doucement, doucement»*.

Anna es una mujer inteligente. Sabe que no debe depender de su amante, no le mete prisa, no se queja, consciente de que solo así puede garantizar la regularidad en las citas. No nos importa que se nos vea juntos, pero no mostramos gestos de intimidad en público. A menudo me aloja en la casa de campo de sus suegros, adonde voy de buena gana: ni siquiera me hace falta inventar excusas, porque no está lejos de las últimas tierras que le han quedado a mi padre. Cuando viajamos a bordo del Aurelia, Anna se cubre el pelo con un pañuelo de seda y se cruza dos veces los nudos alrededor del cuello, como ha visto hacer a algunas estrellas americanas. «Soy tu Linda Christian», me dice entre risas, «¡y tú eres mi Tyrone Power!»

Le gusta comer bien: buscamos restaurantes juntos, nos dejamos invitar por conocidos que aún elaboran platos tradicionales, a orillas del mar nos detenemos en los quioscos que sirven *sarde a beccafico:* Anna se lleva las sardinas rellenas a la boca con un palillo, las muerde, deja que se deshagan con los ojos cerrados, embelesada. «¡Más piñones!», recomienda a veces, o «¡Menos pan rallado!». Es su forma de expresar su sensación de felicidad, su gusto satisfecho. Asiste a teatros y conciertos, pero siente verdadera pasión por el cine. Va con su marido, aunque más a menudo con sus amigas. A veces la espero a la salida del cine, en un bar o un poco más lejos: la veo despedirse, y luego se reúne conmigo donde hemos quedado. Solo una vez me exigió que acudiera yo también, y fue para ver *Al este del Edén,* en la que participaba un actor del que decía que era «tan hermoso como el sol», y que tenía la misma mirada triste que los Sorci tristes. Era una historia desordenada y bíblica sobre un joven incapaz de hallar la paz, en pugna con su padre y su hermano, y que sufría por su afán de sufrimiento. Fui también porque ese actor era el favorito de Carlino.

Anna no lee mucho, pero le encanta frecuentar ese pedacito del mundo intelectual que se mueve por Palermo. A veces, cuando me habla de una novela que acaba de terminar, me pregunto si no se estará inventando esa historia para mí, si, en realidad, no hay ningún autor, ningún título detrás de esas vicisitudes, en su mayoría turbias y melodramáticas, que oigo. Me dice que los escritores, los de verdad, o no se dejan ver o llevan una vida tan estupenda que no tiene sentido leerlos. Hace excepciones. Hemingway, por ejemplo: «Le leo y me lo metería en la cama». Me habla de un poeta palermitano que nunca se deja ver, que vive con su madre en Capo d'Orlando, y algunos de cuyos poemas circulan por ahí: «¿Lo conoces? Se llama Lucio Piccolo di Calanovella». Le digo que sí, que sé a qué familia pertenece, pero que no tengo ni idea de quién es.

Según Anna, soy afortunado de tener una esposa como Rita, y a veces se pregunta qué ando buscando que no encuentre en ella. Anna es perfecta para la sociedad de estos nuevos años del siglo: es ligera, curiosa, intrépida, una mujer sin miedo. A veces me invita a que le hable de mis años en el ejército, pues al fin y al cabo está preparada, con su padre alto oficial y el estirado de su marido. Pero luego se cansa rápidamente, me pregunta si no sería hora de desmantelar todo este embrollo de ejercicios y de guerras, si no estamos cansados de la sangre que acabamos de dejar de derramar. ¿Es que no me doy cuenta de que las armas son patrimonio de los pueblos bárbaros? Una vez intenté hablarle de honor y no se contuvo, empezó a reírse y no paraba. Luego extendió una lenta caricia sobre mi mejilla y dijo: «*Picciriddu,* cariñín». Quizás, a Rita no le habría tolerado algo así, pero con ella incluso aquel sarcasmo venenoso me parecía un juego erótico y me lo tomé como tal.

Creo que mi padre no ve el momento de vender el Palazzo Sorci, pero es una decisión que ha de compartir con sus hermanos. Hay muchos asuntos por resolver, incluido el destino de don Totò y su mujer. Mientras tanto, gracias a Peppe Vallo podemos caminar con la cabeza bien alta. Aunque mi tío Andrea fuera un loco y un asesino.

A estas alturas, ya he dejado de pensar en los errores de nuestra familia. Tengo que pensar en el futuro de mi hijo, estoy seguro de que será varón. Puedo esperar muy poco de mi padre. Sigo asesorando a empresas agrícolas importantes y en expansión, pero a menudo me encuentro cara a cara con la desidia de los últimos terratenientes, con la resistencia de los pequeños propietarios y con el legado fallido de la reforma agraria. Hay poco margen para pensar a lo grande y aplicar en Sicilia los modelos de desarrollo que han hecho fortuna en los campos franceses. Tengo que limitar mis intervenciones a modestas sugerencias, sin llegar a atreverme a idear espacios para cultivos diferentes, o simplemente a reintroducir productos que siempre han pertenecido a la tradición siciliana. En su mayoría, los campesinos han salido derrotados de la posguerra y del intento de renovar dependencias y contratos. Allá donde intento moverme, me encuentro con que, si existe una posibilidad de actuar, es porque ello coincide con los intereses de la mafia. Y lo mismo ocurre en la tierra de mi madre, en Misilmeri.

Solo tengo un auténtico interlocutor: mi primo Leonardo Ponte, profesor y comunista, un infausto binomio, puesto que sus conocimientos son esencialmente teóricos y, cuando no son librescos, proceden de su militancia y de los textos sagrados del marxismo. Dice que el hundimiento del latifundio ya estaba en marcha antes de las «heroicas luchas de los agricultores», pero que sin esas luchas el latifundio habría durado mucho más, y además las rentas parasitarias no se han liquidado aún. ¿Y ahora? Ahora dice que «ha triunfado la corrupción de los organismos de reforma», y que «la política para el desarrollo del sur de la Cassa del Mezzogiorno ha dividido a los campesinos». Se inflama cuando habla así. Por otra parte, no hay nadie tan capaz como él de comprender mi sueño de convertir los campos en una tierra verdaderamente productiva, no agotada por el cultivo intensivo, no humillada por la falta de herramientas modernas, que durante años fue la verdadera fuente de ingresos de Peppe Vallo.

A estas alturas, Vallo ya ha entrado de lleno en las discusiones familiares. Y lo ha hecho por ser hijo del barón Enrico, mi abuelo, y ahora por ser el amante de Mariolina.

Rita me lo cuenta, dice que Mariolina está enamorada, dice que se abre con Carlino, quien, preocupado, adopta por completo su papel de hermano *in pectore,* y que Carlino le informa a ella. Ese hombre tiene más de sesenta años, me repito, ¿qué puede esperar? Y con Rita soy drástico: «Es una historia sin futuro».

Digo esa frase y me rebota en la boca con mal sabor. Es la misma que utilizo para minimizar mis aventuras extramatrimoniales, incluso la que tengo con Anna. Yo soy como mi abuelo, y Rita es como su madre: cuando dice que sí, es para siempre.

Una tarde, cuando vuelvo a Altarello, oigo una canción lejana: es un viejo disco de setenta y ocho revoluciones por minuto de Sarah Vaughan.

—Mi madre estaba enamorada de esta canción y de esta voz —dice Rita, acercándose a mí, y tararea—: «*Black coffee, since the blues caught my eye...*».

Intento leer una presencia en su vientre, ella lo nota y dice:

—Demasiado pronto... —Está muy hermosa, tan hermosa como las mujeres que son conscientes de ser portadoras de vida.

Por un momento, pienso en el campo de Misilmeri como el lugar donde criar a este niño —y a los demás que espero que lleguen— y compartir la vida con Rita, pero luego entre Rita y Sarah Vaughan se interpone Anna, que me dice: «*Picciriddu*», y me atrae hacia ella.

5
El Círculo del Punto de Realce
(verano de 1955)

Desde hacía años, una decena de mujeres se reunían para bordar en casa de Sara Imballomeni, una costumbre que había suscitado curiosidad e imitación. Las asiduas se conocían todas entre sí, de una u otra forma. Las sucesivas citas no tenían una verdadera continuidad y se fijaban en cada momento, pero la intención que inspiraba esas reuniones había ido orientándose cada vez más hacia el proselitismo: para Sara y su hermana Rachele, el bordado tenía un valor terapéutico y creaba intimidad sin rebasar el límite de los cotilleos y chismes. «Si la pobre Montesi», dijo una vez Sara, que leía los periódicos de verdad y no se limitaba —como muchas otras— a las esquelas, «hubiera dedicado más tiempo a bordar, no habría acabado metida en esos turbios tejemanejes de la sociedad corrupta que la mató.» Aludía a una noticia de crónica negra que llenaba desde hacía años las páginas de los periódicos: la joven Wilma Montesi, de veintiún años, había aparecido muerta en la playa de Torvaianica, y con el tiempo habían salido a la luz historias de fiestas en las que estaban implicados políticos y personajes destacados de la capital. Un escándalo que de año en año parecía revelar nuevos acontecimientos y connivencias y tramas cada vez más complejas, que cuanto más se silenciaban, más acababan por salir a la luz. Para muchos, la figura de Wilma Montesi seguía siendo un misterio que despertaba lástima y consideración.

Incluso antes de la visita a la sacristía de la iglesia dei Santi Scalzi, Sara había hecho una lista con los nombres que Rachele había pasado a limpio en tinta azul con su pulcra caligrafía. El número máximo de asistentes femeninas se había fijado en veinte, durante el primer año por lo menos, todas ellas elegidas a partir de una disposición sustancialmente buena a mezclarse socialmente.

Para lo que habían empezado a llamar «reclutamiento», con un término vagamente militar, pidieron ayuda a Rita, quien había revelado desde los tiempos de la cocina de los pobres una notable sensibilidad hacia el malestar social del pueblo palermitano. El grupo del Círculo debía estar compuesto por mujeres ancianas formadas y con mucha experiencia, por buenas ejecutoras que ya se habían iniciado en el arte del bordado y por jóvenes sensibles que, por diferentes motivos, se encontraban en una situación difícil como mujeres, madres o viudas empobrecidas. Las actividades del Círculo debían dar lugar, en definitiva, con el tiempo, a un programa de inclusión y rehabilitación de mujeres «vacilantes» y «derrumbadas», como las habían rebautizado.

La instalación de la sala se realizó con rapidez: hicieron falta sillas cómodas, mesas, perchas y un armario sin puertas para guardar los trabajos en curso. El contacto con los proveedores lo inició Maria Merlo, con el asesoramiento de las Tres Sabias, que temían fraudes y engaños en los encargos de grandes cantidades de tela. Mariolina se ocupó de hacer imprimir tarjetones, tarjetas de visita y carteles publicitarios en una antigua imprenta, para distribuirlos por la ciudad:

El Círculo del Punto de Realce trabaja en el arte del bordado
y garantiza confecciones inspiradas en las técnicas más antiguas
y rigurosas que se emplean en la isla
y en todo el territorio nacional.
Se realizan manufacturas por encargo
según calendarios acordados.
La entrega a domicilio está asegurada, tanto a empresas,
como a comercios y hogares.
Se expondrán periódicamente muestras de obras
en el patio interior
de la iglesia dei Santi Scalzi, en el callejón Busambra.

Rachele consiguió que algunas alumnas del Instituto de Artes Gráficas escribieran los sobres de las tarjetas que se enviarían a las señoras de Palermo que pudieran estar interesadas o quisieran participar de una u otra manera.

Durante una segunda inspección, las Tres Sabias se aseguraron de que desde la sala se accediera fácilmente a los aseos y baños, donde también se pudieran lavar las manufacturas en tinas y barreños cuando fuera necesario. Se consiguió todo lo necesario, y en el patio al aire libre se instalaron tendederos y bancos para que los visitantes se sentaran.

Rosaria Casamassima siguió la instalación con extrema curiosidad y, en la medida de sus posibilidades, iba a echar una mano.

—Yo misma me he educado en el bordado desde que era niña —dijo con toda humildad cuando Sara se presentó en la farmacia Spallanzani para pagar la fianza.

—No nos cabe duda —le dijo ella, y la invitó a unirse al grupo.

Durante un par de semanas, el Círculo del Punto de Realce estuvo ocupado con los preparativos y, de vez en cuando, Rita presentaba a las socias fundadoras a las mujeres y niñas que habían respondido a la llamada.

—Ven, *bedda mia* —decía Beatrice, para que la muchacha se acercara—. ¿Cómo te llamas?

—Teresa Diotallevi, y tengo veintisiete años.

—Enséñame las manos —le pedía Sara, y Teresa las extendía tímidamente—. Con la palma hacia arriba. —La joven, atónita, miraba a su alrededor.

—¡Dales la vuelta! —especificaba entonces Rachele.

—Las tienes sucias, Teresa —decía Sara—. El primer requisito es tener las manos siempre impolutas, lavadas con mucho jabón: te manejarás constantemente con material delicado, y cada uno de tus gestos será delicado. No importa cómo te parezca el mundo exterior: aquí dentro todo es delicado. Delicado entra y delicado sale, y delicado debe ser el adjetivo que pronuncien quienes reciban tu obra al primer contacto.

La joven se marchaba y daba paso a otra.

—¿Cómo te llamas?

—Soy Chiara Conforti, tengo treinta años, dos hijos y nací en Scicli.

—¡Conque has nacido en Scicli! —mostró su entusiasmo Rachele—. Así que te acordarás del Palazzo Beneventano, ah, qué hermoso es ese palacio, con sus frisos, sus grutescos, la decoración de la piedra, ¡no hay un solo rincón donde la humilde belleza de los canteros no haya repujado hojas, monstruos, santos, diablos..., toda la geometría del mundo! *Bedda mia,* tú aquí dentro recrearás cien palacios de tu hermoso pueblo cada día, y no faltará quien diga: «Este mantel es tan rico como la fachada de un palacio, y uno se detiene a mirarlo como se detiene bajo el Palazzo Beneventano de Scicli».

—Señora, yo he de ganar algo, tengo dos *picciriddi,* pero sin marido estoy —respondió ella confundida y algo avergonzada.

Abrumada por el entusiasmo, Rachele se dio cuenta enseguida de que había hablado sin delicadeza: Chiara Conforti no había tenido la oportunidad de conocer y apreciar «la humilde belleza de los canteros».

—¡Para eso también estamos aquí! —exclamó entonces rápidamente, para compensar—. Ahora toma la aguja y enséñame cómo te las apañas...

Y Chiara cogió la aguja y mostró lo que era capaz de hacer, y todas mostraron lo que eran capaces de hacer, y, al final, las dividieron en grupos: las que podían empezar enseguida, las que tenían que aprender, las que aún tenían que acostumbrarse.

Fue en esa época cuando Sara invitó a Rachele a irse a vivir a su casa. El coste de la vida había aumentado y mantener dos pisos se había convertido en un lujo innecesario, tanto más cuanto que las dos hermanas se llevaban tan bien. El dinero que ahorraban servía de esta forma para adelantar a las más pobres un salario, o al menos un medio de sustento.

Y luego vinieron las vacilantes. Fue Rita quien abogó por su participación.

Sara, Rachele y Beatrice, tras una larga reflexión conjunta, habían determinado un itinerario para ellas: empezarían por el punto de realce, en la variante «acolchada». «La puntada que tapa las imperfecciones», solía decir Sara con una sonrisa, en alusión al hecho de que, tras delinear con puntadas de bastilla la superficie del bordado —ya fuera un pétalo o una hoja—, la rellenaba con gruesas puntadas de relleno. Esas puntadotas, como ella las llamaba, se utilizaban para dar volumen: solo después se empezaba a cubrir el conjunto con puntadas pequeñas y limpias, muy juntas, para lograr una cobertura uniforme. La fase de relleno era perfecta, pensaba, para que se desahogue una bordadora enfadada o descontenta, que luego encontraba consuelo y serenidad en la fase de recubrimiento.

También al zurcido le atribuían las tres señoras virtudes catárticas: un ejercicio de destreza —presuponía la habilidad de recrear la textura de cada tela concreta variando el tamaño y la intensidad de las puntadas— que se veía recompensado con la satisfacción de dar nueva vida a una prenda dañada. Beatrice, en particular, era una maestra del zurcido invisible, realizado con hilos sacados del tejido que se remendaba; y cuando le dijeron que en Extremo Oriente utilizaban hilos cuyo color contrastaba con el de la prenda remendada, se limitó a encogerse de hombros.

El Círculo funcionaba ya perfectamente, o casi. Si alguien se hubiese acercado a la sala a última hora de la mañana por el largo pasillo cubierto junto a la farmacia Spallanzani que regenta doña Rosaria Casamassima, habría oído, de forma progresiva, primero un crujido, luego un gorjeo, después quizás un golpe de tos, el roce de un zapato de fieltro, y cuando por último hubiese llegado al patio interior, desde allí habría visto un círculo irregular de mujeres absortas en su trabajo, bañadas en luz, abrumadas por la blancura de las telas, perdidas en la tensión y distensión de las telas, algunas sin rastro de trabajo aún, otras ya marcadas mágicamente por los hilos de colores. Después habría podido ver los progresos diarios, un dibujo que cobra vida, el encanto de una decoración, y en el suelo —sujetado firmemente en las cuatro esquinas con cuatro guijarros—, el papel cebolla con el dibujo original: se habría sentido parte del júbilo febril de los dedos de aquellas mujeres y del instrumento que utilizaban.

Mariolina, hábil bordadora también, se movía a lo largo de la elipse que acababa formando el coro de mujeres, animándolas a seguir cuidadosamente el diseño, tirando del hilo de la manera correcta: ni demasiado ni demasiado poco. A veces, si las veía encorvadas, las invitaba a enderezar los hombros, pues de lo contrario sufrirían al final del día, y señalaba a la tía Sara y a la tía Rachele al fondo, con sus torsos erguidos a pesar de su edad.

Tras seis semanas de trabajo intenso, todo estaba listo para la primera exposición, anunciada por un bonito artículo en el *Giornale di Sicilia*. Aunque era julio, en el patio adornado con columnas salomónicas hacía fresco a la sombra y el aroma a jazmín de las macetas era embriagador. Fue todo un éxito. Los bordados estaban expuestos sobre mesas, sillas y otros muebles prestados por el párroco: allí se exhibían manteles y servilletas, sábanas y fundas de almohada, pañuelos, blusas y baberos. Además de las hermandades, se invitó a otras cofradías, y a ellas se unieron los Caballeros de Malta. Cuando se corrió la voz, incluso las autoridades de la ciudad quisieron ir a echar un vistazo. Era una exposición, pero muchos la llamaban «feria», y como feria se quedaría para todos: se decidió que se celebraría cuatro veces al año, siempre antes del día de Difuntos, antes de Navidad y Semana Santa, y al principio del verano.

Sara, Rachel y Beatrice apreciaban la contribución que Caterina, la enérgica esposa de Ludovico, daba al Círculo a pesar de su mal genio. Trabajaba con tesón, enseñaba a las más jóvenes y, cuando corregía, añadía siempre una palabra de ánimo. A menudo la ponían a trabajar en pareja con Rita: Sara se había dado cuenta de que, de vez en cuando, Caterina, que sabía bordar bien y era una mujer de buen pulso, intentaba espabilar a su sobrina, reprochándole que fuera demasiado complaciente.

Desde muchos puntos de vista, el bordado era, a ojos de las Tres Sabias, la actividad más sana a la que podía dedicarse una mujer. Era un trabajo fácil, en el que, sin embargo, cabía optar por especializarse en puntadas y motivos muy complejos, solía ser barato (no había necesidad de utilizar telas caras), mantenía las manos ocupadas y también la mente.

Las mujeres, poco a poco, iban conociéndose y a veces hablaban entre ellas. Al bordar, era natural recurrir a la palabra, pero no se trataba de cháchara o cotilleo, sino de auténticas confesiones, hechas necesariamente con la mirada baja, porque nunca se miraban a los ojos para no perder el hilo, y eso favorecía que hasta las más retraídas vencieran su timidez, ayudando así a compartir secretos y disgustos cuyo peso resultaría demasiado difícil de sostener solas. Y como esas palabras parecía llevárselas el viento, incluso a aquellas más propensas a fantasear también con asuntos ajenos les resultaba más fácil guardar el secreto: no importaba quién había dicho qué y cuándo, sino la verdad objetiva de un dolor que, al ser puesto en común en un acto de confianza, se atenuaba y, como diluido, suscitaba comprensión y solidaridad. Sara y Rachele recordaron una tarde, setenta años antes, en el campo, cuando, sentadas en silencio junto a su joven cuñada Rosaria, se dieron cuenta de que sobre el mantel de seda de mar que tenía en las manos llovían lágrimas: el instinto debería haber llevado a retirar las agujas, pero ellas habían seguido trabajando como si nada. Hasta que, reconfortada por aquel silencio laborioso, poco después Rosaria había encontrado fuerzas para susurrar: «Yo la mandé al cielo, pobre Marianna». No hubo necesidad de añadir nada más. Rachele le había tendido la mano para acariciarla: «Dios te perdona. Tu hija está en el cielo».

Sara explicaba con orgullo que incluso el médico le había recomendado que bordara todo lo posible para mantener ágiles sus dedos. Pero era sobre todo el aspecto creativo el que entusiasmaba a las tres fundadoras del Círculo del Punto de Realce, entre otras cosas porque adoptaba dos formas: por un lado, la creatividad pura, que ejercían dibujando los motivos que luego transferían al lienzo y eligiendo los colores; por otro, la creatividad «secundaria», porque el zurcido era a sus ojos un pariente cercano del bordado: aprender a dar nueva vida a una prenda estropeada era una necesidad para algunas y una lección de vida para todas.

Desde que el Círculo había aliviado la monotonía de sus días, a Beatrice le costaba a menudo conciliar el sueño. Tal vez porque, de las Tres Sabias, ella era la que peor veía, y también la que más escuchaba; y por la noche, tumbada bajo las sábanas, mientras se le venían a la cabeza retazos de conversación, pensaba en posibles mejoras de la organización. Fue así como se le ocurrió la idea de un estatuto del Círculo, en el que se recogieran los principios en los que se habían inspirado. Al fin y al cabo, si querían ser un verdadero Círculo, debían tener un estatuto. Y así se adormeció por fin con una sonrisa en los labios.

Cuando al día siguiente lo comentó con sus primas, la idea fue aprobada de inmediato: se sentaron en un extremo de la larga mesa de trabajo y, sin perder tiempo, empezaron a confabular y a tomar notas. Al final fue Sara quien llamó a Rita para que pasara a limpio con buena letra el resultado de las distintas versiones y modificaciones:

> El bordado es una tradición que viene de lejos: el principal objetivo del Círculo del Punto de Realce es mantenerlo vivo.
>
> El bordado, pariente cercano del zurcido, no conoce diferencias de riqueza o clase.
>
> El bordado es una actividad beneficiosa que también puede ser remunerativa.
>
> El bordado mantiene ágiles los dedos y es la mejor forma de combatir la artrosis.
>
> El bordado es un trabajo creativo que refina el gusto y la imaginación. Hay bordados fáciles y bordados difíciles, cada bordadora puede encontrar el más adecuado para ella, esforzándose siempre por mejorar y superarse.
>
> El bordado puede realizarse a solas o en grupo. Requiere con-

centración y silencio, pero puede ser un requisito previo para una sana socialización.

Todas las confidencias que se reciben mientras se borda deben olvidarse de inmediato.

—¡Bravo! ¡Muy bien! —dijo Beatrice alegremente después de que Rita lo leyera en voz alta.

Rachele reflexionó:

—¿Hay algo más que podamos hacer?

Los pensamientos de Sara volvieron a su cuñada Rosaria, a aquel mantel de seda de mar sobre el que llovían lágrimas amargas.

—Espera —le dijo a Rita—. Al pie, añade esto: «Borda tu vida y Dios te perdonará».

Rico siempre había sido el sobrino favorito de las Tres Sabias. No es que dejaran traslucir esta debilidad, teniendo en cuenta su altísimo sentido de la justicia, pero el hijo de Cola siempre había ocupado un lugar especial en el corazón de las tres, especialmente en el de Sara, que lo había bautizado. El hecho de que hubiera empezado a traicionar a Rita, también les causó un gran disgusto a ellas, pero esas traiciones tenían el sabor de lo inevitable: «Desde que el mundo es mundo...», solía decir Rachele. Y así era: las traiciones del marido tenían la misma consideración que el siroco o el granizo, un fenómeno natural. Mientras la esposa y los hijos legítimos no fueran humillados en público, mientras no hubiera bastardos, las mujeres tenían que tolerarlo. A oídos de Sara, sin embargo, había llegado la noticia de que Rico había ido más lejos: era solo un rumor, pero entretanto habían empezado a crear una invisible cortina de protección alrededor de Rita. Habían redoblado sus atenciones hacia la joven, que —alentada por el afecto y la ternura de sus tías, y a pesar de su embarazo— figuraba entre las participantes más asiduas del Círculo. Percibían en ella una determinación sin ambages que —si hubiera surgido algo que la «desviara» de lo que consideraban el bien supremo— difícilmente le habría permitido seguir sufriendo en silencio. Y temían ese algo sin saber lo que era.

En cualquier caso, trataron de desalentar con sonrisas vagas y parcas palabras a una señora que sabían que había sido amante de Rico y que insistía en ser admitida en el Círculo. Y qué se le iba a hacer si no venía a la próxima feria o si ya no compraba con tanta asiduidad.

A Rachele le gustaba alternar los bordados más complejos con el punto de cruz, sobre todo los largos bordes de los manteles que no requerían especial creatividad ni imaginación. Motivos geométricos sencillos que solo exigían una mano regular para ser ejecutados correctamente. En los bordados de punto de cruz, el reverso era muy pulcro, y en los que hacía Rachele no resultaba menos impecable a la vista que el recto. El punto raso, en cambio, tan bonito sobre todo cuando se trataba de bordar hojas y flores, tenía un reverso desagradable a la vista; e incluso al tacto, como señaló Rita un día que estaba bordando unos nomeolvides en una blusa: Beatrice la elogió por la perfección de las pequeñas puntadas con las que estaba rellenando el dibujo, y ella negó con la cabeza:

—El caso es que el reverso es áspero, a lo mejor te pellizca la piel... Habría hecho mejor en elegir la puntada entera acolchada, que por lo menos disimula la infelicidad.

Gracias precisamente a Rita, se abrió el acceso al Círculo para las mujeres más pobres del barrio. Ella les había contado a sus tías que se había metido de manera accidental por un callejón cercano a la piazza Sette Fate y, a fuerza de dar vueltas, había acabado en una callejuela de prostitutas: no había visto a ninguna en su vida, pero no le cupo duda de la profesión de aquellas mujeres sentadas frente a las puertas de sus casas. Avergonzada, miró hacia arriba y pudo darse cuenta de que en los balcones —en cuyas barandillas había anchas tiras de tela ensartadas, para que no se vieran las piernas de las *fimmine* desde abajo— había niñas de no más de nueve o diez años que ya tenían la cara pintarrajeada como sus madres. Parte del dinero que el Círculo del Punto de Realce obtenía con la venta de sus bordados se destinaba a no dejar que sus mujeres derrumbadas ni, sobre todo, sus desafortunadas familias se quedaran sin comer. Las Tres Sabias creían firmemente que estas formas de ayuda práctica eran más eficaces que cualquier sermón.

El debilitamiento de la vista había obligado a las mujeres más ancianas a abandonar las sábanas y los manteles por servilletas, pañuelos, blondas, toallas..., todas piezas pequeñas, que podían acercarse fácilmente a los ojos. A menudo se dedicaban al deshilado de los bordes de las toallas de orillo a orillo: no era un trabajo difícil, pero requería especial cuidado. Por lo general, no se sacaban más de cuatro o cinco hilos, pero dependiendo de la complejidad del diseño, se podía sacar incluso el doble. Luego, tras sujetar los dobladillos con una vainica de columna, se empezaba.

A menudo, mientras deslizaban la aguja dentro y fuera de la tela, la memoria de Sara y Rachele volvía a los días en los que bordaban su ajuar: era solo una forma de entretenerse —el grueso de la tarea se confiaba a las monjas del monasterio de Santa Oliva, no solo por su legendaria habilidad, sino también porque necesitaban ganar dinero—, y, sin embargo, recordaban bien el sentimiento de tierna confianza y expectación que las ayudaba a hacer que la aguja avanzara más deprisa mientras fantaseaban con lo que les depararía la vida como esposas y madres.

Tras la primera feria de verano a principios de julio, las reuniones prosiguieron durante todo el mes e incluso —aunque con menor intensidad— en agosto. Una tarde de septiembre, Rita, para entonces en su séptimo mes de embarazo, sufrió un desvanecimiento y todas se esforzaron por entender qué pasaba e intervenir sin generar un alboroto. Se recuperó enseguida —gracias, entre otras cosas, al agua y al laurel con mucho azúcar, un remedio para todas las dolencias del cuerpo y del espíritu—, luego entornó los ojos y murmuró llena de pesar:

—Aún no he terminado la canastilla. —Luego se puso las manos en la curva del vientre y levantó la mirada hacia Beatrice—: Ay, cómo se mueve... Supongo que tendré que preparar la habitación para la comadrona.

6
Dice Stefania Rizzo
(30 de abril de 1956)

A menudo me pregunto en qué me he equivocado con la educación de Mariolina. He querido con desesperación a mi única hija y durante años estuvimos siempre juntas —ella y yo, yo y ella—, no quise niñeras, y por suerte no me tocaba a mí decidir sobre sus estudios, porque si hubiera podido, la habría educado en casa. En cambio, Filippo me obligó a matricularla en el instituto del Sagrado Corazón de Jesús. Mariolina —quién sabe, tal vez como reacción— ha salido completamente diferente a mí: es caprichosa, testaruda, apasionada. Y mentirosa a veces.

Cuando conocí a Filippo, mi marido, yo tenía veintiocho años. Él era viudo y me contó más tarde que no tenía intención de volver a casarse, o al menos no tan pronto, por miedo a que sus hijos —que entonces tenían siete y ocho años, respectivamente— se sintieran excluidos. Yo también era viuda y no tenía planes de volver a casarme: mi primer marido había muerto en Abisinia, en la guerra de África, solo recibía una exigua pensión y tuve que regresar a casa de mis padres. Tenía el título de maestra y me hubiera gustado volver a dar clases. Mis hermanos, quizás solo para protegerme, me dijeron que no trabajara, que ellos se encargarían de mí. Pero yo deseaba de manera ferviente salir del abrazo asfixiante de mi familia y quería ser profesora: lo sentía realmente como una misión. Cuando Filippo me cortejó, fue porque se había enamorado de mí y yo no tuve ningún problema en corresponderle: me gustaba. Me gustaba mucho. No solo eso: también les cogí mucho cariño a sus hijos, Enrico y Luigi, que nunca nos han dado problemas. Sin embargo, yo suspiraba por tener mi propio *picciriddo*.

Filippo no dejaba que me faltara de nada, y me quería, quizás demasiado. En el primer año de matrimonio, me quedé embarazada dos veces y las dos veces me vi obligada a abortar. El sufrimiento fue grande y me pesaba tener que mentir: dijimos que padecía problemas urinarios, así que tenían que hospitalizarme como medida de precaución. Mis confidencias eran solo para mi cuñada Caterina, la mujer de Ludovico: ella sabía mucho de los Sorci, porque durante años había sido la única nuera y su suegra se lo contaba todo, y en ese todo había sombras, episodios desagradables, casi horribles, afloraba el abismo de los Sorci. Dos años después volví a quedarme embarazada y oculté mi estado. No fue fácil, porque Filippo era fogoso y muy observador. Me ponía corsés para disimular mi figura y, aun a costa de mi salud seguía entreteniendo a sus amigos, comportándome como siempre. La ayuda y la complicidad de Caterina me fueron indispensables, no solo en esos primeros meses, sino también después de que se lo contara a Filippo: era Pascua y ya estaba embarazada de cinco meses, demasiado tarde para abortar. Montó en cólera, me dijo que era una mentirosa, o tal vez solo estuviera loca: en cualquier caso, me encerraría en la clínica y, si realmente estaba embarazada, una vez más se haría según su voluntad.

Prefiero no recordar ese periodo, en mi corazón llevo más bien la alegría que al final compensó el sufrimiento: el 2 de agosto de 1932 la comadrona me entregó a Mariolina, hermosa y rubia. Filippo se enamoró de ella en cuanto la vio: era exactamente igual que su madre. Desde entonces, Mariolina es la niña de sus ojos, la única que puede obligarle a hacer —o no hacer— lo que ella dice.

En aquella época, Filippo tenía muchos negocios entre manos: además de invertir en bolsa, era socio de varios consorcios agrarios y formaba parte del consejo de administración de un banco siciliano. Para él, dinero y poder eran esenciales. Veía a menudo al aventurero Peppe Vallo, que —según se decía— había hecho fortuna en los Estados Unidos. En Sicilia, su fortuna había aumentado al casarse con Nora Contorno, hija de un eminente profesor de Derecho Mercantil de la Facultad de Derecho. Vallo había conseguido una segunda licenciatura, tras la estadounidense, y obtuvo la habilitación para ejercer como abogado también en Italia, ganando conexiones y contactos en muy poco tiempo.

Inmediatamente después de la guerra, dio a entender a Filippo que podía ayudarlo a expandir sus negocios en América. Así que le invitábamos a menudo a nuestra casa, al piso al que nos habíamos mudado tras la muerte de mi suegro, y parecía encantado de venir.

A Mariolina —tengo que decirlo, aunque sea mi hija— siempre le ha gustado agradar, la modestia no sabe ni lo que es, y estaba encantada cuando teníamos invitados importantes. Y no había nadie más importante para su padre que el abogado Vallo.

Poco a poco, dejó de venir acompañado de su mujer: siempre fue muy discreto, pero, aunque algunas maledicentes pensaban que estaba enamorado de una cantante, tenía una forma de mirar a Mariolina... Y ella también lo miraba, ¡vaya si lo miraba! No puedo decir que fuera un flirteo —ella era una flor en ciernes y él un anciano, además casado—, pero era evidente que entre ellos había una fuerte simpatía que no se molestaban en ocultar, con algo más de fondo que sí ocultaban, pero que yo percibía muy bien y no me gustaba nada. A Filippo tampoco le hacía gracia, pude darme cuenta, pero parecía que su amistad con el abogado Vallo contaba más que el bien de su hija, y no me atreví a ponerle en un aprieto por mis temores.

Este «cuarteto» ideal continuó durante bastante tiempo. Peppe Vallo era casi un miembro más de la familia, luego oí que se había separado de su mujer, que salía con una *picciotta* de Catania y, por último, que tenía una amiga americana. La única certeza era que una tarde había ido al cine con Mariolina, pero esto me lo contaron mis sobrinas, no ella. A partir de aquel día del cine, Mariolina se volvió muy reservada y cada vez más testaruda: le gustaban las fiestas, le gustaba bailar, pero sobre todo le gustaba sonreír al mundo, desplegar las alas, prepararse para volar, hacia dónde y cómo no era fácil de entender. Tenía fuego en el cuerpo, eso sí. Eso podía verse. Vital y embelesada. Y mimada por su padre. De casarse y tener hijos no hacía mención. A veces me preguntaba si no sería como su primo Carlino, llena de fantasías como él, y tal vez transgresora.

Cuando por fin una noche, antes de acostarnos, Filippo me dijo que el abogado Alfio Buscemi había pedido la mano de Mariolina, ya no entendí nada. Conocía al abogado Buscemi, porque tenía negocios con Vallo, pero nunca me pareció que estuviera enamorado de Mariolina. Amigo sí, marido no. Mariolina formaba parte de un grupo apasionado por el arte griego y romano —en realidad, lo que a ella le gustaban especialmente eran las joyas antiguas—, y el abogado Buscemi también estaba muy interesado en las excavaciones de Selinunte y Mozia. Mariolina las había visitado varias veces con amigos arqueólogos, y a su regreso me contó que el abogado Buscemi se había unido a ellos. Eso era todo. Nunca había hablado de él como de un «hombre».

Filippo pareció leerme el pensamiento e intentó tranquilizarme:

—El abogado Buscemi será el marido tolerante que a ese *diavulazzu* que tenemos por hija le hace falta. —Abrió mucho los ojos y me miró, repitiendo—: Tolerante... Eso es lo que a Mariolina le hace falta. —Y luego añadió—: Tolerante como mi pobre madre.

Fui al baño y me tomé dos pastillas de valeriana, pero aun así me desvelé sobre las tres y lloré hasta que se hizo de día, el ruido despertó a Filippo, que se enfadó mucho. No podíamos hacer nada, me dijo, tenía que meterme en la cabeza que cuanto antes aceptara la situación, mejor:

—¡Ese Alfio Buscemi es un *garruso,* un sarasa, hasta tú deberías haberte dado cuenta! Pero Mariolina y él tienen los mismos gustos, disfrutan arrancando piedras viejas del suelo. Y aunque sea un matrimonio blanco, lo importante es que estén de acuerdo en lo que hace cada uno, solo o en compañía.

Mientras hablaba, mi mente estaba en otra parte, pensaba en cuando me había cortejado, en cuando era feliz.

Me parecía que todo se estaba desmoronando, que donde deberían haber florecido fragantes flores solo había frutos podridos y negros.

La boda se fijó para el 28 de abril. Viví los tres meses previos a la boda como una sonámbula, no paraba de adelgazar y tenía que sonreír a todo el mundo, fingir que todo iba a las mil maravillas, que mi aspecto consumido se debía solo a la excitación y al cansancio de los preparativos. Rezaba por mi desgraciada hija, cada vez más guapa y radiante, y lloraba. Rezaba y lloraba, rezaba y lloraba. «No pasa nada, mamá, no pasa nada», me decía Mariolina, pero yo no podía creerla. Caprichosa y mandona como siempre, se negó a seguir la costumbre de exhibir los regalos de boda ante parientes y amigos. Intenté convencerla de que respetara la tradición, y le pedí a Filippo que la convenciera, un día que Peppe Vallo también estaba en casa, pero los dos parecían aliados en contra de mí. Y, de esa manera, me quedé al margen una vez más.

La víspera de la boda, Mariolina parecía muy emocionada: por los regalos de los invitados y por el regalo de su padre, un crucero por el Mediterráneo en el que recorrerían todos los yacimientos arqueológicos más célebres, desde Marruecos hasta el Líbano. Se había comprado una túnica de lino que parecía un peplo de matrona romana y dijo que cruzaría las excavaciones de Leptis Magna vestida así. Me lo enseñaba y giraba sobre sí misma, feliz. ¿Feliz por qué? Ella se marchaba y yo tenía el corazón roto, un presentimiento que, cuanto más lo pensaba, más se convertía en certeza, y esa certeza, cuanto más lo pensaba, más se convertía en pesadilla. No veía felicidad para mi hija, ni para los hijos de mi hija.

Fue un alivio cuando llegó por fin el día de la boda, celebrada en la iglesia de la Martorana. Rodeada del oro puro de aquellos mosaicos severos y suntuosos, bajo las bóvedas de lapislázuli tachonadas de estrellas, reviví la ansiedad y la angustia de aquel compromiso breve, extravagante e inexplicable. Tres meses en los que Mariolina había oscilado entre una felicidad sin límites y una oscura ira. Tal vez debería haberme mostrado más atrevida y pedirle que se abriera conmigo, tal vez simplemente debería haber plantado cara a sus cambios de humor con la sal y la pimienta de una madre. No había sido capaz. Sabía que la inteligencia de Mariolina podía ser muy aguda, que de alguna manera le gustaba confundir con sus arranques de extrema ligereza, lo que ella misma, por lo demás, llamaba «caprichos». Mi marido me había ordenado que la complaciera en todo. Y, como siempre, yo había obedecido. Para la decoración de la iglesia, Mariolina no quiso lirios ni rosas, sino una corona de fresias multicolores; el vestido debía ser corto; el peinado, todo rizos, como el de las mujeres de los mosaicos romanos, y el velo —también corto— sujeto por una peineta dorada con una corona plana de siete puntas, cada una rematada por una esfera de filigrana. Mi corazón lloraba, pero mi hija estaba muy hermosa con su vestido de las Hermanas Fontana, en la blancura de la seda rígida, en la ligereza del tul que descendía del oro de la corona sobre el oro de su cabello. Su rostro habría sido aún más bello con menos maquillaje, pero estaba radiante en cualquier caso, iluminado por las llamativas perlas barrueco que llevaba en las orejas, regalo del abogado Vallo, padrino del novio.

Por lo demás, he borrado todos los recuerdos de ese día, que debería ser uno de los más hermosos en la vida de una madre. No recuerdo a Filippo vestido de chaqué llevando a Mariolina al altar. No recuerdo el suspiro con el que se sentó a mi lado en el primer banco, después de entregársela a Alfio, un suspiro que expresaba toda su amargura. Recuerdo, sin embargo, que por la noche, tras la recepción y después de que la pareja se hubiera marchado de luna de miel, Filippo y yo estábamos agotados. Yo me fui a la cama, pero él se quedó a ver un programa de televisión: cantaban, contaban chistes, volvían a cantar. Al cabo de un rato, me levanté para ir a beber y me lo encontré desplomado en el sillón, en bata, frente a la carta de ajuste. Roncaba, e incluso esos ronquidos eran muy tristes.

Ahora pensaré en mí. En la boda, mi cuñada Caterina me dijo que me esperan con los brazos abiertos en el Círculo del Punto de Realce. Y allá iré.

7
Las cartas de Mariolina Sorci a Carlino Sorci
(abril-mayo de 1956)

PRIMERA CARTA

30 de abril de 1956

Querido Carlino:

Te escribo desde el barco *Ausonia*. Han pasado dos días desde mi boda con Alfio, que, como sabemos, no es que sea una boda de verdad, porque nunca seremos marido y mujer en sentido bíblico. «En sentido bíblico»: qué expresión más graciosa, ¿no te parece?

Recuerdo tu primera carta cuando te fuiste a América, el 9 de septiembre de 1948 (sabes muy bien que las guardé y numeré todas). Saliste de Palermo con destino a Nápoles, luego Génova y, por último, Nueva York. Como me decías: «Irse es en parte como morir».

He estado pensando en ti. Tú te fuiste solo, yo me voy con un marido «de la acera de enfrente» (como diría mi padre). Pero me quiere como esposa, y no le importa si le soy fiel. Necesita una esposa «de abolengo», que le haga quedar bien en la vida social, una buena ama de casa, una enfermera —si se da el caso— que pueda hacerle compañía. Qué clase de compañía pretende exactamente, aún no lo he averiguado, pero una cosa tengo clara: me deja libertad para hacer lo que quiera. Hay quienes han decidido por nosotros. Yo diría que lo han decidido científicamente, si me permites el adverbio. A mí me parece bien, y ya sabes por qué. No hemos hablado de niños. Todavía no...

La familia de Alfio es de Bagheria, una familia pequeñoburguesa, que posee una hermosa casita, en cuyo comedor hay un aparador de puertas de cristal y bibelots de porcelana, trapos en el suelo cuando se da cera, algunos ahorros en el banco y unas cuantas tierras bajo el sol. O eso, por lo menos, me dice Peppe; yo solo he ido dos domingos a comer a casa de Alfio, y nada más. Peppe lo ha arreglado todo, con sesgo leguleyo, para que tomara forma lo que él llamaba «un firme triángulo»: Alfio, él y yo. Nunca olvidaré la tarde en que me explicó con todo detalle lo que tenía pensado..., ¡y yo te llamé enseguida para contártelo! Si me casaba con Alfio, que era su amigo y socio y que no estaba interesado en mí en absoluto, los dos podríamos amarnos tanto como quisiéramos..., discretamente. Lamentaba la idea de no tener hijos, pero Peppe me dijo: «No te preocupes, yo me encargo». Te lo pregunto, aunque sé que le hemos dado vueltas al asunto hasta la saciedad: ¿sigues pensando que he hecho lo mejor? No me dio tiempo de decírtelo, pero tuve un momento de duda en la iglesia, después de que papá me «entregara» a Alfio: me volví hacia ti y tenías una cara... En todo caso, Peppe sabe lo que hace y confío en él. Seguro que todo sale bien.

Durante el primer día de navegación, el barco se detuvo cerca de Trapani para que viéramos la matanza de atunes que acababa de comenzar. Una escena que casi me hizo llorar: los pobres atunes entran en una enorme red (la «cámara de la muerte», la llaman), quizás creyendo que en ella encontrarán comida; los barcos se alinean a su alrededor, marcando el perímetro. Los pescadores a bordo tiran de la red haciendo cada vez más angosto el espacio, hasta que los atunes, en loco tumulto, unos encima de otros, ya no pueden ni respirar. Entonces es cuando los pescadores los golpean con sus arpones, cantando y gritando como enloquecidos, hasta que el mar se llena de espuma y sangre. Aterrador. Desde la barandilla del barco, el público vitorea. Pero ¿a quién? ¿A quien muere? ¿O a quien mata? Me eché hacia atrás y pensé que no volvería a comer pescado en mi vida, pero ayer nos sirvieron unos salmonetes recién pescados: de repente, me vi delante a Alfio con las pintas que me lleva para pasar la noche, tan rígido como un bacalao en su pijama de ese beis desvaído, con una red en la cabeza y ese insoportable carraspeo que —he podido descubrir— hace antes de dormirse, «a-ejem..., a-ejem». Como para volverse loco, Carlino, te lo juro. En fin, que pensé en esa caricatura de hombre con el que tengo que compartir la cama y me sentí no menos prisionera que esos desgraciados atunes, pero todo esto para decirte que al final me comí los salmonetes, y además con mucho gusto. Me sentía mejor. Y al día siguiente también me comí dos rodajas de atún a la plancha. ¡Querido Carlino, creo que nunca seré vegetariana!

Nuestro camarote es suntuoso. Tiene una cama gigante con dosel. Alfio es muy amable y respetuoso; podemos dormir separados, sin miedo a tocarnos mientras dormimos. En Palermo tendremos habitaciones separadas, eso también forma parte del pacto... Te escribiré dentro de unos días para hablarte del futuro.

Y ahora, como corresponde, vuelvo a mi lado de la cama.

Buenas noches.

Mariolina

SEGUNDA CARTA

2 de mayo de 1956

El vapor llegó ayer a Túnez. Era el más bonito y el más grande de todos los amarrados en el puerto, que es enorme. La gente de los otros barcos nos miraba con los prismáticos, ¡de lo bonito que es el *Ausonia!* Yo estaba muy contenta. Mientras nos asomábamos al puente, Alfio me puso una mano en el hombro, puede que, vistos desde fuera, pareciéramos de verdad unos felices recién casados, pero si mi corazón latía de auténtica felicidad, no era, desde luego, por su mano, sino porque esperaba algo sobre lo que escribiré más adelante, cuando suceda.

De lejos, Túnez es precioso. Las paredes de las casas parecían todas amarillas, o quizás fuera el sol poniente el que las teñía de miel; y el agua es verde claro, porque el fondo marino es arenoso, según me explicó mi marido (tengo que acostumbrarme a llamar así a Alfio).

Nos bajamos con el segundo grupo de pasajeros e hicimos un recorrido por el zoco. Alfio me dijo: «Cómprate lo que quieras». Le miré perplejo, pero me lo aclaró: «Cuando te portes bien, eso es lo que te diré: cómprate lo que quieras». No dije nada. No tenía yo la impresión de haberme comportado especialmente bien. ¡Luego me di cuenta de que se refería a que le había esperado con paciencia a que estuviera listo para salir (tarda su buena media hora en vestirse), y le había seguido dócilmente!

Hicimos una visita guiada, bastante aburrida. Túnez puede ser bonito, pero no más que Palermo. Y en cuanto a la famosa «arquitectura árabe», tampoco nos falta. Estos tunecinos me parecen un poco *arrinanzati*, provincianos.

Cuando volvimos al puerto y estábamos cerca de nuestro vapor, el corazón me dio un vuelco. ¿Quién estaba en el muelle? Alto, con traje de lino blanco, camisa azul claro y panamá en la cabeza... Desde lejos, su reloj de oro brillaba al sol. ¡Peppe! Nos apresuramos a reunirnos con él, y fue de lo más cortés: volvió a desearme lo mejor y luego, como si yo no estuviera allí, empezó a hablar de negocios con mi marido.

Almorzamos juntos. Peppe me había prometido que iría al crucero con nosotros, así que debería haber estado tranquila. Sin embargo, aunque comprendía la necesidad de ser discreta, no estaba preparada para que se me pasara por alto tan ostentosamente. Al menos una sonrisita, una caricia al pasar... ¡Nada de nada! Era más de lo que podía soportar, después de todo el alboroto de la boda. Tenía lágrimas en los ojos. Empezaba a pensar que Peppe se había olvidado de todas las promesas que me había hecho, porque me trataba como a la esposa un poco aburrida de su amigo Alfio, que de repente ya no era tan aburrido. Me sentí muy decepcionada.

¿Sería que ya no le gustaba? Eso pensé, cediendo el paso a la Mariolina caprichosa. Y Alfio era todo amabilidad, mejor actor que yo, como si comprendiera que necesitaba consuelo. Por la tarde, Peppe permaneció en cubierta, tendido en una tumbona con un fajo de periódicos a su lado; Alfio, en cambio, se sentó en el bar de a bordo para hojear las revistas de arqueología que se había traído de casa. Me fui a echar una buena siesta al camarote, tumbada boca abajo sobre la almohada, luego me puse el bañador y subí a tomar el sol, tendrías que ver las gafas oscuras que me he comprado. Un té por la tarde. La novela que no consigo leer bajo el brazo. Ni rastro de Peppe. Hasta que llegó la hora de prepararse para la noche.

Alfio se puso un traje gris oscuro de una pieza, de corte sartorial, con corbata de seda roja: luego se roció con colonia como una *cocotte* y se peinó hacia atrás con un peine mojado.

Yo llevaba un sencillo vestido azul con mangas de tres cuartos y él me dedicó una escena marital con la que casi me entra la risa: «¿Cómo se te ocurre vestirte así para una cena con el capitán? Es una cena especial, con música..., ¿lo entiendes o no? Y somos invitados de Peppe». No pestañeé, cogí el vestido más bonito de mi armario, muy escotado, de faya verde esmeralda, un modelo de la Hermanas Fontana. Me maquillé con un perfilador de ojos y elegí un bonito pintalabios escarlata.

En la cena con el capitán, junto a mí, mi «marido» y Peppe había un joven: parecía como si Alfio y él ya se conocieran, pero confieso que mis recuerdos son un poco borrosos. Sin duda, comimos langosta y calamares, y un exquisito postre de arroz aromatizado con canela. ¿De qué estuvimos hablado? ¡Bah! Nadie se dio cuenta de que solo tenía ojos para Peppe. Él era de lo más discreto. Debió de dirigirme la palabra un par de veces. Alfio, por su parte, parecía satisfecho; y su amigo también. Charlaban y se reían. El capitán bebía, hablaba, contaba anécdotas sobre la vida marina, y también de mujeres. Con clase, hay que reconocérselo, pero de mujeres. Sabía que, conmigo en la mesa, no podía exagerar. ¡Eso sí, no dejaba de mirarme el escote, ¡alguien, por lo menos! Y cuanto más me miraba el canalillo, más escudriñaba yo a Peppe en busca de un rastro de celos reales, y luego buscaba en los ojos de Alfio una pizca de celos falsos.

Nada de nada. Nadie me hacía el menor caso, los tres hablaban entre ellos como si yo no estuviera allí.

La música de la orquesta nos llegaba desde lejos, y yo seguía el ritmo moviendo la cabeza, como las chicas que están de floreros en las fiestas, de pie contra las paredes con la vana esperanza de que las inviten a bailar. Me sentía como una intrusa.

Hasta que el capitán se da cuenta. Me dice: «Aquí bailamos en cubierta, señora. ¿Abrimos el baile nosotros dos? ¿Me lo concede?».

Siento que lloro por dentro, ¿piensa Alfio acaso que el capitán y yo...? ¿Pero si Peppe está allí? ¿Y qué le digo yo?

Recibo una patada por debajo de la mesa, pero no es Alfio, sino Peppe, que me mira fijo y luego baja imperceptiblemente la cabeza.

«¡Con mucho gusto!», le digo al capitán, aunque bailar con él no es exactamente lo que más me apetecía. Todos nos miran desde las otras mesas. Me siento avergonzada, quizás me esté comportando como una provinciana. Pero no es eso, están mirando al capitán, que invita a todos a seguirle a la cubierta superior para ver el final de la puesta de sol. Y me ofrece su brazo.

En el puente, nos espera la orquesta. El capitán vuelve a pedirme que baile con él. Sonrío como una tonta. Alfio charla en voz alta con su amigo, pero Peppe me mira y luego pone la mano en el hombro del capitán: «Me permitís, ¿verdad?». Por fin estamos uno frente al otro. Su mano se desliza por mi cuerpo y me rodea la cintura. La oscuridad se llena con las notas de «Only You».

Only you
can make this world seem right
Only you
can make the darkness bright
Only you and you alone
can thrill me like you do
And fill my heart with love for only you.

Mientras bailo, me doy cuenta de que Alfio y el capitán están hablando: soy feliz en los brazos de Peppe, mi amor.

No quiero escribirlo todo, ya te lo puedes imaginar. Pero hay una cosa que nunca imaginarás. Después de bailar durante toda la velada, rodeados por el mar, Peppe y yo éramos solo aire, música, yo era parte de él y él era parte de mí. Alfio había desaparecido. Me sentía confundida. Peppe me dijo: «Confía en mí, todo va como tiene que ir».

Empezamos a bailar de nuevo, pero yo no podía disfrutar de su cercanía. Tenía que volver al camarote. Peppe debió de darse cuenta de lo que se me pasaba por la cabeza, porque me levantó la barbilla con dos dedos y repitió: «Todo va como tendría que ir». Luego miró el reloj: «Las doce y media. Se está haciendo tarde».

No recuerdo bien lo que pasó. Estábamos en el puente, solos, la orquesta había desaparecido en la oscuridad, así que bajamos al puente inferior, donde están los camarotes de lujo. Caminábamos despacio porque yo estaba un poco achispada, iba colgada del brazo de Peppe, nos detuvimos delante de la puerta de un camarote. Que no era el mío.

«¿Tengo que volver con Alfio?», le pregunté, pidiéndole permiso, pidiéndole que no dejara que se acabase la noche, preguntándole si había una nueva norma que debíamos respetar o si, por el contrario, ya no había normas. Aturdida, pero lúcida al mismo tiempo, lo esquivaba y me comprometía, pero le dejaba la iniciativa a él. Entonces Peppe me besó, por fin, un beso largo y lento. Luego abrió la puerta y me hizo un gesto para que entrara: «Esta es nuestra habitación». Era una suite inmensa, el doble de grande que la que compartía con Alfio, que ya me parecía muy grande. En la cama, vi mi camisón doblado junto al pijama de Peppe. En el cuarto de baño estaban mis artículos de tocador, mis perfumes, mi polvera de cristal con la borla encima. Me eché a reír, sin entender nada. Peppe me sonrió: «Me gustaría que fueras mi huésped hasta que volvamos a Palermo...». Luego abrió la puerta de espejo del armario con un gesto teatral: colgada ordenadamente en fila estaba toda mi ropa, al fondo, mis zapatos y sandalias. «Esta será nuestra luna de miel», me dijo.

Esta mañana hemos desayunado los dos solos en la terraza del camarote. Peppe disfrutaba contándome cómo organizó esta maravillosa sorpresa: me explicaba que el amigo con el que había venido es un amante de mi marido. «Le propuse a Alfio hacer un intercambio. Él estaba encantado, yo más», concluyó riendo. Peppe, lo sé bien, es un ajedrecista, sabe cómo mover las piezas, y sabe que cada movimiento implica un contramovimiento. ¿Sabes lo que pasa, Carlino? Que es invencible.

De repente, mientras estábamos allí rodeados por el azul del mar y del cielo, me invadió el temor de que Peppe se cansara de mí, en cuyo caso estoy segura de que me vería apartada de su vida antes incluso de darme cuenta. Pero él tiene esa diabólica habilidad de leerme la mente. Así que me cogió la mano y me la acarició: «Mariolina», me dijo, «eres la única mujer a la que he amado. La primera vez que te vi eras una *picciridda*, caminabas de la mano de tu madre: eras guapa y mandona como ahora, ella te sujetaba, pero eras tú quien la guiaba. Eres una mujer llena de fuego y temperamento. Mi mayor deseo es pasar contigo todo el tiempo que me queda..., y lamento pensar que no será tanto como me gustaría. No sabes lo que daría por haber sido joven contigo».

Eso me dijo, querido Carlino. Y así pasó mi Primero de Mayo. El crucero continúa.

Confesor, testigo, primo, amigo... Te coseré una firma al final de la página, pues no me queda más sitio.

La Mariolina que conoces

Segunda parte
Punto plano

8
Dice Mariolina Sorci
(enero de 1958)

Todos recordaremos durante mucho tiempo este 4 de enero de 1958. Nos quedamos con los ojos pegados al cielo pensando en ver quién sabe qué. El cielo es uno de esos cielos invernales límpidos y celestes. La mirada va del monte Pellegrino a las profundidades del azul y cree captar una señal, un rastro, una estela... Y en cambio, nada. El *Sputnik*, que se suponía que había vuelto a entrar en la atmósfera, se ha desintegrado, es polvo, quién sabe dónde, y aquí en la Tierra no sabemos nada más.

Desde hace unos años se habla de la conquista del espacio, la noticia de que Estados Unidos y la Unión Soviética compiten por poner un pie en la Luna está en todas partes. Se habla de ello en los periódicos, todo el que puede permitirse un televisor espera reportajes actualizados en la pantalla, pero incluso en los bares, en las casas, en la calle, el asunto está en boca de todos. Hay quienes, simplemente, no se creen que un cohete (¿un cohete?) pueda dirigirse hacia esas metas invisibles.

También es tema de conversación en el Círculo del Punto de Realce, y son las más jóvenes las que menean la cabeza, las que lanzan ciertas exclamaciones sordas: «¡Menuda locura!», las que no creen en ello, como si estuviera en juego la fe y no el progreso de la ciencia y la tecnología. La tía Sara calibra las agujas, a sus ochenta años aún rompe el hilo con los dientes, y amonesta a las jóvenes: las devuelve a la realidad del mundo, les recuerda que tienen la suerte de pertenecer a un futuro cada vez más grande, que forman parte de una sociedad nueva: tienen derecho a votar y verán con sus propios ojos lo que a ella ahora se le niega. Pobre tía. El año pasado acompañó primero al hospital y luego a la tumba a la tía Rachele y a la tía Beatrice. Solo queda ella, pese a ser la mayor, para mantener en alto el estandarte de las Tres Sabias: a pesar de todo, para nosotras siempre siguen siendo tres, e incluso ahora, cuando sentimos la necesidad de consejo, seguimos diciendo «A ver qué dicen las Tres Sabias», como si nunca pudieran faltar. La tía Rachele y la tía Beatrice se apagaron como velas, una tras otra, con diez días de diferencia: Rachele, angustiada por no haber terminado el bordado de un mantel encargado por la esposa de un conocido industrial milanés; Beatrice, arrepentida por haber dejado la aguja hace meses, con las manos temblorosas y la vista debilitada.

Salgo del Círculo y, mientras corro hacia casa, me pregunto a qué casa llamo ahora mía, si al domicilio conyugal (donde procuro estar lo menos posible), si a la casa de mi madre, por la que paso con cierta regularidad, o al apartamento que Peppe me ha encargado que decore para los dos, en el mismo moderno edificio de apartamentos de mis padres, desde el principio de nuestra relación. Han pasado casi tres años muy intensos desde aquel beso en el cine Astoria que me hechizó: enamoramiento, gran amor, matrimonio de conveniencia, y luego vía libre al amor con Peppe, el único hombre al que me he entregado. Peppe es un anciano, me digo, pero hay en él una fibra tan fuerte, tanta hambre de vida, que no deja traslucir debilitamientos. Me gusta ver cómo se desnuda, y a él le gusta verme. A menudo me pregunto si se verá con otras mujeres: pero cuando estamos juntos, es como si nunca tuviera suficiente, y el hecho en sí de que nunca parezca satisfecho excita mis sentidos. Peppe me dice que me llevará lejos de aquí, y promete llevarme a América, dice que quiere volver allí conmigo, para ver los lugares donde fue joven.

Tiene más de sesenta años, pero hay algo en él que me hace pensar en Carlino, y Carlino es el único que me conoce desde siempre. Nadie me entiende como él. Carlino es como un hermano para mí, el confidente que mejor comprende mis pensamientos más íntimos, incluso aquellos de los que no soy consciente. No sé si depende de sus, llamémoslas así, «inclinaciones», pero lo cierto es que tiene una sensibilidad especial —nerviosa, agudísima— y una profunda generosidad hacia todos. Nunca he conocido a nadie como él. Tras la muerte del tío Andrea, su relación con el tío Cola se hizo mucho más intensa, y ambos, por fin, fueron libres de sentirse padre e hijo, a todos los efectos, aunque la tía Margherita siempre se haya opuesto a esta paternidad fuera de la ley. Palermo es una ciudad difícil para vivir las relaciones homosexuales a la luz del día; pero toda esta Italia democristiana es difícil, obtusa y gazmoña. Carlino siempre ha tenido buen gusto y un ojo especial para los tejidos; ahora dispone de una red de contactos con fabricantes y distribuidores nacionales e internacionales, y presta asesoramiento a sastrerías de gran renombre. Me enseña los muestrarios que recibe cada temporada, hojea lentamente los rectángulos de tela, de la variante más clara a la más oscura, y prueba su consistencia y suavidad entre el pulgar y el índice, luego me invita a hacer lo mismo y vuelve a recitarme todos los nombres, mezclándolos, ligeros y pesados, como una cantilena: tweed, grisalla, solaro, popelín, lino, ojo de perdiz, pata de gallo, lana fría, raya diplomática... Es un oficio que lo llevará lejos. Le vi recibir a un tejedor inglés en el puerto y alcanzar de inmediato un entendimiento perfecto: Carlino le llevó a las citas en las tiendas y sastrerías más de moda. Una vez, le pedí una muestra de raya diplomática con una raya rojo oscuro muy fina, lo cual dio lugar a un pedido y más tarde a un traje que Peppe lleva con orgullo, el «rayadillo mariolino», lo llama él.

Carlino viene de vez en cuando a visitarnos al Círculo: empezó por el cariño que les tenía a sus tías, pero no solo por eso. Le gusta entretenerse allí, y se divierte observando a las mujeres y a las chicas que no lo conocen. Se percatan de que es alguien distinto, no tanto en sus gestos, que no son demasiado afeminados, como en el interés que Carlino muestra por sus estupendas obras, y entonces algunas le sonríen tímidamente tapándose la boca con la mano, otras le lanzan miradas de reojo, otras se encogen de hombros con curiosidad, aunque todas aprecian —cuando no lo elogian— esa masculinidad recortada, presagio de amabilidad, perspicacia y cortesía; incluso con un atisbo de complicidad. «¡Señoras, qué silencio reina aquí!», soltó una vez, cuando ya había cogido confianza y las llamaba a casi todas por su nombre. «No estamos en la iglesia, hermanas, y vosotras monjas no sois, aunque sí devotas y dedicadas como oblatas...» Y de aquel silencio irrumpió de pronto con ligereza la voz de Concetta, que canta en el coro de la parroquia de Santa Eufemia: «Dios del cielo, si yo fuera una paloma...». Y luego siguió murmurando, mientras las demás se unían una a una hasta que sonó el estribillo «Vuela, blanca paloma, vuela..., dile que volveré...», y al liberador «¡dile que ya no estará sola!». Carlino se levantó y movió los brazos como un director de orquesta. Se acercó incluso el padre Gioacchino, intrigado por las voces, y ahora —de pie en la puertecita que daba al pasillo—, aunque no cantaba, se balanceaba al compás sobre sus piernas flacas.

Siempre que viene, Carlino aporta un poco de su bagaje de hombre de mundo y no teme tontear con las bordadoras, ya sean damas de buena sociedad o vacilantes de la calle. Una de ellas le dijo una vez que, en su oficio, había llevado al éxtasis a más de un hombre como él. «Encantado estoy, Mariella, ante la perspectiva..., pero no me gustaría decepcionarte», y todas se echaron a reír con los ojos brillantes, esta vez casi sin freno.

Peppe viene al Círculo cada vez que se celebran lo que llamamos «ferias». En la primera Navidad, consultó conmigo cuánto debía dejar como aportación a la buena marcha del negocio, y yo a mi vez pregunté a las tías, que con un sentido de los negocios muy práctico fijaron la cuantía de la aportación en dinero fresco. «Este dinero, quién sabe de dónde sale», comentó en voz baja la tía Sara, «pero los pobres no miran de dónde sale la calderilla, y nosotros, aunque no somos pobres, trabajamos para los pobres.»

Y efectivamente, sí, Peppe tiene relaciones con Salvatore y Angelo La Barbera de la Cosa Nostra y apoyó la elección de su protegido como alcalde. Me dice que no, que no tengo que preocuparme, que la Cosa Nostra es, en efecto, «algo nuestro», y que no hay manera de evitarla, si bien puede mantenerse a cierta distancia de seguridad, algo que su profesión le permite, por los muchos favores que les hizo antes, durante y después de la guerra, y que no debo temer nada. Mi padre, lo sé bien, disfrutaba y disfruta de estos «privilegios». Siempre me he preguntado si habrá visto lo mejor de él en Peppe, pero prefiero no responderme. Estoy enamorada y me basta.

Me casé con Alfio porque Peppe me dijo que lo hiciera. Alfio es como Carlino, pero no tiene ni la sombra de su maravillosa vitalidad. Es un apasionado de la arqueología, ha pasado mucho tiempo en Grecia y posee una colección de efebos y *kouroi* que, legalmente hablando, no podríamos tener en casa como patrimonio privado. En su tiempo libre, cuando no está siguiendo excavaciones o recibiendo a expertos, cocina... A veces incluso plancha, y lo hace con absoluta destreza, aunque haya quien planche para nosotros; la criada va a sentarse a la mesa de la cocina a hojear *Gran Hotel,* preocupada únicamente por medir la cantidad de ropa que le quedará cuando *«u dutturi»*, el señor, se canse.

No hay casi nada entre nosotros. Un poco de charla, de vez en cuando. Él me tolera, yo le tolero. Y dormimos en habitaciones separadas. Nunca lleva a sus amantes a casa, pero le he pillado en el bar Mazzara en compañía de gente muy joven a la que dispensa granizados y atenciones. Mi madre se da cuenta de lo que pasa y prefiere que nos veamos en su casa. Solo viene al Círculo esporádicamente, cuando no soporta estar sola. Me acerco a ella, le hago una caricia y me percato de los milagros que su infelicidad produce en la muselina. Mi madre es infeliz por mi culpa. He intentado explicarle que no debe hacerlo, que me gusta mi vida tal como la vivo, pero es inútil.

El año pasado me imaginé a Nora en el Círculo del Punto de Realce: Nora, la esposa de Peppe, otra criatura infeliz que podría enriquecer la serie de mujeres vacilantes. Vacilantes no en el frente de la virtud, sino en el de la psique: Peppe la ha encontrado varias veces en su casa entre vajilla y jarrones rotos, herida y dichosa con sus heridas, murmurando: «Quiero morir, quiero morir». Pero no se atreve, porque desobedecería la voluntad del Padre Eterno. Con todo, la gripe asiática le arrebató la vida el mes pasado.

Qué será de mí ahora, con Peppe viudo, no lo sé. Prefiero pensar que mi felicidad no tiene nada que ver con el matrimonio, sino con el hombre al que amo.

Una de las bordadoras se ha hecho con un perro y me pidió que le sugiriera un nombre moderno. Le recomendé *Sputnik*, que también será un buen «compañero de viaje». El hombre parte a la conquista del espacio profundo, pero las bordadoras y yo permanecemos aquí clavadas por las convenciones y los sentidos a nuestro destino de mujeres.

9
Dice Sara Imballomeni
(invierno de 1959)

Desde que mi hermano mayor, Nicola, murió en 1876 al caerse de un caballo, con diecinueve años y a punto de casarse, mi profunda fe me ha sostenido con la convicción de que nuestras minúsculas vidas forman parte de un proyecto superior, que debemos aceptar por más que no comprendamos su significado; pero, sobre todo, la fe me ha consolado con la perspectiva de volver a reunirnos todos en el amor divino: en la espera, aquellos a quienes hemos amado siguen viviendo en nuestra memoria: «Fuerte como la muerte es el amor / tenaz como el infierno es el ímpetu del amor».

Mi marido murió de cáncer en 1906, dejándome con Giovanni, de diez años, y Giulia, de cuatro. Cuando estalló la Primera Guerra Mundial, Giovanni quiso alistarse y perdió la vida en la derrota de Caporetto en 1917; Giulia fue una de las víctimas de la gripe española en 1920. En apenas tres lustros, la familia que había creado había dejado de existir.

Si la muerte de un marido forma parte del orden natural de las cosas, incluso cuando es tan prematura como la de mi Ignazio, la muerte de un hijo en la flor de la vida es un dolor para el que no hay palabras. Yo he perdido a dos. Sin embargo, mi fe y mi deseo de hacer el bien a los demás me sostuvieron. Me dije a mí misma que mis hijos estaban ahora en un mundo mejor, donde se habían reunido con su padre y habían empezado a reconstruir su familia, a la espera de que llegara yo para completarla. E incluso sin ellos, tenía que encontrar una manera de llenar lo mejor que pudiera el tiempo que me ha sido asignado en esta tierra, dar un nuevo sentido a mi existencia. Primero, junto con mi hermana Rachele —que entretanto también se había quedado viuda— y nuestra prima Beatrice Benso, intentamos ser de utilidad esforzándonos por ayudar a los hijos y nietos de nuestro otro hermano, Enrico.

Por eso, en la familia nos pusieron un apodo «de mofa»: las Tres Sabias. Nuestros sobrinos se reían de ello, pero luego se nos consultaba con regularidad o incluso se nos convocaba para resolver disputas y desacuerdos; algo que ocurría a menudo, porque Enrico tenía un carácter autoritario, y no solo había decidido que todos sus hijos vivieran en el palacio en el que él ocupaba la planta noble, sino también que las cuatro familias comieran con él todos los días: para ello, había hecho instalar dos comedores en la planta principal, uno para los «mayores» y otro para los «pequeños». Para las hijas y sus maridos e hijos, en cambio, mandó construir otro edificio.

Con el tiempo las cosas cambiaron: Cola, el mayor, tuvo un asunto con la mujer de su hermano Andrea, y su mujer exigió mudarse a otra casa, insistiendo en que alquilaran un piso en el Cassaro, donde siguen viviendo hoy. Además, tras la muerte de mi hermano, su hijo Filippo —el más «ladino»— se compró una casa moderna en la parte nueva de la ciudad. Ludovico, el segundogénito, se trasladó a un apartamento que se había quedado libre en el edificio de las hermanas, y el único que se quedó en el Palazzo Sorci fue Andrea. Que tuvo un final horrendo, descanse en paz.

Nuestros sobrinos siempre han sabido que solo nos importa su bienestar; hoy incluso sus hijos confían en nosotras, nos piden consejo o simplemente nos cuentan lo que hacen. Eso es, éramos mujeres que buscábamos el amor y que lo hemos encontrado aun estando solas. Hoy, mirándome desde fuera y echando la vista atrás, no puedo describirme, a pesar de todo, como una mujer desgraciada e infeliz. Aunque el sufrimiento y la añoranza nunca me abandonan, creo haber aprendido a atemperar estos sentimientos: con fortaleza de ánimo, por supuesto, pero me gusta pensar que ha sido sobre todo gracias al amor, por los demás y por mí misma.

Durante los primeros días de luto intenté distraerme, dejar que otros pensamientos me invadieran, pero los pensamientos —los que provocaban desaliento y los que lo apaciguaban— acababan siempre por llegar todos a la vez, en un gran desorden casi ensordecedor: pude darme cuenta, en todo caso, de que ciertos hábitos, ciertas repeticiones de gestos, ciertas limitaciones al hacer las cosas aliviaban mi corazón y mi mente. El consuelo, en definitiva, coincidía con saber aplicarse. En este sentido, la aguja y el hilo fueron mi salvación. Había aprendido a bordar de niña, pero nunca había remendado, y fue el personal de la casa el que me enseñó: de ellos aprendí la satisfacción de remendar. Me gustaba la idea de que, aunque nunca volviera a ser lo mismo, lo que estaba roto o desgarrado aún podía repararse, seguir siendo útil. Y trabajar junto a otros, en silencio, pero cerca, me reconfortaba. Cuando vi que ya se me daba bien remendar, me di cuenta de que, aunque fatigosamente, había conseguido volver a levantarme. Y reanudé el bordado con el corazón más ligero, involucrando a Rachele y Beatrice en esta renovada pasión.

Al mismo tiempo, seguí dedicándome a atender a mujeres desafortunadas. Ayudarlas me ayudaba a mí, que había corrido el riesgo de sucumbir bajo el peso de un dolor excesivo. Y entre las desafortunadas, siempre había sentido predilección por las prostitutas, esas que tras años en los burdeles podían encontrarse en instituciones religiosas, refugio tanto para mujeres decididas a cambiar de vida, desfiguradas por su propio lenón, como para mujeres maduras, menos apetecibles para los clientes.

Tras la muerte de su esposa Rosaria, mi hermano Enrico me había presentado a sus *fimmine,* las hermanas Lucrezia y Annetta Panzi, por las que sentía un sincero aprecio y a las que había regalado una pequeña sastrería para señoras: en 1922, Annetta le había dado también una hija, Stellina. Que ahora es la condesa de Valledolmo, y llegó virgen a su boda. Mi hermano fue sincero conmigo sobre aquel extraño *ménage*. Siempre les estuvo agradecido a las hermanas Panzi porque le habían ayudado a ser un buen marido y padre: gracias a la devoción de Annetta y Lucrezia no había ido a buscar a otras *fimmine* por ahí. Y, de forma compatible con la situación, fue un buen padre para esa hija «secreta». Sin duda, muy generoso: Stellina recibió una educación impecable en el Educandato del Poggio Imperiale de Florencia y, en virtud de esa educación —y de la considerable dote acordada entre mi hermano y el padre del novio, su amigo de la infancia—, contrajo un muy buen matrimonio.

No me resultaba fácil comprender el punto de vista de mi hermano, pero le quería demasiado para cuestionarlo. Solo recientemente, ante el indigno comportamiento de Rico con su esposa, comprendí de verdad lo que quería decir: para la solidez de la familia oficial, una relación estable con límites bien definidos, dentro de la cual uno se mueve con conciencia y discreción, es mucho menos peligrosa y costosa que un batiburrillo de amantes caprichosas y exigentes, conscientes de que deben sacar todo lo que puedan lo antes posible, porque pronto se verán sustituidas. Las hermanas Panzi eran un ejemplo de reserva y devoción e hicieron prosperar la pequeña sastrería que habían abierto con el dinero de mi hermano.

Si el zurcido fue la cuerda que me permitió salir del agujero de dolor en el que me había hundido, el bordado fue, a su vez, el principio de la esperanza. Esperanza de volver a empezar, esperanza de crear algo nuevo, algo bello, que todo el mundo pudiera disfrutar.

Lo recordé hace unos años, durante un verano en el campo, cuando nietos y bisnietos parecían no necesitarnos ya tanto, si bien ni Rachele, ni Beatrice, ni mucho menos yo éramos mujeres que se dejaran consumir por la enfermedad de no sentirse útiles. Queríamos hacer el bien, pero el mundo había cambiado, ya no se trataba de hacer caridad como en tiempos de mamá: había que pensar en otra cosa, y yo pensaba en las tardes de costura y bordado en mi casa. Empezaron a acercársenos mujeres que habían sufrido una pérdida, con las que utilicé el método que tan bien me había funcionado a mí: siempre empezábamos por los arreglos, ya fuera remendar un agujero o una rotura, volver a repasar una costura o realizar un zurcido invisible. Elegíamos juntas los materiales más adecuados, retales de tela o hilos, y luego ellas hacían el trabajo. Siempre me conmovía cuando, poco a poco, esas mujeres desconsoladas se reponían y las veía dispuestas a remendar sus propias vidas, decididas a sacar lo mejor de la situación en que se encontraban y capaces incluso de ganar dinero. Así fue como con Rachele y Beatrice llegamos a imaginar un auténtico círculo.

Al principio, las mujeres se limitaban a las pocas puntadas que sabían o a las más fáciles que les enseñábamos. Pero la voluntad de aprender no es algo que pueda forzarse: brota como una flor. Intentamos, y seguimos intentando, ser buenas maestras. A la joven inexperta a la que le cuesta enhebrar la aguja porque el hilo se deshace, le recomendamos: «Chúpalo con la punta de la lengua, la saliva lo mantiene recto y *punctutu,* y entrará enseguida». Cuando la aguja pasa por el ojo, exclamamos: «*Ci trasìu tisu tisu!* ¡Bien recto ha entrado, qué maravilla!», y una sonrisa de agradecimiento se dibuja en el rostro de la joven. En estas ocasiones, siempre hay alguna antigua prostituta que repite el estribillo del burdel: «*Trasiri, sempre bonu!* ¡Que entre siempre bien!», y las demás se ríen.

En el Círculo realizamos muchos trabajos diferentes: baberos de lino con florecitas o nudos de amor; pañuelos con cenefas y vainicas; tapetitos de lino o algodón con festones o un borde de encaje, para las botellas; manteles individuales festoneados para las mesillas de noche o para la cómoda del dormitorio; bolsas de biso de lino o algodón para guardar pañuelos y ropa interior; saquitos de lona resistentes para lavar la ropa. A lo largo de los años, también hemos vendido muchos capazos de cáñamo, bordados únicamente por un lado, para hacer la compra.

Los puntos que utilizamos, al final, son casi siempre los mismos: puntada hierba, puntada entera, puntada Rhodes, puntada plana, puntada de cadeneta, punto calado, punto festón. Cada uno tiene su propia historia, y si no la tiene, las mujeres del Círculo se la inventan. Acaban atribuyendo una personalidad a cada punto, lleno de virtudes y defectos, igual que los cristianos. ¿El punto menos querido? El que aparentemente resulta más fácil, el punto de cruz: imaginando un pequeño cuadrado, la aguja sale de la esquina inferior izquierda y entra en diagonal en la esquina opuesta, luego pasa a la esquina inferior derecha y vuelve a entrar en la esquina superior izquierda para formar una cruz. Parece sencillo, pero al no estar sujeto con alfileres, no es fácil para una bordadora inexperta mantener constante la tensión del hilo. Sin embargo, una vez dominada esta técnica, utilizando hilos de distintos colores —que además hay que fijar cuidadosamente en el reverso del bordado—, pueden crearse maravillosos diseños sobre el lienzo, no solo motivos geométricos, sino también diseños florales, pequeños animales y casitas para la ropa de recién nacidos.

Lina Merlin entró en nuestras vidas en 1958, cuando se promulgó la ley que lleva su nombre y que cerró las mancebías el 20 de febrero de ese año. Hacía tiempo que se hablaba de ello, y había opiniones de todo tipo. Por último, se aprobó. Hasta entonces, entre las derrumbadas del Círculo del Punto de Realce había habido chicas que habían pasado por aquellas casas y habían salido por las razones más dispares, o —más raramente— que entraban y salían. Yo no hacía preguntas: solo me interesaba que quienes se acercaban al Círculo lo hicieran por decisión propia y no a instancia nuestra. No queremos redimir, sino, si acaso, abrir un camino.

Ahora bien, esta ley, al poner fin a la prostitución legal, ha tenido el efecto paradójico de introducir ciertos delitos —explotación y complicidad en la prostitución por parte de personas sin escrúpulos— y ha privado a las mujeres del derecho a la asistencia sanitaria por parte del Estado. Y los debates continúan, entre las críticas de los nostálgicos y las de quienes se preocupan de verdad por las condiciones de vida de las prostitutas.

La codicia y la deshonestidad han envenenado las nuevas estructuras de gobierno de nuestra isla, con la complicidad de la renacida mafia y de la Democracia Cristiana: por nuestra parte, hacemos lo que podemos intentando animar a las prostitutas del barrio a encontrar nuevas formas honestas de ganarse la vida. Como ya he dicho, no pretendemos redimir a nadie, sino más bien ofrecer una alternativa.

Entramos en el salón, retomamos el trabajo en nuestras manos tal y como lo habíamos dejado la noche anterior y empezamos a discutir. En realidad, no todas las chicas quieren exponerse, y muchas prefieren no levantar la vista del bordado mientras yo planteo el controvertido tema.

—La ley Merlin —digo— ¿adónde nos lleva? El resultado es que las *fimmine* siguen trabajando bajo el mismo patrón, o por su cuenta, pero han perdido el reconocimiento de su oficio y la protección *específica* del Estado.

Rico, que ha venido a vernos, dice suspirando:

—Esa es la tragedia de la izquierda, y de los socialistas en particular: sus ideas son estupendas, pero están completamente desconectadas de la realidad. ¡Esa gente no tiene los pies en la tierra! El resultado es más sufrimiento para los débiles y los pobres. —Se percata de que el público está atento, así que insiste—: Consideran a la prostituta como una empresaria de su propio cuerpo, que, al igual que todos los demás ciudadanos, tiene que pagar impuestos y ponerse a la cola para recibir tratamiento y medicinas cuando lo necesita. Pero ¿puede hablarse realmente de espíritu empresarial?

Cuando se va, busco palabras para traducir sus razonamientos a un vocabulario y una forma más adecuados para nuestras bordadoras.

El Círculo apoya ahora a las prostitutas con una determinación aún mayor. Se trata de crear fronteras que las protejan de las consecuencias de una profesión agotadora y humillante. El bordado supone también una garantía para la vejez: nunca cansa y es posible seguir bordando, aunque la vista se deteriore; infunde serenidad, paz, consuelo, y estimula la creatividad; además, favorece la reflexión, en solitario o en grupo.

Cuando fundamos el Círculo, yo ya había cumplido los ochenta años. Era bien consciente de que, contrariamente a lo que pensaba en mi juventud, la vejez que trae el olvido no había aliviado el dolor de todas mis muertes. Pero sentí que la escasa energía que me quedaba estaba a punto de bullir, creando algo útil que fuera bueno para las mujeres: eran muchas, e infelices, cada una por sus propias razones. Yo quería, y lo quiero más que nunca, ahora que casi tengo noventa años, crear algo capaz de dar paz y *cuntintizza*, alegría. Sé que nací y he vivido como una privilegiada, pero me gustaría que estas *fimmine* me vieran como alguien que ha sufrido y que ha sabido sacar algo hermoso de su dolor. Al fin y al cabo, el trabajo —y esta es la imagen que tengo en la cabeza— purifica.

Nuestras prostitutas son buenas bordadoras, tienen un toque ligero y son ordenadas. Estiran la tela en el telar con sumo cuidado, quizás el mismo con el que preparan la habitación antes de cada nuevo cliente. Prestan atención para mantener constante la tensión del hilo y ejecutar puntadas del mismo tamaño.

Al principio, les encargaba pequeños trabajos que pudieran terminar rápidamente: baberos, blusas y mantitas de recién nacidos, camisones, corpiños, enaguas, pañuelos y ropa interior. Luego, poco a poco, empezamos a implicarlas en trabajos más largos y complejos para ajuares de boda: toallas, sábanas y fundas de almohada, manteles y servilletas.

Las ventas en las ferias del Círculo del Punto de Realce han sido buenas desde el principio, y eso ha infundido confianza y valor a nuestras mujeres: sin necesidad de prodigarse en palabras, han ido desarrollando un gusto por el orden y las cosas bien hechas que, de forma natural, se extiende del bordado a los distintos ámbitos de la vida. Comprenden así que a menudo son posibles las alternativas, incluso cuando se ha perdido la esperanza, y que la dignidad y la autoestima son bienes preciosos. Más allá de las ventas, cuando es necesario, mis sobrinas y yo intervenimos gustosamente con una pequeña subvención secreta.

No es raro que, mientras bordamos, hablemos de comida, en particular de platos pobres: verduras, sopas, pero también albóndigas de pescado o carne y timbales de pasta con los que se aprovechan las sobras. Siempre soy yo quien introduce el tema:

—Hoy —digo— he comido *zarchi,* acelgas hervidas recién llegadas del campo. Unas gotas de limón, un chorrito de aceite, una pizca de sal y pimienta, y quedan deliciosas. —Y prosigo—: Guardo el pan duro para mojarlo en la salsa: la absorbe lentamente, y cuando me lo llevo a la boca, no se rompe, mientras que el pan fresco la absorbe en exceso al instante y se deshace.

A veces, cuando Rachele y Beatrice aún vivían, llevábamos tortas de masa quebrada con las verduras del día anterior dentro, enriquecidas si acaso con restos de queso o carne picada que había sobrado del ragú: una forma sencilla de demostrar que hay muchas maneras, muy gustosas incluso, de aprovechar las sobras.

También distribuimos medicamentos, que compramos nosotras mismas, y damos consejos para dolencias menores como dolores de cabeza, menstruaciones abundantes, dolores musculares. Nuestros peluqueros, el mío y los de mis sobrinas, nos regalan muestras de champú y acondicionador que reciben de los mayoristas, y se las llevamos a las mujeres del Círculo: cuando se presentan con el pelo limpio y brillante, les dedicamos grandes elogios y aplausos.

Es evidente que algunas no han abandonado su antiguo oficio; les da vergüenza, nos damos cuenta. Yo soy la que más habla, hago que se sienten a mi lado e intento transmitirles siempre, aunque sea de forma indirecta, mi respeto. Nuestro objetivo es inducirlas a permanecer en el Círculo. Vuelve a surgir a menudo el tema de la cocina, probablemente a propósito de estos preciosos manteles bordados que parecen mesas ya puestas, que más elegantes no pueden ser. Y entonces pregunto: «¿Qué cocinasteis ayer?», «¿Han llegado ya las alcachofas al mercado?», «¿Habéis probado a saltear con aceite y ajo o cebolla las verduras que están un poco pasadas? ¡Ya veréis qué sabor!». Y hablando de aceite: Leonardo Ponte, el hijo de mi sobrina Lia, posee un olivar con una gran producción. Todos los años nos envía botellas no vendidas del año anterior, que regalamos o damos como premio a las mujeres. Es difícil, después de haber probado algo exquisito, no confiar en volver a probarlo.

Cada vez que Rachele, Beatrice y yo nos encontrábamos con Stellina Valledolmo, quedábamos impresionadas por la dignidad y elegancia de sus modales. Sin necesidad de darle muchas vueltas, fue fácil congeniar, y cuando le hablamos del Círculo del Punto de Realce y le dijimos que nos encantaría que participara, nos dijo enseguida que sí. A ella le hemos encomendado la tarea de pensar en el futuro del Círculo. No olvido, nadie aquí lo olvida, que corre sangre Sorci por sus venas. Tiene la desbordante belleza de su madre y, al mismo tiempo, la mesurada imperiosidad de mi hermano. Se mueve con gestos seguros, a veces parece ensimismada en sus pensamientos, pero en realidad es entonces cuando más despierta está su atención y acaba volviendo a sus interlocutores con una ráfaga de miradas en las que se aprecia la profundidad con la que ha absorbido las notas, consideraciones y valoraciones. Desde un principio, demostró ser una valiosa compañera en esta aventura.

Es especialmente activa en la organización de las «ferias», pero al haber sido criada por dos costureras, maneja la aguja con gran destreza y utiliza las telas con imaginación. Les ha enseñado incluso a nuestras mujeres a hacer muñecas de trapo: primero recoge retazos de tela e hilos de lana y algodón en una olla grande, luego los «cuece» en un poco de agua muy caliente para ablandarlos y amasarlos; después de dejar secar este extraño amasijo, enseña a las mujeres cómo usarlo para rellenar muñecas cortadas de retazos de popelín rosa que nos dona Giardini, una bonita tienda de telas de via Maqueda. Es Mariolina, además, quien supervisa la costura de estas muñecas: tiene un manual a propósito escrito en inglés, comprado en América. ¡A saber quién se lo habrá dado! Las pinturas para dibujar los ojos, la boca y las orejas nos las da gratuitamente la papelería De Magistris, mientras que, para vestirlas, cada una se trae de casa retales de tela y restos de cintas y encajes: el resultado son creaciones muy originales. En las ferias, estas muñecas siempre tienen mucho éxito, nunca hay suficientes.

Fue Stellina precisamente quien planteó el tema de la rotación de las mujeres.

—No podemos asegurarles a todas una continuidad efectiva —dijo mientras la sala se vaciaba y solo quedábamos Rita, Caterina, Maria, Mariolina y yo—. Lo adecuado es establecer pactos muy claros y acordar estancias variables entre seis y ocho meses, según el grado de aprendizaje.

—Después de todo —señalé inmediatamente—, no somos una empresa en toda regla, ni nos podemos permitir convertirnos en algo así.

—Somos, si acaso, una escuela —dijo ella—, pero incluso así tendríamos que establecer un protocolo y conseguir un aval institucional.

Caterina se apresuró a señalar con pertinencia quirúrgica:

—¡Es necesario asegurarnos de que estamos en regla y de que nadie puede venir un día y obligarnos a cerrar con alguna triquiñuela burocrática!

Stellina asintió. Recuerdo aquella tarde con especial emoción. La sala estaba a punto de ser invadida por la oscuridad y las cinco permanecíamos allí, como estatuas de Serpotta que representaran sendas virtudes, épocas, sueños. Me gusta pensar en este hermoso manípulo de mujeres que no estaban allí ni para montar una «tertulia», ni por imposición, ni por vanidad, ni mucho menos para cotillear. Estábamos bordadas en la tela del tiempo como figuras de una belleza destinada a perdurar.

A una edad avanzada, me descubrí a mí misma como cuentahistorias. Mientras trabajamos, les cuento anécdotas divertidas e incluso chistes a las bordadoras: solo lo hago cuando estoy en el Círculo, ya que no soy temperamentalmente propensa a las bromas como lo era, en cambio, mi hermana Rachele, y lo hago por un motivo concreto.

Fui educada en el internado Maria Adelaide desde los seis hasta los dieciséis años: eran los años ochenta del siglo pasado y me dio clase una monja lombarda, sor Letizia, que ejerció una profunda influencia en mí. Sor Letizia nos enseñaba las declinaciones del latín, pero nos hablaba a menudo, también, de una nueva ciencia según la cual los pensamientos, los sentimientos y las emociones se expresan no solo con palabras, sino también con la voz, la mirada, la expresión facial, la postura. Es más, a veces las palabras y el cuerpo llegan a decir cosas muy distintas. Para mi asombro, descubrí que sor Letizia tenía razón. Pude darme cuenta de ello principalmente cuando volvía a casa durante las vacaciones y lo miraba todo y a todos con ojos penetrantes: la mirada dulce que acompañaba a una reprimenda de mi madre me hacía comprender que en realidad solo intentaba corregirme por mi propio bien y que no estaba realmente enfadada conmigo; mientras que cuando mi padre no dejaba de tocarse la nariz al responder a las preguntas sobre una velada pasada en el club, tal vez no estuviera diciendo toda la verdad. Empecé a estudiar a los demás como si fuera un juego y desde entonces no he parado: la costumbre se ha convertido —como ocurre a veces— en una segunda naturaleza; esta actitud ha hecho mi vida mucho más interesante y me gusta pensar que me ha permitido comprender mejor a los demás y ayudarlos. En cuanto a las anécdotas divertidas, sor Letizia nos inculcó la importancia de disfrutar de las pequeñas alegrías que a menudo no reconocemos por estar demasiado distraídos —una tarde soleada, la sonrisa de un ser querido, un gesto de amabilidad que no esperábamos—, y de encontrar el lado positivo, o mejor aún, el lado divertido de todas las cosas negativas que nos ocurran. Cultivar pensamientos amables, esforzarse por hacerlo todo lo mejor posible y afrontar la vida con buen humor permite a cada uno encontrar su propia *cuntintizza*, que es más concreta, está más a nuestro alcance y es mucho más duradera que la tan deseada «felicidad».

Las socias del Círculo del Punto de Realce me dieron una gran alegría cuando me preguntaron cómo podían ayudar a algunas mujeres pobres del barrio que —según decían— *«s'affruntavano»*, se avergonzaban, de venir a nuestro Círculo, intimidadas por la imponente sala en la que trabajamos y la presencia de tantas señoras. Les expliqué que, ante todo, hay que emplear la mirada y la sonrisa, para transmitir amabilidad y buena disposición. Y solo después recurrir a las palabras: para decir que las socias del Círculo están encantadas de acoger a cualquiera que quiera sumarse a ellas. Y luego, si se convence a esas mujeres para que se nos unan, es importante recordar su nombre y utilizarlo para llamarlas, buscar la proximidad, física incluso, hacerlas sentir que cuentan con nuestro aprecio, que su presencia y su trabajo pueden ser valiosos para el Círculo, constatar sus progresos y subrayarlos. Por último, si por lo que sea alguna de ellas decidiera no abandonar la prostitución, o retomarla, nadie debe decir una sola palabra negativa sobre ello; y todas deben impedir que cualquier otra lo haga.

El pequeño Círculo que éramos se está convirtiendo en una auténtica empresa: recibimos pedidos de manteles, toallas, sábanas y demás ropa de ajuar de toda Sicilia, pero también de grandes ciudades del norte de Italia. Nunca nos habríamos atrevido a esperar algo así, somos las primeras sorprendidas, pero para quienes tienen fe y perseverancia, todo —o casi todo— es posible.

10
Dice Rita Sala
(verano de 1961)

Es guapo. Tiene una cara sonriente. Un arco de dientes blanquísimos. Ojos curiosos y vivaces. 1961 es su año. Todo el mundo se pasa el verano leyendo cosas sobre él y, durante cierto tiempo, la Unión Soviética ya no parece tan lejana como hasta ahora. Muchas se enamoraron de esa cara de niño. La revista con Yuri Gagarin en la portada permaneció en la mesita del salón durante mucho tiempo. El mundo parece rejuvenecido, nos gusta pensar que es así. Incluso desde aquí, desde esta antigua y enferma Sicilia.

Hace calor, demasiado calor. Ni siquiera con mi vestido de lino me encuentro a gusto. Me siento infeliz. Me gustaría ponerme el casco de Gagarin y perderme en el espacio, pero eso, eso también, es un privilegio masculino. Me pregunto cómo será la Tierra vista desde allí arriba. Unas criaturas diminutas como nosotros no seremos visibles, y aunque lo fuéramos, pareceríamos cositas de nada. Estamos aplastados en la Tierra, donde el presente nos muerde, el pasado nos pisa los talones y la memoria nos seduce: cuando la vida que hemos vivido se rebobina como una película, parece como si todo tuviera sentido en el fondo.

Rico ha empezado a mirarme con un distanciamiento que me asusta, me ha confinado en un círculo de soledad. Me he convertido en un cuerpo que no habla, un cuerpo que ha dejado de hablar porque durante una noche habló el lenguaje de la sangre. ¡Con qué ojos me miraba! No puedo olvidarlos, y ahora que los ojos buenos, tímidos y curiosos de Yuri Gagarin aparecen por todos lados, el recuerdo de su mirada aquella noche resuena aún más desgarrador: me duele, me hiere a mí, ya herida.

Brindamos juntos con el hombre del espacio, pero luego volvió a imponerse la distancia que él ha decretado: algo se había roto. ¿Qué sentido darle a todo esto? Tengo que volver atrás, al tiempo y a los acontecimientos que han marcado nuestra vida conyugal. Debo rebobinar esta cinta de nuestra vida en común: no quiero comprender, la comprensión no lleva a ninguna parte, pero quiero ver dónde se rompe la porcelana, quiero prepararme para esta nueva etapa de mi vida.

Nuestra luna de miel fue breve, porque mi hermana Anna tuvo que someterse a una operación y yo quise volver a Palermo para estar con ella, pero esos pocos días fueron un sueño de felicidad.

Rico me había llevado a la Toscana y habíamos dado paseos maravillosos: recuerdo el éxtasis en el centro de la pequeña plaza de Pienza, en la perfección absoluta, en la sublime compostura de aquel espacio suspendido. Ningún espasmo barroco, más bien la certeza de ser humanos entre los humanos. Y luego el cielo sobre San Galgano, el mágico recogimiento frente a la abadía de Sant'Antimo. Me parecía como si el mundo entero nos amara. En los restaurantes, los camareros se percataban de que estábamos enamorados y casi nos mimaban. De entre todos, recuerdo un sitio, junto al mar, donde cenamos en la terraza a última hora de la tarde. Habíamos elegido un postre que no conocíamos, una tarta helada, deliciosa, decorada con piñones tostados. Nos la comimos despacio, sin apartar la mirada el uno del otro, solo había otra mesa ocupada —por un señor anciano que comía solo, con su libro apoyado en la botella de vino— y nos sentíamos libres. De vez en cuando, Rico me cogía la mano y me daba un beso en la palma. En un momento determinado dije «Vámonos», pero me interrumpió el camarero, que se acercó sosteniendo una bandeja con dos boles de helado cubiertos con barquillos redondos:

—Están de luna de miel, ¿verdad? —preguntó con una sonrisa. Y ante nuestro asentimiento continuó—: Nos hemos dado cuenta. Y también nos hemos dado cuenta de que son ustedes muy golosos. Nos encantaría que probaran nuestro helado de madroño, lo hacemos nosotros mismos.

Acepté con una sonrisa, mientras que Rico se mostró reticente y pidió que lo incluyeran en la cuenta.

—De ninguna manera —respondió el camarero—, invita la casa.

Rico era, y en parte sigue siéndolo, un soñador. No ha renunciado a la esperanza de cambiar Sicilia, de aportar mejoras a nuestros campos, de fomentar el turismo y de convertir a los sicilianos en ciudadanos europeos. A veces me habla de viejos sueños de la política, como la unión con otros países europeos y el desarrollo de instalaciones turísticas, incluso en las islas Eolias y Egadas. Habla a menudo de la necesidad de consolidar y ampliar la red viaria interior, ahora que las *trazzere* —los senderos públicos entre los terrenos, durante siglos rutas de rebaños y manadas— se han hecho transitables para vehículos: eso impulsaría el turismo para los automovilistas, atraídos también a Sicilia por competiciones como la Targa Florio y el Giro de Sicilia, así como por las numerosas carreras de regularidad.

El nuestro había sido un verdadero matrimonio por amor. Cuando regresé a Palermo de mi luna de miel, comenzó mi adaptación a la vida de los Sorci: las invitaciones a comer en casa de mi suegra eran frecuentes, y para mí muy pesadas. Estaba celosa de mí y me consideraba claramente inferior a Rico, a ella, a todos ellos. Me esforcé para que no me afectara demasiado, me decía que ninguna nuera la satisfaría jamás, pero sus bromas sobre mi familia y mi padre me dolían. Además, parecía culparme por haber convencido a Rico para que nos fuéramos a vivir a la villa de Altarello que yo había heredado. No abiertamente, por supuesto, pero eso no hacía que me doliera menos. Sin embargo, recuerdo claramente que, en el momento de casarnos, mis suegros no tenían ningún piso libre para nosotros: el Palazzo Sorci aún no estaba dividido y, además, Rico me había explicado que los porteros realizaban trapicheos nocturnos de contrabando en los almacenes vacíos; difícilmente podíamos mudarnos allí para formar nuestra familia. Siendo así, habría sido un despilfarro inútil alquilar un piso, o incluso comprar uno, ya que Altarello estaba libre para nosotros, listo para entrar a vivir, para recibirnos con su hermosa logia de tres arcos, su huerto de cítricos y su jardín a la italiana perfumado con rosas, azahar y lavanda. El lugar perfecto para criar a los hijos. ¿Por qué no íbamos a mudarnos allí?

Nunca fui tan feliz como cuando me quedé embarazada por primera vez. Habían pasado cuatro años desde la boda y empezaba a temer que nunca ocurriría. Rico me decía que no me preocupara, que tarde o temprano llegarían los hijos, y que si no los teníamos, él sería feliz de todos modos, que conmigo le bastaba. Pero yo estaba muy triste porque siempre había querido ser madre, sentía que era culpa mía, que debía de haber algo que no funcionaba en mí, llegué a pensar que mi suegra tenía razón: yo no valía nada, ni siquiera era capaz de tener un hijo. El ginecólogo me tranquilizaba, en mí no había el menor problema, solo tenía que mantener la calma y tarde o temprano la naturaleza seguiría su curso. Mi suegra, que no había escatimado desde el principio alusiones que ni siquiera eran veladas, había pasado a preguntarme directamente, humillándome y avergonzándome. Me sentía como si estuviera volviéndome loca.

El anuncio de que por fin estaba esperando un hijo fue recibido con alegría y alivio. Durante unas semanas, mi suegra incluso se mostró amable (aunque se ofendió porque hubiéramos esperado a entrar en el quinto mes para contárselo a la familia) e insistió en que me quedara en cama y descansara todo lo posible. Seguí acudiendo asiduamente al Círculo del Punto de Realce fundado por mis tías, y cuando estaba en casa, me distraía pintando acuarelas, como había hecho de joven, o recibiendo visitas: Carlino venía a menudo a visitarnos con Emilio Greco, un hombre culto y de gran corazón al que aprendí a conocer y a apreciar. Rico insistió en conseguir una niñera antes del parto, previsto para la primera semana de octubre. Creo que tenía miedo de que la maternidad me hiciera olvidar que ante todo era una esposa, llegué incluso a pensar, a veces, que estaba celoso del hijo que llevaba en mi vientre.

Queríamos una niñera extranjera que se quedara en nuestra casa durante mucho tiempo, para que nuestro hijo pudiera aprender otro idioma de la forma más natural posible. Como había sido mi caso, que gracias a una *mademoiselle* de Lausana hablo francés como si fuera italiano. De entre las diversas candidatas, elegimos a Miss Deborah Taylor, hija de un inglés empleado en el Grand Hotel Villa Igiea, donde ella misma había trabajado en la recepción. Tenía treinta y cinco años y había nacido en Sicilia, pero había estado en un internado en Inglaterra entre los trece y los dieciocho años, cuando regresó por fin a Palermo, y era perfectamente bilingüe. Antes de incorporarse a la recepción, había trabajado ocasionalmente como niñera, y había demostrado ser muy buena con los niños: pero, sobre todo, «lo pillaba todo al vuelo», aprendía muy rápido, y en el cuidado de los niños desplegaba una habilidad que podía calificarse de natural; tanto es así que las niñeras titulares habían empezado a molestarse, pues las madres optaban por limitar sus tareas a las estrictamente necesarias, prefiriendo a aquella inglesa sonriente y pecosa. Además, Miss Taylor tenía una curiosa vocecita, diminuta pero afinada, que encandilaba a sus *«cared for»*, como ella los llamaba. Solía vérsela en el parque de Villa Giulia y en el paseo marítimo, con el bebé en brazos y la niñera titular detrás. Una imagen que nunca dejaba de llamar la atención.

Fascinante y desenvuelta, Miss Taylor había sido muy cortejada por jóvenes palermitanos en su juventud, y seguía siendo atractiva. En un momento dado se había convertido en la amante de Paolo Tarraccò, amigo de mi hermano Vito, mucho mayor que ella y soltero: Miss Taylor había dejado el trabajo para irse a vivir con él en un chalecito de via Notarbartolo. Pero entonces murió el hermano mayor de Paolo, dejando viuda y tres hijas, y él, tras heredar el título de marqués, se vio obligado a casarse con una rica virgen siciliana de su misma clase: tenía que proporcionar a la familia el anhelado hijo varón. No tuvo más remedio que ceder. Le regaló a Miss Taylor un Fiat 500 Topolino, le dijo que podía quedarse a vivir en el chalé y que seguirían viéndose allí. Miss Taylor prefirió abandonar la casa y al marqués, luego fue a pedir al director de Villa Igiea si podía recobrar su antiguo empleo; pero se quedó con el Topolino. Eran pocas las mujeres que conducían un coche en Palermo: muchos admiraban y envidiaban en secreto a Miss Taylor, aunque todo el mundo hablara mal de ella en público.

A Rico y a mí, por el contrario, nos impresionó la dignidad con la que se comportaba y su iniciativa. En el transcurso de la entrevista, descubrimos que su acento era impecable, que era alegre, vivaz, y que tenía muchas ganas de trabajar.

En cuanto se enteró, mi suegra montó un escándalo y me sorprendió con su vulgaridad al concluir gritando: «¡No quiero que el fruto de mi sangre lo manosee una puta, y además extranjera!». Pero, esta vez, Rico se mantuvo firme.

Sabía que llevaba un bebé vivo y sano en mi vientre, y podía notar sus movimientos: me daba pequeñas patadas y de vez en cuando reconocía sus puñitos aquí y allá, pero otras veces era solo un revoloteo, como si tuviera plumas revoloteando dentro. Rico también quería notarlos, y por la noche, antes de dormir, me rodeaba la barriga con las manos y apoyaba la oreja para oírlos.

En casa de los Sorci, todos daban por hecho que sería un varón.

Amelia nació prematura, el 11 de septiembre de 1955. A Rico y a mí nos hizo felices. Mi suegro se quedó decepcionado al principio, y era evidente: tenía a la niña en brazos y la mecía, algo que nunca había hecho ni con sus hijos ni con el hijo de mi cuñada Carmela, pero estaba claro que habría preferido un niño. A menudo he pensado que la especial ternura que empezó a sentir por Amelia poco después se debió precisamente a que se sentía obligado a compensar su decepción inicial, y que se avergonzaba de esa debilidad.

Mi suegra —según cuya lógica, el nacimiento de una nieta implicaba la justificación y el enconamiento de su desprecio hacia mí— prohibió a Rico que pusiera a la niña su nombre: Margherita ya era hija de Carmela, y daba igual que su apellido fuera Augeri y no Sorci. No me atreví, por discreción, a sugerir el nombre de mi madre, aunque lo habría deseado mucho: Maria siempre me pareció un nombre precioso, tan sencillo y solemne al mismo tiempo; Rico conocía mis deseos, pero no dijo nada.

Al día siguiente del nacimiento, mi suegro se presentó con un estuche de terciopelo azul.

—No es nuevo —se apresuró a precisar—, pero lo mandé a limpiar a la joyería Fecarotta, son muy amables. Quiero que sea tuyo. —Como si fuera un novio de la pequeña, acurrucada en mis brazos, abrió la tapa del estuche, dirigiéndolo hacia ella: era un broche maravilloso, una flor decimonónica de brillantes con dos grandes hojas a cada lado—. Perteneció a mi madre. Me gustaría que lo llevaras tú y que luego se lo dieras a la chiquitina cuando cumpla dieciocho años.

—Todavía no tiene nombre —murmuré—. En todo caso, gracias, y el hecho de que sea una joya de la bisabuela la hace aún más preciosa.

Mi suegro me miró pensativo y luego susurró:

—Amelia. Me gustaría que la llamaras Amelia.

No me sonaba a nombre familiar de los Sorci, y cuando lo hablé con Rico, me lo confirmó. No obstante, se decidió que la niña se llamaría Amelia Margherita Maria. Solo mucho más tarde me enteré de que el primer amor de mi suegro, muchos años atrás, fue una tal Amelia, hija del director de la Real Escuela Agrícola de San Plácido Calonerò. Quién sabe, tal vez hubiera preferido que la niña se llamara Laura, pero claro, eso era imposible, y el nombre de aquella muchacha de Mesina había permanecido vivo en su memoria, tal vez mucho más que la propia muchacha.

Mi suegro tenía mucho interés en que Amelia fuera bautizada en la capilla de los Teatini, donde su bisabuelo había sido enterrado en 1820. Él mismo la bautizó, el 2 de octubre, mientras que Rico eligió a Mariolina como madrina. No se tuvo en cuenta a nadie de mi familia. Rico me explicó que, entre los Sorci, la elección del padrino y la madrina estaba dictada más por razones patrimoniales que por el afecto o la moralidad: se prefería a los parientes ricos, a ser posible sin hijos. Según este razonamiento, mi hermana Anna quedaba descartada porque ya tenía una hija, pero mi hermano Vito podría haber sido el padrino, ya que él y su esposa Beatrice no tenían hijos. No hubo manera. Yo intuía que, con toda probabilidad, la familia de mi marido seguiría dándome disgustos y desengaños, así que lo único que me quedaba por hacer era aprender a tolerarlos y, cuando fuera necesario, hacerme valer; eso era lo realmente difícil: imponerme con firmeza, aunque de manera delicada, sin llegar a la ruptura. Prefería no hablar de ello con Rico, para no herirlo, pero sentía que él lo entendía y trataba de compensarlo con su cariño y mil atenciones.

Después del bautizo, invitamos a todo el mundo a Altarello: era un día de otoño dulce y luminoso, el jardín —regado durante todo el verano— estaba precioso y el jazmín aún esparcía su fragancia en el aire. Rico, a quien le había regalado una Leica, quiso encargarse personalmente de las fotos. Aún hoy me emociono cuando hojeo el álbum donde guardo las fotos de aquel día: nos sentíamos felices, no solo porque celebrábamos la entrada de Amelia en la comunidad cristiana, sino también porque, doce años después de los feroces bombardeos de la guerra, nos parecía que toda Sicilia podía volver a mirar al futuro con confianza y esperanza.

Paso la hoja de papel de seda con un crujido y veo la foto de Amelia en brazos de Mariolina, en todo el esplendor de sus veintitrés años: los ojos de Amelia, vueltos hacia su madrina, son tan misteriosos como los de todos los recién nacidos, y parecen ocultar profundidades abismales, mientras que en los de Mariolina brilla una luz cariñosa y divertida.

Rico quiso fotografiar a cada grupo familiar. Nosotros, los Sala, éramos pocos, yo solo tenía un hermano y una hermana. Para nuestra foto, Rico eligió la balaustrada del jardín. En la foto, mi hermana Anna tiene los ojos de mi madre, dulces y tristes.

Pippo, su marido, notoriamente infiel, lleva un pañuelo de seda alrededor del cuello: por miedo a las corrientes, dijo. Pero Rico y yo pensamos que se trataba simplemente de vanidad. Mi hermano Vito, ya cuarentón, ciñe la cintura de su esposa Beatrice, rubia, de piel clara y manos ahusadas: es profesora de piano y nos había prometido que, en cuanto Amelia creciera, le regalaría un teclado americano de última generación fabricado especialmente para enseñar a tocar a los niños.

Mi familia parecía diminuta en comparación con la de Rico: para caber en la foto, tuvieron que ponerse todos de pie en la escalinata curva que lleva del comedor al jardín, aunque los parientes de mi suegra habían desertado en masa. No estaban presentes todos los tíos y primos Sorci, pero sí los hijos de las tías al completo: los Merlo —a quienes Rico considera la mejor parte de la familia, la más «normal», inteligente y activa— estaban encabezados por la tía Maria Teresa, que cuidaba de su marido con cariño y discreción para que nadie supiera que estaba perdiendo la cabeza, mientras que los primos Sebastiano y Enrico acudieron con sus respectivas mujeres —Elena y Olga— y tres hijos cada uno, todos estudiantes universitarios ya. La tía Anna, viuda, también había venido con sus hijos: en la foto de grupo reconozco a Sandrina junto a ella, con el brazo sobre los hombros de su hija menor, Rosanna.

Las mujeres visten blusas de seda de color pastel con lazo y botones delante. Algunas, las más jóvenes, llevan mangas cortas de globo, y sobre los hombros ligeros pañuelos con nombres franceses que nos hacían soñar a todas. Las mayores van envueltas en suaves chales. En los pies, zapatos de tacón alto, a pesar de que estuviéramos en el jardín.

En medio de los trajes gris oscuro de los hombres, destaca Carlino: sentado en el primer escalón entre los más jóvenes, con un jersey rojo sobre los hombros, camisa blanca sin corbata, se ríe, volviéndose hacia Mariolina, que, de pie detrás de él, extiende una mano sobre su cabeza.

Las más elegantes son las Tres Sabias: la tía Sara y la tía Rachele habían desempolvado para la ocasión las joyas de cuando eran jóvenes recién casadas y que, al enviudar, habían dejado de llevar. La tía Sara se ha puesto un vestido rojo oscuro, como los rubíes que cuelgan de sus lóbulos, complementado con una chaqueta azul; la tía Rachele lleva sobre su vestido gris claro un pañuelo rosa de cachemir de una gasa tan impalpable que parecía chifón, bajo el que se vislumbra un triple collar de perlas; la tía Beatrice sonríe dichosa en medio de sus primas, con un vestido de seda verde esmeralda con grandes lunares negros que a saber cuántos años hace que no se pone, e incluso se ha dado un coqueto toque de carmín.

Mariolina llegó tarde y fue de las primeras en irse. No me importó, porque comprendí que alguien la estaba esperando, y todos sabíamos quién era, ese enamorado secreto suyo. Su traje azulón resaltaba su figura, su pelo rubísimo estaba recogido en un voluminoso moño y un collar de perlas barrueco brillaba alrededor de su cuello: claramente, venía preparada para «después». Cuando le puse a Amelia en brazos para las fotos, Rico tuvo que hacer un montón de fotos antes de captar por fin la habitual mirada vivaz de Mariolina: al coger a la niña, había tenido un momento de emoción, del que se había defendido manteniendo los párpados bajos con sus largas pestañas: pensándolo bien, creo que intentaba ocultar la sensación —de la que me había hablado varias veces— de que nunca sería madre.

Le pedí a mi suegro que cogiera la cámara para hacernos una foto a mí y a Rico con Amelia junto a mi familia. Vito me dijo: «Ven a sentarte en mis rodillas, como hacías cuando eras una cría, y tráete a Amelia». Cuando nos hicieron la foto, todos nos echamos a reír a la vez: es mi foto favorita de ese día. ¡Si mamá hubiera estado con nosotros!

A Rico le hubiera gustado que sus padres y hermanas posaran para una foto con Amelia, pero su petición no fue bien recibida, Rosamaria se negó en términos inequívocos, mi suegra declaró que odiaba las fotos y tomó a Carmela por un codo para apartarla: «Olvídalo. Hay demasiado sol, saldríamos todos con los ojos cerrados».

Pero Carmela se resistió, y mientras estiraba los brazos para coger a la niña, Rico atrajo la atención de sus padres y hermanas hacia el avión que sobrevolaba el cielo por encima de Altarello. Todos levantaron la vista y él, muy rápidamente, consiguió captar al grupito con su objetivo.

Cuando Rico recogió las fotografías en el laboratorio de Interguglielmi y nos entregó esa toma, me produjo un efecto extraño: todos miraban hacia arriba, ajenos a la niña. Rico también debió de tener una sensación desagradable, porque se quedó mirándola largo rato, sin hablar.

Rico y yo teníamos un entendimiento sexual maravilloso. Sin embargo, a él le hacían falta otras mujeres. Y lo admitía, hablaba confusamente de la inseguridad provocada por las heridas de guerra, de la necesidad de sentirse confirmado en su virilidad. Sin embargo, le creía cuando me insistía en que la mujer de su vida era yo. En mi familia, como en la mayoría de las familias, se aconsejaba a las esposas que pasaran por alto las aventuras de sus maridos y el hecho de que frecuentaran prostitutas. Y así lo hacía yo. Aceptaba, lo cual no me impedía sufrir. Sobre todo, temía por la solidez de nuestro matrimonio: percibía en Rico una ingenuidad de la que podría aprovecharse una mujer sin escrúpulos. Me enteré de que, en ciertos países extranjeros, de Suiza a México, el divorcio era algo que se podía comprar, tuve la sensación de que el matrimonio había dejado de ser tan indisoluble como siempre habíamos pensado.

Un año y medio más tarde, el 1 de marzo de 1957, nació el tan deseado heredero, Nicola: nariz grande, ojos oscuros y las diminutas falanges torcidas de sus meñiques, la «marca de fábrica» de la familia Sorci.

Carlino y Emilio Greco fueron de los primeros en conocerlo: ambos se habían enamorado de Amelia y venían a visitarnos a menudo. «Ya sabes lo mucho que quiero a Rico», me dijo Carlino, «pero también te quiero a ti: y este afecto se extiende de forma natural a vuestros hijos. Siento un vínculo especial con ellos.» De hecho, Carlino siempre ha sido una presencia importante en la vida de mis hijos: todavía hoy se los llevan Emilio y él a la piazza Marina a tomar un helado, a pasear por el Jardín Botánico, a las atracciones del Jardín Inglés. «Lo hacemos por nosotros», dicen riendo, «así podemos conversar con Miss Taylor para mejorar la pronunciación.»

Los niños adoran a estos tíos ligeramente excéntricos que los colman de helados y globos, una extraña especie de adultos que juegan y se divierten con ellos como si fueran de su edad, y aceptan la presencia de Emilio con naturalidad: «*The best friend of uncle Carlino*», dijo una vez Amelia. En la cena, los cuatro adultos nos reímos de ello.

Carlino y Rico no podrían haberse querido más si hubieran crecido en la misma casa. Emilio y yo veíamos cómo se fortalecía ese vínculo sin ningún tipo de celos.

El nacimiento de Nicola hizo feliz a mi suegro, a su mujer no tanto. Está celosísima de su único hijo varón y, desde el primer día, me vio como una rival, una intrusa en el mejor de los casos. Rico solía decirme que no era nada personal conmigo, que siempre había sido así: estirada. «Sufrió mucho cuando era joven», decía, y cambiaba de tema. Yo sabía a qué se refería, y él sabía que yo lo sabía; yo apreciaba la lealtad con la que guardaba los pesares de su madre.

Otra de las cosas que me gustaban de él era su sentido del humor: cuando Miss Taylor, a su regreso de un viaje a Inglaterra, nos trajo un paquete de Angel Delight (un polvo al que se añade leche para hacer un postre empalagosísimo, utilizado también como base para ciertos caramelos que, según se decía, le encantaban a la reina Victoria), él le dijo que estaba muy agradecido por el detalle, pero que Angel Delight había asestado un golpe a su fe, no solo en los ángeles, sino también en Dios y en los santos. Yo quise que se me tragara la tierra, pero Miss Taylor se echó a reír, «*so weird*», dijo. No contento con eso, Rico añadió que, para compensar, había muchas cosas de Inglaterra que le gustaban, como la joven reina Isabel, el Big Ben y la caza del zorro. «Y por supuesto usted, Miss Taylor.»

Amelia no se puso celosa en absoluto al nacer su hermanito: lo había rebautizado Colapé, tras oírnos referirnos a él como «Cola pequeño». Cuando lo metía en la cuna y lloriqueaba, Amelia le tiraba animalitos de trapo y muñecas para consolarlo: él la miraba con ojos llenos de sorpresa y amor, sin ningún miedo, y se dormía dichoso.

Cuando Colapé tenía dos años, colgué un tablón de madera en su habitación, lo bastante bajo para que Amelia pudiera pegar dibujos de lugares relacionados con alguna historia familiar, junto con fotografías de parientes muertos que los habrían querido de haberlos conocido y que, de todos modos, los amaban desde el cielo. Con la ayuda de Miss Taylor, hice flores de papel crepé y las fijé al marco con chinchetas. Entre las fotografías había una de Giosuè Sacerdoti: me pareció justo que mis hijos también supieran de él, el «gran amigo» de su abuela Maria, que les «dejó a mamá y a papá el chalé donde vivimos». Pensé que habría estado bien acompañarlo con un plato o un pastel que le gustara a él y que a ellos también les gustara, para que lo sintieran cercano y amigo.

Durante una de las visitas de mis suegros, Amelia quiso llevarlos a ver el tablón; los dos la siguieron felices, y lo mismo hicimos Rico y yo, con Colapé en brazos. Al ver la foto de Giosuè, mi suegra hizo una mueca. «¿Qué es eso?», preguntó indignada. Intenté explicarle mis intenciones, pero ni siquiera me escuchaba: tenía el gesto cada vez más torcido, sus ojos se entrecerraban más y más, y sus pupilas, como espinas, no dejaban de asaetearme tanto a mí como a la foto de Giosuè, pasando de uno a la otra.

Rico acudió en mi ayuda, animando a los niños a que me dijeran qué lugar aparecía en tal o cual dibujo y en qué ocasión habíamos estado allí, pero su madre le interrumpió: «Esas no son cosas de niños». Luego me miró fijamente: «Y tampoco de adultos», dijo fríamente. «¡Solo los Sorci y los Sala pueden estar allí, y nadie más!» Y salió de la habitación. Una nuera obediente, dadas las circunstancias, habría quitado la fotografía del tablón, se habría disculpado después ante su suegra y habría reconocido que se había equivocado. Yo no hice nada de eso. Al contrario, me sentí una cobarde por no defender abiertamente la memoria de Giosuè.

La visita continuó en un ambiente frío y controlado, sin más punzadas contra mí o los judíos. Yo observaba en silencio a mi suegro, que, avergonzado, intentaba jugar con los niños. Rico se esforzó por entablar conversación, pero, en un momento dado, se marchó y luego regresó sin explicar su ausencia. Pensé que había ido sin duda a hacer una llamada —me daba cuenta de que, quienquiera que estuviera al otro lado de la línea, a Rico le costaba mantenerse alejado—, pero estaba tan deprimida que ese pensamiento no había añadido nada a mi infelicidad.

En cuanto se fueron sus padres, Rico me puso una mano en el hombro:

—Vamos arriba, que tenemos que hacer una cosa.

Volvimos a la habitación de los niños, que se habían quedado en el jardín con Miss Taylor, y sacó del bolsillo una foto de Giosuè de joven, con uniforme fascista.

—La he encontrado en el fondo de un cajón del escritorio, en la administración —me dijo—. Es bueno que nuestros hijos sepan también que Giosuè Sacerdoti era un militante fascista, y que al principio Mussolini parecía sincero cuando decía que quería el bien de Italia y de los italianos. Al crecer, deberían saber que Giosuè trabajó mucho por el bien del país, pero que luego lo expulsaron y lo obligaron a esconderse como judío. —Y Rico me entregó la fotografía—. Hazlo tú —dijo en el tono marcial que a veces le salía de los lejanos años de la guerra.

Tomé la foto y, sintiendo su mirada clavada en mí, la pegué a la parte más baja del tablón, la que mejor se veía desde las camitas: la cara redonda de Giosuè, con camisa negra y ojos sonrientes, estaba en primer plano.

Rico me rodeó los hombros con un brazo:

—No he querido defenderte: quería que lo hicieras tú misma, Rita mía. Haber dejado esa foto y haber mostrado ante mi madre la tranquilidad de tu coraje... ¡No te rindes, no te dejas acorralar! —Eso dijo, y me dio un beso en la frente. Luego murmuró, como si hablara consigo mismo—: Yo debería ser tan valiente como tú, cuando mi madre me atormenta. —Y esa noche se quedó en casa conmigo y los niños.

Esta historia me trae a la memoria a Maria Merlo, casada con Moncada Sacerdoti, mi favorita entre las primas de Rico. Su marido Ugo también es judío. Vivieron mucho tiempo en Roma, donde él tenía un puesto en el Ministerio de Asuntos Exteriores. Maria y sus hijos y nietos iban a la sinagoga, de forma rigurosa. Y mantenían muy buenas relaciones con las familias observantes de la capital: pocas en realidad, pero sólidamente ancladas en la tradición y especialmente vinculadas por el recuerdo reciente de la redada nazi de 1943. Me gustaría que Amelia y Colapé crecieran bajo la influencia de estos primos mayores. Nunca he hablado de ello con Rico, pero sé que Giosuè Sacerdoti es mi padre. No sé hasta qué punto me siento unida, religiosamente unida, a la comunidad judía, pero, aunque no haya otro Holocausto, sé que el antisemitismo es una mala hierba que no es fácil de erradicar. Cuando los niños tengan edad para entenderlo, se lo contaré, me gustaría que fueran conscientes y estuvieran orgullosos de su cuarta parte judía.

Yo, por respeto a la memoria de mi madre y de mi padre, no puedo.

Llega agosto de 1959. Rico está muy implicado en nuestros campos; ahora también gestiona los míos. Es muy activo en las asociaciones de agricultores y fue el primero de la provincia en comprar un tractor inglés, el Massey Ferguson. Le gusta llevarnos a todos por las tierras en ese tractor, Colapé de pie entre sus piernas, yo con Amelia en brazos encaramada al anchísimo guardabarros.

Estoy embarazada y no lo sé: sigo dando el pecho una vez al día, y se me ha metido en la cabeza que, mientras dé el pecho, es imposible volver a concebir. El salto de la menstruación no me alarma, ni he prestado atención a ciertas pequeñas pérdidas. Sigo con mi vida como siempre.

Una tarde, vamos a ver la cosecha de algodón. A los niños les fascinan los vistosos y suaves penachos blancos que brotan de la fruta madura, pero sobre todo esperan con impaciencia el momento en que se les permita saltar al remolque del tractor en el que los agricultores descargan las cestas repletas de esos mechones. Mientras el tractor sube lentamente por la estrecha carretera que conduce a la granja, se hunden en esa blancura suave bajo la mirada benévola y atenta del granjero, y juegan a lanzarse puñados de algodón como si fueran bolas de nieve.

Cuando llegan a la granja, Colapé intenta bajarse del remolque sin esperar la ayuda de un adulto y se da un golpe en la cabeza contra la matrícula. La herida no parece grave, pero sale mucha sangre, Colapé llora y se retuerce como un pececillo cuando Rico y el aprendiz intentan sujetarlo para ver qué se ha hecho. «¡Mamá! ¡Mamá!» Lo cojo en brazos y solo entonces se calma, aferrándose a mí con brazos y piernas. Ni siquiera después de vendarle la herida hay forma de quitármelo de encima, así que subo con esfuerzo a la planta de arriba a lavarlo y a acostarlo, con la ayuda de Miss Taylor.

Por la noche me despierto con un dolor punzante en el bajo vientre. Permanezco inmóvil en la oscuridad, con los ojos en el techo. ¿Será que me ha vuelto por fin la regla? Tengo una sensación de humedad entre las piernas, en efecto. Intento levantarme en silencio para no despertar a Rico, pero otra punzada, más fuerte, me obliga a volver a tumbarme. Un chorro de sangre caliente me sorprende, tengo miedo. Despierto a Rico, me visto y corro al hospital más cercano. He perdido al hijo que no sabía que esperaba.

Desde entonces, Rico se ha distanciado de mí. Me dice que tiene miedo de hacerme daño, que no quiere más hijos, pero la verdad es que su deseo por mí se ha apagado. Y que siempre hay alguna otra que sabe avivarlo.

Lo veo apático e infeliz. No acepta mis caricias y evita meterse en la cama si aún estoy despierta. Dice que la noche es el mejor momento para llevar la contabilidad y ordenar los papeles. Todavía me ve en el lago de sangre. Ya no me desea.

11
Dice Rico Sorci
(otoño de 1961)

Palermo es un triunfo de la luz. En Altarello intento quedarme lo menos posible. Ahora me veo con Antonia Codacci, una joven cantante de ópera casada con un anciano comerciante de cereales. Ha participado en varios concursos y se ha distinguido sin sobresalir como soprano dramática de coloratura. Le gusta repetir eso «de coloratura», y se pone las manos en las caderas. Le gustaría subir tarde o temprano al escenario del teatro Massimo, y su marido, al que llama «mi Meneghini», se está moviendo con la gente «que cuenta».

«Maria Callas nos lo enseñó todo, incluso a adelgazar», me dice a menudo, y ese era el año de *Medea* en La Scala de Milán, dirigida por Thomas Schippers. Con gran estruendo, Antonia había rogado y luego amenazado a su marido para que la llevara, pero fue en vano. También lo había intentado conmigo: «¡Milán! ¡La Callas! ¡Un *risotto* en la Galleria! ¿Por qué no te lo piensas?». Me lo pensé, solo para llegar a la conclusión de que no, de que era imposible.

En Palermo, Antonia tiene una vida social bastante intensa, pero por razones obvias no puedo acompañarla a ninguna velada mundana. Solo la acompañé una vez a Catania, a un concurso en el que quedó tercera. Luego nos refugiamos en un hotelito de Bronte, ella llorando porque la había superado «ese amasijo de manteca»; yo, feliz de consolarla, le acariciaba el pecho. Y cuando al día siguiente, por la mañana temprano, dando un mordisco a un cruasán se manchó de mermelada su camisón blanco, se empeñó en cantar para mi uso y disfrute el aria de la locura de *Lucia de Lammermoor*: «*Il dolce suono mi colpì di sua voce! Ah quella voce m'è qui nel cor discesa! Edgardo! Io ti son resa! Edgardo! Sì, io ti son resa!*», «¡El dulce sonido de su voz me alcanzó! ¡Ah, esa voz que me ha entrado en el corazón! ¡Edgardo! ¡A ti me entrego! ¡Edgardo! ¡Sí, a ti me entrego!». Es una artista, mi pobre Antonia. Deambulaba por la habitación y modelaba los agudos con pericia, pero yo, sentado en la cama, no podía apartar los ojos de aquella camisa manchada de rojo y volvía a dos años antes, en el campo.

Toda aquella sangre era sangre viva que arrastraba tras de sí la muerte. A mi mujer se le estaba escapando la vida. Y era Rita, mi Rita. La metí en el Lancia Aurelia envuelta en las sábanas húmedas mientras despuntaban las primeras luces del alba.

El hospital al que llegamos parecía un campamento. Pedía a voces un médico, y por toda respuesta insistían en que me calmara. Con Rita en brazos, buscaba una camilla o una silla de ruedas donde colocarla, pero no había nada, solo un vestíbulo vacío y, al fondo, batas blancas que iban y venían. No era capaz de mirar a Rita a la cara, hasta el punto de que ni siquiera me di cuenta de que se había desmayado y de que la cabeza —con el pelo revuelto, la boca entreabierta— pendía hacia atrás.

Se acerca una enfermera.

—Venga —me dice, y yo la sigo por un largo pasillo, donde por fin puedo acostar a Rita en una cama. Me tiemblan los brazos por el esfuerzo—. Su mujer ha sufrido un aborto. ¿De cuánto estaba? —pregunta la enfermera, y le abre las piernas sin contemplaciones. Lo que siempre había considerado el paraíso se alza ante mí como un abismo sangriento.

Me alejo y nadie me retiene, de hecho, tal vez fuera eso precisamente lo que querían: que me esfumara. Salgo al amanecer, enciendo un cigarrillo. Luego me agacho en un banco y espero.

Son casi las ocho cuando me invitan a entrar: Rita se ha recuperado, está tan blanca como el algodón en el que nos perdimos anoche, me pide disculpas. Me siento avergonzado.

Me dicen que probablemente no sea necesario un legrado,

pero que la tendrán en observación: si todo va bien, podré llevármela a casa esta tarde. Me tiende la mano desde la cama, la beso apresuradamente y desaparezco, casi corriendo.

Paso por casa para cambiarme: apenas el tiempo de dar instrucciones a Miss Taylor, y vuelvo a montar en coche camino de Palermo.

Dos horas más tarde llamo a Anna desde el teléfono del Extrabar. Cuando llega, se da cuenta de que yo no soy yo mismo. «No has venido a divertirme», dice, dejándose caer en su silla, y se resigna a escuchar. No la alegra demasiado que yo esté allí, no la alegra que le atribuya la tarea de consolarme, hoy no la alegra su condición de amante; así que se despide de mí, yo diría incluso que con bastante frialdad.

Cruzo la piazza Politeama, los caballos de bronce del tejado del teatro piafan en un cielo rotundamente azul, y entro en via Gaetano Daita. Repiqueteo en los listones de la persiana de una planta baja, que está entreabierta: inmediatamente, se corre la cortina y aparece una mujer rubia con los labios pintados de rosa, un par de zuecos de tacón alto en los pies. No tendrá más de dieciocho años. Deja caer el tejido floral. Detrás de otra cortina, se oye llorar a un niño. Dudo. Pero ella ya se está desabrochando la blusa, señalando la cortina con un gesto de la cabeza:

—No molesta, enseguida parará.

—Quiero verla. Ahora —digo.

Se ríe, se levanta rápidamente la falda dejándome ver su pelo rubio, e inmediatamente se la vuelve a bajar, juguetona.

—¿Mirar y na más? Ven aquí, cariño, que te lo vas a pasar de miedo. —Yo obedezco. El bebé ya no llora. *No molesta.*

Ahora me urge la necesidad de hablar con la tía Sara, y mientras me centro en la «necesidad», veo la secuencia de mujeres que he ido y sigo yendo a buscar, me pregunto sin respuesta cuánta urgencia por ser escuchado he incubado dentro de mí. Sin embargo, solo cuando llego frente a la pequeña puerta del callejón

Busambra me percato de que hoy es 28 de agosto, quizás no haya nadie en el Círculo. Pero no es el caso.

En el pasillo que conduce al patio interior me reconforta un zumbido indistinto, un roce apenas perceptible.

Debo de tener un aspecto espantoso, porque la tía Sara se levanta de su asiento al final de la sala, junto al Cristo desnudo, y viene hacia mí con toda la velocidad que sus viejos huesos le permiten. Hoy solo están la mitad de las mujeres que suelen acudir al Círculo, y aun así no tengo miedo de que me oigan, o tal vez solo quiera dejar de lado mi reserva y mi vergüenza. «Rita ha perdido un hijo», digo, y diez pares de ojos se posan de repente en mí: no saben si sentir lástima por mí, preocupación por Rita, indignación por el destino que a menudo condena a las mujeres a ser víctimas. La tía muestra su pesar, pregunta dónde se encuentra Rita, si está en buenas manos. «Ha perdido mucha sangre, creo», y con ese «creo» pierdo toda credibilidad a ojos de las bordadoras. Las más perspicaces me tachan inmediatamente de incapaz, de retrasado mental. Lo cierto es que tienen razón, porque así es como me siento: un idiota. La tía Caterina, que nunca ha sido propensa a la ternura, se preocupa de que acerquen una silla más, mientras la tía Stefania deja caer su bordado y se dirige hacia el patio. «Ya no somos capaces de engendrar», murmura en un tono que es a la vez una acusación y una plegaria, un perdón implícito para toda la humanidad.

—No exageres —dice la tía Sara—, Rita y Rico tienen dos hijos preciosos que son su alegría, y nuestro consuelo.

—Es verdad —admito, e invito a todas a volver al trabajo, no quiero causar molestias, simplemente no sabía adónde ir, y a estas alturas el Círculo es un puerto seguro: siempre hay alguien allí y, sobre todo, siempre hay mujeres capaces de escuchar.

—Bordamos, pero muy a menudo remendamos —continúa la tía Sara—, y hoy es a ti a quien le hace falta nuestro hilo.

Tomo asiento a su lado y me siento abrumado por la blancura, me acuerdo, no sé cómo, de la enfermería donde estuve hospitalizado tras las bombas de Messina: allí también había mucho blanco, muchas mujeres, muchos rostros atentos para vigilar y cuidar. Busco entre estos rostros los que no conozco: hay una mujer, más bien metida en carnes, desgreñada, inclinada de nuevo sobre su trabajo, empeñándose con fervor y puntillosidad, como si tuviera que sacar una resurrección de esos algodones cándidos. Qué manos tan cansadas tiene. Qué dedos tan atormentados. Cómo se aparta los mechones de pelo delante de sus ojos con golpes secos de la palma de la mano, sin perder la sujeción de la aguja y la tela. Tiene una belleza tosca hecha de viento, es como si quisiera aprender y huir al mismo tiempo, convertirse en la mejor y no salir de los callejones y de la noche, tras el cierre de las mancebías. Sé que no ha abandonado el oficio, la he visto y la sigo viendo por la noche, insegura en la calle. Pero aquí se siente a gusto, aquí no tiene nada que temer. Ahora ha entrado un hombre, y por eso no quiere distraerse de su arte, se entrega de todo corazón, y con entusiasmo, al remate de la compleja guirnalda de flores que le han encargado bordar.

Me quedo allí hasta el mediodía, reconfortado por esa laboriosidad silenciosa, por las sonrisitas de la tía Sara, que de vez en cuando me pregunta en un susurro por los niños, me habla del dolor de espalda de mi padre y me aconseja que coma algo antes de reemprender el camino. Le doy las gracias, me despido de las mujeres una a una, y salgo de nuevo hacia la piazza Politeama: tengo que coger el coche y volver a ver a Rita.

Hemos vuelto a Palermo, Rita ya no quería quedarse en el campo.

—Llévame a casa —me dijo. Y así lo hice.

Una semana después he vuelto al Círculo, pero esta vez junto a ella. Las mujeres se le acercan, la tía Sara abre un envoltorio en el que ha protegido una tarta de albaricoque, que ahora ofrece a todas.

Me gustaría ver a Anna, la llamo desde el teléfono del bar de enfrente de la farmacia. Pero Anna me interroga, me pregunta dónde estoy, con quién estoy, y yo le digo la verdad:

—He llevado a Rita al círculo de bordadoras.

—Me alegro por ella —me responde—. Pero tú búscate otra distracción, que yo hoy estoy ocupada.

Me siento traicionado, abandonado. Dejo a las mujeres con sus trabajos y doy un paseo por el Cassaro, me distraigo con los gritos de los vendedores de via dei Calderai, la recorro entera, sumergiéndome en ese batiburrillo de ollas, sartenes, lámparas, braseros, balanzas, utensilios de cocina, faroles, jarrones.

A la mañana siguiente recibo una llamada de Anna, me cita en Mondello, en nuestro bar de siempre. Me alegra la idea, no veo el momento.

Cuando llega, ya estoy sentado a la mesa, me levanto y le digo que la he echado de menos. Lleva un vestido de lino con medias mangas de color verde claro, muy claro. Y muy claramente me habla:

—Me he visto con tu mujer.

Se me sube el corazón a la garganta.

—¿Qué has dicho?

—Sí, has oído bien —responde en voz baja—. Hablamos de ti y de otras cosas, con total franqueza. Yo admití que era tu amante, ¿y sabes lo que me dijo?

No sé si quiero saberlo.

—«Yo me preocupo por mi marido, ¿y usted?», eso me dijo. Es una mujer que vale mucho, y te aconsejo que te aferres a ella, porque te quiere mucho..., o, para ser precisos, quiere tu bien.

Anna me sonríe, con aire sereno.

—La mía es una despedida, querido Rico. Te deseo que seas feliz, con tu mujer si puedes, o con quien quieras..., pero ya nunca más conmigo.

Me siento completamente desconcertado. No se me ocurre nada mejor que preguntar:

—Pero ¿qué dijo Rita al final?

Se pone las gafas de sol y se prepara para irse.

—Estábamos de acuerdo en que no mereces una amante como yo, ni una esposa como ella.

Me quedo solo, me siento un idiota.

Tengo que retomar mis estudios de agronomía, hago algún trabajo de consultoría de vez en cuando, pero exclusivamente para amigos, razón por la cual al final nunca me pagan. Me gustaría volver a Francia. De hecho, lo mejor sería abrir una escuela aquí: el campo se muere sin progreso y sin estrategia de desarrollo. Aunque la reforma agraria no haya producido beneficios, los particulares —los que sean capaces, por lo menos— deben utilizar los pocos recursos activos y aumentar sus competencias.

Esta palabra late en mi cabeza: «competencias». Me gustaría reunirme con mi primo Leonardo Ponte, me gustaría que estuviera a mi lado. En cambio, es el tío Filippo quien quiere verme. Pero no me fío de él.

Una escuela. Sí, una escuela. Al fin y al cabo, me digo, las Tres Sabias han sabido tener iniciativa y ser hábiles creadoras de competencias. No podemos seguir con tantas intentonas. Así, solo dejamos espacio al robo, y tal vez a la destrucción. A la mafia.

Mientras persigo estos pensamientos, veo a mi Rita de trasfondo. Altarello es un lugar hechizado, pero también puede convertirse en una prisión. Miss Taylor sigue vagando por la casa. Si no ha terminado su trabajo, eso significa que Amelia o Colapé no se encuentran bien, o tal vez tengan un berrinche. Vivir en este paraíso no es suficiente. Nuestros hijos necesitan el mundo.

Pienso en mi padre, que, a lo largo de su vida, solo supo cuidar de su hermano y dedicar su corazón a la tía Laura.

Rita me llama, me escondo en la oscuridad, en la noche, tengo ganas de desaparecer.

12
Dice Mariolina Sorci
(noviembre de 1961)

Alfio y yo estamos comiendo en casa de mis padres. Mi padre acaba de volver de Turín, ha estado en la Expo 1961, a la que luego han llamado Italia '61. Futurista. En el cine no dejan de proyectar un *Settimana Incom,** en el que se ven edificios, salones, coches y, sobre todo, un ferrocarril suspendido en el vacío. Se llama «monorraíl», y yo me imaginaba que, dentro de unos años, Palermo también tendría uno, e iríamos desde la Estación Central hasta Mondello en el monorraíl, pasando por encima de los barrios antiguos, sobre las ruinas de la guerra, bordeando la Cala, via Crispi, el Ucciardone, y evitando los edificios nuevos para entrar en el parque de la Favorita y llegar por fin a la playa.

Me quejo a mi padre, podría haberme invitado a ir con él, sabe que estas cosas me intrigan. Él dice:

—Cuando anuncié que me iba a Turín, no mostraste el menor interés. Estarías pensando en otra cosa.

—Estaría pensando en otra cosa porque no te había entendido. Deberías habérmelo explicado —replico—. No tenía ni idea de esa gran fiesta del futuro.

—Déjate de tantas fiestas.

Me enfado, luego me digo que soy una mujer casada de casi treinta años, ya no puedo comportarme como una niña pequeña. Pero enfurruñarse con papá siempre funciona; yo solía hacerlo cuando era pequeña, si no conseguía lo que quería de in-

* Noticiario cinematográfico que, entre 1946 y 1965, se exhibía en las salas italianas antes de las películas. (*N. del T.*)

mediato. Interviene mi madre y dice, tímidamente, que mi padre me llevará cualquier otra vez a Turín, que siempre me salgo con la mía.

Entonces vuelvo a empezar:

—¡Quiero montar en el monorraíl!

—Montarás, mejor dicho, cuando seas la reina de Palermo, tendrás un monorraíl para ti sola. —Papá me toma el pelo. Sabe cómo hacerlo sin ofenderme.

Mi padre, al que todos llaman barón «por respeto», ya que el barón Sorci es el tío Cola, es bajo, con una mandíbula cuadrada, nariz pronunciada, casi completamente calvo. Es un hombre cautivador y astuto. Y todavía conserva una hermosa sonrisa. Él, a diferencia de los tíos, no solo ha mantenido su patrimonio, sino que lo ha acrecentado incluso. Es capaz de ver los negocios antes que nadie y por eso maniobra, maniobra hasta que se le presenta una oportunidad concreta. Está metido en la construcción, está metido en el transporte, y en el puerto saben que gran parte de las mercancías que llegan protegidas son cosas suyas. No hay frigorífico, ni lavadora, ni televisor que no pase de alguna manera por las cadenas de distribución, «así las llama», controladas por él; así lleva haciéndolo desde la ocupación estadounidense, desde que entabló su alianza con Peppe.

Me gusta verlos juntos, a Peppe y a mi padre. Pero no es frecuente. No puedo. Mi madre niega con la cabeza, simplemente no me entiende, y quizás tampoco entienda el mundo en general. Es muy buena, todo el mundo lo dice, pero la bondad no sirve de mucho en esta jaula de fieras.

Quiero invitar a algunas personas a casa de mis padres. ¿De qué les sirve ese salón y ese comedor tan enormes, con los suelos de mármol y los grandes ventanales que refulgen al atardecer, de qué les sirve esa profusión de electrodomésticos americanos? ¿Para qué todo eso? Digo que hay que invitar, pero al final, cuando apunto la lista de invitados, me doy cuenta de que acaban siendo siempre las mismas caras: familia, familia, familia. Mejor que nada.

El primer domingo de noviembre, nos sentamos todos a la mesa: además de mamá, papá y Alfio, están Maria Merlo y su marido Ugo, Rita y Carlino. Falta Rico.

Mamá ha hecho preparar un pudin de arroz, cerdo asado y muchas verduras. Cuando terminamos el primero, obligo a papá a que nos hable de Turín y todos escuchan, comentan, preguntan. Carlino recuerda su Chicago y nos hace conscientes de que ya entonces en Estados Unidos existían las «modernidades» que ahora nos sorprenden. Maria, que vivió algún tiempo en Roma, es la más continental de todos y, con auténtico espíritu de comensal educada, se informa y comenta. Pregunta cómo es ese teleférico que se encarama por las colinas, y quiere saber si, en la celebración de los cien años de la unificación de Italia, se mencionaron Sicilia, Garibaldi y los Borbones. «Pero si eran los Saboya», dice Alfio, abriendo la boca por primera vez. Nunca pensé que hubiera un nostálgico de los Borbones en él. Le miro desconcertada, e inmediatamente aparta la mirada.

Escruto uno por uno a mis parientes sentados alrededor de la mesa. Dan la impresión de venir todos, excepto Carlino, de un mundo viejo y obtuso. Conozco cada gesto, cada máscara, cada pliegue de la cara, cada telaraña de arrugas. Asumo el papel de señora de la casa, sabiendo que le estoy haciendo un favor a mi madre, a quien nunca le han gustado sus parientes Sorci. Alfio entretiene a Rita con las últimas excavaciones arqueológicas en Siracusa: ya se lo han llevado todo, lo han robado todo, las investigaciones deberían seguir criterios que ni siquiera se han pensado aún, y mucho menos adoptado. Alfio siente obsesión, en particular, por las estatuas de atletas desnudos y ha conseguido adquirir algunas piezas. Entiendo que ha debido de haber alguien implicado que garantizó el silencio. Sea como fuere, nunca había oído a mi marido hablar con tanta pericia como hoy, me provoca ternura.

Maria, junto a mi madre, le pregunta por qué no se ha dejado ver en el Círculo esta semana. «Tenía cosas que hacer en casa», dice vaga, pero no es cierto. Mi madre tiene un nudo que le crece en la garganta, y soy yo. No puedo evitarlo. Quizás esté embarazada. Una vez más, y no se sabe cómo acabará: ¿otro aborto? No estoy segura de las intenciones de Peppe. Desde hace tres años es un viudo cortejado por muchas señoras palermitanas. Las manos quietas, digo yo. Pero tengo razones para pensar que él solo tiene ojos para mí. Alfio está entre nosotros como un huésped apenas tolerado.

Mi padre lo mira mientras enciende uno de los cigarros que le ha regalado Peppe, y al final la calada termina en un bostezo.

Tiene que pasar algo.

Maria mira las cortinas, probablemente pensando que aquí no tienen cabida los bordados del Círculo del Punto de Realce.

—Nailon —dice mi madre—. Nailon puro.

Peppe llega para el postre. Salgo a su encuentro, pero no lo abrazo. Todo el mundo lo sabe y nadie quiere saberlo. Hay una suerte de sórdido placer en esta triste ficción, pero yo soy feliz, y esto también es algo que todo el mundo sabe y no quiere saber.

Mi padre anuncia que por fin se venderá el Palazzo Sorci, después de tantos intentos, después de tantas negociaciones acabadas en nada. Nadie ganará mucho con ello, pero había que hacerlo, y una vez más debemos estarle agradecidos al abogado Vallo.

Peppe rechaza con un gesto de la cabeza la *panna cotta* que yo misma le he preparado —para evitar la inevitable *frutta martorana,* el típico dulce de mazapán del día de Difuntos, que acabamos de pasar—, y da un sorbo demasiado largo a su café, está pensando en algo.

Como si hubiera caído el telón, la escena se vacía. Se acabó la comida. Se acabó la ficción.

Los invitados se despiden. Carlino besa a mi madre antes de marcharse, y poco después yo también salgo y me encamino por via Libertà. Casi he llegado a la esquina de via Principe di Paternò, cuando Peppe detiene el coche y extiende la mano para abrirme la puerta:

—Hagamos una última visita, tengo las llaves —dice.

Entramos en el Palazzo Sorci, siendo aún sus dueños. Subimos a la planta noble. El ambiente está enrarecido, el salón decrépito, el techo ha cedido y gran parte cuelga del encañado. Abrimos los postigos y Peppe me saca al balcón donde me cortejó por primera vez: yo era una niña, nada más que una niña, pero me di cuenta de cómo se acercaba a mí, podía sentir su respiración pesada, podía sentir la cálida piel masculina, mientras llegaba desde el interior, ligera, la música que sonaba en el piano, las risas, la voz del capitán Hill llamando a Carlino. Peppe me atrae hacia él como aquella tarde, pero ahora me besa. Luego me coge de la mano y me lleva a la habitación que perteneció a mi abuelo.

Somos criaturas a la deriva en un palacio a la deriva en una sociedad a la deriva.

13
Dice Rita Sala
(marzo-diciembre de 1962)

Nuestro matrimonio está pasando por un periodo turbulento. Rico se ha «enamorado» de Loredana, la mujer trevisana de un funcionario de la prefectura, que es también la madre de Amedeo, un amigo de guardería de Colapé. Viven en un pequeño palacete con jardín en via Libertà, y Rico va a Palermo todas las tardes para llevar a Colapé a jugar a casa de Amedeo. Cuanto más apasionada se vuelve la relación, más fomenta Rico la amistad entre los dos niños. Tengo razones para creer que, mientras juegan, él entretiene a su madre.

Colapé es un niño serio y atento a todo; está claro que ha percibido algo extraño, porque me ha dicho:

—Le he pedido a papá que me lleve a casa de Stefano Natoli, pero siempre me dice «en otra ocasión» y me lleva a casa de Amedeo.

Hay otros indicios que me hacen pensar que lo de Rico se ha convertido en una obsesión: por ejemplo, no se pierde una recepción en casa del prefecto, del jefe de policía y del alcalde, cuando nunca ha ido de buena gana. Hasta ahora, sus relaciones solo habían afectado relativamente a su comportamiento en casa: aunque siempre salía por las noches, no dejaba de ser discreto, cariñoso con los niños y amable conmigo. Ahora se muestra impaciente, nervioso, agresivo, y está claro que, si pudiera, nos mandaría al campo y se olvidaría de nosotros, para retomar su vida y vivir libre, sin deberes, sin responsabilidades. Se pasa horas en su despacho, la última habitación al fondo de los salones, hablando por teléfono —con Loredana, sin duda—, y si alguien se atreve a llamar a la puerta, contesta de forma grosera. Cada vez se parece más a su madre.

Y, por último: nunca fue parsimonioso con los gastos, pero ahora se ha convertido en un derrochador. Mi hermana Anna se encontró con él en la joyería Fecarotta, adonde había ido a arreglar el reloj de su hijo. Rico estaba comprando dos relojes Patek Philippe estupendos, uno de hombre y otro de mujer. ¿El de señora era para mí? Pero mi cumpleaños es en septiembre, y nuestro aniversario es en enero... En cualquier caso, sigue llevando el reloj que le regalé para la boda. ¿Será quizás una sorpresa que quiere organizar para Semana Santa? ¿O tal vez para la feria del Círculo?

Es domingo por la mañana, estoy sentada en mi escritorio del dormitorio, ordenando algunos papeles. Rico entra como un torbellino, lleva un documento en la mano para que lo firme. No es algo inusual, la burocracia es cada vez más compleja, y yo siempre he firmado sin leer ni pedir información, como hacía mi madre con mi padre, con total confianza. Hoy, sin embargo, cuando Rico me entrega el bolígrafo y deja el documento abierto hasta la última página sobre el escritorio, me doy cuenta de que la firma del notario no es la habitual: intento coger el documento para verlo mejor, pero Rico me lo impide, e incluso posa su mano abierta sobre el papel, dejando solo lo estrictamente necesario para que yo firme.

—¡No hace falta que leas nada, firma! —me ordena. Y lo repite, en voz más alta—: ¡Firma, he dicho!

Le miro sin comprender, con las mejillas encendidas:

—Rico, pero...

—¡Te he dicho que firmes! —insiste, impaciente.

—¡Mamá! —Colapé, de pie en medio de la puerta, nos mira asustado...

—¡Vete! —le grita Rico sin volverse, y luego sacude el papel con rabia—: ¡Firma! ¡Apresúrate, que tengo prisa!

Colapé corre a arrojarse a mis brazos.

—¿Por qué papá es malo contigo? —Se aferra a mí, luego

lanza una mirada suplicante hacia su padre y entonces se pierde en sollozos.

Le tranquilizo con pequeños besos y caricias.

—No te preocupes, papá está cansado...

Rico nos mira mudo, con dureza. Cuando Colapé se calma, firmo el documento y se lo entrego a Rico. Satisfecho, sin dignarse a mirarme ni darme las gracias, acaricia distraídamente la cabeza del niño y se va.

No volvemos a hablar del documento, ni él ni yo, pero Rico me mira sombrío, parece querer evitarme. Por la noche, en la cama, se da la vuelta de inmediato hacia la mesilla y apaga la luz.

Ha llegado la Semana Santa. Como cada año, lo pasamos en Pietrarossa, uno de nuestros campos cerca de Gela, donde los arqueólogos han descubierto recientemente murallas griegas del siglo VI a.C. enterradas en la arena. De los relojes, ni la menor mención. Pero Anna no puede haberse equivocado. Es todo de lo más extraño.

Un año más, siguiendo la tradición de los Marra —la familia de mi madre—, he ido a visitar a las familias de los campesinos que viven en las fincas más alejadas de la explotación. Hoy es el turno de la Frassina. Voy allí acompañada de nuestro mayoral, don Vincenzo Asaro, su mujer y algunos mozos. Les felicito las fiestas, llevo un pequeño regalo en forma de dinero para las mujeres, y libros y juguetes para los niños; mientras tanto, me informo sobre la salud de todos: siguiendo el ejemplo de mi madre, en caso de enfermedad les ofrezco hospitalidad en Palermo para los exámenes médicos y pago los honorarios correspondientes. Invariablemente, me ofrecen café *d'u parrino:* un café «especiado», enriquecido con azúcar, vainilla, canela, clavo y cacao. Pero este año había una novedad.

Giuseppina, una mujer incansable de sonrisa contagiosa, que ha criado a cinco hijos y sigue ayudando a su marido en el huerto, recibe los regalos sin su habitual entusiasmo. Después de servir el café, mantiene los ojos bajos y responde a mis preguntas con monosílabos. Solo entonces me doy cuenta de que tiene ganas de llorar.

—Giuseppina, ¿qué te pasa? —le pregunto preocupada.

Se tapa la cara con las manos.

—¿Por qué *'u baruni* ha tenido que vendernos a un nuevo amo? —murmura entre sollozos.

Se me viene inmediatamente a la cabeza el documento que Rico me hizo firmar el mes pasado. Ha vendido una finca que me pertenecía, a la que más cariño tengo. Pero no es el momento de acusarlo.

—Si mi marido lo ha hecho, también es por vuestro bien —miento acariciando la mano de Giuseppina. Y, mientras tanto, pienso que la próxima Semana Santa no volveré a su cocina humeante, no beberé más su café *d'u parrino,* no veré crecer a sus hijos. Yo también lloro.

En el camino de vuelta me muestro pensativa, el mayoral guarda silencio y aparta la mirada de mí.

Rico necesita dinero: debe de haberse endeudado para agasajar a sus amantes, para impresionarlas con coches deportivos, invitaciones a comer y regalos caros. Y ahora está Loredana, que parece importarle mucho. Mientras permanecemos en el campo, no digo nada: quiero que estos días de Pascua sean tranquilos para Amelia y Colapé, que han abierto el envoltorio de sus huevos con gritos de alegría. El buen aroma del chocolate, el papel reluciente —rojo, dorado, con lazos y cintas— abierto sobre la mesa, los niños con los dedos pegajosos me hacen olvidar lo que ahora sé: soy un mal ejemplo para mis hijos. Por la tarde, intento entretener a los campesinos con mi habitual bonhomía: me gusta escucharlos y a ellos les gusta que yo los escuche, pero en realidad esta vez todo suena a artificial, y si por casualidad vuelve a mencionarse la venta, divago, les pregunto por sus parientes, les hablo de algunos programas de televisión que conocen, pero que no pueden ver porque en Pietrarossa solo hay un televisor, en el bar del pueblo. Debería tomar una decisión y no tengo valor. No quiero arruinar las vacaciones de Amelia y Colapé.

De vuelta en Altarello, a la mañana siguiente, hablo abiertamente con Rico y le exijo una explicación: ¿por qué ha vendido Frassina sin decirme nada? Le quita importancia, da respuestas evasivas y, cuando le presiono, se enfada, me dice que no entiendo nada, que Pietrarossa es una propiedad deficitaria, que vender es lo único sensato. Ante tal desfachatez, decido llegar hasta el final: le digo que sé lo de los dos relojes, le digo que debería avergonzarse de sí mismo. Rico pierde los estribos, vomita una animadversión que evidentemente lleva tiempo incubando contra mí; y cuando menciono a Loredana, cuando le digo que son dignos el uno del otro, llega la bofetada. La primera en once años de matrimonio. Nos quedamos quietos, como dos enemigos enfrentados sin saber muy bien qué esperar el uno del otro, y en un instante veo pasar ante mis ojos toda nuestra vida juntos, nuestra vida juntos que él acaba de hacer añicos.

Rico se da la vuelta y se marcha.

Por la tarde, llega su llamada telefónica.

—Que sepas que, en lo que a mí respecta, doy por terminado nuestro matrimonio —me anuncia—. Iré más tarde a recoger mis cosas. Me quedaré en casa de mis padres hasta que encuentre un piso. Llegaremos a un acuerdo sobre los niños. —Rico habla en un tono que no reconozco. Me limito a responder que, sin duda, se llegará a un acuerdo y añado, con cautela, que también hay que encontrar las palabras adecuadas para explicar este alejamiento a los niños—. Somos una pareja moderna —dice, y por fin parece notársele algo de vergüenza—, seremos capaces de sobrellevar también esta incómoda situación.

Poco a poco me voy controlando y añado:

—No se trata de incomodidad, Rico. Lo que está en juego es tu figura como padre.

Cuelga. Vuelve a llamar:

—Siempre has sido más firme que yo. A ti me encomiendo.

Cuando viene a hacer las maletas, habla con monosílabos. En la muñeca lleva un reloj nuevo.

A la mañana siguiente recibo la visita de mi suegro:

—Rita mía, me he enterado de lo de Rico. Me siento mortificado. Te pido disculpas. Que sepas que eres y siempre serás como una hija para mí —dice, entristecido. Y luego, casi tímidamente—: ¿Me permitirás seguir viniendo a ver a los niños?

Lo abrazo, lo tranquilizo asegurándole que lo ocurrido entre Rico y yo no cambiará su relación conmigo y los niños: Amelia y Colapé le necesitan tanto como él a ellos, ahora más que nunca, y puede venir cuando quiera.

Más compleja es la posición de mi suegra Margherita. Por fin puede presumir de su clarividencia, de haber sabido siempre que algo no funcionaba, que yo no era la esposa adecuada para Rico. No lo dice en mi presencia, por supuesto, pero, en los días siguientes, hay quien se ocupa de hacerme saber —no sin antes lamentar mi nueva condición— lo que se dice en el ancho mundo, es decir, entre los conocidos de Margherita.

Hay mucha más complicidad entre las mujeres del Círculo. Cuando voy allí, la tía Sara se me acerca, me abraza con cautela, como si temiera hacerme daño, y me invita a sentarme: ha hecho preparar limonada fresca especialmente para mí. Los bordados descansan con levedad sobre las sillas y las mesas y, en el habitual revuelo de blancura, todas las mujeres van colocándose a mi alrededor por oleadas. Una a la que apenas conozco, que se ha unido a nosotras recientemente, da un paso adelante y extiende una mano hacia mi mejilla, le gustaría acariciarme, pero no se atreve, de modo que la palma de su mano queda suspendida, como una promesa de consuelo. Siempre huele bien en el Círculo.

La tía Sara me dice que las cosas se arreglarán. No lo dice por piedad, está convencida. Confía en Rico y, por supuesto, en mí.

—Tu corazón es generoso —añade—. Las familias enferman y luego se curan. Somos criaturas frágiles, pero aprendemos día a día de qué está hecha la existencia, sobre todo a compartir hábitos y caracteres. —Luego vuelve al mantel en el que está trabajando y me hace una seña para que me siente a su lado y la ayude—: Mis ojos, querida Rita, cada vez necesito más ojos que no sean los míos.

He adquirido la costumbre, después de comer, de descansar en el sillón en lugar de ir a acostarme: intento evitar esa cama vacía que me entristece.

Mi suegro viene todos los jueves, por la mañana nos manda una gran caja de galletas y bombones envueltos en papel de la pastelería Caflisch. En la parte superior hay una tarjeta que reza simplemente: «Para mis nietos». Él aparece a la hora de comer, al volante de su coche, para no causarle problemas a Paolo, el chófer, al que mi suegra interroga regularmente: adónde ha llevado al barón, cuánto ha tardado en recogerlo, etcétera. Pasa dos o tres horas de furtiva intimidad con sus nietos y conmigo.

En el curso de estas visitas no habla nunca de Rico, pero se da cuenta de que los niños, por el contrario, lo mencionan a menudo, y lo nombran como si su ausencia fuera temporal, una distracción, un accidente, un descuido: «Papá dice que tenemos que mantener limpia la fuente, dice que tenemos que hacerlo nosotros», «Papá nos pregunta en inglés, quiere que repitamos los días de la semana», «He construido una grúa con el mecano, papá dice que seré ingeniero cuando sea mayor». Nunca utilizan verbos en pasado, y aun así se inflaman como cerillas cuando oyen sonar el teléfono. Después de comer, yo me siento a bordar en el sillón junto a la ventana, y los niños en el sofá frente a mí, a ambos lados de su abuelo. Disfrutan de la vista de la majestuosa y serena Palermo, ella también adormecida por el calor de las primeras horas de la tarde, asomada al mar que lame el cielo en la distancia. A decir verdad, soy yo quien se pierde en esa visión: ellos se han traído una caja de construcciones y los oigo imaginarse castillos, torres, palacios.

—Abuelo —dice Colapé—, me gustaría montar en tren. ¿Tú has ido alguna vez en tren? ¿Por qué no vamos nunca en tren?

Mi suegro se entretiene respondiendo y habla de los trenes que lo llevaron a Mesina, a Nápoles, a Catania.

—Yo creo que vosotros no tardaréis en montar en un avión

—responde, y mira al cielo por encima de nosotros. Incluso yo aparto entonces la vista de mi Palermo y me pierdo en el azul.

Un viernes por la tarde, mi suegro llega sin avisar: me dice que tiene que hablar conmigo sin los niños, pero que no me preocupe, que no ha pasado nada. El abuelo y los nietos charlan y juegan a las damas, luego le pido a Miss Taylor que los lleve a merendar y me quedo a solas con él.

—Espérame, enseguida vuelvo, tengo que recoger una cosa del coche —dice, y se marcha apresuradamente.

Vuelve con una cajita de metal y me da la llave para abrirla: cuando levanto la tapa, me quedo de piedra. Nunca había visto tantas libras esterlinas de oro juntas.

—Quédatelas, son para ti y los niños. Es un bien mío, personal, un regalo mío para vosotros —explica con cierta vergüenza. Me doy cuenta de que se retuerce los puños de la camisa como si quisiera taparse las manos.

—Gracias, pero no puedo ni quiero recibir un regalo tan importante sin el consentimiento de Rico y de vuestra familia —respondo con dulzura, y espero temerosa a que intente convencerme. Pero lo entiende. Me coge la mano y me la besa. Está llorando.

Poco a poco voy retomando el contacto con Rico: ha empezado a ver de nuevo a los niños, ya sea en casa de sus padres o aquí, en Altarello. A veces, a petición suya o de los niños, se queda a comer. Pero las visitas de mi suegro están disminuyendo, cosa que lamento. Solo se queda a comer en nuestra casa cuando mi suegra tiene una cita con sus amigas o va a casa de Carmela. Noto su incomodidad. Al fin y al cabo, sabe que estas visitas las hace a pesar de los deseos de su mujer, y quizás de su hijo. De la caja de libras esterlinas no se ha vuelto a hablar.

Y luego el drama. Ha ocurrido una cosa terrible.

Enrico Sorci, el hijo del tío Ludovico, ha sido secuestrado mientras se encontraba en un antiguo feudo no lejos de Caltane, en la comarca de Mandrascala. El tío Ludovico y Enrico habían ido a acordar con el mayoral y los agricultores la fecha de inicio de la recolección de la aceituna y sufrieron una emboscada: el tío suplicó a los malhechores que se lo llevaran a él en lugar de a su hijo, pero no hubo nada que hacer.

De toda Italia llegan cartas anónimas de falsos secuestradores, los tíos están desesperados, Virginia —la mujer de Enrico– se pasa todo el día llorando, su hermano Mario está consternado. El tío Ludovico y la tía Caterina deambulan inquietos por el salón de su casa: el dolor por la muerte de su hija Rosarietta sigue vivo, y este nuevo duelo solo reaviva la tensión, el miedo y el abatimiento. ¿Qué hacer? Esta es la pregunta que corre, dicha o no, por los labios de todos. ¿Qué hacer? Por desgracia, en casos como este no existe protocolo alguno, por más que las distintas modalidades de los secuestros no sean desconocidas.

La policía ha sugerido que Rico, instruido y protegido por ellos, haga de intermediario con los secuestradores de Enrico: han excluido al tío Ludovico y a Mario —están demasiado implicados, dicen, quizás no tengan la sangre fría que exigen estas situaciones—, y también a mi suegro, que se había ofrecido. Dicen que es demasiado anciano. Los secuestradores, sin embargo, guardan silencio. Ha pasado una semana, y hasta ahora Rico solo ha tenido que lidiar con chacales: todos exigen un rescate y llegan a dar información detallada sobre el estado de salud de Enrico, pero su engaño dura poco, no tardan en quedar desenmascarados.

La tía Caterina es una sombra de la mujer fuerte y mandona que siempre ha sido: se mueve por la casa como un fantasma, o se queda sentada en un sillón a esperar que ocurra algo, con las manos abandonadas en el regazo, inútiles. No hay bordado que la consuele. Se nota que incluso cuidar su aspecto le cuesta un esfuerzo sobrehumano, me imagino que seguir lavándose, peinándose y vistiendo ropa limpia es su forma de resistir al miedo y al dolor. Ya no lleva joyas, solo la alianza de hierro que le dieron los fascistas a cambio de la alianza nupcial entregada como «ofrenda a la Patria» para pagar los gastos de las guerras africanas.

Mi suegro ha puesto su chófer a mi disposición para los desplazamientos desde Altarello: así puedo ir a visitar a los tíos casi todos los días con los niños, pero también para ir por la mañana y por la tarde si me llama la tía Caterina. Ha empezado a jugar al solitario con las cartas y casi no le dirige la palabra al tío Ludovico: le acusa de no haber sido capaz de mantener a raya al bribón del mayoral, que ha acabado vengándose. El temor de todos es el mismo: que Enrico ya haya sido asesinado y el silencio de los secuestradores presagie una estratagema para conseguir dinero antes de devolver, no un hombre, sino un cadáver.

A Rico le gustaría que nuestros hijos se quedaran en casa el mayor tiempo posible: quienes han secuestrado a su primo aún no han empezado las negociaciones, y, al no saber qué cabe esperar, teme por la seguridad de los niños. Cuando me llama para verlos, le digo que se ponga de acuerdo directamente con Miss Taylor. Para Amelia y Colapé, Rico parece encarnar ahora la figura del héroe. Es el que se mueve sin resuello, el que da órdenes, el que aconseja, el que sabe incluso consolar. Nuestros hijos, en apariencia, no parecen conscientes de la gravedad de la situación, pero cuando los llevo a visitar a sus tíos, asumen el papel de niños obedientes y silenciosos. Tal vez Colapé, que conoce la pasión del tío Ludovico por los relojes, espera tarde o temprano poder ayudarle mientras les da cuerda, o incluso echarle una mano, y perderse así en los delicados mecanismos que, como repite siempre el tío Ludovico, «mantienen vivo el Tiempo». Pero ese momento nunca llega. El tío Ludovico vegeta hundido en el sillón, ajeno a todo, y hasta hay que obligarlo a lavarse y a comer. No habla con nadie, dice la tía Caterina, y se limita a susurrar el nombre de su hijo: «Enrico... Enrico, Enrico...», con los ojos tapados por un pañuelo doblado; en la mesita junto al sillón, un vaso de agua, que sorbe nerviosamente y que la criada no deja de rellenar. Cuando se quita el pañuelo de los ojos, mira a los niños, los coge en su regazo y les acaricia las manos:

—Vosotros, que sois inocentes, debéis rezar por mi hijo. ¡Prometédmelo! ¡Dios escucha a los inocentes! Debéis decirle: «Santo Dios, haz que Enrico vuelva con el tío Ludovico».

Colapé y Amelia, confusos, pero no asustados, asienten. Luego van a ver a la tía Caterina, que cada vez con más frecuencia se sienta a la mesa de juego: entre suspiro y suspiro, muy sola, baraja las cartas, las pone sobre la mesa, las ordena y hace montones; cuando está menos triste, enseña el solitario a los niños y luego los supervisa con mirada aburrida; de vez en cuando, juega desganada a la escoba o a la brisca con ellos. Nunca con adultos. Hoy, Amelia le ha traído un recorte de tela Aida en el que está aprendiendo a hacer punto de cruz, y a su tía se le han llenado los ojos de lágrimas.

—*Bedduzza mia* —le ha dicho, acariciándole la mejilla. Y luego, cuando Colapé le ha vencido a la escoba y ha exclamado: «¡He ganado!», ella ha esbozado una sonrisita, pequeña, pero sonrisa al fin y al cabo.

Me alegro de no haber cedido a la insistencia de Rico y haber seguido llevando a los niños a casa de sus tíos, por más que la vigilancia sea siempre estricta: los llevan al colegio y los traen a casa, pueden invitar a amigos y primos, pero no ir a sus casas.

Nunca, como en el caso de Loredana, había coincidido la decisión de mi marido de desatender a su familia con la mujer que nos había alejado de él. Ella no tuvo reparos en hacerse la víctima, y él, que en tales ocasiones se vuelve un alelado, cayó en la trampa, cuando yo, con todos mis problemas, nunca me he hecho la víctima. Ahora, sin embargo, Rico ya no va a la casa de campo de Loredana. Algo debe de ir mal entre ellos. Ella ya no parece formar parte de su mundo, al menos de momento. Ahora, Rico deja claro que se ha convertido en el sostén de la familia, que asume toda la responsabilidad. Entrega a sus tíos las cartas y los *pizzini,* las notitas recibidas de los secuestradores, de los verdaderos y de los falsos. Informa a la policía y los mantiene al día constantemente: propuestas de reuniones, amenazas, cartas anónimas. Los secuestradores han identificado a Rico como su interlocutor y saben, llegado el caso, cómo encontrarlo y establecer contacto. Con el consentimiento de la policía, que guarda las distancias, pero no excluye la posibilidad de intervenir empuñando las armas, Rico se reúne con ellos —impostores o no— para discutir las condiciones de la liberación de su primo.

El comisario Balestrieri, un cincuentón con sobrepeso, con un cigarrillo siempre en la boca, los botones de la camisa tensos sobre la barriga, ha establecido a estas alturas una relación de mutua simpatía con él e insiste en que responda a todo el mundo y que acepte todas las citas, especialmente las de Palermo, bajo la vigilancia de policías de paisano. Incluso conmigo se muestra amable el comisario, y ha demostrado ser una figura amistosa para los niños, que le saludan ruidosamente cuando le ven bajar de su Fiat Seicento gris.

Las cartas de los secuestradores llegan por correo. Están escritas a máquina o con letras recortadas de los periódicos. Algunas son tranquilizadoras y nos dicen que el secuestrado goza de buena salud; otros amenazan con graves consecuencias para Enrico si no se paga el rescate inmediatamente, pero el caso es que la petición no llega, por lo que cada vez que los mensajes aluden al pago, todo el mundo se altera: no está claro si ha llegado una petición y nadie la ha visto todavía, o si ha llegado y alguien la esconde, o si nunca se ha enviado y el objetivo de los secuestradores consiste solo en aumentar la tensión.

Uno de los mensajes mencionaba la posibilidad de comunicarse a través de notas dejadas en el monumento a los caídos al final de via Libertà, y Rico —siguiendo instrucciones del comisario Balestrieri— va todas las noches a buscarlas al pie de las columnas o en la base de la estatua. «No podemos pasar nada por alto», repite Balestrieri, y se apoya en el capó de su Seicento, con los brazos cruzados.

Rico ha recibido una carta en la que los secuestradores (y esta vez no cabe duda de que son los auténticos: en el sobre han metido un trozo de tela arrancado de la chaqueta de Enrico) le ordenan que vaya a Ventimiglia. Allí recibirá instrucciones detalladas para reunirse con su primo o con los secuestradores. El mensaje es contradictorio («¿Con su primo o los secuestradores?», se pregunta Balestrieri), pero, a pesar de todo, se debe obedecer: cuando hay una vida en juego, no puede eludirse ninguna «invitación». Esta reunión fuera de Sicilia servirá probablemente para discutir los futuros pasos para el pago del rescate y la devolución de Enrico. El comisario Balestrieri vino a Altarello para asegurarme en persona que Rico no corre ningún riesgo; en ello, revela el buen hombre que es: no quiere alterarme y me ofrece, con el rigor un poco impostado de un hombre al servicio del Estado, una garantía que en realidad no existe.

Colapé recibe siempre a su padre con alegría. Debe de haberle echado de menos incluso más de lo que yo hubiera imaginado. Se ha enterado de su inminente partida y le ruega que no se vaya. Ni siquiera sabe dónde está Ventimiglia, pero le asusta, el nombre evoca un lugar lejano y amenazador, más allá del mar que puede ver muy azul desde la balaustrada de Altarello. Más allá del mar de Palermo está el mar negro de la lejanía, del peligro, está el mar en el que los padres pueden ser engullidos para no volver jamás.

Entonces, Rico me informa de que planea llevárselo con él. Le digo que no, que no me parece en absoluto una buena idea: en todo caso, que le pida a Balestrieri que lo acompañe un policía de paisano. Al principio parece desistir, pero al día siguiente le veo aparecer mientras los niños están en el colegio: se lo ha pensado mejor y ha decidido que hará lo que me dijo. Balestrieri e incluso el jefe de policía están de acuerdo, los mafiosos no tocan a las mujeres ni a los niños y la presencia de Colapé podría ser incluso una ventaja para él. No estoy de acuerdo, discutimos y Rico se marcha furioso. Entonces llega la llamada de mi suegro, que por una vez me habla con dureza: el secuestro de Enrico es un asunto de familia, y si Rico quiere llevarse consigo a Colapé, significa que puede defenderlo. No tengo más remedio que rendirme.

El viaje de ida fue una auténtica aventura para Colapé. El tren con el que tanto había fantaseado se convirtió en su hogar sobre ruedas durante veinticuatro horas: me contó que se sentó junto a la ventanilla y apenas le dio tiempo a cruzar el estrecho con luz. Luego llegó el empleado de las literas a preparar el vagón para la noche, y él se quedó dormido casi de inmediato, arrullado por el traqueteo de los raíles. Pero en Roma, el convoy entró en la estación al amanecer y él vio, bañadas por una luz impalpable, ruinas antiguas y casas recién construidas, oyó desgañitarse a los porteros y al hombre del café que pasaba bajo el vagón. Luego vio mucho mar, solo mar hasta Génova y luego hasta su destino. «Cuánto mar», eso es lo que me dijo, y eso es lo que le dijo a su padre varias veces a lo largo de la última parte del viaje.

Para el viaje de vuelta, Rico había previsto embarcar en Génova y llegar a Palermo por mar. Durante la travesía, nocturna en buena parte, Colapé ya no se sintió abatido por «todo ese mar», tenía otras cosas en las que pensar. Rico lo llevó a la cubierta de proa cuando Sicilia apareció en el horizonte envuelta en un velo de niebla, Colapé permaneció allí durante una hora y sintió que el corazón le latía más deprisa en cuanto reconoció la silueta del monte Pellegrino en el horizonte: pronto volvería a casa y se reuniría conmigo.

También me contó lo que pasó en Ventimiglia:

«En el hotel teníamos dos habitaciones. Yo dormía con papá en la cama grande y luego había una salita con un sofá que se abría y se convertía también en una cama grande. Salíamos todas las mañanas, tomábamos helado y dábamos un paseo.

»Papá recibía cartas del portero. Una noche recibió una carta escrita en letras mayúsculas. A la mañana siguiente ordenó el armario, se puso un portafolio de cuero bajo el brazo y salimos, fuimos a un bar en el centro de la ciudad. Se estaba bien fuera, aunque ya era noviembre. Papá había puesto la cartera de cuero en la silla junto a la suya. Mirábamos el puerto deportivo y los barcos que salían al mar. Cuando nos terminamos el helado, nos fuimos. Al cabo de un rato me di cuenta de que papá ya no tenía el portafolio de cuero. “Volvamos, te lo has dejado en el bar”, le dije. Pero él me contestó que no importaba.

»En Ventimiglia me lo pasaba bien durante el día, por la noche a veces no. Una noche me desperté y estaba solo en la cama. Me asomé al balcón para ver si papá estaba en el bar de debajo del hotel: había gente bebiendo, pero él no estaba allí. Me senté detrás de la puerta de la habitación y esperé a que volviera.

»Entonces oí voces y volví a la cama, fingí estar dormido. Papá entró con una señora. Le dijo en un susurro: “Mi hijo está dormido”. Se alejaron, y luego los oí reír a ratos, y hacer ruidos extraños, como si estuvieran enfermos. Entonces metí la cabeza debajo de la almohada. No conseguía volver a quedarme dormido. En algún momento la señora se fue».

Rico parece satisfecho con el viaje: se ha fijado el precio del rescate y se ha entregado el portafolio de cuero. Ahora solo se trata de esperar la liberación de Enrico. Rico también parece satisfecho con el comportamiento de Colapé, que, según él, ha pasado unas vacaciones maravillosas.

Es evidente que no hablaron de esa noche.

Tal como me la contaron, parece simplemente lo que es: la historia del encuentro de mi marido con una mujer mientras su hijo de cinco años dormía en la habitación de al lado. Y el hijo de cinco años se sintió traicionado, o tal vez desatendido. El caso es que ha empezado a lesionarse los brazos con todo lo que tiene a su alcance.

Lo llevo al pediatra, que me pide una reunión a tres con el padre.

La noche en Ventimiglia sale puntualmente a relucir. Rico lo niega al principio, luego se confunde, al final, se ve obligado a admitir:

—Sí, estuve con una mujer, ¿y qué? Doctor, usted no está al corriente, pero mi mujer y yo estamos separados. —Me mira. No digo nada.

Desde entonces, sigue desempeñando su papel de pariente

intachable que intenta ayudar a sus tíos. Sin embargo, es menos diligente a la hora de mantenerse en contacto con la policía, a veces desaparece y no se sabe adónde va.

Ha espaciado sus visitas a Altarello: con Amelia es afectuoso, a su manera; con Colapé, menos.

Intento ver en él al hombre del que me enamoré y, a pesar de todo, lo veo, sigue siendo él, como revelan ciertos pequeños gestos que hasta hace poco tiempo formaban parte del concierto de atenciones que me prodigaba. Ahora esos gestos son polvo que se dispersa en el aire, o encuentran un significado repentino en el dueto, confuso pero cariñoso, con su hija.

De vez en cuando, reaparece el comisario Balestrieri:

—Mis respetos —dice siempre, y esa mirada azul y cansada suya se demora en nosotros, en nuestra familia—. Lo que hay que hacer —me dice en voz baja, con el cigarrillo apagado descansando en la comisura de los labios— es encontrar el camino perdido. —Casi siento deseos de abrazarlo, o simplemente de acompañarlo con un amén, como si fuera un confesor, pero no puedo. Ha entrado en nuestras vidas cuando nuestras vidas se hallaban en un desbarajuste total, y no era el desbarajuste de un secuestro—. Tendrá que disculparme, señora Sorci, no debería habérmelo permitido —dice, y envuelve sus disculpas en un estruendo de golpes de tos, por los que debe privarse incluso del cigarrillo apagado—. Es cuestión de días, se pondrán en contacto —resurge después, recobrando el aliento.

Virginia me llama regularmente, nunca ha dejado de hacerlo, pero ella y Mario, el hijo menor del tío Ludovico, dejan que Rico se ocupe de todo, sabiendo que cualquier obstáculo podría perjudicar a Enrico.

Colapé parece más tranquilo, pero sigue lesionándose los brazos. El pediatra me consuela: «Hace falta tiempo. Tiempo y paciencia. ¡Por cuántas cosas está pasando este niño!». Miro a Colapé y me reprocho no haber insistido en que se quedara en casa. Pero no hay vuelta atrás, así que lo dejo correr, dejo que pase lo que tenga que pasar. Es que cuando oigo «Ventimiglia», me da un vuelco el corazón. Dentro del embudo de ese nombre se desliza un secuestro, un padre incapaz, un hijo que se atormenta a sí mismo, una avalancha de mentiras.

Es el 4 de diciembre. El comisario Balestrieri me llama:

—No conseguimos encontrar a su marido. Hemos localizado a su primo, estaba encerrado en una cisterna cerca del campo donde fue secuestrado. Venga con una muda completa de ropa y calzado lo antes posible. Su primo está bien.

Mis sensaciones son contradictorias, una mezcla de alegría y ansiedad. Decido llevarme a los niños conmigo, quiero que vean al primo de su padre y entiendan lo que ha pasado. A Enrico lo han localizado y liberado, se encuentra bien. Eso es lo que importa. Que Rico esté, como es probable, con una de sus amantes, ahora me interesa poco. Pero hay que encontrarlo.

No solo eso: a estas alturas, me gustaría que Colapé pudiera perdonar a su padre, pero tengo que dar tiempo al tiempo.

Rico ha vaciado sus armarios, pero por suerte aún queda en casa un viejo traje de mi hermano Vito. Llamo a Virginia, ella también ha recibido una llamada de la comisaría: llora, pero esta vez son lágrimas de alivio y felicidad. Le digo que yo me encargo de todo, que no se preocupe, que la veré dentro de un rato. Me llena el corazón sentirla cerca: Virginia ha encontrado a su marido, yo no.

Me presento en la comisaría con los niños, le dejo la muda y los zapatos al agente de la entrada y subo al primer piso, al despacho del comisario, a esperar a Enrico.

Cuando le veo entrar, me produce un efecto extraño: los pantalones le quedan cortos, pero la chaqueta le está bien, incluso se ha puesto corbata. Pero está muy pálido, después de haber permanecido encerrado prácticamente a oscuras durante cincuenta días, y tiene el pelo largo por la nuca.

Me percato de que se ha mordido las uñas hasta hacerse sangre. Nos miramos sin decir nada, no me atrevo a abrazarle. Tengo ganas de llorar.

—Rita, he perdonado —me dice él.

—Has hecho bien —le digo yo.

—Tío, ¿dónde te han tenido encerrado? —pregunta Colapé.

Y Amelia:

—¿Podías lavarte los dientes?

Entonces soltamos una carcajada y no podemos parar de reír.

Luego, el jefe de policía nos explica que a Enrico lo han encontrado en la zona donde siempre habían pensado que estaba. Al final, los secuestradores se habían marchado, dejándolo solo con una botella de agua.

La foto de todos nosotros en el balcón de la comisaría —el jefe de policía, Enrico, los niños y yo—, como si fuéramos de la realeza, fue portada del *Giornale di Sicilia*. Creo que Rico nunca me perdonará que le haya robado este momento de «gloria».

Enrico sufre insomnio y tiene dificultades para readaptarse a la vida normal: levantarse, vestirse, comer, hablar. Hablar, tras el oscuro silencio de semanas enteras. Hablar, para responder a las preguntas de familiares y amigos. Que son siempre las mismas. ¿Cómo te sentías? ¿En qué pensabas? ¿Qué es lo que más echabas de menos?

Todo el mundo le busca, incluso políticos e intelectuales que no conoce. Y periodistas, muchos periodistas. Todos quieren saber algo sobre su encierro.

Tercera parte
Punto festón

14
Dice Rita Sala
(abril de 1965)

Ayer, hoy y mañana ha ganado el Oscar. Si yo fuera actriz, me gustaría ser Sophia Loren... Qué mujer. Hace cinco años, cuando vi *Dos mujeres,* ¡cómo lloré! Quién puede olvidarla, esa Cesira con el vestido desgarrado, en un camino polvoriento, que maldice a los soldados que la han violado a ella y a su hija. También entonces un Oscar, un Oscar italiano. Sophia Loren es para mí como la luna: se la puede ver desde cualquier punto del globo. La sigo en las revistas, hace años leí incluso algunas de sus fotonovelas. Es de una belleza casi exagerada, con esa mirada misteriosa, y nunca ha sido objeto de cotilleos. Ni siquiera ahora que es una estrella de Hollywood. Dicen que Cary Grant ha perdido la cabeza por ella..., ¡y quién podría reprochárselo! Pero siempre ha mantenido su dignidad.

He visto una fotografía de la tía Sara cuando era joven. Aunque era rubia, tiene algo que me recuerda a la Loren: pómulos altos, ojos alargados, nariz fuerte, boca carnosa... Ahora sus labios son finos, pero se los pinta un poco, ampliándolos, para suavizar el defecto. Al igual que la Loren, tenía unos pechos generosos, apretujados en sus eternos vestidos de pequeños cuellos y botones de nácar, la falda recta y ligeramente acampanada. Incluso ahora lleva siempre medias de seda y zapatos de tacón: más bajos que antaño; ahora tiene los andares de los ancianos, con los pies planos.

La tía Sara ha superado los noventa años. ¿Qué puedo decir? Es excepcional, podría apostar por la eternidad... Sigue yendo al Círculo del Punto de Realce todas las tardes, llega puntualmente a las tres. Durante unos años, Peppino, su criado de toda la vida, la acompañaba: cuando entró al servicio de los Sorci tenía veinte años y la siguió cuando se desposó y se convirtió en la baronesa Imballomeni. Peppino ya no conducía, pero permanecía siempre a su lado, sentado en un rincón, atento a la llamada de su ama; entonces se levantaba y respondía como un soldado: «¡A sus órdenes, señora baronesa!». De vez en cuando pedía permiso para ausentarse y bajaba a la portería para fumarse un cigarrillo tranquilamente. Ahora Peppino ya no está con nosotros, pero ella parece sentir su discreta presencia. A veces, mira a su alrededor como buscándole, donde el salón cobija sombras, donde, a pesar de su vista excepcional, sus ojos no llegan o se confunden si llegan. En este caso, confunden fantasmas con presencias vivas. Antes bastaba con que le lanzara una de esas miradas imperiosas para que él respondiera, ahora su mirada queda suspendida en el aire, descansa, retrocede y vuelve a concentrarse en la tela. Todos somos hijos de las costumbres, e incluso los gestos repiten lo que saben: cuentan, más que con la concreción, con la permanencia de quienes ya no están. Tal vez ahora, la tía sería más indulgente con el humo de Peppino, y a él ya no le haría falta escabullirse con una excusa.

Hoy he llegado al Círculo antes de lo habitual, pero la tía ya estaba manos a la obra. A la espera de las bordadoras, comprueba que la limpieza se ha hecho correctamente y, con una vista que no deja de sorprendernos, confirma que no haya trozos de hilo en el suelo, que las toallas bordadas no tengan ni una arruga, listas para ser envueltas una a una en papel de seda y luego colocadas todas juntas, en una hoja más grande, en una caja con el logotipo del CPR.

En un rincón del salón, detrás del Cristo desnudo, se ha habilitado un espacio que parece un despacho: hay un escritorio, una vieja estantería, una mesa tambaleante sobre la que se apoya una Olivetti Lettera 32. Una vez terminadas sus comprobaciones, la tía Sara se sienta a ese escritorio: recorre la lista de tareas pendientes y ordena las cartas y las notitas por temas y según la urgencia. Entonces me hace señas para que me acerque, soy yo quien —bajo su supervisión— se ocupa de despachar la correspondencia. Me siento delante de la Olivetti, preparo dos hojas de papel con papel carbón azul en medio y las coloco sobre el rodillo haciendo girar las ruedas laterales, lista para escribir al dictado. El repiqueteo ocupa el espacio del salón, silencioso por lo general, y por un momento la atmósfera es la de una oficina moderna: las comunicaciones son breves y discretas, buscando la eficacia, sin florituras, sin adornos. Cuando se aventura en una doble subordinación, la tía Sara se centra en la fluidez del subjuntivo, para que no suene nunca como un alarde sintáctico, sino que haga brillar la limpieza del lenguaje. Una vez terminada la correspondencia, comienza el bordado.

Que también cuenta con su ritual. Con la punta de los dedos, la tía saca un poco de crema Nivea del tarro que siempre tiene sobre la mesa y se unta las manos, lista para preparar la hebra. Luego, la señal de la cruz, un «Dios, ayúdame» apenas audible y el dedal empuja la aguja en el biso de lino.

La tía borda menos ahora, pero para ella sigue siendo una ocupación indispensable. Ha empezado a ponerse unas gafitas doradas, que se coloca melindrosa en la punta de la nariz, aunque insiste en que en realidad no las necesita. Levanta el bastidor que ha preparado el día anterior, antes de marcharse, se lo pone en el regazo y empieza a trabajar.

De vez en cuando levanto la vista hacia ella. La considero una abuela, me gustaría abrazarla y que me abrazara, preguntarle por su pasado, contarle mi presente y pedirle consejo sobre mi futuro, pero respeto su reserva y no la interrumpo. En los momentos más difíciles de mi matrimonio, sin embargo, me he abierto a ella: siempre he recibido el consuelo de palabras sabias, y siempre he pensado que algún día me gustaría poder devolvérselas. La tía Sara es maestra, una gran maestra. Cuando le confié que mis relaciones con Rico eran solo formales, que hasta le costaba trabajo ejercer de padre de sus hijos, no me hizo preguntas: «No guardes rencor, te consume», se limitó a decirme. «Que vuestros hijos estén siempre por delante de todo, así como, por supuesto, tu dignidad. Los hombres vienen de un pasado que los justifica; basta con que tú no justifiques ese pasado.»

El hermano portero entra arrastrando los pies como de costumbre, pero con un paso inusualmente rápido. Se acerca a la tía y le habla en voz baja. Entonces ella le dice:

—Que pasen.

Cuando regresa acompañado de dos mujeres con ropas muy humildes, la tía se levanta, se acerca a las recién llegadas y les indica que se sienten en el «saloncito del café», no lejos del escritorio, compuesto por cómodos sillones bajos, una mesita y un pequeño arcón. Allí, además de café, suelen servirles agua y *zammù*, anís, con algunos dulces. Hoy, sin embargo, a la tía no le da ni tiempo a ofrecerles nada.

La mujer más anciana parece querer decir algo, pero le brotan de inmediato unas lágrimas ardientes. No puedo contener mi curiosidad, la miro; intercepto los ojos de la tía y me sonrojo, segura de recibir una reprimenda en cuanto las invitadas se hayan marchado. En cambio, me hace gestos para que me acerque y me presenta a las dos visitantes: se llaman Angela y Carmela, madre e hija, gente pobre, del barrio de Kalsa. Las acompañaba su vecina de enfrente, que viene de vez en cuando al Círculo, pero que hoy ha preferido esperarlas fuera. Así descubro que Carmela, casada pero sin hijos, había acogido a su sobrina Lucia, una buena chica de mirada triste, huérfana de madre y abandonada por su padre, de quien, tras marcharse a América, no había vuelto a saberse nada. Al cabo de algún tiempo, el ambiente de la casa había cambiado. Carmela se despertaba a menudo y se encontraba sola en la cama: «Voy a hacer mis necesidades», se justificaba su marido Pavolo, y ella le creía. También le creyó cuando le dijo que se levantaba para consolar a Lucia, que a menudo sufría pesadillas: al fin y al cabo, ella misma la oía llorar por la noche. Y Lucia siempre confirmaba la versión de su tío a la mañana siguiente.

No era consuelo, sin embargo, lo que Pavolo daba a aquella

desgraciada. Hasta que, una noche, Lucia consiguió liberarse y corrió hacia el balcón, tal vez decidida a gritar. Sin embargo, el pánico la había enmudecido: se agitaba sin poder emitir más que un jadeo nervioso. Pavolo la había arrastrado inmediatamente al interior y la había inmovilizado contra la pared, pero la vecina de enfrente —alarmada por el cuerpo que se agitaba en la habitación— había visto la escena a través de las cortinas entreabiertas. Y se había quedado mirando, helada, incapaz de reaccionar, mientras él poseía a Lucia como un animal. Al día siguiente, había intentado hablar de ello con Carmela, pero, al igual que a la desdichada muchacha la noche anterior, las palabras se le habían enredado en la garganta, por miedo, ciertamente, pero también a causa de una consternación que venía de lejos, de un destino que había que aceptar como tal, por terrible que fuera. Lucia, mientras tanto, había desaparecido. Carmela la había buscado en vano. Recientemente, sin embargo, alguien le había dicho que había ido a pedir hospitalidad a las monjas. En cuanto a Pavolo, se emborrachaba todas las noches: perdió su trabajo de obrero y volvió a Montelepre, a casa de su hermano mayor.

Miro a las dos mujeres, intimidadas, con el rostro contraído por el dolor y la vergüenza.

Su historia me trae a la memoria cuando Carlino, en una de sus cartas desde América, me habló del drama teatral de un escritor calabrés, Riccardo Cordiferro. Era *Giuseppina Terranova o el honor vengado,* que trataba de la violación de una niña por su tío tutor: todo había tenido lugar con la connivencia de su esposa, que al final, cobrando conciencia de la abominación cometida, mataba al violador. El comentario de Carlino había sido: «Quién sabe si además de Empédocles, Pitágoras y Diodoro Sículo no habrá habido un Esquilo o un Eurípides entre nosotros. Que quedó olvidado...».

Angela toma la palabra:

—*Voscenza* me perdone, me han dicho que venga aquí. —Y las dos miran mudas a la tía.

—¿Sabéis coser y bordar? —pregunta ella.

—Sí, *Voscenza,* aunque más remendar que coser. Me pusieron a trabajar de *picciridda*... —Angela no puede continuar—. Qué vergüenza... —Y se echa otra vez a llorar. Carmela interviene:

—Yo sé bordar un poquitín, me gusta, y a Lucia también le gustaba..., se lo enseñaban en el colegio. La maestra obligaba a las niñas a bordar el ajuar de su hija, y pobre de ellas si se equivocaban: les pegaba en los dedos.

La tía Sara quiere ir al grano. Abre los brazos, como si imitara un gesto de bienvenida:

—¿Qué puedo hacer por vosotras?

La madre se dirige a su hija:

—Cuenta, cuenta lo que t'has hecho, súbete las mangas.

Carmela vacila, luego se arremanga y muestra sus muñecas vendadas.

—Llamé al médico, un amigo mío, *vicchiareddu* ya, viejecito, que nos atendía cuando bajo el fascismo había médicos gratis para chicas como yo —suspira Angela—. Fueron él y mi vecina quienes me dijeron que viniera aquí pa' que mi hija s'entretenga en algo.

—Estoy sola —murmura Carmela—, no tengo hijos, mi marido se ha largao... A mi madre la cuida mi hermana pequeña. A naide le hago falta.

—Te entiendo. —Y la tía Sara la mira dulcemente. Eso es suficiente para provocar una respuesta inmediata de la madre:

—*Voscenza*... Si *Voscenza* pudiera dar trabajo a mi hija, que Dios la bendiga.

La tía sigue mirando a Carmela:

—¿Y tú? ¿A ti te gustaría venir aquí, al Círculo?

La joven no contesta, pero no aparta los ojos de los de la tía. Y la tía Sara empieza entonces a hablar en voz baja, dirigiéndose tanto a una como a otra:

—Nuestro Círculo existe desde hace muchos años: somos un grupo de *fimmine,* bordamos y vendemos ya por toda Sicilia y en el continente, e incluso en el extranjero. ¿Te gustaría saber por qué empecé a bordar?

La madre murmura un «sí», la hija se limita a asentir.

—Yo también he tenido grandes desgracias —empieza a contarles mi tía—, perdí a mi marido por enfermedad, luego mi único hijo murió en la Gran Guerra, y mi hija, por último, hermosa como una rosa, me fue arrebatada por la gripe española... Se marchitó en pocos días. Me quedé sola a los cuarenta y ocho años. Rezaba para que el Señor me llevara también, que me dejara reunirme con mis hijos y mi marido. Pero *a Iddu non ci piacìu,* Dios no lo quiso. «Trabaja», me contestaba el Señor a cada oración. Y esa voz no cesaba, como si saliera del fondo de mi corazón: «Si mueres, tus posesiones irán a tu hermano y a tus sobrinos, que ya tienen mucho por su cuenta. Trabaja, en vez de pensar en morir, y haz el bien a los necesitados». Yo era *fimmina* de casa, y noble, pero me gustaba bordar. Con mi hermana Rachele y nuestra prima Beatrice, empezamos a hacer canastillas para los hijos de mujeres desconocidas. Cada puntada era una puntada de amor por unos *picciriddi* a los que nunca tendríamos en nuestros brazos. Luego empezamos a bordar manteles, sábanas, toallas..., creábamos los diseños nosotras mismas. Y esto que veis —dice con un gesto de la mano que abarca toda la sala— se ha convertido en el Círculo. Aquí bordamos.

Las dos mujeres bajan la cabeza:

—*Voscenza* habrá comprendío que yo era una puta —dice Angela en voz baja—. Cuando esperaba a los clientes era *'u megghiu passatempo...* Todo lo que tenía que hacer era ensartar la aguja y estaba lista.

La tía abre una bolsa de algodón blanco adornada con una gran *S* rosa bordada en cursiva inglesa: un ramo de rosas, también rosa, pero más pálido, abraza el tallo de la letra y llega hasta el ojal. De ella salen tres cajas de hojalata marrón con bordes naranjas, en la parte superior está escrito THREE NUNS en letras blancas. La tía se percata del desconcierto de las mujeres y les explica que son viejas cajas de tabaco que su marido solía tirar una vez vacías. Sonrío, porque THREE NUNS es, también, el tabaco de mi suegro.

—¿Queréis ver lo que hay dentro? —pregunta mientras tanto la tía Sara. Y abre la primera. Contiene pétalos de todas las formas, pequeños y grandes, recortados en papel encerado. Los vuelca sobre la mesita y es una eclosión blanca de flores. De la segunda caja saca tallos, y luego hojas de todo tipo: largas, redondas, en forma de corazón, dentadas. Por último, de la tercera llueven brotes y formas de insectos: abejas, avispas, libélulas, moscardones.

—Los he dibujado y cortado yo misma —explica la tía Sara, no sin cierto orgullo—. Empecé porque cargaba en mi corazón con un dolor demasiado grande, envenenado por el remordimiento. Cuando mi marido cayó enfermo y el médico sugirió llevarlo a Nápoles, donde había un especialista, él se negó y yo no le obligué; el médico insistió: llevarlo a Nápoles, incluso contra su voluntad, era la única esperanza de salvarlo. Pero dije que no, pensé que era mi deber respetar la decisión de mi marido. Me equivoqué. Y no fue mi único error. No debería haber dejado que mi hijo se marchara voluntario y debería haber protegido a mi hija del contagio, Dios sabe cómo... A menudo pienso que si le hubiera dicho simplemente a mi marido: «Mañana cogemos el ferri, vamos a Nápoles a ver al médico que te tratará», quizás no habría muerto. Han pasado muchos años y ese pensamiento aún me duele.

En ese momento, la tía se calla, aparta la mirada de las dos mujeres y clava los ojos en las manos que tiene en el regazo.

—Había tanto desorden en mi vida..., o, mejor dicho, malorden —murmura.

—¿Malorden? —dice Carmela—. ¿Y eso qué significa?

—Es una palabra que me he inventado yo —contesta la tía Sara, levantando la mirada—. «Malorden» como en malhechor, como en *malafimmina*. Había orden en mis sentimientos, pero yo no lo sentía actuar dentro de mí, igual que vosotras sois *fimmine* a las que el mundo asocia a un mal que no os pertenece. El malorden es eso que gira en torno a nosotras y nos hace tropezar, el malhechor es ese que tuerce nuestro destino, y vosotras sois unas *fimmine* maravillosas a las que el mundo se complace en arrinconar para dominaros mejor. Pues bien, justo en ese momento de malorden, me di cuenta de que en la manga de una blusa blanca a la que le tenía especial cariño había un siete; empecé a remendarla, y poco a poco el zurcido fue tomando la forma de una hoja. Había juntado los bordes de la tela y la costura se había convertido en el nervio central del que partían todos los demás. Dibujé con el lápiz el contorno de la hoja, que bordé enteramente en punto de hierba. Y luego hice otra, y otra más. Trabajé, trabajé como una loca. Una mañana, una avispa entró volando por la ventana y se posó en la blusa que estaba remendando, como si buscara algo. Entonces se alzó otra vez en vuelo, dio dos vueltas y realizó una espiral cada vez más amplia. La observaba sin miedo, casi con afecto. Nunca me había fijado en que la cabeza, el tórax y el abdomen, ovoides, estaban perfectamente proporcionados, y que las rayas amarillas y negras también lo estaban; la cabeza tenía ojos grandes y negros, y el aguijón era largo y fino como una aguja. Si no me pica, pensé, es porque quiere que viva..., eso es lo que me está diciendo. Allí estábamos, ella y yo. De repente, me pareció reconocer en el bordado de mi regazo el diseño de un nuevo destino. La avispa desapareció al final por la ventana, en busca de la luz, y decidí que era hora de pensar en los demás, en lugar de pensar solo en mí y en mi infelicidad. Había perdido un marido, luego un hijo y, por último, una hija. Durante mucho tiempo me pareció que lo había perdido todo. ¿Y entonces? Entonces se abrió ante mí una multitud de figuras que venían a mi encuentro, veía rostros que no conocía, y mientras estaba absorta en esta visión, de mis manos apoyadas en mi trabajo brotaba una voz diferente, sutil, una voz delicada como un hilo, como el hilo en el ojo de la aguja, transparente, mágica. ¡Cuánta belleza podría ofrecer, y con cuánta belleza podría llenar el vacío de mi corazón! Y así lo hice.

Mientras habla, la tía Sara reorganiza los recortes de papel encerado en la mesita y lentamente forma una margarita; luego, una violeta, después una rosa; por último, coloca una serie de hojas largas, como de sauce llorón. La mirada de Carmela se demora curiosa en las diferentes combinaciones. Entonces, mi tía me hace señas para que saque la bandeja de trabajo de la cómoda, donde se encuentran los diseños montados sobre un trozo de fieltro:

—¿Quieres hacer una margarita? —le pregunta a Carmela. Y se lo entrega.

La joven coge delicadamente un pétalo y lo deposita, repite la operación varias veces hasta componer una corola, después elige el tallo y busca una hoja adecuada. Las mueve con dedos ligeros, recomponiendo el diseño y perfeccionándolo. La tía le cubre la mano con la suya y la mira a los ojos:

—¿Lo ves? ¿Ves lo maravilloso que es? Podemos seguir viviendo y siendo felices, dentro de los límites de nuestro dolor. —Luego, como si volviera de un lugar lejano, se deja caer contra el respaldo—: Aquí puedes divertirte bordando, pero, mientras tanto, creamos también un pequeño mercado: con los beneficios de nuestras ventas ayudamos a los necesitados. Siempre nos gusta acoger a gente nueva que aprenda a trabajar para sí misma y para los demás. —Acaricia el dorso de la mano de la joven y susurra—: Lo has hecho muy bien. Si me lo permites, ahora me gustaría calcar esta hermosa flor con papel de copia y luego transportarla a la tela. —Después, dirigiéndose a madre e hija, prosigue—: En el Círculo del Punto de Realce trabajamos en grupo en torno a la belleza. Nos ayudamos unas a otras y nos divertimos.

Cada socia tiene una caja donde guarda sus bordados y el patrón de la obra terminada. Abro algunas y les enseño el contenido a las dos mujeres. En ese momento llega Mariolina y su tía la llama para presentársela.

—Esta es una sobrina segunda mía... Ella también ha sufrido sus desgracias, ¡pero ahora tiene un hijo travieso que la obliga a trabajar por tres! —Y muestra las blondas, en las que Mariolina se entretiene creando flores, plantas, diseños geométricos de todos los colores, y su especialidad: estrellas, soles y medias lunas.

—Mariolina, explícales a Angela y a Carmela por qué el bordado hace que te sientas tan bien.

—¡No sé por qué, pero vaya si hace que me sienta bien! —dice Mariolina, y añade con aire de actriz consumada—: Me pongo a escuchar lo que me dice el corazón..., el corazón que nos salta en el pecho cuando estamos contentos, que se esconde en silencio cuando lo vemos todo negro, que vuela alto cuando le roza un sentimiento. —Hace una pausa, para comprobar si ha captado la atención. Y lo ha conseguido, se ha ganado a su pequeño público—. Diréis: ¿qué tiene que ver el corazón con este largo hilo? —Y pasa un algodón muy blanco entre sus dedos—. Tiene mucho que ver, os lo aseguro. Tiene mucho que ver porque: si estoy contenta hago flores; si un pensamiento se vuelve gris como una nube, hago punto de cruz, y cuando veo negro, no te digo lo que hago... —Se ríe cristalina, sacudiendo su rubia cabeza, y las dos mujeres también se ríen con ella—. Es hermoso cuando el corazón late como debe, sin volverse loco, sin apagarse. Cuando eso ocurre, cuando el corazón suena como debe y oyes su canción lenta, ¿sabéis lo que hago? —Otra pausa, otra espera, y luego a plena voz—: ¡Uso todos los puntos y hago lo que quiero, con todos los colores! —Yo aplaudo. La tía Sara sonríe, cómplice. Mariolina ha traído su ligereza y disfruta con ella, mientras muestra un pequeño cuaderno en el que ha adjuntado fotografías de sus bordados vendidos a clientes de fuera.

La tía explica que los beneficios se destinan en parte a las bordadoras y en parte a los pobres, a quienes el Círculo intenta ayudar y apoyar.

—A diferencia de lo que ocurre en todas las demás asociaciones y obras de caridad, en nuestro caso la decisión sobre cómo repartir los beneficios recae exclusivamente en la persona que ha realizado el trabajo. Nadie más tiene derecho a interferir.

—*Mizzica!* —murmura Angela.

—¿A qué hora puedo venir? Trabajo mejor por la mañana —pregunta Carmela tímidamente.

—Me alegro —dice la tía—. Y que sepáis que aquí no solo bordamos. En la casa de huéspedes, descubrimos un viejo horno y hemos vuelto a ponerlo en marcha. Tenemos recetas de galletas muy especiales. A veces el panadero nos envía bandejas de *sfincione* para hornear, así los tenemos listos cuando los queremos: la masa con su salsa de tomate, cebolla, anchoas, orégano y queso. Y para consolarnos y mimarnos un poco, nos gusta añadir unas gotitas de marsala.

Angela y Carmela se encaminan hacia la salida. Tienen el paso incierto de quienes aún no han comprendido si de verdad pueden fiarse o no. Avanzan y, primero una y luego la otra, se vuelven hacia la tía que está al fondo. Cruzan el salón, saludan a las bordadoras que han ido llegando entretanto y ahora trabajan diligentes, inclinadas sobre el lienzo. Intentan fijarse en alguna cara que quizás conozcan, pero en general, por sus gestos, se las nota intimidadas. Llegaron aquí recomendadas por una mujer que no había sabido defender a una niña y un médico de reputación dudosa, llegaron con una carga en el corazón y la vida estrangulada. Ahora se van más ligeras, pero sin saber si realmente volverán, porque esto también ocurre en el Círculo, nada puede darse por seguro, sobre todo las intenciones de encontrar o recuperar la paz. La tía Sara lo sabe, pero no pierde ocasión de hacer proselitismo. «Aunque», como le gusta repetir, «no somos ni un convento, ni una institución penitenciaria.» Hay que arriesgarse, y ella supo arriesgarse y nos ha enseñado a arriesgarnos. Qué frágiles somos.

¿Y qué pasó con Lucia? Lo descubrimos algún tiempo después. Nunca volvió a casa. Se quedó con las monjas con las que había encontrado refugio. Tuvo un hijo que fue dado inmediatamente en adopción, y solo entonces, madre ya sin serlo de verdad, se quitó la vida.

Lucia, nos dijo Carmela, bordaba en la escuela. Y si el bordado era imperfecto, la castigaban. A menudo pienso en esa pequeña Lucia, en su mala suerte. ¿Qué hubiera podido aprender? Somos frágiles e imperfectos. Imperfecto es el mundo, no el amor. Y bordamos, seguimos bordando, con amor.

15
El Círculo del Punto de Realce
(verano de 1965)

El padre Nasillo, rector en otros tiempos de la Casa Professa, se convirtió en el confesor de la tía Sara en 1956, y dos veces por semana recorría lentamente, todo recogido en sí mismo, la distancia entre la Casa Madre de los jesuitas y la iglesia dei Santi Scalzi. Entre los dos había arraigado una sólida amistad, de la que poco a poco había surgido un nuevo sentimiento, que iba madurando y cambiando por sí solo con una fuerza propia y diferente.

Ambos habían superado los noventa años, pero estaban tan entusiasmados con el proyecto del Círculo que olvidaron su edad y los achaques que ralentizaban sus movimientos. Vivaces y parlanchines, daban largos paseos por los pasillos vacíos del colegio dei Santi Scalzi y luego volvían juntos a la sala para charlar con las bordadoras. También era frecuente que se quedaran solos en el claustro, sentados en los bancos que se dejaban al aire libre para las visitas, y a veces la tía aprovechaba esos momentos para confesarse cara a cara.

Era mediados de junio y el Círculo andaba revuelto: Agatina, una de las chicas que iba a bordar, había anunciado que ella y su prometido habían fijado la fecha de su boda, el segundo sábado de septiembre, y pedían permiso para celebrarla, tras la ceremonia en la iglesia dei Santi Scalzi, en el salón del Círculo. El prometido era el mozo de Deco, el panadero que diariamente llevaba a las bordadoras pan y *sfincione*.

Sara había animado a Agatina, entre otras cosas, porque cultivaba un vivo recuerdo de la complicidad que se había creado con el hombre que le habían impuesto: bien podía hablarse de atracción e incluso de amor. Se acordaba de aquellos afectos y esperaba que Agatina también los conociera pronto.

El padre Nasillo le había hablado una vez a Sara de una de sus penitentes, que había perdido a su marido durante la Segunda Guerra Mundial y no había vuelto a cometer ningún pecado desde entonces. Era una buena mujer, pero era obvio que no dejaba de pensar en el asunto y que, por lo tanto, necesitaba confesarse: la castidad le pesaba. El padre Nasillo no había mencionado ningún nombre, pero indicios de transgresión no faltaban, y Sara había puesto los ojos como platos. Él se apresuró a tranquilizarla, temeroso de haber arruinado la afinidad que los había unido y a través de la cual habían tomado forma sentimientos, tal vez difíciles de definir, pero que no dejaban de despertar tímidas palpitaciones. Él solía ir a verla al Círculo para hablarle de su educación y dedicación a la Compañía de Jesús: había estudiado los textos de los grandes predicadores jesuitas del siglo XVII, especialmente del padre Giacomo Lubrano, cuyos deslumbrantes *Sermones de Cuaresma* leía con Sara. No solo eso, Lubrano era también un poeta exquisito, y el padre Nasillo le había pasado a su amiga el inencontrable volumen de sus *Destellos poéticos*. Ella lo leía y releía, y una y otra vez le parecía oír aquellos versos recitados por la voz aplomada y profunda del sacerdote. En particular, volvía siempre a un soneto inspirado en el terremoto de Nápoles de 1688: «Mortalidad, ¿qué sueñas? ¿Dónde te ocultas si puedes perecer ante un soplo del Destino?». El primer terceto le recordó Palermo durante los bombardeos, y la estremeció: «De espíritus ciegos siempre asedia una invisible guerra, e incuba un ignoto vacuo de subitáneas minas en cada tierra».

El padre Nasillo era consciente de que producía ese efecto y, como se sabía el soneto de memoria, de vez en cuando le provocaba un escalofrío a su compañera citando el último y famoso terceto: «De los Tronos empero, de los Templos es cimiento el loto: sobre las tumbas vivimos; y a menudo nuestras Eternidades derriba un breve terremoto».

—Caminamos sobre nuestra fragilidad, padre, y la Nada nos corteja —decía Sara.

Un roce de los dedos, una mirada de través, una caída de los párpados o un paseo por la sacristía cogidos del brazo, cada uno con su bastón colgado del antebrazo, bastaba para volver a despertar lo que había permanecido latente en ambos. Según las malas lenguas, que no faltaban ni siquiera en el Círculo, a última hora de la tarde, cuando las bordadoras se disponían a marcharse y el Círculo cerraba, el padre Nasillo y la baronesa se quedaban muy solitos en el claustro hasta la campana de vísperas. Había quien juraba haberlos visto haciendo manitas la primavera pasada. Eran dos figuritas que colgaban del tiempo por un hilo de algodón, y desde la distancia parecían avanzar juntas hacia la última confidencia con el «breve terremoto» que a todos derriba.

Cola, dolorido por el comportamiento de Rico hacia Rita, no había olvidado que tres años antes ella había rechazado la caja de esterlinas de oro que él había querido darle para saldar las deudas de su hijo. Cuando se enteró de que Rico había comprado un Ferrari en sociedad con Gerlando Marchese, un pariente de Capo d'Orlando de su yerno Pietro, y de que había contraído otras deudas, se alarmó; se indignó incluso cuando supo que Rico se había aprovechado de la buena fe de Rita y había vendido a sus espaldas unas tierras que ella había heredado de su padre. Sabía que su matrimonio había tenido bastantes altibajos: Rico se había ido de casa varias veces para entablar breves convivencias o realizar viajes con la amante del momento, pero luego, una vez que se acababa el dinero o la aventura, siempre había vuelto. Ahora, sin embargo, Cola temía que hubieran llegado a un punto de no retorno; y sobre todo que Colapé, maduro para sus ocho años, muy apegado a su madre y consciente de lo que había presenciado en Ventimiglia, se enemistara definitivamente con su padre.

En verano, don Totò, el antiguo portero del edificio de via delle Repentite, ahora vacío y abandonado, nunca dejaba de llevar a Cola y Margherita una cesta de higos recogidos de los árboles que crecían en dos grandes macetas en el patio del palacio:

—Vuestra nuera parece infeliz. Ayer subí a Altarello con Inzinna y le llevé higos a ella también, y vi que incluso los *picciriddi* están *sturnati,* trastornados.

—Esta vez, tu protegida está condenada —le dijo Margherita a su marido cuando se quedaron solos. Cola ya se había enterado de que Rico se había ido a vivir con su última conquista y no lo había mencionado en casa. En realidad, la propia Margherita lo sabía y, ante el comentario de don Totò, no se había contenido—: Esa no sabe hacer las cosas, no ha sabido conservarlo.

En ese momento, Cola decidió visitar a Rita y a los niños a última hora de la tarde, sin anunciarlo —como era su costumbre— con una llamada telefónica. Sin embargo, estaba seguro de ser bien recibido.

El jardín de Altarello había notado el calor, las cigarras cantaban, se sentía la intensidad de sus aromas.

Afectuosa y desenvuelta como siempre, Rita le había saludado con una gran sonrisa. El abrazo de bienvenida fue más largo de lo habitual: Cola, emocionado, le había acariciado el brazo y luego le había dado un segundo beso en la mejilla.

—¿Nos sentamos en la terraza? —sugirió Rita.

Cola creía, o tal vez solo lo esperaba, que debía prepararse para una importante confidencia, mientras le zumbaba en los oídos ese «infeliz» lanzado por don Totò.

—¿Y los niños? —preguntó.

—Colapé está arriba, luego vendrá. Amelia está en Palermo.

No había ni rastro de Miss Taylor. Rita sirvió té helado: no era raro que suegro y nuera se encontraran cara a cara, pero esta vez ninguno de los dos parecía saber bien qué decir. Los ojos de Rita vagaban por las colinas: evitaba claramente la mirada de Cola, que en cambio se demoraba en la silueta de la catedral de Monreale.

Rita empezó por fin a hablar y se interesó por la salud de su suegra, de sus cuñadas, de los hijos de Carmela. De Rico y los niños no habló, como si temiera que se le escapara algo. Pero Cola sabía y esperaba, sin querer forzarla a hablar.

Colapé se reunió por fin con ellos. Abrazó a su abuelo y le anunció:

—¿Sabes que Miss Taylor se ha ido?

Rita, turbada, acarició a su hijo con una mirada triste y luego le explicó a su suegro:

—Ya estudian inglés en el colegio, y pronto empezarán a hacer viajes educativos, y cuando sean mayores, vacaciones de estudio: la verdad es que prefiero gastarme el dinero en eso, me gustaría que los chicos viajaran y conocieran personas y sitios nuevos. En cuanto a Miss Taylor, ha encontrado un trabajo estupendo en las clases nocturnas de los United States Information Services.

—¡Eso es, cuando seamos mayores, viajaremos! —exclamó Colapé, orgulloso de esta perspectiva. Cola no pudo dejar de apoyarlo, asintiendo gravemente:

—Hay que tener planes en la cabeza —dijo.

Su nieto repitió:

—¡Claro que los tendré! —E, imaginando que «tenía planes», hinchó el pecho, y luego exhaló en voz alta—: Basta con que no se me suban a la cabeza... —Y se dirigió hacia donde le llamaban los aullidos de la camada de su queridísima perra blanca, que desde hacía tiempo les hacía compañía.

Al quedarse solos, suegro y nuera continuaron hasta la extenuación con el ejercicio tenístico de las buenas maneras, el juego del más y del menos; de nuevo, ni una palabra sobre Rico.

Sonó el teléfono, Rita se levantó bruscamente y fue a contestar. Aunque hablaba en voz baja, Cola no pudo evitar oír su voz cansada: «Señor Sarno, le garantizo que iré a verle mañana por la tarde». Sarno era propietario de una casa de subastas a través de la cual muchos palermitanos caídos en desgracia vendían muebles, cuadros, plata y joyas.

Rita regresó ligeramente aturdida y ofreció a su suegro más té, pero él —con una vaga sensación de ardor que le subía por el estómago hasta la garganta— lo rechazó.

—Qué bonito es el panorama de Palermo desde las colinas —comentó Rita con un suspiro—, nunca me canso de mirarlo. Y luego está el mar... Qué suerte tenemos de disfrutar de esta maravillosa vista.

A Cola le habría gustado acabar con esos titubeos, pero aún no sabía cómo. Colapé reapareció, estaba claro que sentía a su abuelo como una figura respetable y protectora. Es posible que le hubiera gustado enseñarle la camada, pero ahora tenía otras cosas en la cabeza. Por enésima vez, como si fuera un descubrimiento reciente, le señaló la mole rosácea del castillo Utveggio, que afeaba las vistas del monte Pellegrino:

—Abuelo, ¿qué hay ahí dentro?

—No hay nada. Es un gigantesco hotel-restaurante, que luego fue abandonado. —Hizo una pausa para pensar—. Mejor dicho, ¿sabes lo que es, Colapé? Otro ejemplo de la megalomanía de los sicilianos. —Temiendo que el niño no lo entendiera, Cola le miró fijamente a los ojos y repitió—: Megalomanía. Gente a la que se les suben sus planes a la cabeza, como decías tú hace un momento...

De repente, el cielo y el mar parecían vacíos de pájaros y barcos: en el mar, las olas se deslizaban lentamente desde el horizonte, no había ni un solo vapor a la vista y las barcas de los pescadores se habían refugiado en la Cala.

Cola preguntó por Amelia.

—Ha ido a casa de una amiga —contestó Rita—, no tardará en volver.

La miró sorprendido, porque sabía que habían despedido al chófer: cómo y con quién va a volver, esta *picciridda,* pensó.

Colapé captó enseguida su perplejidad:

—La trae la madre de la amiga de Amelia.

—¡Está usted bien informado, capitán! —bromeó Cola.

—¡Informadísimo! —dijo el chico, llevándose la mano a la frente como en el saludo militar. Luego corrió a la casa y regresó mostrando un dibujo—: Mira, este es un barco que pasó por el mar esta mañana.

—Es precioso. ¿Te gustaría hacer un viaje en uno de esos grandes barcos? —preguntó Cola.

—Ojalá —suspiró Colapé—, aunque en realidad preferiría construir barcos. De mayor quiero ser ingeniero naval. —Y luego, mirándole a los ojos—: Sabes, abuelo, de mayor quiero trabajar, trabajar de verdad. —Se apresuró a señalar que su padre y su madre estaban de acuerdo. Pero Cola parecía no escuchar; miraba al mar, silencioso. Trabajar... Él mismo había querido ser ingeniero y su padre se lo había impedido.

—Obedecerás a tu destino —suspiró—, sea cual sea este —pero, inmediatamente, añadió con una amplia sonrisa llena de dulzura—: Será un destino maravilloso.

Colapé se puso a su lado y le rodeó los hombros, como si el adulto fuera él.

—¿Seguro que no quieres más té? —preguntó Rita. El abuelo y su nieto seguían mirando al mar—. ¿Un poco más de té, papá? —repitió Rita. Y llenó el vaso de su suegro hasta la mitad; sabía que prefería bebérselo poco a poco.

Pero Cola guardaba silencio, sumido en pensamientos a los que no tenía ganas de dar voz.

El silencio se dejaba sentir, interrumpido tan solo por el graznido del cambio de marchas de los coches que subían por la carretera.

El sol se veía candente en el horizonte. Cola se levantó para marcharse. No había dicho nada. No había averiguado nada. Había captado una atmósfera pesada, pero no la infelicidad de la que había hablado don Totò. No son indigentes, se dijo, pueden apañárselas. Sopesó la propiedad, confiaba en que no estuviera hipotecada, rogaba para que su hijo no tuviera otras deudas y, por último, se desesperaba ante la idea de que aquella familia no gozara de la serenidad que merecía. La imagen de Laura, su verdadero gran amor, le volvía a la cabeza, como le ocurría cada vez más a menudo, y se le encogía el corazón. ¿Adónde van los sentimientos? ¿Adónde van los afectos que nos han mantenido vivos? Había temido que se dispersaran como el polvo en el aire, pero no fue así. Miró el hermoso rostro de Rita y los ojos de

Laura volvieron del pasado para reconfortarlo, o quizás no fuera el pasado, sino un lugar mucho más cercano en el tiempo. Pensó que Rita no debía sentir temor, tenía que encontrar la manera de que aceptase que, si se topaba con problemas mayores de los que ahora estaba afrontando, él podía, es más, debía, remediarlos. Desde arriba, Laura asintió con una sonrisa.

—El señor Sarno está al teléfono, pregunta por usted —les interrumpió la criada.

Rita se sintió avergonzada, pero tenía que contestar.

—Adelante —la tranquilizó Cola con un gesto de la mano—, ya me acompaña Colapé.

Abuelo y nieto caminaban renqueantes cuesta arriba. El oro de los últimos rayos de sol se extendía por el jardín. El aroma del ocaso se desprendía de la tierra y las plantas recién regadas, Cola lo aspiraba con dificultad. Se detuvo y se apoyó en el tronco de una glicinia. Pensativo, miraba al mar. Una patrullera de la policía fiscal surcaba las olas a toda velocidad, en dirección a Ustica.

Estaban delante de la verja, pero Colapé no la abrió, miraba a su abuelo.

—Papá roba —dijo, y clavó sus ojos en los suyos—. Papá le está robando a mamá —repitió.

Cola no pudo hacer otra cosa más que decir:

—Lo sé. —Le fallaba el equilibrio, y por mucho que no se moviera del tronco de la glicinia, le parecía perder la sujeción. «No puedo, no puedo», se repetía. Levantó el brazo tembloroso y puso la mano sobre la cabeza del niño—: Estoy aquí, Colapé, estoy aquí, por todos vosotros... —Una insoportable punzada de dolor en el pecho no le impidió sonreír para no asustar al niño, luego respiró profundamente. Por fin, el dolor desapareció.

Se subió con cuidado al Seicento y arrancó. Se miraron a través de la ventanilla abierta: el anciano y el niño enmarcados en aquel espacio reducido. Si se dejaban, iba a ser para siempre. Se miraron con una intensidad casi eléctrica. Era como si Cola invitara a su nieto a hacerla suya, era como si le dijera: «Róbame el alma». Y el nieto respondió quedándose petrificado, con los ojos clavados en los ojos de su abuelo. Era evidente que se trataba de un desgarro doloroso para Cola, se lo decía algo de lo que no podía escapar, pero para Colapé se trataba de captar la hermosa expresión de héroe que tenía su abuelo en ese momento: parecía un guerrero de la Antigüedad, un vaquero de las películas americanas, un Moisés fulminante. Colapé abrió la puerta, y cuando el Seicento arrancó, se despidió de su abuelo, agitando el brazo, y lo siguió haciendo incluso cuando ya no podía verlo. Se quedó allí, con la mano en la puerta, como si aún pudiera oír los cascos del caballo del héroe alejándose.

Cola, sin embargo, redujo la velocidad en cuanto terminaron las curvas cerradas. Se detuvo bajo un gran pino marítimo. Desde el campo, un campesino siguió la maniobra y tal vez esperaba que alguien saliera del coche. En cambio, nada. Poco después empezó a sonar el claxon, que no paraba.

A Nicola Sorci lo encontraron con el pecho contra el volante, boca abajo, con los ojos abiertos, el rastro de una mueca de dolor apenas visible. Los campesinos sabían de dónde venía. Llegó una ambulancia. Llegaron Rita y Colapé. Margherita recibió el aviso, pero esperó el cuerpo en el hospital, junto a Rico.

Rico se presentó sin afeitar, con la corbata aflojada, estaba destrozado. Se quedó mirando a su padre durante media hora. Recordó cuando, convaleciente, lo había tenido junto a su cama, sintiendo su presencia afectuosa y, sobre todo, volvió a verlo junto a Laura, y Laura le hizo pensar en Rita y en los últimos acontecimientos, que lo habían visto alejarse de la familia. La muerte de un padre tiene una fuerza arrolladora: sacude el tiempo como un trozo de tela que se deja colgado en medio de una tormenta, y Rico sentía los latidos de su corazón en su interior, le hubiera gustado encontrar un atisbo de quietud. Su quietud, de hecho, era Altarello, Rita, sus hijos. Sabía que era así.

Solo abandonó la capilla ardiente cuando se lo pidieron. Consoló a su madre y acompañó a sus hijos a casa. Colapé le interrogaba con la mirada y él se sintió interrogado. Rita, a pesar de que hacía tiempo que tenía intención de lograr una separación formal para salvar el patrimonio, no le impidió pasar la noche en Altarello. Por la noche, incluso consiguieron hablar, él le preguntó si podía volver con su familia y ella le contestó que no era el momento de hacerle esa pregunta.

En el funeral, la tía Sara abraza a Rico, recordándole que ahora era él el barón Sorci, el cabeza de familia. Por un momento, Rico sintió una especie de orgullo y, al mismo tiempo —como si fueran de la mano—, la vergüenza de haber faltado a la dignidad de su estatus. Rico creía que el teatro de la aristocracia era vacuo y vano, una ridícula exhibición de poder consumado; pero aquel abrazo le había devuelto no tanto a una clase social que ya no existía, como a la ejemplaridad moral de su tía, ejemplaridad que él anhelaba alcanzar.

Tras la petición de Rico de volver a Altarello, Rita quiso consultarlo con su hermana Anna Carta y su hermano Vito. Ambos coincidieron en la evidente falta de fiabilidad de Rico, pero la instaron a considerar que, en las circunstancias actuales, una separación definitiva podría haber desestabilizado aún más a Amelia y Colapé, muy afectados por la muerte de su abuelo.

Por primera vez desde que se había casado, Rita se sintió obligada a contemplar su estado con lucidez y rigor. Tuvo que hacer cuentas consigo misma y se prometió seguir su propia voluntad, por su bien y el de sus hijos.

El regreso de Rico a la familia no se celebró de ninguna manera. Lo primero que hizo fue preocuparse por su guardarropa. Colapé miraba a su padre con recelo, pero al mismo tiempo le gustaba saber que estaba allí. Que había robado a su madre, eso los niños lo sabían, y su abuelo se lo había confirmado. Que después de robar se pudiera devolver lo robado no era un concepto fácil, pero arraigó de inmediato en Colapé cuando su madre, preguntada al respecto, se lo contó. «Papá está aquí para devolver», le dijo, y él se imaginó unos barcos piratas que llegaban del mar y traían unos cofres de monedas de oro que se derramaban sobre la terraza de Altarello y brillaban a la luz del sol.

En realidad, Rico se había limitado a firmar ante notario un documento en el que determinadas propiedades quedaban registradas únicamente a nombre de Rita y a las que él solo podía acceder por el bienestar de sus hijos.

Fue un agosto caluroso. A menudo bajaban a la playa para encontrarse con Leonardo Ponte, que se había trasladado recientemente a París y volvía para las vacaciones.

Como familia, tenían momentos de serenidad, pero Rita y Rico estaban lejos de volver a la intimidad del pasado. A Rita le hubiera gustado llegar, pero con el tiempo.

Y llegó el 11 de septiembre. En el Círculo, estaban en pleno apogeo los preparativos de la boda de Agatina con Minico, que celebraría el padre Nasillo. La mayoría de las asiduas al Círculo eran jóvenes, y los matrimonios —casi todos decididos por las familias—, numerosos.

Sara lo había organizado todo con la ayuda de Rita. Se imprimieron las invitaciones, se eligieron las flores, se decidieron las lecturas e incluso se llamó al coro de voces blancas de San Domenico. El órgano de la iglesia dei Santi Scalzi tenía algunos pedales en mal estado, pero aun así causaría una buena impresión, entre otras cosas porque el organista, convocado directamente por el padre Nasillo para la ocasión, era el de la Casa Professa, un músico excelente.

Deco, el tío del novio, había llevado al Círculo a primera hora de la mañana un enorme pan en forma de corazón decorado con almendras y confites. El salón se había transformado, todo se había colocado ordenadamente en un pequeño trastero: las cajas donde se guardaban los útiles de bordado, los telares de distintos tamaños y los mueblecitos de los mundillos para el encaje de bolillos.

Solo se dejaron las mesas de trabajo en el centro, mientras que se añadió una mesa redonda justo en la entrada, para la que se había bordado un gran corazón en punto entero: la hábil combinación de muchos tonos de rojo resaltaba su hermosa consistencia. A lo largo de las paredes se habían colocado árboles jóvenes de naranjos y limoneros, y macetas de albahaca, romero, tomillo, salvia, menta y jazmín, que más tarde se sortearían entre las socias del Círculo.

Esa tarde, la novia llevaría un vestido de corpiño ajustado y falda amplia, cosido por una de las bordadoras que también era modista, y en la cabeza un velo de encaje blanco sujeto por una diadema acolchada bordada por Sara con un motivo de azahar. «No ha sido fácil, ahora tengo los ojos resecos... Este es mi último bordado», había dicho Sara, complacida y emocionada, «para una novia enamorada.» En cuanto a ella, estaba muy elegante con un traje de lino rosa, en el que destacaban las joyas «de boda»: perlas alrededor del cuello y las orejas, un broche de diamantes y, en el dedo anular de la mano izquierda, el solitario anillo de compromiso.

Tras la ceremonia, sencilla y emotiva, y después de comer y beber, los jóvenes salieron al claustro para bailar. Había un tocadiscos: sonaban los éxitos del verano que acababa. Algunos niños se perseguían unos a otros, otros jugaban alrededor de la fuente central que se había puesto en funcionamiento para la fiesta, pues nadie había visto antes brotar agua de ella. A su lado, sobre una mesita, destacaba una copa de peltre llena de almendras garrapiñadas. Pequeños y grandes, con glotonería, se los repartían a puñados y se llenaban los bolsillos para llevárselos a casa.

El padre Nasillo y la tía salieron a tomar el aire, y alrededor de los dos ancianos los niños festejaban. Precisamente para ellos, la tía había traído bolsitas de papel brillante y transparente con un lazo de raso blanco. Dentro había *cannellini* de Sacchiero —una de las mejores confiterías de la Palermo decimonónica—, fragantes tubitos de canela recubiertos de azúcar en delicados tonos rosas, azules y blancos. Una niña que había recibido los *cannellini* volvió poco después a ver a la tía con las manos llenas de almendras garrapiñadas:

—*Chisti sugnu pi' ttia. Pigghiatilli!* Esto es para ti. ¡Cógelos! —chilló agradecida. La tía Sara tuvo la tentación de ceder a la glotonería, o tal vez los buenos modales simplemente le dijeron que aceptara lo que su diabetes le aconsejaba rechazar. La niña la miró desconcertada, sus brillantes ojos marrones pasaron de ella al cura, y del cura a ella. Los dos, en cambio, contemplaron serenamente su rostro fresco—. *Picchì 'un vi maritati?* ¿Por qué no os casáis? —dijo al fin la niña; ninguno de los dos contestó, y la niña exclamó con el aire de quien sabe lo que se dice—: *Boni siti, 'nsemmula!* ¡Estáis muy bien juntos!

—¡Eh! Los enamorados han de ser jóvenes —dijo el padre Nasillo, mientras Sara mantenía graciosamente las distancias respecto a él, con una especie de presumida vergüenza—. No pueden ser viejecillos, de lo contrario no llegarían a conocer a sus nietos...

Los niños chuparon los *cannellini* que Sara les había ofrecido y se quedaron mirando a los dos ancianos sin timidez. Entonces, dos niñas salieron corriendo y volvieron sosteniendo la copa de almendras garrapiñadas como un trofeo. Una de las dos se la dejó a su amiga y dio un paso atrás, y escenificaron una especie de comunión: la niña-sacerdote colocó una golosina sobre la lengua de la otra, que se llevó las manos a los labios. La niña-sacerdote cogió un dulce y se acercó a Sara:

—*Chistu è pi' ttia.* Esto es para ti.

La tía le siguió el juego y sacó la lengua, agachándose un poco. Y cuando la niña-sacerdote entregó también solemnemente un confite al padre Nasillo, este lo recibió como si fuera una hostia. ¿A qué venía ese juego? No había lugar para preguntárselo.

El padre Nasillo y Sara se quedaron solos en el banco.

—Doña Sara, me he arrepentido toda mi vida de no haber tenido hijos y, sobre todo, de no haber tenido nietos —dijo él—, pero nunca me arrepentí de no tener esposa, porque mi ministerio me lo prohibía. Durante la guerra, conocí al *father* John Thorn, capellán de los estadounidenses: estaba casado, porque en la religión protestante los curas pueden tomar esposa.

No le envidiaba. —Se quedó en silencio, pensativo, y luego prosiguió—: Hoy, por primera vez, lamento no haber tenido una esposa a mi lado. —Miró a Sara directamente a los ojos—: *Se mugghieri avissi avuto, com'a voi avisse avuto a essiri.* De haber tenido mujer, habría debido ser como usted.

Por toda respuesta, la tía se metió un *cannellino* en la boca. Y luego otro. Y luego otro.

Contemplaron el chorro de la fuente, disfrutando de las risas y las voces de los niños.

El aire era limpio y la llamada de un mirlo resonaba en el claustro. El tiempo pasaba sin que los dos, inmóviles, se dieran cuenta.

—¿Entramos? —dijo por fin el padre Nasillo. Pero Sara no contestó. Se limitó a seguirlo y fue a sentarse donde se sentaba todos los días, al final del pasillo.

—Hay que poner en orden todo esto —dijo, y despidió al padre Nasillo—. Me habéis traído una embajada importante, y os lo agradezco. —Ahora, con el busto erguido y la mirada cortante, la baronesa Imballomeni, la más sabia de las Tres Sabias, estaba de vuelta—. Guardo en mi corazón este «breve terremoto» que acabará llevándonos con él para siempre, la verdad es que no somos más que polvo.

El padre Nasillo miró a su alrededor: hubiera preferido quedarse un rato más, pero las mujeres, la mayoría bordadoras, aunque también algunas parientes de los novios, se afanaban por preparar el salón para el día siguiente. Caminando hacia la puerta, se volvió y levantó la mano en señal de saludo. Sara no contestó, o al menos eso le pareció a él. Estaba sentada al final del pasillo como una reina. Las mujeres barrían, recogían los restos de dulces, volvían a poner en su sitio las herramientas de trabajo. Algunos cantaban: *«Ritornerò, in ginocchio da te...»*, «Volveré, de rodillas a ti...».

—¡Anda ya! —dijo otra—. ¡Volver, dice!

Y otra añade:

—¡Pero si no te has ido nunca de aquí!

Y todos se rieron. Pero luego miraban a la baronesa en su silla y se callaban. Una luz polvorienta, fina y azucarada descendía de los grandes ventanales. El Cristo desnudo, que para la ocasión había sido cubierto con flores para no avergonzar a los novios, había vuelto a su desnudez.

—Qué guapetona estaba Agatina —dijo una prima de la novia—, con ese vestido que le ha regalado la baronesa y con ese peinado.

—Muy cierto es, estaba muy guapa —se hizo eco otra.

Fue entonces cuando intervino Rita:

—Agatina se llevará un bonito recuerdo —dijo con una sonrisa a Stellina, que la acompañaba. Tras comprobar que la sala estaba en orden, animaron a las mujeres a marcharse.

—Gracias por venir. Todas podemos estar orgullosas de nuestro Círculo —afirmó Stellina. Como respuesta, hubo unos tímidos aplausos y, al unísono, todos los presentes se volvieron hacia Sara, que seguía en su silla, sumida en sus pensamientos, o, más bien, encerrada en una postura definitiva que algunos podrían haber juzgado altanera, pero que no era más que una manifestación de orgullo. Sí, orgullo, pensó Rita. Y se acercó lentamente, arrastrando consigo el silencio que se había formado como un ligero velo.

—Tía —dijo.

No era una pregunta. Le acarició el hombro. La vida la había abandonado, sin hacer ruido. Una joven bordadora se llevó la mano a la boca y encerró en ella un gemido. Todas las bordadoras se reunieron en torno a la tía, como si aún tuviera que hacer un anuncio. Pero solo hubo silencio. Para siempre.

16
Dice Mariolina Sorci
(junio de 1968)

—¡Señora Vallo! ¡Señora Vallo! —me llaman desde la escalinata del teatro Massimo.

¿Cómo he podido perder a mi hijo? Habíamos ido a la perfumería de la esquina y le había soltado la mano para coger la cartera del bolso, él había salido corriendo. Se había escondido, había desaparecido, y yo me enfadé: ya aparecerá, me dije. Pero había empezado a temblar y a sudar. Y entonces allí estaba él, Enrico, rebautizado Harry por su padre: rubio como yo, delgadito, con los pantalones cortos caídos, los tirantes colgando de los brazos. Se ríe, el desgraciado. La mujer que le había agarrado de la mano le suelta y Harry huye de nuevo. «¡Ven aquí, mocoso!» Ni caso. Echa a correr y luego se detiene, desafiándome. Y yo caigo en la trampa, persiguiéndole. Corre de nuevo y se esconde detrás del carro de los granizados. Vuelve a aparecer, pero esta vez permanezco inmóvil, el sudor hace que se me pegue la seda del vestido en los hombros y bajo las axilas. Me meto en el callejón a paso ligero, me escondo dentro de un portal y, cuando Harry pasa junto a mí, le agarro por el tirante. Le daría unos azotes, pero me contengo para no montar un espectáculo.

—Ya arreglaremos cuentas en casa.

Me convertí en la viuda Vallo, a la edad de treinta y cinco años. Un enorme vacío, de repente, consternación después de amarlo tanto tiempo, tan intensamente, entre el secreto y la luz. Dios sabe cómo busqué en su cuerpo la audacia de siempre. Y había mañanas en las que, yo despierta y él abandonado al sueño, recorría las arrugas de su cara con los dedos. No puedo culparle, ni condenar mi devoción por un hombre maduro. No quiso volverse viejo. Lo era, tal vez, pero nunca llegó a serlo. Y cuando se dejó caer hacia el vacío de la muerte, y otra vez era de mañana, otra mañana, no le toqué. Me levanté, me vestí, me maquillé incluso y, por último, llamé a mi madre. Desde entonces soy la viuda Vallo. Y bien puede llamárseme viuda, pues dos veces lo fui en poco más de cinco años. A principios de 1962 murió Alfio, en un accidente en Mozia, y el verano pasado murió Peppe. Se había casado conmigo cuando yo estaba embarazada de seis meses. Todos murmuraban que era hijo suyo, ese que yo llevaba en mi vientre, pero lo celebraban por haber salvado a una joven viuda embarazada, como un caballero. Y caballero era. No tan caballeroso fue el infarto que me lo arrebató.

Carlino se había ido al norte. Primero se trasladó a Roma y luego a Milán. Y yo me quedé sola, para ser madre e hija. Tengo dinero, casas y propiedades. Me convertí en financiadora del Círculo del Punto de Realce, o, mejor dicho, fijé una cantidad de inversión anual para asegurar dote y casa a una de las derrumbadas. Y así, cada año, se designa a la afortunada. Como es lógico, dado que las chicas proceden de vidas desgraciadas, hay que ocuparse de quién es el novio, si lo es de verdad o lo finge, y cuáles son sus intenciones, si tiene un oficio o si también debemos encargarnos de eso. En resumen, un galimatías. Por suerte, la tía Caterina es una administradora excelente: no se le escapa nada, e incluso con nosotros, los sobrinos, es mandona, como si fuéramos sus empleados.

A menudo, el perro *Sputnik* se pasa por el salón y encuentra una guarida especial bajo el Cristo desnudo, es una presencia bienvenida a la que todos miman y alimentan con generosidad. El Círculo se ha convertido ahora en una empresa, una escuela de artes y oficios, una obra de caridad, una casa de rehabilitación. Yo, que siempre he dibujado con pasión, preparo elaborados patrones para bordar cojines con punto completo, muy coloridos.

Llevo a Harry allí, por supuesto. Marianna, una derrumbada que asegura no haber «tocado a un hombre» desde hace un año, siente verdadera pasión por él. «El hijo que yo hubiera querido», dice, y se lo come con los ojos, y lo mima, y a menudo pide permiso para llevarlo a la piazza Marina, «para que a lo mejor alguien me reconozca y piense "¡Mira qué rico, *'stu figghiu di Marianna!,* el hijo de Marianna"». Y para asegurarse de que lo piensan, en esas ocasiones se acicala como una auténtica mamá dichosa, con una blusa azul, una falda envolvente, un pañuelo anudado al cuello y un bolso bajo el brazo.

—¿Y si te preguntan con quién lo hiciste? —le pregunto divertida.

—Pues contesto que los hombres no cuentan —responde ella—, somos nosotras las que hacemos estos niños, y su padre se fue volando.

—O sea —insisto—, ¿les das a entender que está muerto?

Ella dice que no, que con «volando» en realidad quiere decir desaparecido, perdido, pulverizado, igual que se perdió el hombre con el que habría querido tener ese hijo. Conmovida, busca un trozo de muselina para secarse los ojos.

—Yo era muy guapa —dice. Le respondo que estoy segura de ello. Y luego, dirigiéndome a todas las bordadoras, tanto a las derrumbadas como a las vacilantes, declaro en voz alta:

—Aquí todas somos guapas, aquí todas somos un bordado del mundo. —Sigue un aplauso, pero compuesto, comedido.

Así me ven todas, como la más optimista, como la que tiene más libertad para decir y pensar.

Una vez, me las llevé a bailar. De los altavoces salía música suave, las canciones del verano: «Un corazón loco, loco de atar...», «Cuando la banda pasó por el cielo salió el sol...», y ellas se movían felices en la pista, aunque no todas, algunas se quedaban a un lado, mirando, y si un chico se acercaba para un baile lento, ellas se negaban, me miraban y se negaban. Alguien que sabía quiénes eran dijo en voz alta: «¡Las bordadoras!». Y casi como si las hubiera llamado putas, Marianna fulminó al desdichado: «¡Es verdad, somos bordadoras! Y si se te rompen los calzones te los remendamos nosotras..., ¿te enteras?». Y recibió una ovación de *masculi* y *fimmine*.

Le tengo mucho cariño al Círculo, siempre vuelvo. Veo cosas aquí, en esta luz dorada de la sala, que son verdaderas obras de arte. En otros tiempos, mientras vivía la tía Sara, acudía mucha gente a nuestras ferias... Ahora no. Si no fuera por la tía Caterina y por Rita, resultaría difícil tener clientes de verdad. Rita ha hecho contactos en el extranjero, y en París hay gente que aprecia y compra. El día que tenemos que preparar los paquetes que vamos a enviar parece un día de fiesta: doblamos manteles, sábanas y toallas, envolvemos blusas y camisones en hojas de papel de seda, lo empaquetamos todo y todo lo metemos en unas cajas de color crema en las que pegamos nuestra marca de fábrica: una tarjeta con las siglas CPR, Círculo del Punto de Realce. Muy elegante. La tía Caterina me cuenta que la abuela Rosaria recibía baúles de Frette del norte, y nosotros ahora enviamos nuestras cajas CPR desde el sur. Y Stellina Panzi, condesa de Valledolmo, controla las idas y venidas, las entradas y salidas, de mujeres y de dinero, de paquetes y telas.

Vuelvo a casa de mala gana. Casa Vallo, donde vivía Peppe antes de casarse conmigo, es demasiado grande, demasiado moderna, demasiado vacía. De haber podido, me habría ido a vivir al Palazzo Sorci, que se ha vendido, pero no está claro qué va a pasar con él, ya que no han empezado las obras de reforma. Sí, habría vuelto allí, y me habría gustado que Carlino también estuviera conmigo, en algún piso, obviamente, no en casa del tío Andrea, adonde solo podrá ir a vivir alguien que no sepa lo que pasó entre sus paredes.

El caso es que me encantan los fantasmas, y en mi piso cuadrado y limpio no hay fantasmas. Mientras Peppe vivía, todo tenía sentido, incluso este bonito piso moderno, pero ¿ahora? Ahora no es raro que vaya a su antiguo bufete, no lejos de casa, y me siente en su despacho, ante su escritorio, para inundarme de ese olor tan suyo, a cuero y tabaco. El joven abogado que se hizo cargo del bufete no ha movido un solo objeto, pero nadie se sienta allí a trabajar. Me deja que haga lo que quiera, sabe que para mí es una especie de segundo hogar, y, de hecho, a veces voy a última hora de la tarde y espero a que se vaya, a que se despida de mí el último miembro del personal, y entonces deambulo entre los sillones, los escritorios y los armarios llenos de expedientes. Paso la mano por todo, y cada vez es como si quisiera llevarme algo, algo intangible. La señora Vallo, sí. La señora Vallo que era la infeliz señora Buscemi. Encuentro una fotografía que Peppe había dejado en el estudio. La sacaron en Altarello, tal vez fuera Rico. Yo y mi Omar Sharif, hace solo seis años, pero parece un siglo.

Carlino me escribía a menudo desde Roma. Me hablaba de la via Veneto, de actores, fiestas y noches interminables. Ahora se ha trasladado a Milán. Hay una extraña tristeza en sus cartas, como si algunas de sus estrellas se hubieran apagado, cuando antaño Carlino era todo cielo, una Vía Láctea en la noche de agosto. Tendría que ir a verlo, antes o después.

Hay tardes en las que dejo a Harry con mi madre y me voy al cine. He visto *2001: Una odisea del espacio,* he visto *Funny Girl* y me he enamorado de Omar Sharif, a quien Peppe debió de parecerse de verdad un poco de joven, incluso con su mirada melancólica y su bigote cuidado. La última vez, al entrar en la sala, me acordé de repente de que fue en un cine donde Peppe me dio mi primer beso, y sentí que me derretía.

Mi padre se está muriendo, ha perdido la noción de sí mismo, pero manda como siempre ha mandado. Desde su cama llama a mi madre, la llama por el nombre de su primera mujer, Carmela, y quiere esto, quiere aquello, y lo quiere enseguida, y luego ya no lo quiere, y luego se enclaustra en un silencio lúgubre. Mi madre se muestra paciente, como siempre, la paciencia de quien sencillamente no prevé otra posibilidad. No es casualidad que en el Círculo estuviera entre las mejores, la verdadera heredera de las Tres Sabias, en cuanto a labores de aguja y diseño. Ahora borda en casa, para no dejar solo a papá.

No hay ya espacio para mí en este mundo. No me gusta. ¿Y si me voy a París a hacer la revolución?

A veces me olvido de que soy una mujer de treinta y cinco años, dos veces viuda y con un hijo en primaria. Mi destino es quedarme aquí.

17
Dice Carlino Sorci
(20 de julio de 1969)

Tengo que darme prisa. Me están esperando en una cantina social, como las llaman aquí. En las cantinas sociales bebemos, comemos (poco y mal), discutimos a menudo, pero esta noche vamos a ser un centenar por lo menos para ver por televisión el espectáculo del siglo: la llegada del hombre a la Luna. Hace diez años que los Estados Unidos y la Unión Soviética pugnan por ser los primeros: el primer vuelo, el primer perro en el espacio, el primer vuelo con un astronauta a bordo, Gagarin, el primer hombre en la Luna. Esta vez ha ganado la NASA. Y los soviéticos asisten como espectadores.

Llegamos en un destartalado R4 rojo. Se respira una atmósfera extraña, como si esta nueva conquista nos concerniera de verdad a todos y llevara la marca de una nueva era. Dichosas esperanzas. Aquí, los jóvenes han aprendido a tomar partido, van a la huelga junto con los obreros de las grandes fábricas. Me siento como uno de ellos, a pesar de mis treinta y nueve años. Me visto como ellos, como *gghiè,* como cualquiera.

—Vamos, Carlino, ¿a qué esperas? —me dice Guido Sacchi, el amigo que me ha traído hasta aquí—. ¿Echas de menos tu casa?

Es utilero en La Scala, se mueve entre bastidores. Dice que los escenógrafos son unos «histéricos». Dice que está aprendiendo. Que estudió en Brera, pero que para hacer algo en el teatro hay que empezar siempre con un martillo y clavos. Lo conocí en un bar de Navigli y desde entonces nos vemos de vez en cuando. «Soy un extraño melómano», ríe entre dientes, «las funciones solo me gustan vistas entre bastidores, cuando Ghiaurov entona *Ella giammai m'amò,* me agacho entre las cuerdas y escucho. Y todo lo demás ha desaparecido.»

Una vez, le hablé de mi familia y de cómo preferí irme de Palermo. Desde entonces se burla de mí con buen humor por mi «sangre noble». Él, forzudo y chiquitín, viene de Suzzara: «¡Soy un hombre del Po, señor barón! Estoy tan húmedo como un pez y tan nublado como un mal pensamiento».

Guido me ha facilitado varias veces entradas para el gallinero, con los aficionados más fanáticos. Pero yo voy a La Scala para estudiar cómo se viste la gente: los esmóquines, los trajes de raya diplomática de comendador, y luego los vestidos de las damas, de una púdica elegancia comparada con la exhibida en la inauguración de la temporada el 7 de diciembre, pero todavía una moda digna de estudio, «del talle al detalle», como repito a menudo en mis cartas a Mariolina, y también a Rita. Allá arriba, donde se decide la suerte del espectáculo, uno se viste como quiere. Me acuerdo de aquella noche en el palco del teatro Massimo, *Il trovatore,* mi madre con los corales, Emilio y yo a su lado, y ella guapa, orgullosa y valiente.

—Señor barón, nos vamos a la Luna..., ¿qué te apetece beber?

Nos sentamos en fila bajo el televisor, uno de los últimos encaramados sobre una mesita, que a su vez está colocada sobre otra más grande. Todo el mundo debe poder ver. El volumen está alto. En el bar, se amontonan los pedidos.

—¡Hay que beber cuando el hombre llega a la Luna!

Me cuesta entender lo que ocurre en esta cantina social, un local popular y de barrio, donde no me siento cómodo. Sin embargo, me gusta que la gente esté aquí con la respiración contenida, y yo con ellos.

—Pero ¿todo esto es verdad? —pregunta alguien, y le hacen callar.

—Sabes —le digo a Guido—, hay una mujer que bautizó a su perro *Sputnik,* ese año, en Palermo.

Se levanta, se da la vuelta:

—¿No habrá por aquí alguna perra preñada, para que si nace su chucho le llamemos *Apolo*?

Hay muchos sicilianos en Milán, pero no tantos como los que han acabado en Alemania. Esta noche hay un hombre de Caltanissetta que trabaja como obrero, se las ha arreglado para traerse a su familia con él y viven en una especie de corrala.

—Yo —dice— no me voy a los suburbios, ni siquiera a las casas de protección oficial. Me quedo en el centro.

—Mirad, mirad —suelta alguien, y uno a uno todos se levantan. Son más o menos las diez. El locutor dice «alunizaje», y todo el mundo repite «alunizaje», seducido por la nueva palabra. Necesitamos palabras nuevas, todos, en el sur y en el norte. Debo escribir a Emilio. Lo que vemos en la pantalla son imágenes inciertas y ralentizadas. La gente se abraza y empieza a beber de nuevo.

—¡Estamos en la Luna, señor barón! —exclama Guido con una botella de cerveza en la mano, tomándome el pelo, pero con dulzura.

Suelto una risita y enciendo un cigarrillo. Todo lo demás lo veré mañana, me marcho. Estoy solo en la noche, con las calles desiertas. Desde las casas iluminadas llegan gritos, aplausos. Hace calor, hay gente en los balcones o asomada a las ventanas.

Contentémonos con ir a la Luna y soñemos con conquistar todo el universo. ¿Pero mientras tanto? ¿Qué hago ahora? Dejé Palermo y dejé a mi amor porque allí no había futuro para los dos juntos. Esta Italia democristiana nos ha amordazado a muchos. Emilio y yo esperábamos poder cruzar la ciudad cogidos de la mano, e incluso lo intentamos, pero con el tiempo nos dimos cuenta de que nuestro amor nunca sería aceptado como una sencilla realidad cotidiana. De reunirnos bajo el sol a hacerlo con sigilo hubo un paso muy corto. ¿A qué barbarie nos expondríamos? La madre de Emilio me miraba y decía que su hijo se estaba echando a perder a mi lado. Nadie pudo hacerla cambiar de opinión. Rita siempre estuvo de nuestro lado, pero una familia que te defiende no es suficiente frente a una ciudad dispuesta a crucificarte si no te atienes a los pactos ni cultivas el código de la hipocresía. Escribí a Emilio, debe de hacer por lo menos cinco años, le escribí diciéndole que no debía ponerse en contra de su madre, y que yo nunca querría ser responsable de su infelicidad. Le prometí que volveríamos a encontrarnos, cuando los tiempos hubieran cambiado. «Vamos a la Luna», le he vuelto a escribir esta noche, «a dar un paseo, pero queremos la Luna entera, queremos pasear por allí como en la piazza Marina cuando es primavera tardía, queremos nuestra Luna.» Esto es lo que le he escrito.

Antes de venir a Milán pasé tres años en Roma. Inolvidables. Allí, la moda florecía junto con el cine. Me forjé una reputación, entre via del Corso y piazza di Spagna, la gente sabía que podía contar conmigo para no equivocarse con los tejidos, para ir en busca de otros nuevos, para crear una belleza leve.

«Aquí está Carlino Sorci abriéndonos sus volúmenes», me decía la gran dama de la moda que me recibía en su salón para presentar los muestrarios, que a ella le gustaba llamar «volúmenes».

Y yo los abría, y los enseñaba, y no me faltaban palabras para engalanar de belleza la belleza. La gran dama me escuchaba, y luego me reunía con otras grandes damas, y entre las damas y señoras, me daba cuenta de que toda la sociedad hollywoodiense todavía iba a vestirse allí. Me limitaba a repetir exactamente lo que había aprendido a hacer en Palermo, pero aquí todo era a lo grande, y había un frenesí de vida que casi me asustaba. «¡Carlino es todo un hombre, nuestro Mastroianni!», exclamaba la gran dama, de traje pantalón y blusa de seda con lazo. No soy ni mucho menos todo un hombre y no me parezco a Mastroianni, pero soy siciliano, llevo un bigote fino, como Mastroianni en *Divorcio a la italiana,* y a ella le gustaba que me hiciera el tipo duro. A veces pensaba en cuando estaba en Chicago y el coronel Hill me presentaba en sus fiestas como un cordero para el sacrificio. Aprendía allí, aprendo aquí. En Roma vivía en un estudio de dos habitaciones en el barrio de Prati, a dos pasos de la RAI, en una bonita casa antigua. Desde entonces tenía en la cabeza el trasladarme a Milán, porque las industrias están todas en el norte, incluso las hilanderías, entre Biella y Schio, entre el Piamonte y el Véneto. Recordaba la de veces que, de niño, había soñado con ir a la fábrica Frette, cuyo emblema estaba impreso en la etiqueta pegada en el interior de ciertos baúles antiguos en la sala de armarios de la planta noble del Palazzo Sorci. La gran dama solía bromear conmigo: «En Milán te vistes, en Roma te desvistes», y esbozaba una sonrisilla, sosteniendo la larga boquilla.

En Roma, tenía un amigo que trabajaba en el cine como ayudante de escenografía, y afirmaba haber colaborado con Visconti. Me encontraba irresistible. Quiso incluso que actuara en una película, pero le dije que no era lo mío. Atrás quedaba la época en Nueva York, cuando actuaba en el escenario y disfrutaba estando bajo esos focos inciertos, ante un público al que tanto le gustaba yo, cantante jovencísimo e improvisado.

Por mucho que Roma fuera más abierta que Palermo en lo que atañe a los homosexuales, también allí había que andarse con cuidado, verse a solas si podíamos reunirnos sin peligro, y luego volver en grupo.

En Milán, empecé a trabajar para las célebres sastrerías que visten a comendadores, industriales, damas de grandes finanzas y amantes con pisitos en San Siro, en la nueva ciudad que está creciendo allí, elegante y fría, cerca de las caballerizas y no lejos del estadio.

A finales de 1968, me recibe Caraceni, que viste a industriales, banqueros, grandes empresarios, arquitectos, directores de orquesta y cantantes. La gran dama romana tenía razón: lo que quieren aquí son tejidos rígidos, tejidos que esculpan el traje, que se traduzcan en armaduras empresariales, o que, para las mujeres, magnifiquen las formas suntuosas o rediman las perezosas o insignificantes. Me convierto en uno de los mejores «proveedores textiles»: sé manejar los muestrarios extranjeros y, en particular, los norteamericanos, donde predominan esos tejidos rígidos que nadie como la sastrería milanesa sabe apreciar.

Me pongo al servicio de los nuevos sastres que intentan abrirse camino a la sombra de los grandes. Si estoy aquí, por lo demás, es porque cultivo un mito: la sastrería de Biki, mejor dicho, Biki en persona, el genio del refinamiento y la princesa de la buena sociedad del Norte. Wally Toscanini, Giacomo Puccini y la Callas han pasado por el taller de Biki: quiero conocerla. Se ha trasladado a via della Spiga y es, al fin y al cabo, la señora de la moda que menos teme el cambio de los tiempos. Hay sitio para el siciliano que acaba de llegar a Milán.

Una costurera que tenía un pequeño taller en la Galleria, frente a La Scala, y que ahora trabaja a domicilio para unas pocas, muy selectas, clientas, me lo cuenta, le brillan los ojos, recuerda las noches que pasaba terminando vestidos de fiesta cuando trabajaba para Biki, muchos años antes. Me la describe en el probador mientras el vestido va tomando forma en el cuerpo de la clienta, ella inmóvil en un rincón, lejos de los sillones y las sillas acolchadas donde se sientan los que pagan. «Ella», cuenta la buena costurera, «que deja reposar sobre sus rodillas la tela que le he traído, la escruta impávida, y espera la metamorfosis, mientras nosotras, con los alfileres en la boca, cinta métrica al cuello, nos afanamos inquietas, y en ese momento no importa el nombre altisonante de la dama, lo que le importa es la transformación, el milagro que debe ocurrir, y si no ocurre, se retira sin estrépito a un salón, y vuelve a empezar.»

Hago la ronda bajo su atelier, solicito la mediación de los clientes, dejo notas al portero. Cuando por fin decide concederme una audiencia —me digo con una pizca de arrogancia que, después de todo, podría serle útil—, caigo enfermo, tengo tanta fiebre que no puedo levantarme de la cama. No veo a Biki y quizás nunca vaya a verla.

El 7 de diciembre de 1968, unos estudiantes cubrieron de insultos, pintura y verduras a las personas que se disponían a entrar en La Scala para el estreno de *Don Carlo* dirigido por Claudio Abbado. Nunca había ocurrido algo parecido. Todos los periódicos hablaban de ello, pero en realidad no se trató de una manifestación organizada: tuvo algo de precipitado y chapucero, fue más bien una respuesta a las muertes de Avola.

Había leído sobre otras huelgas y cortes de carretera en Sicilia y pensé en mi primo Leonardo Ponte, cuya integridad siempre he admirado. Sin duda, habrá participado en esas protestas.

¿Qué pensará Rico? Tengo que llamarle. ¿Qué pensarán sus campesinos, para quienes quiso introducir nuevos cultivos y una concepción moderna del trabajo agrícola? La revuelta social es más rápida que Rico, ya es un hombre de otros tiempos.

En definitiva, he venido a Milán a hacerme rico, y aquí se respiran aires de revolución. Llego a Milán y el mundo está listo para ir a la Luna. Bienvenida sea la Luna, bienvenida sea la Revolución.

Pero la Luna sigue ahí, pálida en la noche y lejanísima. Los ricos siguen siendo ricos, y siguen vistiendo, y todos vestirán a la última moda mucho más de lo que lo han hecho hasta ahora.

Le escribo a Emilio, tal vez él me entienda, pues sabe reconocerme, entre otras cosas porque no le oculto nada. Quizás sea demasiado viejo. No encuentro a nadie que me guste. Emilio dice que tengo suerte y me cuenta que lo han pillado en un callejón con un *picciotteddo,* un chavalín, y lo han molido a palos.

Le escribo que Milán es una ciudad llena de ideas. Y yo tengo ideas, muchas. Los que me conocieron hace diez años en Palermo ya no me reconocerían, en esta nueva apariencia de serio profesional, sin un estallido de risa. Ay, ¡cómo echo de menos esos paseos del brazo con Mariolina, como cuando éramos unos críos!

De vez en cuando visito a mi amiga costurera que trabaja en casa: su marido le ha impedido seguir con su negocio y ha vendido la sastrería a su prima. Me enseña fotos de cantantes y actrices a las que ha vestido y que siguen enviándole fotos firmadas con altisonantes dedicatorias.

Le hablo del Círculo del Punto de Realce, de las mujeres vacilantes y derrumbadas que, según las intenciones de la tía Sara, trabajan allí seis u ocho meses y luego dan paso a otras, y todas aprenden, todas se marchan, si no con un oficio, al menos con una pasión.

«El punto de realce», me dice como inspirada, y va a buscar en un cajón unas fundas de cojín bordadas, que nunca ha utilizado. Me los enseña. «¿Lo ves?, las figuras las he bordado yo», pasa los dedos por el relieve y menea la cabeza. «Más vale que no vean este punto de realce en tu círculo de Palermo», ríe entre dientes, y dice con solemnidad: «Lo que hace falta es paciencia, y yo solo tengo paciencia ante un patrón que se convierte en vestido».

He visto muchas sastrerías desde que estoy aquí, y hay en ellas ese ambiente de gran taller femenino que siempre me ha atraído, hay algo de monjil y de travieso, hay una separación del mundo exterior que solo las mujeres, cuando están juntas, consiguen crear y defender. Cuando llegan los hombres, y llegan puntualmente —ya sean los pagadores o los vendedores—, se pone en marcha un mecanismo que las mujeres conocen bien, la broma, la réplica, y el convento deja paso a la plaza, el representante provoca, las jóvenes trabajadoras se contonean, hablan, gritan, susurran, amenazan con las tijeras. Solo se callan —pero eso significa que estamos en una sastrería equipada para las pruebas— cuando entran las maniquíes, porque son hermosas, porque están delgadas, porque tienen aire de aburrimiento, porque de ellas, de cómo se muevan, de cómo «lleven», depende también la valoración del trabajo de las costureras por parte de los clientes, que en ese momento son todos importantes.

Los diseñadores masculinos han invadido las sastrerías milanesas y están cambiando su identidad. Me he hecho amigo de uno de ellos, frecuento su casa y a veces me quedo a dormir. Vive con su madre viuda, que hace la vista gorda, pero que no permite excesivas confianzas. Me ha preguntado si soy «de izquierdas», le he dicho que no lo sé. Me mira con cierto respeto desde que se enteró de lo de mi familia. «¿Noble?», me pregunta. «Los títulos, a estas alturas, ya no cuentan», respondo. «Ese Visconti, el director», dice, «es un duque, pero su madre era una

Erba, industriales farmacéuticos. Ricos como los que más. Y él es comunista.»

El 12 de diciembre de 1969 estalla la Banca dell'Agricoltura en la piazza Fontana. Oigo la explosión porque estoy en un tranvía que pasa por via Larga, justo en el centro. Oigo la explosión, pero no entiendo lo que pasa. Lo entiendo más tarde, cuando llegan las ambulancias, cuando las voces corren por las aceras, de tienda en tienda, cuando oigo repetir la palabra «matanza». Luego, viendo la televisión, entendemos lo que pasó. Al día siguiente leo todos los periódicos. Se habla de investigaciones, de culpables, de anarquistas. Sin embargo, no conozco a nadie que quiera reivindicar o vengar. Todavía no. Toda una ciudad, toda Italia está en juego. Como en Palermo durante la guerra de la mafia, así que en Milán percibo que todos tienen un miedo que no tiene miedo, una ira que no necesita más ira. Todos se sienten impotentes.

Empiezo a pensar que lo que está ocurriendo en Milán se repetirá en toda Italia. Y por eso siento el deber, el 15 de diciembre, de ir yo también a la piazza Duomo. El cielo es gris, el aire es gris, los paraguas negros, los ojos negros, los pensamientos negros; solo la piedad tiene un color diferente, pero no puede verse. La multitud no es una multitud, sino una reunión de almas, y sé que la mía también está ahí, y la mía no es tan diferente de las que pasan a mi lado. Hay muchos jóvenes, mucho más jóvenes que yo, estudiantes que vienen de todos los barrios de la ciudad y hacen que esta plaza parezca una plaza del mundo.

Los años sesenta terminan con este inmenso duelo.

Por la noche escribo a Emilio. Me marcharé lo antes que pueda a los Estados Unidos. Aquí ya no soy solo un proveedor textil, se han dado cuenta de que tengo talento, me piden consejo y les caigo bien a los artistas. Luego pienso que antes tendría que volver a Palermo por Navidad. Más tarde cambio de opinión. Llamo a mi padre, le digo que tenga paciencia, que estoy aquí para cambiar el mundo si el mundo no me cambia a mí primero. Oigo chillar a la tía Margherita no muy lejos del auricular, le insisto en que felicite las fiestas de mi parte a Rico y Rita, si es que vuelven a estar juntos.

Estoy preocupado por Mariolina, mi «hermanita pequeña». Siempre hemos sido animalitos peligrosos, los dos. No la llamo, porque sé que me someterá a un interrogatorio minucioso y quizás me eche a llorar.

Emilio me dice que se reunirá conmigo en cuanto sepa dónde me instalo. Mientras tanto, me da a entender que se está forjando un papel como empresario en la fábrica familiar de pasta: tiene ideas, piensa en el futuro. También me dice que, a pesar de todo —y recalca lo de *a pesar de* todo—, hay *fimmine* que le hacen ojitos, y que a él no le importa. Cuando lo oigo, esa insinuación me molesta, luego me hace sentir libre.

En la piazza del Duomo de Milán, las palomas siguen volando térreas e indiferentes.

Esa misma noche, sueño con Rita en la villa de Altarello: viene hacia mí sonriendo, dice que todos debemos un perdón, y que el perdón nos hace libres. La abrazo y siento su inocencia. Le confío una tarea: llevar paz y sabiduría allá adonde vaya. Nos asomamos al balcón. Rita extiende el brazo sobre el panorama y yo miro. Palermo ya no existe. Lo que Rita me enseña es la piazza del Duomo de Milán repleta de gente, todos diminutos como hormigas. Ya no hay mar. Monte Pellegrino se ha fundido en el cielo azul pálido. Ya no sé quién soy. Intento comprender qué es ese enjambre negro. Acabo comprendiendo que es una multitud en luto silencioso. Busco a Rita, pero se ha disuelto detrás de mí. Y me quedo solo. El mundo y yo.

18
Dice Rico Sorci
(octubre de 1975)

Es temprano por la mañana, estoy en el balcón del dormitorio.

Palermo, vista desde aquí, es preciosa. El aire es diáfano y limpio, los primeros rayos del sol caen sobre el mar y es como si la superficie del agua crepitara de chispas. El aire está fresco, las abejas zumban alrededor de las anémonas japonesas que Rita ha querido plantar cerca de las colmenas, en lo que llamamos la rosaleda.

No me falta nada para ser feliz, y, sin embargo, basta con el adjetivo feliz para que me sienta inquieto. Hace diez años, Rita y yo volvimos a vivir juntos. No he tenido más amantes, ni siquiera ocasionales. Mi única distracción es ir de vez en cuando a visitar a alguna vieja «amiga» en los bajos de Borgo Vecchio. ¿Durará?

Echo de menos a mis hijos. Después de la reválida, Colapé se marchó a estudiar Economía a Cambridge. Tuve la impresión de que me amputaban el brazo. No pensé que sufriría tanto por su ausencia. No sufrí tanto cuando Amelia se marchó a Pisa porque él seguía con nosotros, pero ahora, en cambio, la casa me parece de lo más vacía. Dentro de poco debería telefonearnos, llama una vez a la semana, siempre a la misma hora: es por naturaleza un tipo preciso y ordenado, pero desde que está en Inglaterra parece incluso obsesionado con las fechas, los horarios, las citas, los planes de futuro. Ojalá fuera más despreocupado: si se comporta así a los dieciocho años, ¿cómo será a los cuarenta? A veces también me pregunto a quién se parece. Y pienso en el «padre» de mi mujer.

Rita, en cambio, es de la opinión de que hace muy bien en aprender a organizarse y a respetar los plazos: «El mundo ha cambiado, Colapé debe acostumbrarse a gestionar su tiempo y sus compromisos». No menciona la necesidad de ser también un buen administrador, y le agradezco esta delicadeza. La veo desde arriba, sale a la terraza por la ventana francesa del salón, sostiene la bandeja con nuestro segundo café del día, el que tomamos juntos. Nuestra vida está marcada por rituales y hábitos. Cuando era joven, me habría parecido insoportable, a los cincuenta y seis siento que puedo aceptarlo.

Bajo las escaleras, justo a tiempo para responder a la llamada de Colapé. Siempre grita cuando llama desde Cambridge.

—Es cosa de familia —me explica Rita—, mi madre y mi padre gritaban por teléfono como si tuvieran que cubrir la distancia con la fuerza de sus pulmones.

Le tomo el pelo con sorna:

—¿Tu padre también grita por teléfono?

Rita me mira de través. Mi esposa es la única mujer del mundo que ha tenido dos padres: «mi papá», el barón Sala, marido de su madre, y «mi padre», su padre biológico, Giosuè Sacerdoti.

No sé cuándo se enteró Rita de que tenía dos padres, pero no constituía un misterio, desde luego, para los amigos y conocidos de la familia Sala. Ella nunca lo ha admitido ni negado, simplemente prefiere no hablar de ello, aunque se sienta orgullosa: fue muy amada por uno y por otro y los quiso mucho a ambos. Tiene un gran corazón.

Ahora, mientras el sonido del teléfono la hace entrar en casa, Colapé me dice todo orgulloso y agitado que ha obtenido una *mention*.

—¿Lo entiendes, papá? Una *mention*.

—¿Cómo se dice en italiano? —le pregunto.

—¡El profesor me ha «destacado» por mi excelente trabajo de investigación! —grita.

Rita y yo animamos a nuestros hijos a estudiar fuera por dos razones. La primera era educativa: nos parecía oportuno alejarlos de casa a los dieciocho años, la edad en que uno se convierte en un joven adulto. Queríamos que no se quedaran atrapados en la jaula dorada que es Palermo, que conocieran una realidad más amplia, otras formas de vivir y de pensar. Pero también para que recibieran una formación mejor que la que podrían haber recibido aquí, o incluso en las universidades de Catania o Messina, más prestigiosas que la nuestra. Yo, además, había sido un mal ejemplo. Tal vez, gracias a la distancia, podría recuperar mi autoridad, algunas cosas se olvidarían, otras se redimensionarían, otras se reabsorberían en la figura paterna que en realidad sigo representando.

Y así, Colapé está ahora en Cambridge. Hemos hecho bien. Cada vez me convenzo más cuando le oigo tan entusiasmado y motivado. Rita me hace señas para que le pase el auricular y se ilumina mientras habla y bromea en inglés. No entiendo muy bien lo que se dicen, pero tal vez sea justo que les deje su propio espacio a madre e hijo, así que opto por dejarme llevar por el acento arrastrado de Rita, que aprendió inglés de su padre Giosué y de su enamorado americano Ruben. De vez en cuando me entretengo tomándole el pelo con Ruben, y ella responde muy seria: «La verdad es que no sabía lo que era el amor antes de enamorarme de ti...». Alivia la hermosa tensión de su rostro y añade, con una luz muy dulce y guasona en la mirada: «No sabía en qué lío me estaba metiendo».

Espero mi turno, pacientemente. Las llamadas telefónicas entre madre e hijo son siempre muy largas. Rita quiere saber qué come, si tiene su ropa en orden y las camisas bien planchadas, si le queda parmesano o si quiere que le enviemos otro trozo, junto con el *cacio* a la pimienta de nuestras vacas.

Entonces Colapé pide hablar conmigo de nuevo, y Rita me entrega el teléfono con ojos brillantes, dando un paso atrás para permitirme charlar libremente con mi hijo. Nunca llegó a vencer el miedo a que mi comportamiento minara para siempre mi relación con él, la confirmación de que cualquier posible nubarrón ha sido barrido llena su corazón de alegría.

De vez en cuando pienso que tarde o temprano deberíamos ir a ver a Colapé. Quizás no de inmediato, para que no se sienta vigilado y oprimido, pero tengo mucha curiosidad por ver con mis propios ojos lo que estoy descubriendo a través de películas, documentales y libros: los numerosos *colleges* con nombres románticos —Emmanuel, Trinity, Clare, King's, St Katherine's, Merton, Trinity Hall—, que han permanecido inalterados durante siglos, los grandes claustros, los prados, los edificios llenos de torres y torreones, y por todas partes el enjambre de profesores y alumnos con túnicas ondeantes. Este es el teatro de la vida de Colapé. También puedo verle comiendo en el Great Hall, los alumnos sentados a largas mesas de madera sin manteles, y los profesores y el *master* del College en una zona separada, con manteles de lino blanco y probablemente mejor comida.

Colapé estudia Economía en el lugar donde daba clase Keynes, el gran economista británico. Esto le impresiona, pero no le intimida. Rita intenta imaginar a la gente que conoce y, sobre todo, a las chicas con las que sale. Colapé se fue de casa a los dieciocho años, sin haber conocido mujer, presumo. A los quince años, a mí me llevó a una mancebía mi padrino de confirmación, el tío Gaetano, hermano de mi madre. Había pensado hacer lo mismo con Colapé, pero Rita me lo impidió: «En tu época quizás era necesario la iniciación con una prostituta sana, hábil y algo maternal. Hoy en día, los jóvenes se apañan bien entre ellos», y suspiró.

Le señalo que las chicas representan apenas un tercio de los estudiantes de esa universidad y que, aunque fueran admitidas en 1869, hasta 1948 no se las consideró merecedoras de recibir un título en lugar de un modesto «diploma». Al parecer, la mayoría viven en internados construidos especialmente para ellas fuera de la ciudad. Solo en los últimos años, algunas de las facultades más antiguas han aceptado también a estudiantes femeninas.

—¡Imagínate cuántas habrá que estudien Economía! —exclamo—. ¡Podrán contarse con los dedos de una mano!

La mirada de mi mujer se vuelve severa.

—Eres un anticuado. Te has quedado anclado en una visión del mundo que ya no tiene ningún fundamento. Las mujeres, por mucho que no te hayas dado cuenta, se matriculan en todas las facultades y obtienen excelentes resultados académicos. Lo único que no consiguen —y aquí hace una sabia pausa— es que les paguen como a los hombres. —Ahora parece casi un poco enfadada—. ¿Y quién ha dicho que la de Economía es una facultad «para hombres»? —Pero enseguida se ablanda—: Afortunadamente, tu hija no está aquí para oírte.

Amelia estudia desde hace dos años en la Scuola Normale de Pisa. Llama con menos frecuencia que Colapé y respetamos su necesidad de distancia. Rita, en particular, tiene auténtico interés en que Amelia se sienta independiente, que piense en estudiar y en pasárselo lo mejor posible, en vez de en sus viejos padres. Y, efectivamente, parece que se las apaña muy bien: quedó claro desde el principio, cuando se negó rotundamente a que la acompañáramos a Pisa, para ver dónde y cómo se instalaba. Ella sola cogió el avión hasta Florencia y desde allí fue en tren hasta Pisa, que ya conocía por haber estado allí con nosotros. Se perfila como una mujer de letras.

Se habla mucho de los escritores sicilianos, sobre todo desde la publicación póstuma de *El Gatopardo,* firmado por un hombre esquivo del que nadie se habría imaginado que pudiera escribir una novela tan lúcida y profunda. De escritoras, aún no, pero llegarán. Quizás Amelia sea una de ellas.

A veces me gustaría llamarla por teléfono, siguiendo un impulso, sin haberlo acordado, pero a ella no le gusta. Me lo dijo claramente: «Papá, decidid vosotros la frecuencia, pero prefiero llamaros yo. Sugiero una vez cada diez días, a la misma hora». Hace una pausa, cambia de registro. «Pero ¿de dónde me sale esta actitud, papá? ¿A qué viene tanto rigor? De todas formas, que sepas que, aun a riesgo de sonar como una empollona odiosa, el rigor es fundamental en el estudio, y no puedo pasarme unas horas preciosas por la noche al teléfono.»

Yo sé de dónde lo ha sacado. Amelia es hija de su madre: tiene un fuerte sentido del deber. En Rita, ese sentido del deber siempre ha ido de la mano con una dulzura sublime, e incluso en los momentos más duros ha sabido filtrar su lúcida visión de las cosas a través de la afabilidad, la gracia reflexiva de sus modales; creo que ese es también uno de los motivos por los que la adoro.

Hoy es un día diferente, no me siento tranquilo. Me gustaría estar en Pisa, en Cambridge y quizás en París. Me gustaría ser libre. Me siento joven, me siento fuerte, pero tengo la sensación de que la felicidad de estos diez años, con mi mujer y mis hijos, no está destinada a durar. Quiero disfrutar de la vida, salir de Palermo, que se me queda pequeño.

Tal vez solo me haga falta una mujer.

Todas las mañanas me traen los periódicos, pero, a ese respecto, tengo mi propio ritual: después de echar un vistazo rápido a la primera página, bajo a Palermo y voy a leerlos al café Caflisch. Allí siempre hay algún conocido. Los hombres se sientan a las mesitas y permanecen allí hasta la hora de comer. Las mujeres toman un café o un *spongato,* preferiblemente de pie, charlando con amigas; las mujeres mayores, en cambio, se sientan. Hoy confío en que nadie venga a mi mesa, no tengo ganas de entablar conversación.

Me paso un par de horas hojeando los periódicos y mirando de vez en cuando a la gente que pasa, pero sobre todo los coches bonitos: Alfa Romeo está suplantando a Lancia y Fiat, especialmente el Giulietta SZ, el coche de los *nouveaux riches.* Al parecer, incluso a los mafiosos y a las prostitutas de lujo les gusta, pero aquí, en Sicilia, es difícil ver a una mujer al volante.

Llega el camarero y me ofrece, por cortesía del propietario, un cóctel inventado por el barman: «Barón, su opinión cuenta mucho para nosotros..., díganos si le gusta». Me pone delante un vaso con pajita, que contiene un líquido color bermejo con mucho hielo, con una rodaja de limón flotando encima. Huelo a ginebra, un penetrante olor a enebro que se le escapa a la mayoría, pero que para mí es inconfundible. Bebo un sorbo: además de la ginebra debe de haber Campari, y quizás algo más. Está bueno, me lo tomo lentamente.

Vuelvo a mi infancia: en la mancebía adonde me llevó el tío Gaetano me ofrecieron algo parecido; estábamos solos en el salón, mi tío y yo. Aún no había visto a ninguna mujer, pero en las paredes había grabados de temas eróticos. Muchos y muy pequeños. Había que ponerse de pie para verlos bien. Eran, en secuencia, todas las posiciones del placer. Avivaban los sentidos y la imaginación.

Me siento como un niño otra vez, con un gran hormigueo por dentro. Y ahora me parece estar en un escenario, las pesadas cortinas de terciopelo carmesí están echadas. Entonces, una mano las aparta desde atrás y sale Sofronia, la chica boloñesa: alta, rechoncha, de tez blanca, pelo rubio y labios rojos. Ahora es una madame, tal vez todavía se entregue a sus antiguos clientes... Ah, esos labios... Perdí mi virginidad con ellos. La boloñesa no se digna prestarme atención y desaparece. Vuelvo a beber y veo a las dos gemelas, las Ponti, tan flexibles que parecen gimnastas o contorsionistas. Avanzaban moviéndose sobre sus brazos, con las manos en el suelo, y yo, de pie, entraba en una y en la otra, en un juego que me dejaba exhausto, pero me producía placer. Eran caras, pero fueron dineros bien gastados. Nos reíamos mucho.

Mi prima Maria Merlo, casada con Moncada Sacerdoti, pasa por delante de Caflisch; tiene unos setenta años, es una mujer serena; sus hijos Vincenzo, Carmela y Maria Teresa tienen cada uno una bonita familia, unida y trabajadora. Me saluda, pero se marcha enseguida, se ha dado cuenta de que estoy ensimismado. Maria sabe leer a la gente y, cuando murió la tía Sara, contribuyó a la continuidad del Círculo del Punto de Realce y ha consolidado el grupo para mantener alta su reputación.

Las mujeres de nuestra familia me parecen mejores que los hombres. En cierto modo lo lamento, y me pregunto si, de mis dos hijos, no será Amelia la destinada a tener más éxito. Desde luego, algo me dice que ninguno de los dos volverá a vivir en Sicilia.

Son malos tiempos.

Pasa un Alfa Romeo Giulietta; luego veo pasar otros como si fuera una procesión. Por las miradas de los camareros comprendo quién viaja en esos coches.

Desde hace algunos años oigo hablar, cada vez con más convicción y abundancia de detalles, de los contratos amañados de la Administración regional —un maná para el hampa— y del Ayuntamiento de Palermo, de fraudes electorales y de la creciente injerencia mafiosa en la política. La mafia está cambiando: extiende sus tentáculos no solo entre los terratenientes, como antaño, sino también entre los profesionales, los industriales, los intelectuales y los aristócratas en decadencia.

Afortunadamente, Amelia y Colapé están lejos. Me alegro de ello, pero, al mismo tiempo, no puedo evitar lamentarlo. Si los mejores jóvenes se van, no hay esperanza para nuestra isla. Yo estoy obligado a quedarme aquí, soy demasiado viejo. Y, sobre todo, he dilapidado la herencia que me dejó mi padre. Me falta sentido de la proporción, en los afectos, en los negocios... En definitiva, me falta y ya está. Ahora es Rita quien se ocupa de lo poco que me queda, y ella, leal como siempre, pone todo lo que tiene a mi disposición. Últimamente he notado que gasta menos en sí misma y me pregunto si intenta compensar mis gastos excesivos. Me he comprado un Land Rover y me encantaría ir con ella a los montes Peloritanos.

Quiero conocer todo lo que se pueda conocer, que sepa a nuevo y proporcione nuevas emociones.

Llevo dentro de mí un ansia que, en verdad, lo sé muy bien, solo tiene que ver con el sexo. Anhelo cuerpos nuevos, jóvenes y robustos. Estoy cansado de la devoción. Me siento viejo, pobre, me humilla el hecho de que me mantenga mi mujer. Si no fuera por ella, nunca habríamos podido permitirnos que Amelia y Colapé estudiaran fuera.

Oigo un ruido, veo a Rita a mi lado. Sonríe y me pregunta si quiero beber algo. Miro el vaso que tengo delante y me confundo. No estoy en Altarello, estoy en Caflisch. Mi mujer no está aquí. El camarero se acerca: «Barón, ¿otro? ¿Le ha gustado?». Asiento con la cabeza y me traen otro vaso lleno de líquido rojo. Me levanto después de habérmelo bebido en dos sorbos, en honor a Sofronia y a sus labios. No tengo ganas de volver a casa. Solo hay que dar unos pasos, desde via Libertà, para entrar en via XX Settembre, donde se han instalado las «damas» del Borgo Vecchio. En la *rez-de-chaussée,* o en los entresuelos de los palacios finiseculares, donde viven la alta burguesía emergente y los barones de provincias, se han abierto sastrerías y sombrererías, que son en realidad burdeles de lujo cuyas habitaciones también se pueden alquilar: no es raro ver a maridos celosos y desprevenidos esperando a que sus esposas terminen la prueba de un vestido fantasma para llevárselas a casa.

Sé adónde ir, aunque me tambalee. Estoy borracho. Reconozco el edificio, se encuentra en la esquina, un palacete modernista enlucido de rojo con frisos y volutas de color crema que revolotean alrededor de las ventanas y los balcones; las contraventanas pintadas de un verde oscuro y pastoso se combinan maravillosamente con la fachada, solo hay que vislumbrarlas de lejos, esos colores fuertes y brillantes, para sentir escalofríos. Hacía años que no me dejaba ver por aquí, pero el portero me reconoce.

—Buenos días, barón. —Luego, dice alusivo—: ¿A probarse un traje?

Asiento con la cabeza.

—Espere a que llame. —Entra en la garita y sale con una sonrisa—: Sofronia le está esperando.

En realidad, mis «ansias implacables» van también en otra dirección, que con cierta valentía podría llamar *cupio dissolvi,* y que se manifiesta puntualmente lanzándome a empresas catastróficas. En el mismo momento en que atisbo el peligro, ocurre algo que hace que, en lugar de verlos como una sucesión de amenazas, los proyectos que tengo en la cabeza se me aparezcan rodeados por el esplendor de la seducción, una seducción absoluta. Sucedió hace unos años: había planeado invertir en uno de los campos de Rita, la Torre che Parla, donde, a media altura en la colina, había un antiguo edificio, antaño utilizado como establo, cuya estructura data del siglo XVII. A lo largo de los siglos se han ido añadiendo otros establos y graneros. Desde allí, la vista es deslumbrante: verdes colinas rodean pequeñas llanuras de cultivo de trigo, el cielo es inmenso. Se puede atisbar en la distancia la silueta del Etna, a menudo humeante. La nueva autopista cruza el fondo del valle. Allí ya había un hotel, que resultó ser un excelente negocio para su propietario. En él se celebraban banquetes de boda con hasta cuatrocientos invitados, todos sentados. Pues eso, en la Torre che Parla, me hubiera gustado hacer algo parecido.

Me había informado y convencido de que no debería ser tan difícil obtener licencias y permisos. Tal vez incluso podría obtener cierta ayuda financiera de la Administración regional de Sicilia.

El hijo de mi hermana Carmela, Luigi Augeri, es un chico tímido. Se ha licenciado en Arquitectura y parece haber empezado con buen pie: recupera alquerías antiguas y le gustaría especializarse en hoteles, está convencido de que ese es el futuro. Me habría gustado implicarle en mis proyectos, pedirle su opinión. Pero Rita nunca ha sentido excesiva simpatía por Carmela ni por su marido, siempre los ha mirado con recelo, como si ambos estuvieran implicados en negocios turbios. No es que tuviera información precisa, pero confiaba en sus corazonadas. Siempre «ha sentido» el mundo y optado por cultivar las relaciones sobre la base de una extraordinaria capacidad para *perciare,* para penetrar más allá de las apariencias. A mí, Pietro Augeri siempre me pareció, más bien, un hombre chapado a la antigua, muy diferente a su hijo Luigi. En cuanto a Carmela, una de las cosas que molestan a Rita es que sea sumisa, hasta el punto de que solo entra en los asuntos de Pietro para asentir, y solo si la llaman. Rita no entiende que Carmela y Rosamaria hayan estado sometidas siempre a nuestra madre, que puede ser una arpía cuando quiere. Lo fue con papá y con la tía Laura, y aún disfruta cuando puede hacer que Carmela y Rosamaria sientan el peso de su poder. Un poder malvado, mísero e infecto. Por eso no es una mujer feliz, nunca lo ha sido..., como ninguno de nosotros, sus tres hijos, por lo demás. Una condena.

El caso es que había renunciado a la idea de hablar con Luigi, pero seguía fantaseando con mi hotel. Ya estaba pensando en qué nombre darle, y me pareció inevitable bautizarla con el bonito nombre de esos campos, La Torre che Parla, The Talking Tower, ¡así se lo presentaríamos a los ingleses! Era una empresa compleja y ambiciosa. Tendría que buscar financiación, encontrar la manera de acceder a los préstamos para instalaciones turísticas, aprovechar lo que el Gobierno y la Administración regional nos ofrecían. He dicho «nos ofrecían», pero no es la expresión correcta. La Administración regional y el Estado funcionan según una lógica clientelista. El mensaje es el mismo en todas partes: «Si eres uno de los nuestros, es tuyo, tienes derecho a él. Si no eres uno de los nuestros, debes ganártelo. Te pondremos más obstáculos de los que puedas imaginarte. Será mejor que te asegures de que nos conquistas para que te ayudemos».

Rita tenía muchas dudas. Costó convencerla. Al principio, llegó incluso a rogarme que desistiera, aludiendo a sus otras propiedades, que nos garantizarían una vejez más que apacible, y señalando que un proyecto tan grandioso —del que Amelia y Colapé nunca habrían querido encargarse— requeriría una pericia que yo no poseía y las energías de un jovenzuelo. Naturalmente, como si ya tuviera un pie en la tumba, pensé. Y ella debió de leer en mi cara la decepción y tal vez un sentimiento de rabia. Lo cierto era que, aunque sus palabras eran moderadas y su tono tan amable como siempre, yo había sentido que me subía del estómago una especie de espuma rabiosa y agria, y esa repugnancia que tantas veces —cuando éramos más jóvenes— me había llevado a apartarme de ella, casi con asco. Quizás Rita, como siempre, se dio cuenta. El caso es que acabó poniéndome la mano en el brazo y me dijo, cansada: «Rico mío, haz lo que quieras».

Odio ganar tan fácilmente, es humillante.

Vivía como presa de una fiebre por hacer, por saber. Leí todo lo que pude sobre construcción y turismo, me reunía con ingenieros, profesores universitarios, directores de hotel, empresarios y operadores turísticos. Me sentía lleno de energía y esperanza.

Me llamó Mimmo Inzinna, el gerente del bar Luce, al que no veía desde hacía décadas. Le había dado cita en casa, pero insistió en que fuera a verle a su nuevo local y al final acabé cediendo. Era un cuartel de hormigón en Acqua dei Corsari, cerca de la desembocadura del río Oreto, una mole sin gracia. No había ni rastro de buen gusto o mesura, todo —desde el suelo hasta las sillas, las lámparas, los accesorios, las cortinas— era caro y chabacano. En los tiempos del bar Luce, Mimmo era un hombre amable y respetuoso. Ahora, tras haber hecho fortuna con la ayuda de la mafia, parecía otra persona. «Todo esto», me dijo orgulloso, con un amplio gesto circular que abarcaba el monstruo de cemento, «es obra mía. Ahora soy un hombre respetado.» Y prosiguió: «Había gente que quería hacerme daño, gente mala. Al final, gané yo». En su rostro rubicundo brillaba una luz de triunfo.

Mimmo me había invitado a comer, y al final quedamos para el miércoles siguiente a la una y media en la terraza del restaurante.

Cuando le hablé de la invitación, Rita intentó disuadirme por todos los medios; incluso se ofreció a telefonear ella misma a Mimmo con una excusa. Me costó contener la ira y la impaciencia. Rita hacía que me sintiera como un niño, y crecía en mí un sentimiento de frustración que amenazaba con desbordarme.

Y de esta forma mantuve mi compromiso con Inzinna: en el fondo, sentía curiosidad. Nunca me había sentado a la mesa con un mafioso «declarado». Mientras almorzábamos, pasó por delante de nosotros Bagarella, oficialmente prófugo y descrito en los periódicos como el jefe mafioso de Acqua dei Corsari. Se nos quedó mirando, especialmente a mí, de forma intencionada, bravucón: ¿qué hacía yo, un desconocido, en su territorio? Mimmo, por supuesto, también se había dado cuenta. Con un imperceptible movimiento de cabeza, le di a entender que sabía quién era aquel hombre. Y Mimmo dijo, incautamente: «Yo soy como él». Yo no respondí, me había limitado a bajar la mirada. Después del café, Bagarella nos esperaba en un rincón del restaurante. Pensé que, tarde o temprano, Mimmo sería asesinado. Hablaba demasiado.

—Procura tener cuidado con esa gente —me había dicho Rita—. Si te invitan a comer, no lo hacen por el placer de conocerte.

La miré con odio. ¿Por qué tenía que humillarme? ¿Por qué no creía en mí?

Por la noche fui a consolarme a casa de Sofronia.

Tuve que prepararme para un segundo almuerzo y para comprender quién y de qué manera me ofrecía protección; desde luego, no podía entenderlo como «colaboración». Habría comensales que no conocía. Dejaría que hablaran.

Llevaba un traje príncipe de Gales de la sastrería La Parola, con la vuelta de los pantalones de tres centímetros. «Tal como le gustaba al duque de Windsor», me había señalado complacido el señor La Parola. «El príncipe de Gales está muy de moda, como si la muerte del duque hubiera incitado a ciertas personas a vestirse como él en las ocasiones importantes. Desgraciadamente, tengo que complacer a los clientes, y hay una categoría que prefiere la vuelta muy alta..., un verdadero desperdicio.»

Del almuerzo recuerdo percibir miradas penetrantes que revoloteaban de un lado a otro de la mesa para clavarse en mí. Las sentía encima, pero no podía devolverlas. Recuerdo que comimos bien, que hablamos mucho, y que a uno de los cinco comensales no me lo habían presentado, ni yo a él. Habló poco o nada, y solo cuando nos despedimos me dirigió la palabra:

—Tener amigos es importante, barón. Tener demasiados es un error, hay que conformarse con pocos. Si hay algún problema, o si quiere hablarnos de ese bonito hotel que quiere abrir, estoy a su disposición... En tal caso, hágamelo saber a través de Mimmo.

No podía quitarme de la cabeza esas palabras, esa mirada, ese desconocido que —tal como decía el señor La Parola— tenía la vuelta del pantalón muy alta.

Para luchar mejor sin una verdadera estrategia operativa, había decidido ir por libre. Todo ese ponerse «a mi disposición» que había manifestado mi misterioso comensal me volvía a la cabeza, pero solo para dejarlo de lado. A Inzinna, al final no le había dicho nada. Y tal vez, al no decirle nada, le había puesto sobre aviso de que obraría por mi cuenta. «Por mi cuenta», me decía, y reía entre dientes, pensando en lo irrelevante que era esa expresión en un contexto como aquel en el que me movía.

Obtuve los primeros permisos y licencias sin toparme con dificultades. Llegué casi a convencerme de que no todo en Sicilia estaba controlado por la mafia, que había empleados municipales y alcaldes honrados que realmente actuaban por el bien de los ciudadanos.

Fue entonces, mientras avanzaban las obras y la hacienda estaba ocupada por una empresa de siete trabajadores y un capataz, cuando se declaró un incendio. Alguien prendió fuego a la hierba seca que rodeaba el edificio. El fuego había creado un círculo perfecto que, empujado por el viento, había llegado a cerrarse alrededor del edificio. Estaba oscuro, las llamas pronto encontraron el combustible que había sido profusamente derramado en el corral, en los andamios, en los tablones de madera. En el campo, alrededor de la Torre che Parla, empezaron a oírse voces de campesinos y gritos de mujeres. «*'U focu! 'U focu!*» Yo llegué al amanecer, de la Torre che Parla solo quedaban escombros negros y humeantes. De los siete trabajadores que permanecían durmiendo en la obra, tres habían muerto, sorprendidos por la violencia de las llamas en las habitaciones transformadas en dormitorios.

En el pasado me había causado un gran enfado el que Rita me hubiera hecho sentir como un niño, pero aquella vez, nada más volver a Altarello, me arrojé a sus pies y me eché a llorar. Ella mantuvo sus manos en mi cabeza. No me reprochó que hubiera sido más lúcida. No dijo nada. En cambio, me acompañó al funeral de los tres trabajadores y consoló a las familias.

¿Qué decir, ahora, de estos nuevos quebraderos de cabeza? Sofronia no me basta. Cuando conozco a Ema Babnič, la esposa eslovaca de un funcionario democristiano del Ayuntamiento de Catania emparentado con un diputado y con poderosos contactos en Palermo, me doy cuenta de que no puedo seguir fingiendo. Ella viene hacia mí con el aire inmisericorde de quien sabe lo que quiere. Un traje color ciruela, carmín en los labios, uñas curvas, pesadas y muy pintadas, ojos de loba, y bajo la tela, la intromisión de la carne, quizás no abundante pero firme, de mujer de montaña, como debía de ser Ema. Pierdo la cabeza. Imagino y dejo que ella imagine. Se encuentra en Palermo, de compras, mientras espera a que su marido concluya ciertas reuniones. Cuando le pregunto cómo se siente en Sicilia, me dice casi con ferocidad: «Alguien que ha sobrevivido al comunismo puede arreglárselas en cualquier parte».

Es de Banská Bystrica, una pequeña ciudad del Bajo Tatra, donde vivió hasta 1965. Su madre, funcionaria del partido en instituciones escolares, la crio de forma estricta y con total respeto hacia la autoridad soviética, por lo que aprendió ruso, como todos los alumnos de primaria. Alexander Dubček, eslovaco como ella, acababa de empezar por aquel entonces a construir un frente antiautoritario que más tarde estallaría en la Primavera de Praga. A Ema no le interesaba ese tímido despertar de perspectivas libertarias. Lo que quería era salir de la sombría provincia de su pueblo, de los clubes deportivos comunistas, del senderismo en el Alto Tatra. Sin intercambiar opiniones dentro de la pequeña comunidad de Banská Bystrica —y guardándose mucho de compartir con sus padres sus sueños de huida—, se preparó para abandonar este rincón provinciano: con la ayuda de una breve amistad con un militante comunista italiano que había viajado desde Bratislava a los campos del Bajo

Tatra, Ema urdió un plan que parecía el más fácil de poner en práctica.

En el marco de una serie de intercambios culturales entre clubes deportivos eslovacos y grupos del Partido Comunista Italiano, había conseguido obtener hospitalidad en una casa alpina del partido en Cervinia. Allí se había reencontrado con el joven militante comunista y, tras escaladas bajo el Cervino y noches ardientes, le había convencido para que se la llevara a Roma; desde allí, en lo sucesivo, se las apañaría por sí sola. Conoció al funcionario democristiano de Catania, se casó, obtuvo la nacionalidad y se trasladó a Sicilia con su marido. «A él le gustaba exhibirme a su lado como un trofeo de las repúblicas soviéticas», me dice, modelando una risa condescendiente, «a mí no me importaba en absoluto pasar por la conquistada conquistadora.» Yo pienso en otra forma de trofeo, más efímero, pero no menos apasionante. La invito a un hotel y de allí no salimos hasta la hora de cenar. Una tarde memorable.

En conclusión, decidimos no limitarnos a la breve aventura de la tarde en Palermo. Voy a verla a Catania con cierta regularidad: encontramos una pensión con vistas a Villa Pacini. Ema tiene un cuerpo majestuoso, del que disfruto incluso solo con mirarla desnuda frente a la ventana. «Háztelo tú sola», la animo. Y ella lo hace, obteniendo un placer que excita el mío. Hay un olor a toallas, a tabaco, a noches antiguas, que se mezcla con el de las cremas perfumadas con las que se embadurna con paciencia, mientras me habla de su vida.

Solo en una ocasión conseguimos quedarnos juntos toda la noche, porque ella debe asegurar su regreso puntual entre los muros domésticos. Y justo después de esa noche y de mi regreso al amanecer a Altarello, ocurre lo que nunca habría esperado.

Rita se ha levantado temprano y baja al jardín. Como si lo supiera. Llega la criada y me deja los periódicos. Veo el nombre mencionado en la portada, Ema Babnič, y voy al artículo correspondiente. Ni tiempo tengo de echar un vistazo a las primeras líneas cuando empieza a sonar el teléfono. Todo el mundo quiere saber qué ocurre. Me llama mi abogado. «Quédate en casa. No te muevas, o habrá problemas. Te llegará una citación. Su marido, el funcionario democristiano, ha sido asesinado: el periódico habla de un crimen pasional, se menciona tu nombre, se cita el nombre de la pensión.» Intento llamar a Ema, pero no contesta. Rita sigue en el jardín: la veo a través de la ventana, regando las plantas. Me apresuro a lavarme y vestirme. Estoy desesperado, pero la vanidad acude a mi rescate y me visto con cuidado: podrían fotografiarme.

Rita lo sabe todo, me espera en la terraza y me pide explicaciones. Lo hace sin alterarse. Me da una oportunidad. Una oportunidad para exonerarme como asesino, si no como marido infiel. Se lo juro. ¿Qué ventaja podría obtener yo de una acción criminal como esa? Comparezco ante los investigadores, describo mis citas, intento ser muy preciso sobre las horas y los lugares. El asunto dura una semana, una semana de infierno. «Espero», dice Rita, «que no te hayas manchado de verdad con un crimen, porque no sabría cómo explicárselo a nuestros hijos.»

Lo sé, ese es el verdadero vértigo que siento, y por enésima vez veo la firmeza de Rita, mi fragilidad, la urgencia de dar una respuesta de hombre a toda la familia.

Afortunadamente, la investigación no tarda en identificar a los asesinos entre los empresarios que habían quedado fuera de los favores del funcionario. No solo eso, parece que yo no era el único amante de Ema Babnič. Solo me queda enfrentarme a Rita. ¿Será capaz de perdonar también esta aventura?

Durante días no me dirige la palabra. La oigo explicar a nuestros hijos cómo han ido las cosas. Siempre añade «por suerte», y concluye: «La que menos suerte tiene, como siempre, soy yo. Ya sabes cómo es vuestro padre». Lo saben.

Cuando me toca a mí, no pongo excusas. «Que sepas una cosa, papá», me dice Amelia en una breve llamada telefónica. «Eres tú quien necesita a tu mujer, no ella a ti, ya no.» Colapé no quiere hablar conmigo por teléfono, se limita a enviar un telegrama: HE HABLADO CON AMELIA. ESTOY DE ACUERDO.

Con esta frase en los oídos —«Eres tú quien necesita a tu mujer, no ella a ti»—, busco a Rita y, sin artificios retóricos, despojado de palabras, me encomiendo a su juicio. Me contesta al día siguiente. No da explicaciones, ni justificaciones, no perdona, dice simplemente: «Sí», y yo me conmuevo.

Reservo un tren y dos días después estamos en Cortona.

En lo alto del Val di Chiana, nos asomamos a la ventana del hotel y nos dejamos seducir por la limpieza, la vegetación y la paz. Bajamos a la ciudad. Entramos en el museo donde está la *Anunciación* del Beato Angélico que Rita lleva años queriendo ver, y yo lo sabía. No se mueve de delante durante unos veinte minutos.

—No es casualidad que le llamaran «beato», además de «angélico». Esto es belleza pura, aquí está la paz que buscamos. —Se vuelve hacia mí—: ¿Por qué no es paz lo que buscas incluso tú, cuando estás perdido en el mundo?

Caminamos hacia la piazza Signorelli y, en un momento dado, noto que me coge de la mano. Hacía mucho tiempo que no lo hacía. A la tenue luz del atardecer veo grabado su dulcísimo perfil. Ya no siento ninguna distancia, es ella la mujer que amo. Una vez más, es la mujer.

La noche nos arranca una intimidad vortiginosa, empapada en lágrimas, como si nos viéramos por primera vez y supiéramos ya cómo acabaría todo.

Cuarta parte
Punto de cruz

19
El Círculo del Punto de Realce
(primavera-verano de 1978)

Stellina Valledolmo y Rita Sorci eran el «departamento comercial» del Círculo del Punto de Realce. Recibían pedidos de toda Italia y hacía tiempo que Rita, a través de sucesivos intentos, había establecido contactos con París y algunas casas de moda. También había planeado un viaje a la capital francesa para verificar en persona cómo nuestro distribuidor de referencia difundía los productos del Círculo, que también vendía al por menor, ya que habían recibido una carta de una boutique muy elegante de la rue Saint-Honoré, que exponía los objetos del Círculo, y otra de una más modesta de la rue du Cherche-Midi. Desde el punto de vista financiero, la mediación del distribuidor de Turín —al que también habían conocido cuando fue a visitarlas— era una solución mejor que la venta directa. A pesar de esta red tan activa, temían la competencia de los bordados industriales y preveían, sobre todo, su desarrollo en la China taiwanesa, donde los irrisorios costes de la mano de obra permitían mantener los precios bajos. El *made in China* había empezado ya hace tiempo y no era difícil de entender que estaba destinado a incrementarse y a expandirse también en áreas de mercado relacionadas con los tejidos y la moda: los chinos destacaban en el arte de copiar, y rehacían aparentemente de la misma manera, pero con materiales inferiores, zapatos, bolsos, vestidos y cualquier otra cosa que se fabricara en Italia. Stellina temía su presencia también en la producción de ropa de hogar bordada.

Una de las últimas salidas de Caterina se produjo a finales de 1977, cuando le pidió a Rita que la acompañara al Palazzo Gangi para ver la sala en la que había hecho de figurante en *El Gatopardo,* de Luchino Visconti, quince años antes. Habían conseguido que les abrieran el palacio y su tía estuvo paseándose entre los azulejos de mayólica del salón de los espejos, donde se había rodado en parte la larguísima escena del salón de baile.

—¿Y dónde estabas tú, tía? —preguntó Rita, aunque lo sabía muy bien—. ¿En la película se te ve?

La tía no contestaba, deambulaba por la enorme sala con expresión ausente. Repetía una y otra vez que solo era una película, que hacía tanto calor a pesar de que se rodó de noche, «¡Uf, menudo calor!», que no se acordaba de las cámaras.

—Nos quería presentes, como quería que en los armarios hubiera objetos que luego nunca se vieron. Éramos como piezas de cerámica de Dresde.

De hecho, desde que Visconti rodó la película en Palermo, la aristocracia de la isla había recibido una saludable sacudida que le había infundido una nueva vitalidad. Había rodado en el Palazzo Gangi, pero también en el jardín de Villa Boscogrande, en el Colli. Para reclutar figurantes, el director había pedido que se corriera la voz entre los jóvenes de clase alta de Palermo, y se encontró desbordado de voluntarios. La que se consideraba una aristocracia esquiva, anticuada y poco emprendedora —en comparación con la de las provincias de Mesina, Catania y Siracusa— respondió a la llamada del «Conde Rojo» con un entusiasmo y una energía insospechados. En todo caso, también se habían presentado figurantes que no eran aristócratas, pero hacían todo lo posible por parecerlo. Caterina, nadie sabía cómo, había participado y ahora solo recordaba las interminables horas de preparación y actitud. Rita la vio vagar entre los espejos empañados, en la penumbra del gran salón, como un fantasma.

—¿Recuerdas de qué color era tu vestido?

Ella asintió, pero no añadió nada más.

—Qué calor hacía —repitió.

Luego se detuvo frente a un espejo y dijo en un tono más decidido:

—Vamos al Palazzo Sorci. —Pero no se movió de allí, como

capturada por su propia imagen reflejada—. ¡Allí..., las luces! Había mucha luz. Focos que, de golpe, se encendían a la vez, y luego hacía aún más calor.

Tras el rotundo éxito de la película, había quedado claro que los antiguos palacios de Palermo —pero sobre todo sus propietarios— podían sobrevivir abriendo sus puertas a la ciudad y al turismo: el efecto estaba ahí, pero tardó mucho en llegar, como si una vez más la conciencia de un punto de inflexión fuera evidente, y a la vez los hechos la apoyaran perezosamente. Los palacios, que habían sido abandonados en el estado en que los había dejado la guerra, siguieron deteriorándose: había que reformar los sistemas sanitarios, de fontanería y eléctricos, y los tejados se derrumbaban; las plantas principales se convirtieron en pensiones, los pisos superiores, en pequeños apartamentos; a menudo, los patios se utilizaron como almacenes. Muchas familias ya no tenían ingresos suficientes para mantener sus casas solariegas en buen estado, y algunas despilfarraban dándose la buena vida y apostando, sin molestarse en invertir en su mantenimiento.

A algunas socias del Círculo se les había ocurrido la posibilidad de ofrecer asesoramiento a las propietarias de los palacios para renovar su patrimonio de mobiliario, que acababa regularmente en subastas y anticuarios de toda Italia, pero era una idea sin bases sólidas.

—Dinero no tienen —no dejaba de repetir Stellina, que a través de la familia de su marido era consciente de la indigencia de medios de muchos de sus amigos y parientes—. Son sordas al sentido común, y aunque no lo fueran, sus maridos se opondrían: ¡demasiado despilfarro y poca inversión!

Algunos palacios estaban abiertos al público, previo pago. Se fijaron varios objetivos: el primero, que no se consiguió, era mantener la atención del mundo del cine; el segundo —una esperanza que solo mucho más tarde se hizo realidad— era convencer a los operadores de los cruceros de lujo para que incluyeran un «almuerzo palaciego» en su recorrido por la ciudad, en el que, por un pequeño recargo, participaran también los propietarios, agasajando a los invitados y revelando los «tesoros» de sus casas; el tercero era dar a conocer esas moradas a los palermitanos y animarlos a visitarlas para alquilarlas para fiestas y recepciones. Ensoñaciones, casi todas. Y entre esas ensoñaciones estaba la restauración del Palazzo Sorci, que ya no era propiedad de la familia. La nostálgica visita a via delle Repentite formaba parte de los paseos de algunos domingos por la mañana, al menos hasta que Caterina pidió que se hicieran, ella delante y los demás detrás, como una procesión. Se detenían ante el palacio, todas en fila como habían venido, y lanzaban la mirada hacia arriba, hacia la planta noble, hacia las ventanas más altas, y esta visión encendía recuerdos que compartían inmediatamente, como dulces que se comen de manera furtiva.

Rita y Stellina se imaginaban ya en guerra con una competencia china que aún no existía. Había en ellas tal determinación de proyectarse hacia el futuro que en cualquier empresa del norte habría sido un signo decisivo de una brillante gestión. Aquí, tenían que contentarse con mantener honorablemente la suerte del Círculo, algo que conseguían con gran acierto.

—Pues sí, a las mujeres nos queda mucho camino por recorrer antes de alcanzar la igualdad. —El tema de la emancipación era muy importante para Stellina—. ¿Cuánto durarán los vínculos de los crímenes de honor? —preguntaba, y Rita recordaba la historia de Franca Viola, una extraordinaria y valiente chica de Alcamo que, con el apoyo igualmente valiente de su familia, había rechazado un matrimonio «reparador» con el hombre que la había secuestrado y violado repetidamente. El episodio había hecho mucho ruido, pero no había alterado las profundas raíces de las tradiciones y costumbres, por no hablar de las leyes.

—Lo máximo que hemos conseguido son películas que nos han descrito de una forma demasiado grotesca o demasiado dramática.

—Y, sin embargo —recitó Stellina como ante un periódico abierto—, «No soy propiedad de nadie», dijo Franca Viola, «nadie puede obligarme a amar a una persona a la que no respeto; el honor lo pierde quien hace ciertas cosas, no quien las sufre». ¿Quién de nosotras estaría dispuesta a repetir estas palabras y actuar en consecuencia? —Miró a su alrededor y contempló a las mujeres que, a su vez, la observaban con atención. Y aunque ninguna de ellas habló, ella sintió, en todo caso, su afectuosa complicidad—. Llevamos más de veinte años manteniendo este hermoso taller de almas libres, podemos estar orgullosas de ello.

Frotándose los brazos, Rita propuso:

—¿Encendemos la estufa?

Era un mayo extrañamente frío. Y esa conversación era escalofriante. Rita y Stellina albergaban grandes esperanzas en un mundo diferente y mejor, pero la última década de corrupción, de conflictos en el seno de las bandas mafiosas y de asesinatos había enfriado todo entusiasmo. Y así llegó el frío, incluido el de una estación que no maduraba en primavera.

No habían sido capaces de poner en funcionamiento la estufa de carbón, y Stellina llamó al hermano conserje: él tampoco lo consiguió, así que poco después volvió con un calefactor eléctrico. Al verle entrar, las bordadoras le aplaudieron y todas se apiñaron alrededor del aparato, agradecidas de poder compartir ese poco de calor.

De vuelta a sus papeles, Rita y Stellina —lápiz en mano— se dedicaron a la lista de pedidos y marcaron las facturas. Rita no se había dado cuenta del aumento del trabajo encargado en París: había muchos pedidos, y se preguntaba por qué. Stellina le había recordado que las manufacturas sicilianas eran conocidas en París desde antes de la guerra gracias a las imaginativas joyas barrocas de Fulco Santostefano, duque de Verdura, llamativas apoteosis de piedras preciosas, piedras semipreciosas, diamantes y perlas barrueco. El duque de Verdura había colaborado con Coco Chanel, y cuando se trasladó a Estados Unidos, trabajó en el cine y la moda.

Carmela, la cuñada de Rita, preguntó:

—Nunca llegó a casarse, ¿verdad?

—No. La verdad, bastaba mirarlo..., muy hombretón no parecía —señaló Stellina.

—Ganó mucho dinero, pero, igual que sus antepasados, luego lo despilfarró —comentó Rita con amargura. Y añadió—: Aquí, en Palermo, no tiene tanta fama como creador de joyas. El año pasado leí sus memorias, es un libro muy interesante... Se titula *Los felices días del verano*.

—La verdad es que Villa Niscemi, la casa de vacaciones de la familia de su madre, es única, con su fachada barroca, rodeada por el verdor del parque de la Favorita... El ayuntamiento la ha comprado y ahora la utiliza para actos institucionales: es una suerte que se haya salvado. En cambio, el Palazzo Verdura, en via Montevergini, aún conserva las marcas de las bombas aliadas y nadie se ocupa de él. —Y volviendo a pensar en el duque, Stellina se entusiasmó de repente—: Hablando de Estados Unidos: ¿no podríamos intentar pedirle a vuestro primo Carlino que nos consiga algunos contactos?

Rita no contestó, reflexionaba sobre la miseria que aún reinaba en Palermo y la dificultad de encontrar un trabajo honrado para las antiguas prostitutas. Hubo un tiempo en que dejar la prostitución era una decisión individual, ahora los proxenetas tienen a esas desgraciadas metidas en el bolsillo. Uno de ellos, un tal Ciccio Cusimano, les había hecho saber que estaba dispuesto a enviar a cuatro prostitutas al Círculo, pero a cambio de una suma de dinero: no compensaría la pérdida de ingresos de los clientes, pero al menos le permitiría controlar el tiempo «libre» de sus mujeres, como diciendo que la «servidumbre» se extendería de las sábanas sucias de los sótanos a las sábanas blancas y perfumadas del bordado. Y había insinuado que podría pasar a verlas ese mismo día.

Fue precisamente ese mismo día, el 9 de mayo de 1978, cuando llegaron al callejón Busambra, casi simultáneamente, la noticia de la muerte del presidente de la Democracia Cristiana, Aldo Moro, y de la ejecución de Peppino Impastato, un joven periodista de Cinisi, cerca de Palermo, que se había atrevido a enfrentarse a la mafia, desafiando incluso a parte de su familia. Rita y Stellina estaban consternadas: sentadas en silencio en sus escritorios, era como si la noche más negra hubiera caído sobre el Círculo y sobre todas ellas. Stellina fue la primera en recobrarse y, para distraerse, propuso probar un patrón que le había dado una amiga, en el que se alternaban puntadas planas y de realce, intercaladas con puntadas Rhodes. Era un patrón geométrico sencillo, pero de gran efecto. Ambas, sin embargo, tenían la cabeza en otra parte y el corazón herido.

Que en tal contexto se presentara en el Círculo el antiguo portero del edificio de via delle Repentite, don Totò, acompañado por Ciccio Cusimano, arrojó una sombra aún más profunda. El proxeneta agitaba un pañuelo bordado para admirar la maestría de sus prostitutas.

Al verlos entrar, Stellina se levantó y ejerció de anfitriona. Tras las presentaciones, Ciccio Cusimano se dirigió directamente a ella: habló de las prostitutas que iba a «prestar» al Círculo, jalonando su conversación de «señora condesa», e incluso de uno o dos «querida condesa» —el descaro de su mirada sugería que lo sabía todo sobre su madre y su tía—. Los tres se habían quedado de pie; Cusimano, corpulento y vulgar, hizo una pausa, mirando con toda intención las sillas y sillones vacíos, esperando en vano a que le invitaran a sentarse. Mientras tanto, las bordadoras se habían colocado mudas y severas, como coraceros, en torno a Stellina. Ciccio Cusimano volvió a hablar, pero su voz se había vuelto ronca, su garganta estaba seca. Miró a su alrededor en busca de una jarra de agua —que en realidad estaba allí, pero no se la ofrecieron— y al final tuvo que interrumpir su discurso.

Stellina, que era pequeña de estatura, pero tenía todo el orgullo de su padre, levantó el brazo y señaló la puerta:

—Señor Cusimano, gracias por venir, y no olvidaré lo que me ha dicho. Aquí las mujeres pueden venir como esclavas, pero se marchan como personas libres. Si la noción de justicia no se les ocurre a ellas, nos encargamos nosotras de que les entre en la cabeza con esto. —Y le puso una aguja debajo de la nariz, con tanta rabia que a Ciccio Cusimano le pareció la hoja de un cuchillo. Entonces Stellina se calmó, le miró fijamente a los ojos y le dijo—: Váyase ahora, y espero que sea la última vez que nos veamos.

Don Totò, aplastado contra la pared, se arrastró hacia la salida:

—Ciccio —dijo—, *amuninni!*, ¡vámonos!

Ciccio Cusimano le siguió, pero sin apresurarse y poniendo sus ojos en las bordadoras, como si buscara entre ellas a sus antiguas prostitutas.

Los dos acababan de salir cuando la puerta volvió a abrirse. Stellina y Rita temían que Ciccio Cusimano reapareciera, pero eran Mariolina y Harry. Traían la noticia del hallazgo del cadáver del diputado Aldo Moro en el maletero de un coche. Stellina abrazó a Mariolina murmurando:

—Ya lo sabemos.

Harry, alto y muy delgado, parecía descompuesto, como si no se diera cuenta de lo que había pasado. Era un adolescente sin ganas de sufrir. Así se lo repetía a menudo a su madre. «Y no sufrirás», le prometía ella, tomándole la barbilla entre los dedos. *«Beddu di mamma tua.»*

—Harry, pareces aturdido —le dijo Stellina—. ¿Quieres un vaso de limonada?

—Sí —murmuró él, y Stellina le condujo al rincón donde estaban las bebidas.

Rita agarró a Mariolina del brazo:

—Ven a ver en lo que estamos trabajando. —Y tomó de la mesa el retal de lino en el que Stellina estaba haciendo pruebas.

Harry se acercó a la estufa grande y toqueteó varias cosas. Limpió el fondo del horno de unas cenizas que, convertidas en papilla por la humedad, se habían secado e impedían el paso del oxígeno. «No funciona», dijo Stellina distraída. Él no dejó de sacar restos de ceniza, de quitar el polvo, de hacer ajustes. El hierro fundido emitía de vez en cuando secos ecos metálicos, pero cuando Harry prendió fuego a las bolas de papel preparadas para el encendido y dejó caer la leña primero y luego el carbón, la llama se elevó ágil y rápida y pronto produjo el calor que las bordadoras llevaban buscando todo el día.

A principios de junio, Rita y Mariolina fueron a ver a Maria Merlo, que estaba atrapada en un sillón: ya no podía moverse. Se había roto el fémur dos veces y ya no había clavo que aguantara, su osteoporosis había llegado a tal punto que ya que no era posible una verdadera reconstrucción. Sufría, y Ugo, su marido, hacía todo lo posible por hacerle la vida menos miserable.

—Quiero morir —dijo Maria en voz baja a Mariolina—. ¿Para qué sufrir tanto?

—Ya lo veis —comentó Ugo, avergonzado, de pie junto a ella con el batín azul.

Rita sabía que solo había una criada en la casa que los ayudaba a ambos, y que era evidente que no bastaba: cruzó la mirada con la de Ugo, pero ninguno de los dos dijo una sola palabra. Mientras tanto, Mariolina había empezado a contar una anécdota divertida; pronto, un atisbo de sonrisa se dibujó en los labios secos de Maria.

Los *cannoli* que habían traído las visitantes se quedaron en la mesita del salón.

—¿Ves la televisión? —preguntó Mariolina a su prima.

—No, no la ve —respondió Ugo por ella—. Nunca.

—Al Círculo tendría que ir —suspiró Maria—. Oigo hablar mucho de él. Mirad... —Y les enseñó una funda de almohada en la que estaba trabajando—. Dos puntadas y luego tengo que parar, ya no soy yo. Nadie debería envejecer así. —Y tiró la funda de almohada al suelo, con desprecio y rabia. Luego levantó los ojos hacia sus primas—: Disculpadme. Será mejor que os vayáis, estoy triste y cansada...

—Le haría falta una enfermera, no cabe duda —dijo Ugo; había acompañado a Rita y Mariolina hasta la puerta y solo entonces, lejos de su mujer, hablaba como si les hubiera leído el pensamiento. Había extendido los brazos, impotente.

Era una calurosa mañana de julio; las mujeres bordaban tranquilamente en la sacristía, todavía fresca. El hermano conserje llegó arrastrando los pies y anunció la visita de «alguien de uniforme, no sabría decir de qué», con una *fimmina*, antigua presidiaria, que había oído hablar del Círculo. Los dos se habían acercado a él, que se había ofrecido a acompañarlos.

Rita no tardó en reaccionar:

—De momento, prefiero no tener a una mujer que haya estado en la cárcel. Esta pobre gente necesita apoyo, y en verano solo somos unos pocos.

Amelia, que había llegado a Palermo para pasar las vacaciones, intervino:

—Mamá, ya que ha venido hasta aquí, déjala entrar... ¡Hablemos con ella por lo menos!

Stefania la apoyó con firmeza:

—Es razonable que lo intentemos, Amelia tiene razón. Cualquiera que desee bordar debe tener derecho a hacerlo. Escuchémosla.

Sus palabras no causaron asombro: Stefania había vivido tímida y calladamente a la sombra de su marido Filippo, pero, una vez viuda, empezó a asistir con asiduidad al Círculo, distinguiéndose por la destreza con que ejecutaba incluso los puntos más complejos, y sorprendiendo a todos por el vigor y la lucidez con que expresaba sus ideas. «La viudedad hace florecer de nuevo a todas las mujeres, e hizo florecer con mayor razón a esa santa mujer que es la tía Stefania», había comentado Rico cuando Rita se lo contó. «Verás como tú también floreces cuando yo no esté», le había dicho. En cuanto ella había intentado protestar, él le había estrechado la cara entre las manos y le había dado un ligero beso en la nariz.

Mientras tanto, dos de las jóvenes habían cogido cada una un biombo de los muchos que había en un rincón cerca de la puerta principal. En un santiamén, crearon una especie de pequeña habitación para la recién llegada; Rita las observaba preocupada, temiendo que a la antigua presidiaria no le gustara volver a estar confinada en un espacio reducido.

Ernestina, al llegar al salón, sorprendió a todos. A la pregunta de Rita: «¿Por qué fuiste a la cárcel?», respondió cándidamente que era una ladrona. Le daba vergüenza, pero solo había robado en supermercados, nunca en tiendas pequeñas. «¡Me hice ladrona por amor!», declaró. Quizás, si hubiera sido prostituta, no habría acabado en la cárcel. Su marido, del que estaba muy enamorada —eso fue lo que dijo, «muy enamorada», y luego explicó, orgullosa y digna, que se habían casado después de una *fuitina*, una fuga de amor—, padecía una enfermedad ocular incurable, que le había sobrevenido precisamente cuando se habían endeudado para comprar muebles y un televisor tan grande como una ventana. «Fueron esos ojos enfermos los que le hicieron perder su trabajo.» Ernestina quería que su marido fuera feliz y comiera bien, pero en casa no había dinero, y durante años se había dedicado a robar: vestía ropas holgadas bajo las que escondía su botín. Una vez aprendido el «oficio», se había orientado a los artículos de lujo, y con los artículos de lujo llegó el resbalón: tras el primer reloj de oro que consiguió revender con éxito, la pillaron. Fue procesada y, a pesar de las circunstancias atenuantes, había pasado meses en la cárcel; al año siguiente, tras más robos, fue condenada por reincidencia. Su marido había sido ingresado en un hospital de crónicos, donde se apagó tan lentamente como una planta sin cuidados.

—¿Sabes bordar? —preguntó Stellina.

—Sí, *Voscenza* —respondió Ernestina.

—Mira esto —le dijo Rita, y le tendió un pañuelo con un bordado ya avanzado.

Ernestina se lo acercó a los ojos.

—Este es un bonito punto calado abierto, mi madre solía hacerlo... Este, en cambio, es un punto de cadeneta muy tupido, muy bien hecho... Y este es un punto de hierba, pequeño y limpio. —Y mientras hablaba, acariciaba el bordado y su voz se suavizaba: era la voz de una bordadora.

Y así fue como Ernestina entró a formar parte del Círculo; para celebrarlo y hacerla sentir apreciada, Rita sacó del bolso una bolsa de papel con cerezas de su jardín, recogidas esa mañana, y se las ofreció con una sonrisa.

Por más que los colegios de primaria del barrio fueran pobres, muchos de ellos podían contar como compensación con directores y directoras que realizaban su labor con pasión, a sabiendas de que aquellos años podían ser decisivos para redimir a los niños no solo de la pobreza de recursos y estímulos, sino también de la llamada del hampa. En la medida de lo posible, los profesores también intentaban implicar a las familias, siguiendo el ejemplo de los párrocos, que con generosa abnegación aprovechaban lo poco que tenían —en cuanto a instalaciones y voluntarios— para animar el oratorio con actividades extraescolares y deportivas. Desde el final de la guerra, solo había dos formas de «mejorar» para los hijos de la vieja Palermo: la emigración y la mafia. Animándolos a estudiar y dándoles la oportunidad de practicar deportes, cantar y dibujar, los maestros y párrocos esperaban despertar en ellos una pasión capaz de abrirles nuevos horizontes y darles la esperanza de una vida diferente.

Rita había propuesto a un colegio acoger a grupos de chicas dos veces por semana para enseñarles el arte del bordado. Fueron meses de gran actividad. El salón del Círculo se llenaba de voces, gritos y chácharas. Las niñas recibían telas desechadas para hacer sus ejercicios, pero al cabo de unas semanas ya eran capaces de probar suerte con bordados sencillos pero precisos, de seguir patrones, de sujetar telares con una firmeza casi profesional.

Las maestras felicitaron y premiaron a las jóvenes bordadoras.

Se celebró incluso una fiesta de Navidad en la que se pusieron a la venta los «pañuelos sabios» —como habían sido bautizados los bordados por las pequeñas aprendices—, y fue un éxito.

El experimento no duró mucho debido a la oposición de los padres y de las autoridades escolares centrales, pero todo Palermo sabía que el Círculo del Punto de Realce se había convertido también en una escuela, y quienes los habían comprado estaban orgullosos de los pañuelos sabios.

Fue durante una de estas reuniones de niñas cuando llegó toda temblorosa Virginia, la nuera de Caterina. Contó que, a última hora de la mañana, su suegra estaba sentada, como hacía a menudo, en la terraza bajo la pérgola, rezando lentamente el rosario. Assunta, la criada, después de llevar agua al caballero Ludovico, que estaba sentado en un sillón leyendo el periódico, había salido a la terraza para preguntar a la señora si ella también quería beber algo. Al oírla murmurar «Me duele, me duele...», se le había acercado:

—¿Dónde, *Voscenza*? ¿Dónde os duele?

—Me duele aquí. —Y Caterina se presionó la frente con el dedo índice, como si fuera un clavo—. Aquí es donde me duele.

—¿Os traigo un vaso de agua y *zammu*, que os gusta tanto? —le preguntó Assunta, poniéndole la mano en el brazo.

—Si quieres... —contestó Caterina con voz débil, y luego, suavemente, añadió—: Ya puedo irme...

—*Voscenza*, ¿adónde? ¿Adónde vais?

Pero Caterina ya no la miraba: miraba la barandilla, la maceta llena de geranios en flor, y detrás, a lo lejos, los pájaros que volaban hacia el mar.

Assunta se fue rápidamente a buscar el agua; al volver con la bandeja, sin embargo, se quedó clavada en la puerta. Con la cabeza entre las manos, Caterina susurraba: «Ya voy, ya voy», como una letanía. De repente, se llevó una mano al pecho, como si el mal hubiera encontrado una senda y hubiera llegado por fin a su destino. Un profundo sollozo y luego silencio.

La bandeja se cayó, el vaso se rompió.

—*Voscenza! Voscenza!*

Su ama sonreía, definitivamente ausente. En su regazo, una fotografía de su hija Rosarietta.

Mientras Rita abrazaba a la pobre Virginia y Stellina se apresuraba a llevarle agua, Mariolina rompió a llorar: quería mucho a su tía, aunque fuera criticona y mandona, y no solo porque sabía bien —por habérselo oído tantas veces— que si ella había nacido, era también gracias a la determinación con que la tía Caterina había apoyado a su madre, primero para mantener en secreto el embarazo, y luego para soportar la furibunda reacción de su padre.

Cuando Virginia se recobró, dijo que Enrico y Mario, que habían venido inmediatamente, estaban junto a su padre.

—Ven, nosotras también vamos, yo te acompaño. —Y Rita cogió la bolsa, estaba lista.

20
Las cartas de Carlino Sorci a Mariolina Sorci
(octubre-noviembre de 1978)

PRIMERA CARTA

Nueva York, 17 de octubre de 1978

My sweet Mariolina:

Llevo ya quince días en Nueva York. ¡Cuánto tiempo ha pasado desde que te escribía desde Little Italy! Entonces actuaba en localillos de mala muerte, ahora soy asiduo de Studio 54 y me siento como dentro de un castillo de fuegos artificiales. ¿Has oído hablar de Elsa Peretti? Es una mujer guapísima, diseña joyas, forma parte del grupo de Roy Halston, un gurú del arte y la moda desde que diseñó el sombrero pillbox para Jackie Kennedy. Deberías ver cómo se mueve, Elsa Peretti... Una gata. Y es una joya toda italiana. Con esa pizca de turbia agudeza propia de las florentinas rebeldes: sí, porque de niña era una rebelde, y ahora no se deja pisotear por nadie, ni siquiera por Halston, a quien venera. Él le pone encima telas y las transforma en ropa, y esto ocurre porque Elsa es el nuevo cuerpo estilístico de la moda. ¿Lo pillas? ¡«Cuerpo estilístico»! Soy un cerebro del *fashion system*, y por eso me expreso en consecuencia, para que pienses: ¡Caramba, hay que ver cuánto sabe Carlino! Y a mí, Mariolina mía, me encanta maravillarte.

Pero volvamos a Elsa. Uno de los grandes fotógrafos de la ciudad la ha vestido con un disfraz de conejita, un corsé de corte de pierna alto y sin hombreras, guantes largos y un tocado de grandes orejas, ¡todo de negro! Con sus larguísimas piernas, las manos apoyadas en la balaustrada de una terraza en medio de los rascacielos, un cigarrillo entre los dedos, el cuello brotando de las clavículas, la cabeza inclinada hacia atrás de modo que las orejas negras se abran como alas, o como un majestuoso velo monacal. Una obra maestra perversa, donde no sabes si es más perverso ese cuerpo nervioso y suntuosamente perfecto, o la ciudad que lo contiene como si fuera en efecto un conejo enjaulado. ¡Nueva York es una locura! Estoy aquí como emisario de la moda milanesa, pero intento contagiarme de la fiebre que siento a mi alrededor. Me han encargado que escuche, observe y estudie. Y escucho mucho, miro hasta desgastarme los ojos, como un aprendiz en el taller de los escultores del Renacimiento. Y luego está el mundo. No hay moda sin mundo, como no hay creación sin escenario. Hay fiestas por todas partes, y a todas consigo que me inviten: he conocido a Andy Warhol, a Tommy Hilfiger, a Elizabeth Taylor (¡te lo juro, hasta le besé la mano!), pero es sobre todo con Halston con quien he conseguido establecer contacto.

Voy a su estudio, no siempre está de buen humor —y en ese caso no le dirige la palabra a nadie—, pero entonces Elsa Peretti me invita a desayunar y me presenta, dice en italiano: «¡Viene de Milán, y en Milán se trabaja!». Y como Halston cree que es el único que trabaja, me mira con sombrío interés y se sienta con nosotros. Somos casi de la misma edad, así que no cabe duda de que le parezco ajado, aunque se digna a preguntarme: *What's going on down there?* Le cuento algo de los últimos desfiles de moda en la Feria Campionaria, del *prêt-à-porter*, de la ropa desestructurada que respeta el cuerpo sin constreñirlo, de esta nueva criatura, el estilista, que ha suplantado aquí al *couturier*... Pero luego me doy cuenta de que estas cosas se las puede contar cualquiera que trabaje en nuestro entorno, y entonces prefiero hablarle de Palermo, me siento más inspirado, le hablo de un artista genial que nació y vivió en nuestra ciudad, que hace trescientos años llenó iglesias y oratorios con una multitud de figuras de estuco que parecen vivas, que deberían ser santos o virtudes, pero que tienen en cambio un aire decididamente sensual, con atrevidos juegos de perspectiva; le hablo de la forma en que —a diferencia de los escultores, que trabajan por sustracción— los estucadores sobreponen capas de materiales con sabiduría de hechiceros, creando drapeados sobre los cuerpos que tienen algo de milagroso... Y en este punto, ¡agárrate fuerte!, me sorprendo a mí mismo hablándole del Círculo del Punto de Realce. Imprevisiblemente, a Halston se le ilumina la cara, le brillan los ojos, pregunta, ahora siente una gran curiosidad, así que empiezo a describir a la tía Sara, y ni te imaginas cuánto entusiasmo cuando evoco las fiestas de los americanos en el Palazzo Sorci. «Sorci», aclara Elsa, *«it means "rats"..., could you believe it?»*

Pero a él, eso de los Sorci le importa un bledo, y con razón, y repite: «*Embroidery*... Bor-da-do». Como presa de una melancolía lejana, junta las manos, se emociona, habla de su infancia en una familia infeliz y de su abuela, que le enseñó a dibujar y a bordar. No hay bordados en sus colecciones, pero no cabe duda de que basta con mencionarlos para que su memoria le devuelva una sensación de consuelo y serenidad, ¡exactamente como decía siempre la tía Sara! ¿Te lo imaginas? No dejes de contárselo a Rita y a las demás.

En Studio 54 pasa de todo, el ritmo de la música disco es convulso, la gente se viste, se desnuda, practica sexo a lo grande. Se pueden hacer tantas cosas —y en todas partes— que a veces salgo borracho sin haber hecho nada. ¡Las paradojas de la libertad! O tal vez sea el frenesí de los moribundos, como dijo uno... Aquí tú harías maravillas. Es como si pudiera verte, pisando la pasarela con un colorido jersey de seda y meneándote como una endemoniada. Pero ¿estás pensando en ti, Mariolina? ¿Sigues viéndote con Augusto? (Si es que se llama Augusto.)

Besos de Babilonia.

Tu Carl

Nueva York, 9 de noviembre de 1978

¡Mariolina! ¿De qué va esta historia?

No puedo creer que hayáis roto. ¿Y ahora qué? Eres una gran chica, no puedes pasarte todo el rato ejerciendo de madre, y no solo porque Harry tenga ahora dieciséis años y seguro que se alegraría de que te centraras en alguien que no fuera él. Me dices que te cortejan mucho y no me cuesta creerlo, ya que eres guapa, joven, rica y hasta simpática. ¡Elige bien! Pero olvídate de los nobles, que ya nos bastamos nosotros mismos para llevar nuestra maldición a cuestas. Y hazme caso: sea quien sea, no tienes por qué casarte con él. Si hay uno que te gusta, adelante.

Hubiera querido pasar toda mi vida con Emilio, pero el mundo cambia, y el corazón también.

En San Francisco han elegido a un concejal homosexual. Está en marcha una lucha por los derechos de la que no tenemos ni la menor idea. Antes de volver daré un salto hasta allí, quiero sentir el aire que se respira. En Nueva York se habla de ello, pero es como si la ciudad solo se perteneciera a sí misma. En Nueva York ya se sienten libres, es raro que las minorías se reconozcan como tales... Es como si todos se consideraran superiores. Pero se aturden. Se aturden y trabajan, a un ritmo aterrador. La noche y el día se mezclan, y la cocaína les echa una mano. Confieso que a mí también me ha echado una mano. A veces me encuentro al amanecer en Madison Avenue, dejo a mi acompañante —una compañía que cambia a menudo— y camino solo, la ciudad ya está viva (o *sigue* viva), pero los ruidos se amortiguan, veo a mujeres hermosas subir a los taxis, persigo el vuelo de los pájaros entre las perspectivas verticales de los edificios, hay incluso algunos vagabundos que han llegado aquí desde el Bowery, paseo por el parque, paso bajo el edificio Dakota, tengo frío, pero estoy despierto, tremendamente despierto.

Después de *Annie Hall*, es como si en Manhattan tuvieras

que encontrarte a Diane Keaton en cada esquina con esos chalecos y esos sombreros suyos. ¿Sabías que tras ese estilo está el toque de un estilista milanés? ¿Que Diane Keaton fue a recoger el Oscar vestida de Armani? Tarde o temprano trabajaré directamente para él, lo presiento. Pero mejor no mencionarlo, en el círculo de Halston... De todas formas, sí, el amanecer aquí sigue siendo el de Audrey Hepburn frente a los escaparates de Tiffany. Tengo que volver.

Me llaman de Milán, quieren saber cómo van las cosas. Son ellos los que me pagan el viaje. Y yo digo: «Bien, estoy aprendiendo». Sé que tengo casi cincuenta años, pero una de las cosas más emocionantes de estar aquí es que me siento como al principio de algo. Todo empieza y todo acaba. Por ejemplo, nuestra familia. O mueren o acaban mal. No creas que soy un pájaro de mal agüero, echa un vistazo y dime si no es así. De modo que agarrémonos fuerte.

He recibido noticias de Antonio, mi hermano: se ha metido en la cama de una piamontesa rica que lo mantiene con tal de que esté a su servicio, y me dice que tal vez consiga arrancarle la boda. No es por la sordidez de la situación, pero me causa impresión la forma en que lo dice, que se exprese con tanta vulgaridad. La señora vive en Módica. Qué hace una piamontesa en Módica, te preguntarás tú. Pues así son las cosas. Estaba casada con un sujeto que ganó mucho dinero con el chocolate *muricanu,* el típico de esa ciudad, y cuando murió su marido, ella vendió la empresa, pero se quedó allí. Hasta en Nueva York se encuentra chocolate de Módica. Y si lo piensas bien, es asombroso: los que llevaron el cacao a ese rincón de Sicilia hace cuatro siglos fueron los españoles, que habían descubierto la planta en Sudamérica, y ahora el chocolate llega a Estados Unidos desde Módica. En cualquier caso, como dicen aquí: lo que no existe en Nueva York, no existe. Antonio es un estafador. Intentó pedirme dinero. Me llama «el milanés». Y hay más dinero en Milán que en Ragusa. Se ve que no le basta con la piamontesa...

Matilde me escribe cartas muy formales. «Estoy bien.» «Me voy al campo.» «El despacho de mi marido tiene muchos clientes.» No me sorprende, es un buscavidas, un democristiano meapilas, un notario con quién sabe qué chanchullos.

Pero tú, Mariolina, ¡eres como yo! Debes echar a volar.

También escribo a Emilio de vez en cuando. Dice que está bien. Antes o después nos volveremos a ver.

Esta es mi última noche en Studio 54, he decidido que me vestiré como John Travolta, traje blanco y camisa negra. Pasado mañana me voy, si es que consigo despertarme a tiempo...

En el sobre encontrarás mi dirección en San Francisco. Contéstame allí.

Charles forever!

TERCERA CARTA

San Francisco, 25 de noviembre de 1978

Mariolina mía:

Ya ha ocurrido. Me despierto y no veo nada por la ventana. ¡Nada! La niebla en San Francisco es mucho más *thick* que la de Milán. Estamos suspendidos en la nada. Al día siguiente de mi llegada, cogí la pequeña moto de la amiga que me hospeda, Amanda, y apunté hacia el océano. Digo «apunté» porque casi no se veían ni las señales de tráfico, pero luego empecé a oír el murmullo del océano y fue casi mágico seguir ese sonido, constante, áspero. Aparecí en una playa y esperé para poder ver algo. Cerré los ojos y me dije: «Cuando vuelva a mirar, se levantará la niebla». No se levantó nada. Pero luego volví hacia la Costa de los Bárbaros, y allí empecé a ver. Subí a la Coit Tower, que es un sitio de locura. Por fuera, parece un faro de hormigón, por dentro está totalmente recubierto de murales que cuentan la historia de San Francisco: toda la ciudad está retratada con la sencillez —quizás debiera decir con la ingenuidad— de la imaginación de un niño, pero te muestra a bomberos trabajando, un accidente de tráfico, un mercado, a los ricos y los obreros.

¡Cuántas películas se han rodado en estas calles! ¿Te acuerdas de Humphrey Bogart cuando va directamente desde San Quintín a la preciosa casa de Lauren Bacall, y ella lo protege porque sabe que es inocente? Bueno, ese edificio está ahí. Entre nosotros, se dice que «el cine americano lo reconstruye todo», pero no es cierto.

A Amanda la conocí en Milán. Imparte un curso en la Universidad de Santa Cruz, pero cuando no tiene clases, prefiere quedarse en la ciudad. Su casa, pequeña, está al final de Dolores Street, no lejos de Castro, que es el barrio gay por excelencia. Amanda está con una chica negra. La noche es un dúo de: *«Honey!», «Honey!»*. ¡Qué suerte la suya! Yo voy a buscar amigos a Castro, donde, en dos días, me muevo con soltura. Hay un gran bullicio de gente extraña. Tan colorido como las antiguas casas victorianas de la ciudad: verdes claros, violetas, rosas, todo un conjunto de cúspides y adornos que hacen pensar más en una pastelería que en una sucesión de casas. Coloridas las casas, colorida la gente.

Ayer fui a comer con las chicas. Lucía el sol, aunque hacía fresquito. Estábamos en un local colgado en las rocas de la costa, creo que data de principios de los sesenta: era fácil imaginárselo lleno de familias, en días de fiesta.

—¿Te gusta Santa Cruz? —le pregunté a Amanda.

—Es un lugar fuera de este mundo. Esto no es Boston. Esto sigue siendo California. Enseño Tradiciones Populares Europeas. A menudo cojo la guitarra y canto.

—*She's so lovely when she sings* —dijo su amiga.

—Canta —la insté.

—¿Aquí?

—¿Y dónde si no?

—¿Conoces a Rosa Balistreri? —preguntó.

Dije que no. Se levantó, con la mayor naturalidad cogió una guitarra que colgaba de la pared, la afinó y se puso a cantar: *«O cuntadinu sutta lu zappuni, passi la vita stanca e assai mischina, quanti latri ci su', quanti patruna misi a cavaddu ri la to carina...»*, «Oh, campesino, bajo tu azadón, / qué vida cansada y miserable llevas, / cuántos ladrones hay, cuantos patrones / que debes cargar en tu grupa... ».*

¿Has entendido, Mariolì? Amanda empezó a cantar y el local se quedó en silencio, y en ese momento pensé en la mucha belleza que proviene de nuestro pueblo. Estoy en San Francisco y Amanda me devuelve a Sicilia. Me acordé, quién sabe por qué, de mi madre, de su dulce sonrisa, me acordé de nuestros campos, con el trigo hasta donde alcanzaba la vista, los viñedos junto al mar, el oro de los cítricos y la plata de los olivos. De Liza Minnelli a Rosa Balistreri, ya. Pero quizás todo encaje.

Quiéreme, Mariolina.

Tu Carl

CUARTA CARTA

San Francisco, 30 de noviembre de 1978

Ha llegado también la hora de despedirse de San Francisco. Sin embargo, es precisamente aquí donde la vida ha intentado empezar de nuevo más de una vez. La primera vez fue en 1906, cuando un terrible terremoto arrasó toda la ciudad. Vamos detrás de la historia, no somos nosotros quienes la hacemos, es ella la que confecciona nuestros gestos, nuestras palabras. Jim Morrison cantó el fin. «The End.» ¿El suyo? ¿El de una generación? ¿Quién sabe? El hecho es que San Francisco nunca ha dejado de promover la esperanza. Tras el *Summer of Love* de los sesenta ha llegado esta otra época, en la que los variopintos habitantes que ocupaban el Castro y Haight-Ashbury no perdieron ocasión de salir a la calle a protestar. Y ha llegado Harvey Milk. Uno que regentaba una tienda, llevaba el pelo largo y movía el culo por Dolores Street, se ha cortado el pelo, viste como un funcionario y quiere ocupar un cargo que le permita continuar su lucha por

* Rosa Balistreri (1927-1990) fue una cantautora siciliana, difusora de la música tradicional de su tierra, que fusionó con la canción protesta. (*N. del T.*)

los derechos a nivel institucional. El alcalde George Moscone le apoya.

Todo ha sido tan rápido... Me hubiera gustado ver el asentamiento de esta época de conquistas. Y en cambio, hace unos días, llegó el fuego: esto también son los Estados Unidos. Un opositor entra en el ayuntamiento, dispara a Moscone, dispara a Milk. Al día siguiente, la plaza está llena de gente. Antorchas, lemas, carteles. Pero impera el luto. Y el luto se vuelve majestuoso, tremendo, porque los asesinatos de San Francisco se mezclan incongruentemente con la masacre de Jonestown, el mayor suicidio colectivo de la historia: la comunidad fundada por el pastor metodista Jones, que se había trasladado de California a Guyana, decidió suicidarse instigada por su gurú. Más de novecientas personas, ¡una loca masacre de vidas! Fue hace diez días, pero la larga ola de terror y consternación que ha dejado vamos a sentirla durante mucho tiempo.

Amanda me abraza en la puerta y me dice que todo ha acabado, y justo cuando todo debía empezar.

Luchar desde dentro de las instituciones: le digo que eso fue lo que Harvey Milk nos ha enseñado.

Me dices que Sciascia ha publicado un libro sobre el asunto Moro. Me escribes que el terrorismo sigue matando a gente en Italia. ¿En Patrica? Ni siquiera sabía que existía un lugar llamado Patrica. Es que en Palermo tenemos muertos en casa. Lo sé, lo sé. Vivimos tiempos difíciles. «Tiempos difíciles» es una expresión que aprendí en Milán. *Hard times, I should say.*

Haré mi equipaje, reservaré un vuelo y te llevaré esta carta mía.

Te escribiré desde Milán.

Tu C. de siempre

(Triste, pero te besa.)

21
Dice Rico Sorci
(30 de junio de 1981)

Arrecia una tormenta. Me he despertado y me he puesto a dar vueltas por la casa, inquieto. He acabado acurrucado en el sofá de cuero del salón contemplando el espectáculo de los relámpagos en la pantalla de la ventana, cuyas contraventanas se habían quedado abiertas. De la negrura del cielo brotan latigazos de luz, destellos azules y blancos, que antes de prorrumpir en truenos siguen arrojando dardos violetas. La electricidad desatada va de la mano con la progresiva carga de las nubes, que, a través de los frecuentes resplandores, se vuelven poderosas, henchidas de lluvia. El viento también ruge, pero con cada relámpago parece recuperar el aliento, suspenderse. Como una divinidad feroz, la tormenta aúlla contra la majestuosidad del monte Pellegrino, y desde aquí me parece reconocer la mitológica batalla entre gigantes, con las fauces abiertas, uno colgando del vacío de la noche, el otro firme en el suelo, pero ambos seguros de su propia fuerza. Y luego, tras los últimos latigazos azulados, el inmenso estruendo de la lluvia. He aquí que ahora la tormenta es toda agua, que se derrama violenta, maligna, devastadora. Pienso en las rosas y plumerias de Rita, ahí fuera, en los jazmines, en todo el jardín, y más abajo en el huerto, que en junio y julio estalla con todo tipo de plantas.

Anoche llegó Carlino de Milán. Cuando viene, es siempre por unos días, se queda con nosotros y a menudo tiene citas de negocios en Palermo. Mañana me gustaría ir con él a visitar la tumba de nuestro padre. Es la primera vez que digo con orgullo *nuestro padre*. Cuando murió, Carlino no estaba aquí, y después ha habido mucho, demasiado, desorden en mi vida, un desorden que ha llegado incluso a perturbar nuestro vínculo.

Azotados por los chaparrones, sobre los cristales se forman dibujos diferentes cada vez, como si los regueros siguieran un patrón enloquecido, a veces parece incluso que la lluvia cubriera toda la ventana como una pátina líquida cegadora. No enciendo ninguna luz de la casa, pero tal vez la red haya saltado con el primer trueno, como suele ocurrir a menudo. Así pues, si veo algo, es gracias a las continuas descargas, cada vez más débiles en verdad, que enlodan el torbellino del aguacero. Llevo puesta mi bata de seda, pero tengo frío, como si la fiebre meteorológica me hubiera contagiado. Cuanto más expuesto me siento a la violencia de la tormenta, más advierto en la oscuridad los fantasmas que ya llevan tiempo haciéndome compañía, y no solo en noches como esta: ¿dónde he dejado a Loredana, perdida en el juego de la memoria y los acontecimientos, ella, la más olvidada? Hace poco vi a su hijo Amedeo, le pregunté: «¿Qué tal está tu madre?», y él abrió los brazos, un gesto que lo cierto es que no supe interpretar bien, quizás vaya tirando, quizás sea infeliz, quizás él no sepa mucho al respecto. Me pregunto si recuerda que solía dejarle jugando con Colapé y me retiraba con ella a una habitación de arriba, de invitados. Era de un apasionamiento desesperado, Loredana, se estrechaba contra mí, me buscaba primero a través de la ropa, luego en la piel... —¡esas manos!—, tenía que cerrarle la boca. Bajábamos luego, acalorados, un poco despeinados, y antes de despedirme me llamaba a algún rincón para que volviera a besarla, para que volviera a tocarla; solo entonces me dejaba marchar, con el aire angustiado de una despedida interminable. Loredana está aquí, no se atreve a entrar, se detiene en la puerta. Y es allí donde aparece ahora Antonia, la soprano, mi Callas, la exuberante y glotona Lucia —*«Edgardo! Io ti son resa!»*— moviéndose sin gracia en la oscuridad, y luego la bella e imperiosa Anna que me devuelve a Rita. Al sesgo aparece también Ema, con ojos de loba, y ríe en una rendija de luz que dibuja la abundancia de sus pechos, la curva de sus caderas. ¿Adónde habrá ido a parar? Nada supe de las vicisitudes judiciales, nada pregunté. Mujeres. Mujeres, claro. Pero ante el enésimo destello en la oscuridad, y el trueno que le sigue, sombrío, baritonal, es al abuelo al que veo, en su cama de la planta noble, veo al tío Andrea renqueando detrás de mi padre por via Libertà, en su paseo vespertino. Esta habitación, por grande que sea, se está llenando —y sonrío—, ¡demasiado gente! Era un destino muy distinto el que se dibujaba ante mí antes de las bombas de Mesina, y quizás incluso después, hasta que floreció mi amor por Rita. Mi padre tiene un gesto de tristeza. Tal vez siempre lo haya tenido. Pero cómo noto su tierna presencia junto a mi cama durante mi convalecencia tras mi herida de guerra: un brazo inutilizado, una carrera militar rota. Entonces me sentía rebosante de vida. Pensaba que nadie me detendría, ni me distraería. Y pensaba que, solo con conseguir a Rita, mi existencia sería como un vuelo descendente sobre la Conca d'Oro, campos y ciudades brillando al sol, y yo en la brisa de mi madurez viril. Cierro los ojos.

Cuando los vuelvo a abrir, ha dejado de llover. Y no solo eso. Amanece en la distancia. Hay una brizna de luz, pero es suficiente. Ya no vuelvo a la cama. Espero aquí a que empiece el día.

Y, efectivamente, empieza: Rita baja y se preocupa por mi insomnio.

—No, qué va —le digo—, no es insomnio, son los pensamientos, me estoy haciendo viejo...

Luego aparece Carlino bostezando. Está en pijama, descalzo.

—Carlino —le digo—, esto es Altarello, y hay una señora.

Vuelve enseguida a la habitación de invitados y reaparece con una bata azul pavo real, el pelo peinado y un par de alpargatas en los pies.

Rita le mira con benevolencia y le dice:

—Mi madre fue al San Carlo de Nápoles con un vestido azul pavo real, que yo heredé y nunca me puse. —Y Carlino da los últimos pasos como si bajara la escalinata de un teatro de ópera.

—*Talè come te annachi,* anda que no te das aires —le digo. Y luego, en serio—: Hoy vamos al cementerio de Rotoli a ver a nuestro padre.

Carlino tiene un momento de desconcierto, como pillado por sorpresa, pero al mismo tiempo agradece la propuesta.

—Estoy preparado —declara—. ¿La tormenta te ha traído recuerdos?

—Muchos, desde luego —digo—, pero, desde que llegaste, he estado pensando en papá y en nosotros.

Después del revuelo, todo resplandece. Estamos frente a la verja de Rotoli, el cielo es de un azul tan intenso que deslumbra. Monte Pellegrino se yergue poderoso y feliz por detrás del cementerio, como si hubiera olvidado la batalla nocturna.

—Vamos a nuestra tumba —digo, y Carlino me corrige:

—La *nuestra* todavía no. —Avanzamos codo con codo.

—No tengo miedo a la muerte. —Y me vuelvo hacia él. Pero Carlino no me hace caso, camina entre las tumbas con el paso ligero de un hombre acostumbrado a la mundanidad, incluso a la de los difuntos.

—¿Queda sitio en el mausoleo de los Sorci? —me pregunta como si estuviéramos hablando de pisos en un edificio de alquiler.

—Hay dieciséis nichos, pero en la cripta hay sitio para todos.

Avanzamos entre palmeras y cipreses, entre capillas que reproducen la leve severidad normanda o el refinamiento árabe, entre el blanco de las lápidas y la densidad de las crudas cruces de piedra, en el anfiteatro del cementerio.

—Cuánta Palermo —dice Carlino, y de repente me coge del codo—: Espera.

Me detengo y clavo mis ojos en los suyos, pero él no traiciona emoción alguna. Luego, con su voz de tenor, me dice que de repente siente mi cercanía y se siente confuso:

—Nuestros lazos de hermanos han recorrido un camino complicado, y ahora, de la nada, en medio de todos estos muertos, a pocos pasos de la tumba donde descansa nuestro padre, siento un miedo que ni siquiera puedo nombrar.

—Por eso estamos aquí —digo—. Los dos, es como si nos miráramos desde dos lados distintos de Cola Sorci: tú eres un hijo del amor, yo nací prisionero de una familia de la que no hay escapatoria.

No sé si he dicho lo que Carlino esperaba que dijera o si he seguido el hilo de mis propios pensamientos.

El caso es que se me queda mirando con una extraña dulzura, la de su madre:

—El mal yo lo he recibido de los que tenían que hacerme de padre. —E inmediatamente cambia de tono—: Sabes, Rico, siempre te he considerado un héroe. —Esta vez hay algo de ensoñación en él mientras habla. Aflora el espíritu de cuando era pequeño—. Recuerdo que en via delle Repentite, cuando llevabas uniforme, parecías un dios.

—Si lo hubiera sido, habría salido volando. —Se me hace un nudo en la garganta—. Me perdí, extravié mi camino...

—Te perdiste y te encontraste a ti mismo —señala.

Somos dos almas suspendidas sobre el mundo que aún no nos pertenece, pero desde aquí es como si lo viéramos todo, mejor que nunca. Y nos sentimos diminutos bajo la inmensidad del cielo. Venimos de una noche tormentosa, quizás nos esperen más tormentas. Pero en este momento, en este preciso momento, a dos pasos de nuestro padre, estamos bajo el ala de un inmenso perdón.

Nos miramos, nos estudiamos, como si fuera la primera vez que estamos cara a cara, y luego, como si hubiera sonado una orden, nos abrazamos, violentos, impetuosos.

—Es él —Carlino señala la capilla Sorci—, es él quien nos quiere así, quiere que olvidemos.

Entramos en la capilla. Hay paz. Solo podría haber paz, y espero, rezo, para que esta paz dure.

La voz de Carlino, seria, conmovida, dice:

—Padre, bendice tu sangre.

22
El Círculo del Punto de Realce
(mayo de 1984)

Para llegar al Cassaro, Mariolina Sorci, viuda de Vallo, tuvo que cruzar media ciudad, y cruzar media ciudad en mayo de 1984 era una pesadilla. La pesadilla duraba desde hacía dos años por lo menos, o, para ser más exactos, así lo creía Mariolina, había que remontarse incluso a más atrás. En el curso del tiempo, alguien había hecho creer a la viuda Vallo que podía contarse entre los «intocables», pero, por alguna razón que ella no podía precisar bien, esa intocabilidad no solo le molestaba, sino que se daba cuenta de que ahora valía muy poco: si nadie estaba a salvo, ¿por qué iba a estarlo ella? Sabía que su marido siempre había tenido relaciones con la Cosa Nostra, lo sabía desde que se había enamorado de él, pero en aquel entonces ella tenía veintipocos años, no le había dado importancia, solo pensaba que era un hombre poderoso. Además, si hasta su padre había podido entablar negocios importantes, se lo debía a Peppe, y por tanto también, aunque indirectamente, a los clanes mafiosos que gobernaban la ciudad.

El desierto, pensó Mariolina, y miraba ansiosa por la ventana aquellas calles que antes se llenaban desde por la mañana de tráfico, de gente deambulando y de turistas que se dirigían al centro de la ciudad, pero que ahora dejaban demasiado espacio incluso a la luz de un cálido sol primaveral, que se desplegaba por tejados, balcones, árboles, techos, ventanas, aceras, calles, plazas.

Mariolina sacó un pequeño espejo de su bolso para comprobar si tenía el pelo en orden, si su maquillaje no era excesivo, si, a pesar de todo, sus ojos sonreían, esa sonrisa seguía siendo una acogedora bienvenida.

—Allí vive un juez —dijo el viejo chófer, señalando un portal de la calle, completamente despejada de coches aparcados, por la que circulaban—. Aquí no puede aparcar *nuddu,* nadie, no sea que el juez acabe de mala manera. —Lo dijo con un deje de impaciencia, y con un gesto señaló el siguiente tramo, donde varios coches estaban aparcados en doble fila.

—¿Qué pasa, Antonio, qué es lo que no te gusta?

—Pues no me gusta que esta gente ponga patas arriba la ciudad. Tenemos que apartarnos nosotros, que ellos seguro que no se apartan.

—Deben garantizar el orden.

—El orden lo mantenemos mejor nosotros. ¿Y quiénes son estos chavales? ¿Qué narices sabrán? *Taliasse, signora..., picciriddi sono,* fíjese señora, si son unos críos.

Y señaló hacia una pequeña garita donde había dos veinteañeros con trajes de camuflaje, ametralladoras en mano, las mejillas lisas y los ojos muy abiertos.

—Estamos en guerra.

Había soldados en casi todas las esquinas de la calle, y frente al portal del juez podían verse otros jóvenes en vaqueros y chaquetas, o con chaquetas de hombros acolchados: los «chicos de la escolta».

—Esos no saben ni a quién tienen que disparar.

—Antonio, son tiempos difíciles —intenta zanjar el asunto Mariolina, pero él seguía negando con la cabeza.

También la piazza Politeama, al final de via Libertà para los que llegaban de los barrios nuevos, se abría como un anfiteatro de luz: las piedras que pavimentaban el espacio frente al teatro parecían haber sido abrillantadas con cera; escasos transeúntes, una banda de perros callejeros que se movían circunspectos, con uno a la cabeza, de pelaje atigrado y orejas cortadas, y tras él se sucedían sus compañeros, marcados de diversas maneras por peleas y luchas por la supremacía, ahora dejada en manos de ese rudo representante que se había ganado el papel de jefe de la manada.

—Antonio, más despacio, por favor.

—¿Pasa algo?

Mariolina no contestó, pero él redujo la velocidad de todos modos, se dio la vuelta y preguntó si la señora deseaba parar.

—No, nada. Vamos al Círculo.

Le vino a la cabeza el 30 de junio de 1963, cuando un coche cargado de explosivos estalló en Villabate y mató a dos personas; y luego aquel otro, un Alfa Romeo, en Ciaculli, frente a la villa de la familia Greco, en medio de las plantaciones de cítricos: allí habían muerto siete personas, todos hombres de las fuerzas del orden. Recordó cierto secreteo de Peppe al teléfono. Por primera vez había oído murmurar el nombre de Buscetta, Tommaso Buscetta, que ahora se pronunciaba en voz alta, y a menudo. Buscetta, el arrepentido, que estaba hablando. Que estaba revelando secretos. Que decía cómo, cuándo y quién. Y el juez le escuchaba.

Con toda esa charla —que se estaba produciendo y no se veía, aunque se supiera que estaba ahí, y era ruidosa—, en las calles había caído por el contrario el silencio, o algo que se parecía al silencio.

Mariolina tenía una cita con Rita en el Círculo: cuando se veían allí, era más el tiempo que pasaban haciendo cuentas, evaluando si seguía mereciendo la pena, que el que dedicaban a bordar, pero ese día, Rita y ella habían recibido una llamada de la policía. Habían quedado delante de la vieja farmacia —que llevaba ya años cerrada, quién sabe adónde habrían ido a parar aquellos bonitos tarros con las ondeantes inscripciones en latín, se preguntaba siempre— a las nueve y media. Habían hablado por teléfono, pero no habían podido enterarse de nada la una por la otra que no supieran ya —las frases del jefe de policía se habían repetido idénticas al auricular— y habían tenido poco que decirse. Cortésmente, pero quizás no tanto, habían sido invitadas a presentarse en los locales de la parroquia, donde llevaban años bordando juntas. Durante mucho tiempo dudaron si llamar a Stellina, pero luego prefirieron limitar la propagación de un rumor, por lo demás aún carente de contenido.

Antonio subió por via Ruggero Settimo y luego por via Maqueda. Había pocos niños, como si la ciudad viviera en un toque de queda permanente, y ni siquiera los colegios estuvieran abiertos: abiertos estaban, pero las madres les decían a sus hijos que fueran por determinados caminos y no por otros, por si acaso...; que no se detuvieran, por si acaso...; que no entraran en las tiendas, por si acaso..., que no alborotaran, por si acaso... Por si acaso era la precaución ideal que había entrado en los asuntos cotidianos de los palermitanos: no se sabía lo que podía pasar, había muertos casi todos los días, en tal o cual parte de la ciudad, los ajustes de cuentas tomaban a veces la forma de una fiesta con plomo y sangre entre las mesas puestas, a veces de una emboscada debajo de casa, en el coche, en el bar. Por si acaso.

La cifra de muertos se conocía. Entre 1981 y 1983, el número de caídos por la guerra interna de los clanes mafiosos ascendía a setecientos, más o menos. A ellos había que añadir los muertos del Estado. Y los «que desaparecían».

—Para nosotros, señora —volvió a decir Antonio, retomando el hilo del discurso que había quedado en suspenso—, como usted sabe, la muerte es cosa de *ellos, ellos* saben qué hay que hacer y cómo hacerlo. Esta gente y los que les mandan —y no dejó de señalar el enésimo pelotón de soldados con trajes de camuflaje—, ¿qué sabrán ellos? Esta gente trae la muerte del continente.

—Antonio, desgraciadamente hay documentos —intentó argumentar Mariolina.

Él frenó en el semáforo, pareció concentrarse, forjando una mueca de molesta impaciencia:

—El abogado, que en paz descanse, lo sabía todo, tal como había que saberlo... Y usted, señora, lo sabe tal como hay que saber.

Mariolina calló y se abandonó contra el respaldo.

Desde el otro extremo de la ciudad, Rita bajaba hacia Cassaro al volante de su viejo Fulvia blanco: el cambio en la palanca siempre le había resultado difícil, pero al final se había acostumbrado y era capaz de meter tercera sin que rechinara. En corso Calatafimi, como siempre, los cuarteles estaban en alerta, con jeeps y hombres armados apostados delante: también esa calle, que conducía a la ciudad desde Mezzo Monreale, estaba plagada de signos elocuentes del estado de sitio que Palermo vivía desde hacía dos años por lo menos. Rita atravesó la piazza Indipendenza y pasó bajo el majestuoso arco de Porta Nuova, con sus cuatro telamones que representan a los moros derrotados por Carlos V: presencias lo suficientemente familiares como para resultar invisibles a cualquier habitante de Palermo, pero cada vez que pasaba bajo el arco, Rita miraba con un escalofrío las dos figuras centrales con los brazos amputados en señal de sumisión. Tanta sangre, tanta violencia, tanto terror.

Recordó cuando había estado en la piazza Politeama con Leonardo Ponte, en la primavera de 1982. No era raro que, en sus periódicos regresos a Sicilia, el primo de Rico la llamara para pedirle que lo alojara: prefería Altarello a las casas de sus hermanos. Tras sus años en Catania, se trasladó a París, a la École doctorale d'Histoire moderne et contemporaine de la Sorbona. Vivió los años de las grandes revueltas estudiantiles y luego se quedó en la capital francesa, donde asistió a los cursos de Michel Foucault en el Collège de France. Era el ambiente de estudio que siempre había anhelado: abierto, vivaz y con una marcada tendencia a la interdisciplinariedad. También había pasado largos periodos en el inquieto Berlín occidental de los años setenta, adonde planeaba trasladarse ahora. *Le sicilien,* como lo llamaban en el círculo de Foucault, estaba muy bien valorado: apreciaban su seriedad, que a veces se tornaba sombría, y sus aportaciones desde un punto de vista «mediterráneo» a las cosas y sobre todo a la visión histórica, por la que muchos se sentían atraídos. En Berlín había abordado el tema del terrorismo y la mafia, y sobre la relación entre Estado y anti-Estado había elaborado unos *papiers* que se hicieron muy populares entre los estudiantes. Desde 1980, volvía a Palermo al menos dos veces al año y contemplaba con angustia la gradual intensificación de la segunda guerra de la mafia. También en su ciudad natal contaba con interlocutores atentos, pero era consciente de que los acontecimientos iban mucho más deprisa de lo que él podía suponer desde su posición académica y su lejanía geográfica. Se abría con Rita y redescubrió a su lado la frescura de las relaciones que los habían unido después de la guerra. Desde hacía algunos años vivía con una antigua alumna suya, Julienne Biolay, que nunca había ido a Sicilia con él.

El 30 de abril de 1982, Leonardo había propuesto a Rita que se acercara con él a Palermo, pues la tradicional celebración del Primero de Mayo iba a tener un escenario distinto ese año, y bastante más dramático. No iba a ser una ceremonia cualquiera. Habían matado a Pio La Torre, secretario regional del Partido Comunista, y a su chófer Rosario Di Salvo. Rita lo conocía, dado que había nacido en Altarello y gozaba de una reputación intachable en el pueblo: todos, incluso los que no eran comunistas, reconocían la determinación con la que él, proveniente de una familia muy pobre, se había impuesto en el mundo político, llegando a ser diputado nacional del partido. Miembro de la Comisión Antimafia, había querido volver a Palermo, se había opuesto a la base de misiles de Comiso, pero sobre todo había empezado a indagar en los negocios multimillonarios de muchas empresas que habían florecido en pocos años. Ahora, Palermo le decía adiós: junto a Enrico Berlinguer acudirían los comunistas sicilianos, una multitud de jornaleros y de obreros siderúrgicos que habían conseguido venir de la Italsider de Taranto, e incluso el presidente Pertini. Y asistiría el presidente democristiano de la región, Mario D'Acquisto.

Leonardo había conducido a Rita a la plaza y allí habían oído alzarse las notas del «Himno a la alegría» de Beethoven. Salían de un altavoz al que le costaba mantener un sonido limpio, pero incluso entre crujidos y pausas, la música llegaba fuerte y poderosa. Rita experimentó una extraña forma de emoción: de repente, se sintió parte de la multitud, ella que nunca se había interesado por la política en el sentido estricto de la palabra. Notó un sentimiento nuevo, en armonía con los tiempos difíciles. Leonardo, a su lado, le había sonreído. Conocía el gran corazón de su prima, el sentido de la justicia del que tan a menudo había hecho gala, tanto en los días de la cocina de los pobres, durante la guerra, como en los difíciles y complejos asuntos familiares. En cuanto a ella, pensaba que lo que estaba en juego allí era algo mucho más grande, ella no podía hacer gran cosa, y sin embargo estar allí, firme en medio de la multitud, sintiendo, inmensa, la piedad por la ciudad herida le daba fuerzas. Los automóviles negros con cristales tintados pasaban de largo, pero mientras tanto, al fondo de la plaza, sonaban los cláxones de los coches que se dirigían a la orilla del mar para la excursión del Primero de Mayo. En la sesión extraordinaria de la Región en el Palazzo d'Orléans, hubo quienes hablaron de un poder oculto que no dejaba de matar: Giuliano, Terranova, Mattarella, Basile, Costa..., y ahora La Torre.

Antes del final del verano, la noche del 3 de septiembre, fue el turno del atentado de via Isidoro Carini. Era el primer asesinato de la mafia al que Rita «asistió» personalmente, pues la sorprendió sentada en uno de los pequeños restaurantes recién abiertos en via Isidoro La Lumia: estaba cenando con un pequeño grupo de amigos en el pequeño jardín trasero, reunidos para ver a uno de ellos que llevaba años en el extranjero. Colapé y Amelia también habían abandonado Sicilia, y probablemente no volverían: durante años, Rita se había recluido en la villa de Altarello, pero ahora que estaba sola había empezado a aceptar algunas invitaciones: no era un regreso a su juventud, solo un deseo de sentirse más ligera y disfrutar de lo que la vida aún podía ofrecerle.

Estaban esperando el segundo plato, que no llegaba. Los camareros se agolpaban frente a la puerta de la cocina, no estaba claro si esperando los platos o por un descanso. De repente, el aire se había vuelto pesado, y ya no resultaba fresco, sino casi bochornoso. La charla se había apagado. Solo dos turistas alemanes, a dos mesas de distancia, seguían comiendo y conversando en voz alta. Todos los demás estaban en silencio. Una ráfaga de disparos. Rita se sintió extraña, y luego, como en un destello, la palabra «apocalipsis» apareció en el cielo. Se hizo un gran silencio. Los camareros volvieron a moverse entre las mesas: «Ha habido un atentado contra el general Dalla Chiesa», dijo uno, y luego añadió, «aquí cerca». Solo entonces se oyó un murmullo acallado, rostros consternados, ojos entristecidos. Habían muerto el general Carlo Alberto Dalla Chiesa, prefecto de Palermo desde hacía unos meses, su mujer Emanuela Setti Carraro y Domenico Russo, un agente de policía de Santa Maria Capua Vetere asignado como escolta.

Rita había pensado mucho en Emanuela Setti Carraro, una mujer del norte, enfermera, esposa del general desde hacía poco más de cincuenta días. Le había parecido muy valiente, le gustaba esa sonrisa que siempre tenía en los labios junto a su marido mucho mayor que ella, claramente enamorado y entregado a la joven recién casada. AQUÍ HA MUERTO LA ESPERANZA DE LOS PALERMITANOS HONRADOS, había leído en un cartel escrito a mano, colocado al día siguiente en el lugar del atentado, y se preguntaría durante mucho tiempo en qué podría consistir esa «esperanza», qué forma podría adoptar. Veía algo con alas, un pájaro amable, capaz de hechizar los corazones y silenciar las armas.

Ella llevaba también un duelo en su interior, un duelo que venía de lejos. Cuando pensaba en ello, se le hacía un nudo en la garganta que no se le deshacía con facilidad. De camino a Palermo, en ese mayo de 1984, bajo el cielo turquesa, en medio del vuelo de las golondrinas que le traían a la memoria la esperanza de dos años antes, estuvo tentada de abandonarse a la tristeza, pero decidió que en ese momento no tenía cabida en su interior: incluso el dolor requiere su propio tiempo, una concentración a su medida. Y las golondrinas desaparecieron por encima del alto bordado de las palmeras.

La sucesión de muertes no acababa. Rita sabía que muchos palermitanos toleraban mal el clima que se había creado y, en una inversión perversa y paradójica, atribuían el estado de sitio a la presencia masiva de hombres que luchaban contra la mafia y no a la violencia que el clan de los corleoneses habían desencadenado para conquistar el territorio.

Era una guerra que ya había durado demasiado, y que duraría mucho más. Al igual que duraban los enormes intereses en juego, entre otros los relacionados con el narcotráfico y la riqueza que conllevaba.

Así pues, Rita había sido llamada por el jefe de policía adjunto: la esperaban en la antigua farmacia, junto con su prima Mariolina Sorci, viuda de Vallo.

Preocupada, se aferraba al volante y escudriñaba el escenario de las calles semivacías. ¿Qué podían querer de ellas? Pronto lo averiguaría.

Había tomado por via Notarbartolo, con lo que había alargado el trayecto, pero quería pasar por delante del bar Ciro's, adonde el juez Falcone solía ir a tomar café: la escolta se precipitaba a desalojar el bar, no debía quedar nadie dentro, salvo el personal, y solo entonces entraba el juez. Esa costumbre había avivado una antipatía sorda y oscura en la zona; dicho o susurrado, lo que corría de boca en boca eran frases del estilo: «Que se vaya a vivir al cuartel», «Que nos deje en paz», «Que desaparezca». Y él había dejado de ir al Ciro's, como a cualquier otro lugar público por lo demás, y lo mismo habían hecho sus otros compañeros jueces que vivían con escolta. Rita aminoró la marcha frente al bar, más intrigada que indignada, imaginando que se encontraba frente a quién sabe qué, cuando en realidad allí no ocurría nada, salvo el merodeo de algunos hombres, quizás más escasos que en otras ocasiones, cuya ocupación no parecía consistir en otra cosa más que en llevarse lenta y cuidadosamente un cigarrillo a la boca.

Los jueces Falcone y Borsellino, mientras tanto, habían sido trasladados por razones de seguridad a Asinara: había llegado el momento de abrir un juicio que acabara por fin con muchos de los responsables del clima de violencia que vivía la ciudad. Tommaso Buscetta había empezado a hablar: junto a los nombres que había facilitado, no dejaba de repetir que la Cosa Nostra ya no respetaba los códigos de honor que habían sido constitutivos de una identidad. El juez Falcone intentaba que los resultados de los interrogatorios se mantuvieran dentro de unos límites de estricta confidencialidad, pero algunas noticias habían llegado, no obstante, a las páginas de los periódicos.

La vida de los ciudadanos dependía del clima que determinaban las operaciones antimafia, y por esa misma razón a menudo tenían que enfrentarse (pensaba Rita) con la hostilidad generalizada, con la sensación de alarma que podía sentirse en las ocupaciones normales de la vida cotidiana. Al Círculo acudían menos mujeres, y las que lo hacían ponían a las demás al corriente de lo que veían, de lo que oían: muy pocas estaban dispuestas a pensar que la pesada atmósfera, los soldados en las esquinas, el grito constante de las sirenas, las propias noticias sobre ajustes de cuentas en el seno de la Cosa Nostra procedían de la arrogancia del «poder oculto» y no de la lucha por la justicia. «Sería mejor que nos dejaran en paz» era el comentario que Rita había oído repetidamente —acaso con la boca pequeña— de las propias bordadoras.

Cuando llegó frente a la antigua farmacia, Mariolina ya estaba allí. Un grupo de policías y algunos soldados con trajes de camuflaje deambulaban alrededor de la puerta del Círculo.

—¿Qué ha pasado? —preguntó enseguida Rita, presentándose al jefe de policía adjunto y cogiendo a Mariolina bajo el brazo como para defenderla.

El jefe de policía adjunto hizo una pequeña inclinación con la cabeza y, sin responder, les indicó el camino. Desde el oscuro pasillo que conducía al salón se notaban olores extraños y el ruido de la gente que entraba y salía.

Una lata de pintura negra había sido arrojada sobre la puerta del salón y había rodado hasta el patio, dejando una larga estela oscura. No había nada escrito, solo el goteo de pintura, ahora coagulada, que se extendía como el tentáculo de un pulpo gigante. La luz de la mañana entraba por los altos ventanales y revelaba una escena espantosa: sillas y mesas estaban volcadas en el suelo, la carpintería había sido destrozada y, en medio del vestíbulo, destacaba un montón ennegrecido en el que se reconocían patas de sillas y tiras de tela quemada. El agua que había extinguido las llamas formaba una especie de papilla maloliente. Las cajas en las que las bordadoras guardaban sus herramientas y materiales estaban volcadas, y había madejas de hilo enredado esparcidas por todas partes, junto con telares de aros rotos, tijeras clavadas en la madera o tiradas por el suelo con las cuchillas separadas, telas rotas y sucias, la Olivetti volcada en el suelo, cajones tirados boca abajo y sillones desventrados. La habían tomado incluso con el Cristo desnudo, que yacía en el suelo, largo y tendido, dos veces muerto. Todo había sido esparcido y agraviado con intención. Alguien incluso había orinado en una sábana, cuyo borde estaba decorado con un ingenuo motivo de nudos de amor de color verde claro. En la pared derecha, habían escrito con pintura negra: BUTTANE, PUTAS.

Rita y Mariolina caminaban mudas en medio del desastre, con pasos rígidos e inseguros.

Al final, Rita se volvió hacia el jefe de policía adjunto. «¿Por qué?», dijo con una voz débil que no era la suya. Resultaba evidente que no pedía ninguna respuesta, pero la pregunta quedó en el aire.

—No gustaba —respondió el jefe de policía adjunto, casi en un susurro.

Mientras tanto, policías y soldados deambulaban por la sala. Rita se fijó en ellos con el rabillo del ojo y no pudo evitar preguntarse por qué había tantos hombres en un lugar que había sido de mujeres. *Masculi, fimmine,* repetía una y otra vez. Le pareció que la dimensión conventual que siempre había tenido el Círculo del Punto de Realce había cobrado de repente sustancia. Ahora, frente a esa doble invasión —la ofensa de desconocidos, varones, ¿quiénes si no?, y las fuerzas del orden—, sentía que se había violado un espacio que, si no era religioso, poseía sin embargo la concentración, la intimidad y la limpieza que bien podrían haber pertenecido a los esfuerzos cotidianos y febriles de una orden de monjas. ¿Dónde se esconderían ahora? Pero, además, ¿por qué esconderse? ¿Había algo en la familia Sorci que había expuesto al Círculo a tal violencia? Es verdad, pensó Rita, que no había muerto nadie, pero no dejaba de haber un aire a muerte.

Se sentó desolada en una de las sillas que permanecían en pie y esperó a que Mariolina se recuperara de su consternación. En realidad, Mariolina estaba incubando una ira incandescente tras su aparente estado de parálisis; se preparaba para sacar de lo más profundo de sí misma un sentimiento violento, sin gracia, sin control. «No podemos permitir que nos traten así», le salió de los labios, con rabia. Justo en ese momento, un joven vestido de camuflaje pasó junto a ella, tal vez sin darse cuenta de su presencia, y preguntó a un policía local:

—¿Qué hacían aquí?

El otro se encogió de hombros.

—Cosas de *fimmine* —intentó decir.

Mariolina cogió al soldado por el brazo:

—¡A ver si te enteras! ¿Ves todos estos trapos? ¡Podrías haber adornado a una reina con estos harapos!

—Aquí había trabajo —le corrigió Rita—, este era un taller de belleza.

Apareció un padre jesuita, al que ni Rita ni Mariolina habían visto nunca y que intentó aportar consuelo: estaba al corriente de la benemérita actividad del Círculo y se preguntaba qué malvado pensamiento había inspirado «semejante vilipendio».

—Vilipendio, padre —repitió Rita—, lo ha dicho bien. —Lanzó un largo suspiro y continuó—: Me temo que tendremos que tomar algunas decisiones. Las mujeres ya eran reacias a venir a bordar. Pero antes nos gustaría entender de dónde viene esta hostilidad.

El sacerdote hizo gestos de que lo entendía, que esperaría, junto con los demás hermanos, sus deliberaciones.

—Cuántas cosas nos quedan por aprender, padre —suspiró Rita. Luego llamó la atención del jefe de policía adjunto—. Tenemos que presentar una denuncia —declaró en un tono que pretendía sonar interrogativo, pero que no lo era en absoluto.

El jefe de policía adjunto lo confirmó con un gesto de la cabeza. Parecía casi tan desconcertado como ellas.

El soldado que había preguntado qué diablos se hacía en aquella sala, tenía ahora un aire más amable y se dirigió hacia la salida, diciendo:

—Mi madre también borda, en el pueblo.

A Rita y Mariolina les hubiera gustado quedarse para poner orden e intentar limpiar, pero el salón estaba secuestrado por la investigación del caso. Nadie podía entrar hasta nuevo aviso.

Por la noche, hicieron una rápida ronda de llamadas telefónicas y todas las mujeres del Círculo fueron informadas. Stellina rompió a llorar y pidió que se reunieran todas en su casa al día siguiente. Lo hicieron en un ambiente de luto y humillación. Era obvio que habían molestado a alguien, pero era igualmente obvio que se trataba de una molestia menor y que este «vilipendio» había sido un gesto periférico, cuya única intención era aumentar el pánico generalizado. La noticia se recogió en el periódico. Pocas líneas, pero significativas. Se hablaba del Círculo del Punto de Realce (en otras ocasiones se habían dedicado pequeños párrafos a la calidad de la empresa, a las ferias temporales, a las oportunidades de regalos de Navidad, incluso a la loable actividad de rehabilitar a mujeres «en dificultades», así lo habían escrito), y por primera vez se decía expresamente «el Círculo del Punto de Realce de la familia Sorci», como si se tratara de una actividad comercial: exactamente lo que nunca quiso ser, desde que lo fundaron las Tres Sabias. La noticia apareció, en la crónica de Palermo, después de una página casi completamente ocupada por la noticia de la compra de Rete 4 por Fininvest, de Silvio Berlusconi.

La familia Sorci, pensaba Rita, la familia de mi marido. Y pensaba en él con una especie de dolorosa distancia —de él, de los parientes políticos, de los acontecimientos que habían marcado a la familia a partir de la posguerra—, pero también con una adhesión afectiva que le traía a la memoria episodios cruciales de su juventud y madurez. Pensaba cada vez más a menudo en su madre, como si sintiera de forma más intensa la necesidad de su sabiduría, de sus consejos, de su reserva. La recordaba en la tumbona del jardín, pero era como una imagen fugaz, pues entonces era demasiado joven para entregarse a la contemplación de quien la había traído al mundo. Se le vino a la cabeza Ruben, su novio estadounidense, y junto a Ruben, todo lo que había soñado hacer en la posguerra. La posguerra, por el contrario, le había traído a Rico, a quien había amado con total entrega y por quien había sido, al menos hasta cierto punto, correspondida. Rico tenía la belleza de los hombres que han sufrido y que aman llevar esos sufrimientos como banderas de batallas, estandartes de pasión. Más tarde, las cosas salieron de otra manera.

Ahora, Altarello guardaba silencio. La primavera estaba dando paso al verano, la flor se convertía en fruto. Con los niños lejos, por muy ocupada que estuviera Rita con la administración de las últimas propiedades que le quedaban, y por mucho que no fuera sin duda el marido ideal, sus pensamientos volvían a menudo a Rico, cuya ausencia se había hecho permanente.

Había sido dos años antes, el verano siguiente al funeral público de Pio La Torre. Leonardo Ponte había preguntado:

—¿Y dónde está Rico?

—En el campo. Está bien —había respondido—. Rico siempre está bien cuando puede gastar, y esta vez ha encontrado una oportunidad «formidable».

—¿Qué ha hecho?

—Nada especial, en realidad. Se ha comprado, y dice que ha sido un negocio redondo, un Alfa Romeo Spider del 66, rojo brillante, descapotable, con asientos de cuero.

Leonardo sonrió, casi con complicidad:

—Siempre hemos sabido que le gustan los coches bonitos.

—Y también las mujeres guapas —le replicó Rita.

Él lamentó la frase, temía haberla incomodado, pero Rita ya no se sentía incómoda en ese sentido.

Leonardo le había confesado que le gustaría verle:

—Si tengo algún día libre, me reuniré con él en el campo. Todos esos proyectos... Sicilia que cambia, la tierra, los modelos franceses... Tenía grandes ideas.

—Desgraciadamente, vendió muchas tierras. Y al perder la tierra también se dejó arrebatar los sueños con los que debía cultivarla.

Leonardo reconoció en Rico ese matiz de tragedia que todos los Sorci acarreaban desde siempre consigo.

—Les corre prisa acabar —había dicho, arrepintiéndose al instante.

Nunca hubo nadie más lapidariamente preciso que Leonardo, pensó Rita dos meses después, cuando, la noche del 11 de julio, recibió la llamada de los carabineros.

El Alfa Romeo yacía volcado en una curva cerrada, Rico había sido trasladado al Hospital Cívico, donde expiró nada más ingresar en Urgencias. Rita se había apresurado a subir a su coche y a conducir hasta Palermo, pero en Palermo era imposible moverse: las calles habían sido invadidas por gente dando vueltas a causa de la victoria de la selección italiana de fútbol contra Alemania. Rita pedía paso: hacía sonar el claxon, daba las luces largas, pero todo formaba parte de la música que la rodeaba. Italia era campeona del mundo. En cierto momento abandonó el coche donde pudo y continuó a pie, aturdida, mezclándose entre la multitud delirante, abriéndose paso donde podía y dirigiéndose rápidamente al hospital. Todo el mundo estaba contento. Todos querían olvidar. Pio La Torre había muerto, la gente moría por todas partes. Italia había ganado y ella había perdido a su marido. La acompañó hacia la entrada del hospital el atormentador graznido de una trompeta. La trompeta. 3-1. Italia-Alemania. Qué gigante, Italia. A Rita le costó encontrar a alguien que la acompañara hasta el cadáver de su marido. Cuando le retiraron la sábana, vio algo de sangre, pero no mucha. Algo debió de haberse roto dentro de él. Rita había bajado la mano hasta su rostro muy pálido. Rico era un hombre complicado, lleno de contradicciones: bondad y maldad, belleza y fragilidad, debilidad y bravuconería. Se lo quedó mirando llena de compasión. Solo entonces se percató de que no había avisado a sus hijos.

Se sentó a su lado y aguardó a que el delirio de la ciudad empezara a apaciguarse.

23
Dice Mariolina Sorci
(abril-diciembre de 1988)

Se presentan ante mi puerta y parecen salidos de un viejo serial televisivo basado en una novela de Dickens: él, apergaminado, encorvado, con la gorra calada hasta las orejas, profundas arrugas en las mejillas y el cuello, lleva una pesada chaqueta áspera incluso a simple vista, con los puños de la camisa sucios; ella va enfundada en un sobretodo gris oscuro que no oculta sus anchas caderas, una barriga que presiona el único botón ahogado por el ojal. Su rostro marchito no lleva ni rastro de maquillaje, a excepción de un toque de carmín rosa, y un chal gris claro le cubre el pelo, como si viniera de una ceremonia funeraria. Me han llamado, me han pedido que nos veamos, al cabo de tantos años. Y ahora aquí están, escombros humanos.

—Don Totò, doña Rosalia..., *che ci fu,* ¿qué ocurre? —pregunto casi descortés.

Los dos intercambian una mirada, como para ponerse de acuerdo sobre quién será el primero en hablar, y don Totò se decide. Se quedan en la puerta, sin atreverse a acercarse. Les señalo los asientos de madera, cada uno con un cómodo cojín, pero los dos permanecen de pie. Y yo con ellos.

Don Totò se demora en cumplidos. Dice que la calle en la que vivimos es muy bonita, que el abogado que en paz descanse nos protege, que un hijo varón es un consuelo. Y lo dice así, de forma ambigua y extraña. Mi instinto me sugiere que desconfíe, pero otra voz me susurra que, si han surgido de la nada, me traen una embajada que no podré rehuir, sea buena o mala. Los dos parecen ir cogiendo confianza, se quitan la chaqueta y el sobretodo. Me percato de que él lleva un bonito jersey bajo la chaqueta, y ella, por muy destartalado que esté su cuerpo, ha intentado *alicchetarsi,* ponerse guapa: lleva un vestido oscuro, en el pecho luce oro: una cadena de la que cuelga un diminuto diamante. De repente me llega a las fosas nasales ese olor inconfundible que había en el hueco de la portería del edificio de mi abuelo, una mezcla de humedad y cocina.

—Hemos venido en persona, porque en persona habla uno mejor —dice don Totò.

Asiento con la cabeza y vuelvo a invitarlos a sentarse; me siento frente a ellos, en la silla con respaldo y brazos altos, y me quedo esperando.

—Hemos venido en persona —repite—, porque el asunto es delicado.

Más molesta que preocupada, digo:

—Ya me lo imagino.

—Hemos venido...

—En persona. Entendido, don Totò. Prosiga.

—Díselo, Totò —le apremia su mujer.

—*Voscenza,* ¿os acordáis de que nos quedamos en el Palazzo Sorci? Y digo el Palazzo Sorci porque no se puede llamar de otra manera. Nos quedamos allí incluso cuando lo vendisteis. En todos estos años, los nuevos propietarios apenas han aparecido. Dos veces, tal vez tres... Rosalia, ¿cuántas habrán sido?

Su mujer contestó que han sido más, pero que luego no pasaba nada.

—Vino uno que parecía un aparejador, tomó medidas, *acchianò, scinnìu,* subió, bajó..., y no se le volvió a ver el pelo.

—Igual como estaba, así sigue el palacio —confirma don Totò con gravedad.

He tenido ocasión de pasar por via delle Repentite y lo que se dice igual no es que esté el Palazzo Sorci, pero decido dejarlo correr.

—Ahí seguimos. Los nuevos propietarios no tenían nada en contra. Guardianes fuimos y guardianes seguimos siendo —añade. Y al oírlo, casi se lo creería uno.

Doña Rosalia le hace señas para que sea más preciso.

—Guardianes de todo lo que hay que guardar —especifica don Totò con cara seria.

No puedo evitar la tentación de preguntarles si la policía ha vuelto alguna vez a ver qué hay en los almacenes, pero no basta con eso para que se sienta incómodo don Totò, que responde muy tranquilo:

—Esos no descubrieron nada. ¡Allí no había nada que descubrir cuando llegaban los polizontes! Nada nuestro y nada vuestro. —No entiendo qué quiere decir con ese «vuestro», pero no hago preguntas. En cambio, me alarmo cuando una luz vagamente lastimera destella en sus ojillos acuosos—: Y ahora tampoco se sabrá nada de lo vuestro.

Los miro, primero a uno y luego al otro, tras lo cual les ofrezco un vaso de agua y *zammu,* que rechazan.

—¿Todavía bordáis, *Voscenza?* —me pregunta doña Rosalia, y añade—: Todas esas *fimmine* del callejón Busambra ya no bordan.

—¡Cuántas cosas saben! Pero usted no ha venido nunca al Círculo del Punto de Realce. Había sitio para todas.

—Señoras o *buttane* eran —dice don Totò, con una bravuconería que en otros tiempos ni se hubiera atrevido a soñar—, no había sitio en medio.

—No, no lo había —se hace eco su mujer.

Hago una mueca: estos se toman las libertades de los que te han visto crecer, nunca se habrían atrevido a tanto con Peppe vivo. Ni les intento explicar que no era así, sería inútil, y además son otras cosas las que ahora me interesan.

—Pero ustedes no han venido para hablarme del Círculo, ¿verdad?

—No, señora —confirma don Totò.

—Entonces —digo—, ¿de qué se trata?

—Pues de que vuestro hijo viene a vernos —deja caer, y retira la espalda del respaldo del asiento, ahora dirige él la conversación.

—¿A verlos?

—Bueno, no a nosotros exactamente. Sube las escaleras. Solo y en compañía.

«¿Harry? ¿En el Palazzo Sorci? ¿Y con quién?» Intento contener el disgusto: estos dos espantapájaros han venido a calumniar a mi hijo.

—*Che sapurito,* qué buen mozo, ese Enrico suyo —empezó doña Rosalia meliflua—, hermoso como el sol, como un santo, como un Cristo...

Digo que sí, que Harry es guapo, un auténtico normando, pero no me imagino qué va a hacer en el palacio que perteneció a mi familia.

—Por la noche viene —dice ella a media voz, como si temiera que la oyeran.

—Viene porque tie' sus asuntillos —interrumpe don Totò, y continúa—: Pero *Voscenza* que es toda una señora, que ha estudiado... ¿No se ha dado cuenta de na? ¿Es que no ve que está hecho un pocachicha, solo pellejo y huesos?

¿Harry está enfermo y no me he dado cuenta? ¿Qué intentan decirme, instándome a que me fije en esa delgadez que a mí siempre me ha parecido propia de él y que ellos atribuyen a otra cosa?

—¿Mi hijo va al Palazzo Sorci con otra gente? —repito.

Asienten al unísono.

—En Palermo es una plaga entre los jóvenes —dice Don Totò, y más ahora, que no cuesta na... Pero un *picciotto* tan guapo como él, un *picciotto* que tiene de to: educación, dinero, oportunidades..., ¿pa' qué?

Estoy atónita, consternada, me cuesta respirar, y al mismo tiempo no quiero demostrar lo que poco a poco se me va haciendo claro, no, claro no, pero empiezo a ver, a reconocer, a conectar.

—Nosotros se lo hemos dicho —dice él.

—No, bueno, decírselo no se lo hemos dicho en realidad —le corrige su mujer—, no nos atrevimos. ¡No faltaba más! ¿Nosotros diciéndole a su hijo lo que ha de hacer y lo que no?

—Pero sí hicimos una cosa, eso sí —prosigue don Totò. Y,

como un viejo tío considerado, suelta—: Le buscamos la mejor. De la buena buena, que no hace daño. De la que no te mueres.

Parece una pesadilla. Les pregunto si de verdad se la *compran* a ellos.

No dicen que no, tampoco que sí, murmuran: «Es un criajo», «no podíamos decirle que no», «la mejor que había, esa pa'él», y es como si dijeran que sí, y basta, de repente casi me cuesta trabajo creerlo. Me replanteo ciertas ausencias, una actitud perezosa, una respuesta incongruente, un torpe jueguecito con las manos antes de levantar una taza como si temiera no lograrlo, detalles todos en los que no había reparado hasta este momento. Y pienso en las veces —muchas— que ha pasado la noche fuera de casa; me daba rabia que no me avisara de antemano, pero lo justificaba por el éxito que sin duda tenía con las chicas, chicas libres con las que se quedaba a dormir.

—Venid esta noche, venid y comprobadlo con vuestros propios ojos. Últimamente viene todas las noches —dice don Totò. No contesto; ahora comprendo, y un velo de sudor helado me cubre el rostro.

—Vuestro hijo ya no tiene más dinero. Se ha gastado todo lo que le habéis dado... —suspira Rosalia. Baja la mirada al suelo y luego clava sus ojos en los míos. Se da cuenta de cómo estoy, así que se levanta con dificultad, hace un gesto con la mano a su marido y se despide apresurada, deferente pero apresurada:

—No queremos molestaros más

Abro la puerta y me apoyo en la jamba porque tengo miedo de desmayarme. En el rellano, al cerrarla, oigo a doña Rosalia mascullar: «Qué casa más bonita».

No sé cuánto tiempo paso sentada en el vestíbulo. Lo único que sé es que cuando vuelve Harry, pasadas las ocho, consigo mirarlo sin traicionar emoción alguna. Es él. Está aquí. Está a salvo. Aun así, lo primero que me pregunto es si sigue trabajando en la librería. Abandonó los estudios hace tiempo, pese a tenerlos bien encaminados, pues llevaba tres años en la Facultad de Derecho: soñaba con abrir su propia librería, sabe que puede contar con el dinero y las propiedades que le ha dejado su padre —y me tortura la idea de que, de haber estado él, quizás nada de esto habría ocurrido— y, por más que aún no tenga acceso a ese patrimonio, tarde o temprano llegará el momento. Ahora trabaja en una librería de esas alternativas, que era muy famosa hasta hace una década, pero a la que últimamente le va regular. Una vez estuve allí, porque tenía curiosidad por ver dónde trabajaba, y se empeñó en que me llevara *La amante,* de Duras. Ha tenido varias novias, incluso se presentó con alguna en casa, pero nada serio. Ahora se deja ver con una veinteañera toda huesos, pelo largo y liso, manos finas. ¿Flavia? ¿Se llama Flavia? Ahora no estoy segura, pero el apodo con el que la llama me suena: Gnaghi, como el ayudante de Dylan Dog.

Así que llega Harry, dice que ya prepara él la cena, y le veo moverse por la cocina con la flexibilidad de un felino. Yo pongo la mesa, él corta los tomates, fríe la carne empanada y, por último, abre el vino. Nos sentamos uno frente al otro, y esta vez lo noto, noto algo malsano en su delgadez, y observo ciertos pliegues a los lados de su boca que nunca había visto. Me sirvo, pero no soy capaz de tragar nada, y al parecer, él tampoco: los dos nos dejamos los platos llenos.

—Tú no estás bien —me dice Harry. Lo dice con tanta dulzura que no me atrevo a replicarle que él tampoco parece gozar de mucha salud. Pero tiene razón: soy yo la que quizás no esté bien. Me coge la mano. Me pregunto qué haría sin él. Me pregunto qué haría él sin mí.

Cuando me dice que va a salir, que Gnaghi le espera en la parada de autobús que lleva al centro, estoy viendo la televisión y es como si me espabilara. Le miro como una detective, una detective que, en todo caso, es capaz de mentir y que se despide de él agitando la mano en el aire, hundida en el sofá. Le pregunto incluso si no cree que tendrá frío solo con una camisa, al fin y al cabo estamos en abril. Tres minutos después ya he salido a la calle. Me he puesto el impermeable porque el cielo está cargado de nubes. Lo veo desde lejos. Le sigo, pero Gnaghi no se encuentra en la parada, aparece más adelante y solo entonces se montan en el autobús. De repente, me digo que sé adónde van, me dirijo a la parada de taxis sin miedo a perderles la pista. Por lo tanto, me creo a don Totò y doña Rosalia, estoy en sus manos. Me digo que así es como sucede, como se pasa de la ignorancia a la conciencia, y la conciencia se convierte en un abismo ya abierto, sobre el que sopla obstinadamente un polvoriento sentimiento de culpa. Cuánto se habla de drogas, en los últimos diez años... Incluso en el Círculo del Punto de Realce solíamos hablar de ello. Ida, una chica regordeta que lloraba cada vez que se equivocaba y tenía que descoser, había empezado a fumar mucho, y el día que su novio le ofreció su primera dosis de heroína, dijo que sí. Nos contó lo bonito que había sido, para nuestro asombro. Stellina había acompañado a Ida a la piazza Magione y se había enfrentado al chico que la esperaba allí: le había advertido, le había dicho que en el Círculo no teníamos miedo y que lo denunciaríamos a él y a quienquiera que le estuviera vendiendo la mercancía. Parece que estuvo convincente. No sé cómo, pero Ida nos dijo que la historia había terminado; y luego desapareció. Dos años más tarde murió de una sobredosis, nos enteramos por una noticia en el periódico.

Llego al Palazzo Sorci, el portal está abierto, como si supieran que venía. Empieza a llover, gruesas gotas que pronto se convierten en un aguacero, me refugio bajo un balcón, sin atreverme a entrar, casi como si me molestara la idea de haber obedecido a la «invitación» de don Totò y doña Rosalia. El antiguo bar Luce ya no existe, el letrero de neón está destrozado y parece que hace siglos que nadie levanta el cierre metálico. Entonces, por fin me decido. Mi corazón late con fuerza. La lluvia ha vaciado la calle. Estoy sola esperando, indecisa, sin aliento. Cruzo despacio, se me empapa el pelo.

Siempre fue un chico brillante. Los profesores lo adoraban: él sabía ganárselos y, aunque su rendimiento no fuera excelente, le perdonaban cualquier inexactitud, cualquier vacilación. Lo mismo ocurría y sigue ocurriendo en la familia. Los hijos de Rita lo adoran: cuando Colapé vuelve de Londres, es a Harry a quien quiere ver el primero; y lo mismo le pasa a Amelia, la «pisana», la intelectual de la familia. Sabe convencerlos, a ambos, para ir a la discoteca, y ellos no dejan de decir que verlo en medio de la pista de baile, girando, alzando el vuelo, deslizándose por el aire, «estirando los brazos hasta el infinito» (eso dice Amelia), es un espectáculo. Y yo nunca he tenido la menor duda. Sé que le gusta el teatro: hubo una noche en que, en casa de Stellina, él y ella se pusieron a representar una escena de *La gaviota,* de Chéjov, ella haciendo de Irina Nikolaevna y él de Konstantín Gavrílovich. Fue una gran velada. Oírle leer «¿Me quiere...? ¿Me quiere...? No. ¿Me quiere...? No. ¿Ves? ¡Mi madre no me quiere! ¡Ya lo creo...! ¡Como que desea vivir, amar, usar blusitas claras; y yo con mis veinticinco años le estoy siempre recordando que no es tanta su juventud...!»; ah, ahora que lo pienso, me pregunto si no estaría hablando de mí. Stellina lo escuchaba embelesada. Y ahora aquí estoy, titubeante... ¿Adónde voy? ¿Estará doña Rosalia esperándome dentro? No está. No hay nadie, aunque al cruzar el patio veo que la luz de su cocina está encendida, tenue pero encendida. Subo por la escalinata, que está llena de basura, cascotes, periódicos rotos. Avanzo con cautela, temiendo hacer ruido y sin saber qué esperar, pero sobre todo sin saber dónde buscar a Harry. Está claro que, aparte de la casa de los porteros —probablemente conectada de manera abusiva a la red municipal—, no hay electricidad en el edificio. Oigo la lluvia fuera, cada vez más intensa. Si alguien hablara, no le oiría, tan fuerte es el ruido que hace. Fuertes ráfagas de viento atraviesan los destartalados marcos de las ventanas, pero yo sigo subiendo hacia el piso noble, y cuando entro, tras empujar la puerta, cada paso resuena, como si caminara por la orilla de un río, y el crujido bajo mis zapatos se mezclase con la furia de la tormenta. La oscuridad se aclara con la luz que entra de la calle, y avanzo desde el salón hasta las habitaciones que en otros tiempos fueron de mi abuelo. Al fondo veo una pequeña luz, quizás la llama de una vela.

Hay más de una vela, están todas en el suelo, puesto que no

quedan candelabros. Entre esas velas veo a Harry y a Gnaghi, con la espalda apoyada en el piecero de la cama: parece una ceremonia misteriosa, pero en realidad se están administrando mutuamente una dosis de lo que supongo que es heroína. Tengo que agarrarme al marco de la puerta, me escondo, o tal vez me oculte a mí misma la escena que ha relampagueado ante mis ojos por un momento. ¿Doy un paso adelante? ¿Los interrumpo? Tengo miedo de hacer daño. Tengo miedo de que se rompa algo: la aguja, la jeringuilla... Tengo miedo, nada más. Me acuerdo de Ida, del Círculo del Punto de Realce. Veo en la oscuridad su inocencia, el bordado de su inocencia en su cara redonda y regordeta. Escucho el tambor de mi corazón. Me digo, no dejo de repetírmelo, que estoy sola y que no tengo medios para afrontar lo que está pasando. Digo «medios» y me confundo. ¿Medios? Me doy cuenta de que no soy más que una madre. Es lo único que tengo. Así que entro.

Harry está de pie con la cabeza inclinada hacia atrás, no me ve. Es Gnaghi la que me ve, que me saluda con la mano, como si estuviéramos en Mondello en una hermosa mañana de verano. Pero no: es de noche, fuera no para de llover, y avanzo circunspecta, vacilante en mis pasos y en mis intenciones. Entonces Harry levanta la cabeza, abre los ojos y, después de lo que parece una infinidad de tiempo, me reconoce. Sonríe. Y es una hermosa sonrisa, con ese pelo rubio ondeando alrededor de su cara, igual que la sonrisa de Cristo en la cruz. No soy capaz siquiera de articular un gemido: estoy muda. No sé por qué llorar. ¿Por la vergüenza? ¿Por el miedo a verlo morir? ¿Por la confianza traicionada? En cambio, él sonríe y me dice que sabía que tarde o temprano ocurriría, y que se alegra de verme allí. «Mamá, soy un hombre infeliz», dice, y no lo hace para justificarse, lo hace para borrar de golpe la imagen que tengo de él. Gnaghi está acurrucada en el suelo y parece dormir. Me siento en el suelo junto a Harry, sobre una alfombra mugrienta, y espero a que pase la noche. Dejo que recueste la cabeza en mi regazo, lo acojo, lo acaricio, y entonces sí, me siento realmente como la madre de Cristo. Entre las muchas cosas en las que me imaginaba que acabaría convirtiéndome, una en la que nunca había pensado: una Virgen.

Así pues, Harry es un yonqui. Hay que decirlo de forma clara: un yonqui. Sin piedad. Le escribo a Carlino: «Harry es un yonqui». Y Carlino me llama inmediatamente, me pregunta si está dispuesto a dejarlo. Parece que sí, habla de ir a la comunidad de Saman, cerca de Trapani. De hecho, ya ha estado allí —me ha dicho—, por curiosidad, ha conocido a Mauro Rostagno, que le ha dejado totalmente fascinado. Ahora lo acompaño yo, en coche. La comunidad se halla cerca de Erice, los campos están florecidos, sopla un viento agradable, bajamos las ventanillas del coche y cantamos. Gnaghi está atrás, medio tumbada, con las piernas estiradas, reclinada como si el asiento fuera una *dormeuse*. En algún momento, Harry empieza a hablarme de cómo y cuándo comenzó, del dinero que me robaba sin que me diera cuenta, no quiere que haya secretos, ya no. El médico de cabecera me advirtió que no debía creerle, que el yonqui es un mentiroso, no sabe más que mentir y lo hace muy bien. Y además «confesar» —a su manera, claro— le viene bien. Todo eso lo sé perfectamente, pero lo escucho y le creo. Lo quiero, lo quiero como quise a su padre, pero él es más guapo que su padre, es un dios antiguo. Y estoy enamorada de él: me ha engañado y me dispongo a ser engañada de nuevo, cada vez más. Me dan miedo sus drogas, pero si me pidiera que se las consiguiera, estaría dispuesta a hacerlo.

Saman nació en torno a una antigua alquería, y parece dominar una atmósfera serena, pero en este día de junio yo sentiría levedad en cualquier lugar, con cualquier tiempo. Gnaghi se ha despertado, masca chicle y mira a su alrededor con extrañeza.

—Yo no voy a quedarme aquí —dice.

Y Harry, dulcemente, contesta:

—Haz lo que te parezca oportuno.

Harry y Gnaghi se encuentran con unos jóvenes vestidos de naranja que reconocen a Harry y se disponen a acogerlo. Yo me mantengo al margen, le dejo actuar, confío en él, no puedo hacer otra cosa más que confiar en él. Nos quedamos a comer, pero Rostagno no está, lleva un programa en Radio Tele Cine, una emisora de Trapani, a veces se queda en la ciudad. Apenas me da tiempo de cruzarme con él cuando me dispongo a regresar a Palermo: tiene unos ojos negros que me horadan el alma, el pelo y la barba le enmarcan el rostro, que parece el de un niño. Me pregunta por Palermo, donde militó en los años setenta —«Ocupé incluso la catedral»—, me pregunta si no nos conocíamos ya. Señalo a Harry con la mano, como recomendándoselo: sé que puedo hacerlo, me gusta la idea de que Rostagno tenga tanta vida y lucha a sus espaldas. Es alguien que nunca ha dejado de ser libre. De hecho, se lo digo, porque me lo imagino así, como alguien que no tiene miedo. Entonces vuelvo a Harry y le pregunto:

—¿Saldrá de esta?

—Aquí trabajamos, leemos, meditamos. No le queda otra más que salir de esta.

Le dejo mi número de teléfono. Nunca se sabe. Alguien debe de haberle dicho quién soy, o al menos de quién es hijo Harry. Rostagno dice «Vallo, ¿no?», y me doy cuenta de que ha trazado su propia triangulación y no le importa. Se aparta con Harry, vuelve al cabo de un rato y, delante de los presentes, recita:

—De ahí viene que el «príncipe Harry» sea valiente, porque la sangre fría que naturalmente heredó de su padre, semejante a un terreno mezquino, desnudo y estéril, la ha cultivado, abonado, labrado por el excelente hábito de beber a lo grande, por frecuentes libaciones de fértil Jerez; así es que se ha vuelto muy ardiente y bravo. Si tuviera mil hijos, el principio humano que les enseñaría sería el de proscribir toda bebida ligera y dedicarse al buen vino. —Alguien aplaude, me quedo con la boca abierta: el marxista militante, el discípulo de Osho, se ha transformado maravillosamente en Falstaff—. Príncipe Harry —dice—, eres hijo de tu infame siglo: ¡aprende a combatirlo!

Gnaghi se vuelve conmigo, no quiere quedarse allí. Permanece callada todo el camino y, a última hora de la tarde, la dejo en la piazza Politeama, dice que allí le va bien. «Cuídate», le digo mientras se aleja sobre sus largas y delgadas piernecitas, con la ancha camiseta malva que le cae por encima de ellas, mientras un bolso de rafia en bandolera le baila en la cadera.

La noticia de la muerte de Rostagno me llega directamente de Harry: está llorando, le cuesta articular las palabras, lo estaban esperando, le han disparado a pocos metros de Saman. Dice: «La mafia», y la mafia es. Algunos hablan de un ajuste de cuentas interno, pero es fango, puro fango. ¿Qué será de Harry a partir de ahora? Me dice que se queda, que quiere quedarse. Quizás su destino, una vez desintoxicado, sea tratar con «yonquis». ¿Por qué no? Pero la ilusión no dura.

En noviembre me informan de que ha abandonado Saman. Durante unos días no se sabe nada. Luego me dice Gnaghi que, tras un mes deambulando entre San Vito Lo Capo y Alcamo, ha vuelto a Palermo. Se ha refugiado en una villa de San Martino delle Scale que conoce muy bien: sus dueños son amigos de la familia Valledolmo y Stellina nos llevaba a menudo a verlos. Pasamos allí tardes maravillosas en verano cuando Harry era pequeño. Stellina y su marido Lorenzo organizaban juegos al aire libre para él y los hijos de los dueños. Stellina insistía en que fuéramos: le gustaba ver a mi Harry corriendo, escondiéndose, respondiendo los acertijos el primero. Y, de hecho, es ella la que me llama, el 23 de diciembre, y me lo dice. A Harry lo reconoció el portero, que no pudo decirle que no y le abrió la casa, que por lo demás estaba muy fría. Inmediatamente, alertó a los dueños y estos avisaron a Stellina, que intentó varias veces llamar a Harry al teléfono de la casa. Por mucho que lo dejara sonar, no contestaba. Volvió a intentarlo por la noche, y por fin contesta. «¿Qué haces ahí?», le pregunta ella, y él se muestra vago, le da las gracias, le recuerda lo bien que se estaba en verano en aquel jardín. Le dice que lo espero en casa por Navidad, y Stellina le responde que sí, que ella también le espera, «mejor dicho, voy a buscarte». Harry acepta, «pero mejor mañana», y añade que le gustaría quedarse allí donde tan bien estuvo, hace tantos años. Stellina trata de insistir, aunque ese sosiego parece protegerlo de su fragilidad:

«Déjame avisar a tu madre por lo menos». Y luego, como si le hubiera quedado un rastro de inquietud, enmarca la escena y dice que hace demasiado frío para quedarse en la villa en esta época. «Sí, hace frío», dice él, «hace frío», repite mi Harry.

Cuando Stellina llega la mañana del 24 de diciembre, ya es demasiado tarde. Gnaghi la recibe aturdida en el jardín, con un enorme abrigo encima. Harry está perfectamente sentado en un sofá del salón, con la cabeza apenas reclinada, sin vida.

24
Dice Stellina Panzi
(diciembre de 1989)

Después de aquel terrible día de mayo de hace cinco años en el que el Círculo fue objeto de actos vandálicos, miramos a nuestro alrededor consternadas. Aquel entorno y aquella mirada no encontraron más que indiferencia. Hubo algunas manifestaciones de apoyo en el barrio, que pronto se disiparon. En lugar de apoyarnos, quienes se habían enterado y se habían tomado la molestia de llamarnos por teléfono, o los que se encontraban con nosotras por la calle, se limitaban a comentar en voz baja el daño causado, con el tono y las fórmulas de quien da el pésame. Todos sabían que la destrucción del Círculo encerraba una arrogante amenaza, pero nadie hacía la menor alusión a ello: habría sido demasiado complejo y comprometido. Discutimos durante mucho tiempo si merecía la pena continuar o si, dado que además nos estábamos haciendo mayores y el grupo de bordadoras se iba reduciendo poco a poco, era mejor renunciar. Al final, decidimos cerrar el Círculo. El padre Fausto —que había sustituido al viejo padre Gioacchino, fallecido en 1978— y los jesuitas más jóvenes de la iglesia dei Santi Scalzi lo lamentaron mucho, pero comprendían la situación y, sobre todo, nuestro estado de ánimo.

Cuando vino a despedirse de nosotros, mientras nos llevábamos las últimas cosas, el padre Fausto sacó de un envoltorio que llevaba bajo el brazo una larga sobrepelliz con adornos bordados: «Solo me la he puesto dos veces en mi vida», nos dijo con una sombra de emoción en la voz. Y dejó que la tocáramos con nuestras manos, mientras nos hablaba de su infancia en Soverato, en el mar Jónico, con las mujeres alineadas delante de las casas en las callejuelas del pueblo dedicadas a bordar ajuares.

Durante las semanas que siguieron, Rita, Mariolina y yo seguimos viéndonos: habíamos conseguido convencer a una docena de mujeres para que terminaran los últimos pedidos que habíamos recibido, en sus casas o en la sede del Círculo. Todos respetaron los acuerdos, y a todos les dimos una especie de liquidación. Solo entonces, ante una medida que respondía a los criterios de una empresa de verdad —y, sobre todo, sana—, se produjo una reacción más sentida, menos asustada. Decidimos escribir juntas una carta anunciando la disolución del Círculo del Punto de Realce. Rita la mecanografió en la vieja Lettera 32 y mandó hacer las fotocopias necesarias: luego escribimos a mano el membrete y las firmamos una a una, y después las enviamos para informar a nuestros clientes, ya fueran particulares o empresas, en Sicilia y en el continente. Aunque aquellos a los que conocíamos personalmente eran muy pocos, nos sentíamos como si nos estuviéramos despidiendo de un grupo de viejos amigos. Fue un momento muy triste. El distribuidor que había garantizado la presencia de nuestros productos en Francia durante años nos llamó desolado. «En la rue du Cherche-Midi, *sur le présentoir sicilien,* no habrá otro bordado que pueda competir con los de ustedes», dijo. Y nos imaginamos —aunque fuera imaginación ingenua— la estantería vacía.

No dejamos de preguntarnos por las razones de aquel ultraje, pero dar una respuesta no era fácil, porque siempre había algún aspecto que se nos escapaba, y al final llegábamos a un callejón sin salida: ¿habríamos molestado a alguien?, ¿había cuentas pendientes de nuestra familia de las que no teníamos constancia? Estaba claro que nuestra larga familiaridad con el mundo de la prostitución nos había granjeado una hostilidad ingobernable, y sin duda habíamos pisado demasiados callos: cuando habíamos abierto el Círculo a las alumnas de los centros de primaria y secundaria del viejo Palermo, habíamos suscitado resistencias incluso a nivel institucional. Lo que nos había puesto en el candelero, y probablemente desencadenado la represalia, fue la atención que nos prestó una activista feminista radical que quiso entrevistarnos y conocer nuestra historia, que luego se publicó en las páginas culturales de un periódico nacional. No era la primera vez que las mujeres de mayor compromiso político y civil de la ciudad se interesaban por nosotras, pero por razones que no nos costaba trabajo interpretar, nos consideraban un fenómeno anticuado; en realidad, el adjetivo que se utilizaba con más frecuencia era «antiguo», un fenómeno «antiguo». No nos importaba, nos permitía continuar una actividad que no aspiraba al honor de la crónica. Y, sin embargo, era precisamente nuestra situación marginal, con una pequeña empresa encerrada dentro de un histórico edificio de los padres jesuitas, lo que nos había hecho paradójicamente más frágiles, más expuestas, durante la última década. La activista radical había empleado palabras de gran aprecio y había señalado cómo una comunidad de mujeres —era la primera vez que se hablaba del Círculo en esos términos— había logrado sobrevivir en el corazón de una ciudad difícil como Palermo. No sé hasta qué punto éramos realmente una «comunidad», pero habíamos construido sin duda una concordancia de intenciones, habíamos ofrecido trabajo, habíamos difundido unos conocimientos y, al mismo tiempo, una esperanza de cambio. Y todo, a partir del bordado.

Esas fueron, al menos en parte, las conclusiones a las que Rita, Mariolina y yo llegamos al mes siguiente. Fue entonces cuando acaricié la idea de continuar la tradición del bordado y, sobre todo, de crear un nuevo grupo, más pequeño, en mi casa. Mi marido aprobó y hasta puede decirse que apoyó la iniciativa; me recordó que había mucho espacio sin utilizar en el piso de la piazza Santo Spirito. Mi idea era que se quedaran conmigo media docena de las mujeres que ya acudían al Círculo y ofrecer a las más jóvenes —no más de un par— la oportunidad de aprender. Nos reuniríamos dos veces por semana, por la tarde.

Mi matrimonio había sido concertado por mi padre: al aportar una rica dote al hijo de un noble indigente, me había ganado tanto el respeto de la familia Sorci como el de la sociedad palermitana; la felicidad resultante fue un regalo que no esperaba y que acepté agradecida. Mi pertenencia más profunda a la familia Sorci, en cualquier caso, dio comienzo con el Círculo y se consolidó a través del Círculo, como si el bordado hubiera representado ese pegamento invisible e innegociable que es la acción compartida, la convergencia de proyectos, sueños y tensiones. Precisamente por eso veía en la continuidad del bordado la posibilidad de preservar y enriquecer los afectos, tanto más queridos ahora que la edad madura daba paso a la noble vejez: que tuviera ese valor simbólico para mí era evidente y me sentía a gusto con ello. Cuando, junto con los padres jesuitas, acordamos el cierre, aquella misma tarde, entre las sombras siempre amenazadoras del claustro, vislumbré el pequeño futuro que quería asegurar para los bordados.

El tiempo ha disipado parte de la niebla de aquellos días. Pero no es más que una cortina de humo. De espesarla se encarga la violencia que reina, se encargan los signos que, a través del Círculo, habíamos visto a menor escala, pero igual de sucios, de enfermos. Bienvenida, pues, esta Navidad. En un primer momento, había pensado en celebrarla en nuestra casa e invitar a Rita, a sus hijos y a Mariolina. Lorenzo no tenía nada que objetar, pero temía que al celebrar la Navidad en nuestra casa no pudiera excluir a sus parientes Valledolmo, y albergaba ciertas dudas acerca del éxito de una celebración en la que reuniríamos a su familia con aquellas que a los ojos del mundo son solo mis amigas, pero que, en verdad, él lo sabe muy bien, son mis sobrinas y, de hecho, mis únicas parientes: cuando Rita llamó para invitarnos a Altarello, respiró aliviado.

A Lorenzo le gusta montar el belén napolitano que su familia posee desde hace más de dos siglos y espera con impaciencia la fiesta de la Inmaculada Concepción para hacer instalar la sagrada representación en una mesa fabricada a propósito por maestros carpinteros de Baida. Se limita a hacer algunas sugerencias —las llama «notas del director»—, aunque en realidad bastaría con atenerse al diseño del belén original tal como llegó por mar desde Nápoles en el otoño de 1777. Estaría más acorde con la tradición instalar el belén en una habitación, y dejarlo siempre allí, en una vitrina, o protegido por una tela o una cortina, pero Lorenzo prefiere montarlo y desmontarlo, como se hace con los nacimientos modernos. Con la ayuda de un electricista, ha ideado un sistema de iluminación que ni siquiera tienen en el teatro Massimo. Y delante del belén, con las luces encendidas, ríe satisfecho y le brillan los ojos con el fulgor de la infancia. Me pongo a su lado y le cojo del brazo. Benino, el pastorcillo que sueña con el nacimiento del Niño Jesús, duerme encima de la cabaña; una diligente lavandera vestida de rojo cruza la escena cargada de ropa sucia; dos pastores parecen intercambiar opiniones sobre la estrella que tiñe de plata la noche; acelgas, tomates y berenjenas llenan cestas finamente reproducidas, y bajo un emparrado de paja, dentro de una estructura que recuerda una Natividad de Tintoretto, tiemblan los azules y rosas de Maria. Y además senderos, muretes, casas, ventanillas, escaleras, pequeñas grutas, una fuente.

Fuera de escena, los Reyes Magos esperan a que la estrella les guíe hasta el pesebre.

He reservado entradas para el Politeama, adonde se ha trasladado gran parte de la producción del teatro Massimo, cerrado por restauración ya desde hace tres lustros. Este diciembre se representará la opereta que Mozart escribió a sus once años para que fuera representada en el jardín de Franz Anton Mesmer, *Bastien und Bastienne*. Ahí están esos dos jóvenes enamorados, tan inseguros de su amor que dejan en manos de un mago la tarea de moldear su comportamiento, con las obvias complicaciones del caso. El personaje del mago Colas, que al final devuelve a Bastien y Bastienne su amor, parece, por lo demás, recordar las virtudes con las que el propio Mesmer ganó prestigio y fama como médico e hipnotizador. Lorenzo, que no se pierde una puesta en escena de las óperas de Mozart —las óperas italianas y las *Singspiele,* indistintamente—, se dejó llevar por el entusiasmo, y para mí, que no la conocía, la ópera fue una sorpresa. Cuando salimos del teatro, no dejábamos de canturrear el aria del encantamiento del mago Colas, que es en realidad una secuencia de maravillosos disparates: *«Diggi, daggi, schurry, murry, / horum, harum, lirum, larum, / raudi, maudi, giri, gari, posito, / besti, basti, Saron froh, / fatto, matto, quid pro quo».* Llegamos a casa riéndonos como niños y repitiéndonos el uno a la otra fragmentos de ese texto absurdo, o al menos lo que recordábamos, y recalcando siempre el *«schurry, murry»* y el *«fatto, matto, quid pro quo».*

Y así llegó el 25 de diciembre.

La comida de Navidad es siempre especialmente rica, sobre todo en una ciudad como Palermo, donde la norma —cuando hay una celebración— es prepararlo todo en cantidades anormalmente grandes, desproporcionadas respecto al número de comensales: un plato vacío, un invitado que no puede servirse por cuarta vez unos buñuelos agridulces son la pesadilla de cualquier anfitriona. En el menú navideño no faltan las aperturas a extravagancias continentales como la ensaladilla rusa, pero en los postres impera la autarquía más estricta: *buccellati* —pastelitos de hojaldre rellenos de higos secos, almendras y nueces—, y a veces, si ya ha empezado la temporada del requesón, *cassata.*

A nuestra casa habían llegado dos panetones. Lorenzo tiene unos amigos muy queridos en Milán que insisten en que tomemos su dulce típico por Navidad. Lo consumimos a escondidas, por la mañana, con leche y café. Nos gusta tanto que no lo compartimos con nadie más, y nos sentimos como si estuviéramos siendo infieles, pero también es una oportunidad para sentirnos cómplices y reírnos un poco.

Yo quiero mucho a Rita, reconozco en ella una rectitud y familiaridad con las cosas del mundo fuera de lo común, y que en verdad no coincide con el legado de su familia política.

Mientras Rico vivía, supo adaptarse, al menos en parte, a las costumbres y ceremonias de los Sorci, incluso en lo que a cenas e invitaciones se refiere, pero desde que enviudó, Rita ha levantado una vida doméstica a su imagen y semejanza, marcada por la cortesía y la frugalidad: cuando invita, lo hace con moderación, tanto en el número de comensales como en la cantidad y variedad de los platos. La mesa de comedor es redonda, para facilitar la comunicación, y se convierte en ovalada si se añaden las extensiones contenidas en su interior: diminutos saleros y pimenteros de cristal y plata están dispuestos sobre la mesa a un brazo de distancia de cada comensal, al igual que las numerosas cestitas de pan con rosetas palermitanas en su interior, fragantes y suavísimas bajo la corteza crujiente y dorada. Nada de centros de mesa recargados, sino delicados arreglos de flores frescas e inodoras, guirnaldas de hiedra y velas blancas.

Llegamos a Altarello con tiempo. Por mucho frío que haga, Lorenzo y yo aprovechamos para dar una vuelta rápida por el jardín. Ni siquiera en invierno pierde su magia.

Rita nos invita a pasar al gran salón donde se ha colocado el árbol de Navidad. No es exactamente un árbol: Rita se aferra a una vieja tradición. Lorenzo me cuenta que en su familia también era costumbre «construir» el árbol así. No tengo ningún recuerdo de eso, en mi casa solo había un pequeño nacimiento montado sobre una mesita. Ahora todas las familias utilizan abetos, reales o —más frecuentemente— falsos. El de Rita se ha montado atando ramas de pino mediterráneo de aguja larga, *Pinus pinea,* que luego se colocan en una gran maceta llena de tierra, apuntaladas con piedras y dispuestas de modo que adquieran una forma similar a la del abeto nórdico. Las ramas están decoradas con ristras de bombillas eléctricas. Rita me contó que, entre las modernas, también están las que compró su padre en París a principios de siglo, en forma de pequeñas rosas de colores delicados o blanco mate.

—Es precioso —le digo—, ¡este año te has superado con la decoración! —Y le señalo las grandes bolas de cristal de colores, una nueva adquisición, que asoman entre la vegetación junto con lazos y cascabeles.

Llegan los invitados. Reina un buen ambiente. Lorenzo y yo nos hacemos un hueco para observar, mientras saludamos y esperamos instrucciones para colocarnos; en el centro de la mesa hay una guirnalda de muérdago adornada con un lazo rojo y sonrío, recordando la aversión de Rita por los adornos en forma de árbol navideño: «Árbol no hay más que uno», le oí decir una vez riéndose, «como un amante o un marido».

Los sitios en la mesa los deciden ella y Amelia, a quien han enseñado a ser una perfecta anfitriona desde que era niña. A su derecha, Rita coloca a mi marido, y a su izquierda, a su primo político Leonardo, al que quiere como a un hermano. Junto a Leonardo está Matilde, la hija de Andrea Sorci, una mujer de pocas palabras, y luego Rosa Carta, la sobrina de Rita, ya cercana a los sesenta y soltera. Cuando entra Carlino, el alborozo es inmediato. No ha cambiado. Al igual que tampoco ha cambiado su entendimiento con Mariolina. «¡Cuántos años deseando volver a encontrarnos aquí, Rita!», exclama, y se mueve con elegancia en su traje azul de corte perfecto —un La Parola, no cabe duda—, magnífico en su refinada sencillez como solo puede serlo la ropa realmente cara. Rita tiene que hacer un esfuerzo para volver a tomar las riendas de la colocación. «Carlino, siéntate al lado de Rosa..., y a tu izquierda quiero que esté Stellina.» Obedezco y dejo que Carlino tire de mí. «A estas alturas soy de lo más milanés», dice, pero con un acento deliberadamente palermitano.

Colapé, el comensal más joven, alto, de largas pestañas, se sienta al otro lado. Tras él viene Sandrina, a la que han colocado en la cabecera de la mesa como prima más anciana, y a su izquierda tiene al notario Giuseppe Celato, que ha hecho fortuna. Con su esposa Matilde las relaciones no son buenas. Ha habido un escándalo en la familia, bien escondido. Al fin y al cabo, Giuseppe hace honor a su apellido —«oculto»—, es un tipo escurridizo. Nunca me ha caído bien, lo único que parece importarle de verdad es el dinero. Ha invertido en pisos y terrenos, no solo en Palermo. Al parecer, la mitad del Val di Noto es suya. A Lorenzo le ha llegado la noticia de que también ha comprado terrenos en Vulcano, con la esperanza de que pronto sean edificables. El escándalo «ocultadísimo» es, en realidad, de dominio público: hace cinco años, Giuseppe se dejaba ver regularmente con una alemanota en la que todo el mundo se fijó: muslos poderosos y mucha carne suave y lechosa que debió de dejarle aturdido. Por aquella mujer, por aquella criatura que parecía salida de *Susana y los viejos* de Tintoretto, se decía dispuesto a dejar a Matilde. Intervino la familia de él y conjuró la tragedia —pues tal habría sido—, por lo que al final el matrimonio Celato permaneció unido, si bien renqueante.

Junto a Giuseppe se sienta Mariolina. Está irreconocible, desde la muerte de Harry es como si se hubiera apagado. Yo, sentada frente a ella, la miro, acariciándola con los ojos: ella sabe, se lo he dicho muchas veces, que la queremos, que puede contar con nosotros y que la vida puede volver a empezar incluso después de un terrible duelo como el que ella ha vivido.

Amelia, su ahijada, se sienta a su lado y no se me escapan las muchas atenciones que dispensa a su tía. Ello no quita que, desde que hizo carrera académica en Pisa, ya no es la misma. Nunca volverá a Sicilia, estoy segura. A su lado se sienta su pareja, el profesor Vittorio Pachini, especialista en literatura francesa, una autoridad en su campo. Es quince años mayor que Amelia y no se habla de matrimonio. Él sigue estando casado, pero nada le impediría divorciarse. Lamentaría que se quedaran así, creo en el matrimonio. Anna Carta, la hermana de Rita, una mujer de rasgos todavía atractivos, con los ojos grandes y suaves de su madre, es un año más joven que Sandrina y lleva sus ochenta y dos años con hermosa dignidad; está sentada junto al profesor Pachini, hablan sin parar. Lorenzo, que no me ha buscado con la mirada ni una sola vez, se encuentra felizmente entre Rita y Anna.

Se percibe una intensa armonía entre las dos hermanas. En un momento dado, Carlino parece triste y Rita telegrafía algo a Anna con las cejas: ella, que se sienta frente a él, aunque un poco más alejada, le tiende la mano para hablarle y le arranca una sonrisa. Su madre, Maria Marra, debió de ser una gran mujer.

Leonardo, que es el huésped por excelencia junto con los jóvenes hermanos Sorci, no tarda en tomar la palabra.

—El Maxiproceso no tiene fin —dice—. El pasado 22 de febrero se abrió el juicio de apelación para valorar las sentencias de diciembre de 1987. Es bien sabido que el espectáculo continúa: no hay nadie en Europa que no observe con preocupación esta nueva fase. A pesar de las trescientas cuarenta y seis condenas, de las cadenas perpetuas y de lo que se consideró «un duro golpe para la Cosa Nostra», los abogados de numerosos miembros de la mafia acogieron con satisfacción el resultado de la sentencia. Cuentan, eso está claro, con la revisión de las penas, para corregirlas. Y por eso la sala del búnker sigue ahí, es nuestro verdadero monumento... ¡Mucho más que San Giovanni degli Eremiti! —Leonardo se dirige a Rita, pero es como si tuviera un público mucho más amplio. Siempre ha sido así, y desde luego no por afán de protagonismo, sino porque se ha criado en las filas del partido, ha celebrado mítines desde su juventud, y ahora está acostumbrado a medirse con aulas llenas de estudiantes. Es un tribuno, el bueno de Leonardo—. ¿Qué actitud hemos de tener ante el fallido intento de asesinato del juez Falcone en Addaura? Hay quien dice que esa bolsa de deporte llena de explosivos la utilizó él mismo para hacerse publicidad. ¡¿Os dais cuenta?!

A excepción de Colapé y del profesor Pachini, el público al que se dirige no parece muy sensible al asunto. Él no se da cuenta, y continúa. También menciona a Leonardo Sciascia, fallecido recientemente, «el único», dice, «que ha escrito y hablado de la mafia como algo que está en cada familia y en cada pueblo de la isla».

La galantina de pollo recibe mucho más consenso que Leonardo, pero por suerte es un hombre sensible al afecto, y ahora su verdadera interlocutora es Rita. Estuvo muy próximo a ella cuando murió Rico, siempre ha estado a su lado, desde el extranjero nunca dejaba de escribirle o llamarla por teléfono.

El profesor Pachini tiene la rigidez de un académico, pero mira a su alrededor con curiosidad. «Los famosos Sorci», dijo al entrar por primera vez en Altarello, y a Rita no le hizo mucha gracia. Quizás piense que los sicilianos somos una raza algo especial. A menudo damos esta impresión a la gente de fuera. Cuando se enteró de que Leonardo había asistido al Collège de France y a las famosas conferencias de Michel Foucault, se quedó boquiabierto, y ahora que está a la mesa con él, revela cierta consideración, casi una forma de deferencia. Me apuesto algo a que le ha pedido a Amelia poder verse con él después de las fiestas, en un encuentro más restringido. Por ahora, como el resto de nosotros, disfruta del tribuno que no teme ser meramente tolerado.

Colapé ha superado recientemente la treintena, pero sus modales son tan impecables como los de un hombre maduro. Su madre sigue llamándole como cuando era niño, pero, como para nosotros es Cola, no puedo evitar hablarle del mago de la ópera de Mozart:

—Se llama Colas, y canta una fórmula mágica que, te lo aseguro, es una pequeña obra maestra. Escribió *Bastien und Bastienne* cuando tenía once años, ¿te das cuenta?

—Pues claro que sí —dice—. Era un genio como Tim Berners-Lee, mi coetáneo, graduado en Oxford. Oiréis hablar de él. Toda la información puede vincularse entre sí y podremos acceder a ella fácilmente. Pulsando un botón. —Y hace el gesto: presiona el dedo índice sobre la mesa, junto al plato.

—¿Lo ves? —digo yo—, ¡el mago!

—Si solo fuera cuestión de magia...

—Ya lo sé, Colapé, no te preocupes —le tranquilizo.

Leonardo Ponte añade que estamos cerca de una revolución tecnológica, solo comparable a la que vivió Occidente entre los siglos XIX y XX. La mesa enmudece. Él es la verdadera sorpresa de esta Navidad. Después de París, ahora vive en Berlín. Ha venido a Sicilia con Julienne, pero ella ha preferido quedarse con unos amigos en Siracusa. Rita la conoció hace unos veranos y se llevó una muy buena impresión. Llevan años juntos y todo apunta a que envejecerán juntos. Han podido vivir en Berlín los días del fin de la RDA, la República Democrática Alemana, han vivido los días de la caída del Muro.

—Colapé tiene razón: la tecnología nos abre espacios infinitos, pero no olvidemos que estamos atornillados a la historia. La caída del Muro ha sido, no solo simbólicamente, un momento apoteósico: parecía verse respirar a Europa, se notaba en los rostros que estaban allí, en los abrazos, las lágrimas, las consignas, la música... Pero no ha sido suficiente. Termina una época. ¿Estamos seguros de haber mejorado? El Maxiproceso de Palermo está horneando sentencias que detallan responsabilidades, hemos llegado a un punto de inflexión. Veo a Giovanni Falcone en la televisión y me digo: tenemos suerte. Trabaja por nuestro futuro. ¡Pero todo este futuro, el de Colapé y Tim Berners-Lee, necesita hombres nuevos!

Leonardo ha levantado la voz y se disculpa.

—Me he dejado llevar —dice—, pero lo digo en serio: todas las grandes transformaciones no se consuman plenamente sin una profunda transformación de las conciencias, de lo contrario, estamos condenados a retroceder sin parar.

La mesa, por un momento, parece hechizada, «*Diggi, daggi, schurry, murry, / horum, harum, lirum, larum...*». Se hace el silencio. Rita dirige una tierna sonrisa a Leonardo.

—Tú sí que sabes ver a lo lejos —dice.

Ante esa visión, a la vez luminosa y llena de tormentas, Mariolina parece recobrarse:

—Leonardo, eres maravilloso.

—¡Qué va! Es que siempre tuve la esperanza de que esta Sicilia nuestra despertara, y en cambio cada vez que abre los ojos es solo para ver muertos, nuevos muertos...

—Creo que ahora deberíamos pensar en esta Navidad nuestra..., ¿qué dices, Leonardo? —pregunta Rita, con ese sentido de la bondad que siempre consigue sentir por sus semejantes.

Él asiente con la cabeza. Y a medida que llegan las bandejas llenas de comida, se reaviva la charla trivial.

Rita había mandado preparar galantina de pollo, que nunca falta en su mesa navideña. No es un plato siciliano, pero, quizás por cierta predilección de Rico, a ella le encanta. Es sabrosa. De la galantina a la ensaladilla rusa, de las patatas nuevas asadas a las tortitas agridulces, la mesa parece recuperar la afabilidad y el buen humor. De vez en cuando, la conversación vuelve al Maxiproceso o a la tecnología que cambiará el mundo: Sandrina escucha, solo aparentemente distraída; al fin y al cabo, es ella quien ha mantenido intacta y rentable la propiedad de su difunto marido, Giovanni Di Martino, durante cuarenta años.

—¡Bravo, ese joven Berners-Lee! —exclama en el momento menos oportuno—. ¡Tan bueno y generoso como Nuestro Señor Jesús!

Giuseppe Celato, frente a Colapé, se ajusta incluso el audífono para oír mejor. Pero cuanto más escucha..., menos entiende. De su matrimonio con Matilde no nació ningún hijo, y para él todo el nuevo mundo de la ciencia y de los ordenadores es puro misterio. Sandrina se percata de su mirada decaída, le pone la mano en el brazo y, mezclando los ingredientes de una receta ideal para la modernidad, suelta con seguridad:

—¡Giuseppe, hablan de una máquina de escribir muy especial! Tú hablas y la máquina escribe, tú escribes y lo que no sabes brota como una seta.

Amelia ha escuchado a Colapé con una mezcla de indiferencia y sorpresa. Nunca deja que su hermano olvide que es dos años más joven y que, mientras ella prepara las oposiciones para obtener una cátedra en la Scuola Normale de Pisa, él no parece tener grandes perspectivas en Inglaterra. Colapé me provoca ternura. Le pregunto cómo está, si le va bien, si hace deporte, sus posibles novias es un tema que prefiero pasar por alto, dirijo incluso mi atención a la Game Boy de Nintendo, la novedad del año. Me responde apresuradamente que ha oído hablar de ello. En cambio, se demora en la tragedia ocurrida en Sheffield, en el Hillsborough Stadium, cuando algunos aficionados, para escapar de la aglomeración que se esforzaba por entrar y amenazaba con arrollarlos, se encaramaron a una grada que acabó derrumbándose.

—Murieron noventa y seis hinchas, eran del Liverpool —comenta. Digo que lo recuerdo muy bien, pero también pienso que quizás todo forme parte de una cosmovisión en la que las manifestaciones del mal y el malestar son constitutivas de su sentir. Quién sabe, quizás por eso se siente atraído por Leonardo, que le presta su atención de buen grado:

—Tienes que venir a Berlín —le dice su primo mayor, que mientras tanto se vuelve hacia Rita como pidiéndole permiso—. Londres y Berlín son las ciudades donde se siente con más fuerza el fin de siglo.

—También habría que estar en Palermo y, no sé cómo, desempeñar un papel activo. —Colapé duda—. ¿O queremos ser siempre el icono arrogante de un mundo que, reacio a acabar, solo produce tragedias?

Hay una hermosa compostura en este joven. Me hubiera gustado tener un hijo así. Reconozco en él la compleja generosidad que perteneció a mi padre. Y no puedo olvidar que, mientras estamos aquí compartiendo, alrededor de esta mesa, imágenes del futuro, yo pertenezco enteramente al pasado: soy hija de un hombre que solo a través de formas de privilegio pudo «salvar» a mi madre de su condición de mantenida.

—Lo que Alemania llegue a ser después de este año de revoluciones es la auténtica, próxima apuesta —dice Leonardo—. Claro, se han ganado su libertad del sombrío y asfixiante comunismo que vivió la RDA, pero los alemanes del Este creen que el capitalismo es el sueño que se les negó, ¡quieren convertirse rápidamente en excelentes consumidores!

No todo el mundo sabe o quiere comentar las salidas de Leonardo. Y, efectivamente, cuando llega el postre —la «tarta de nueces» de Marisa, rellena y cubierta de nata endulzada con un chorrito de ron, adornada con dos círculos concéntricos de nueces—, la conversación cambia de signo. Berlín, Londres, París.

Giuseppe Celato ha estado escuchando, y ahora cree poder plantear un tema que le es más familiar, quiere dar su opinión:

—No tengo hijos, pero si los tuviera, nunca los enviaría a Inglaterra. Puede que tengan unas universidades estupendas, puede que hayan conquistado medio mundo, ¡pero son los mismos salvajes de los que escribió Julio César en *De bello gallico!*

—Sus vecinos de mesa se retraen asombrados, pero él continúa impertérrito—: La obra de la civilización aún no ha terminado. Solo entonces podremos hablar realmente de sociedad civil.

Es evidente que para hacerse oír ha tenido que recurrir a reminiscencias del instituto, a lugares comunes, a charlas de barbería, y ahora Matilde le mira con lástima, se avergüenza, quizás debería habérselo dejado a la monumental alemana. Pienso en Antonio con su viuda piamontesa, en Módica, y me digo que los hijos de Andrea no han tenido suerte. Solo Carlino, que no es su hijo de verdad y tal vez no sea casual, es un espíritu libre —aunque sus ojos, cuando cree que nadie le mira, se velen de melancolía— y a su manera ha conquistado el mundo. Aquí habría seguido siendo un *garruso,* un bujarrón, y habría tenido una vida difícil.

Mariolina no ha abierto la boca. Apenas ha pasado un año desde la muerte de Harry, y es como si llevara un luto incongruente, porque erosiona y consume el espíritu alegre que, como un sastre, siempre ha cosido su semblante. No ha podido deshacerse de ese vestido, que es como una segunda piel, gesto, música, y por eso lo lleva junto con este otro nuevo, el de la herida no cicatrizada, creando un contraste que a veces resulta incluso estremecedor. Veo cómo su mirada se desliza sobre Colapé y Amelia, veo que esa contemplación dilata, y es inevitable, el dolor de la ausencia de su hijo, pero parece que no pudiera evitar mirarlos fijamente. Está frente a mí, llamo su atención, responde y, como si dibujara un paréntesis, deja que aflore su hermosa sonrisa, que, en realidad, coincide con un esfuerzo constante por contener las lágrimas. «Tiempos difíciles», suspira, y sus vecinos parecen sorprendidos incluso de oír por fin su voz. Dura poco: baja los ojos y vuelve a callar. Carlino, es obvio, no puede tolerar verla en ese estado, quizás le gustaría levantarse, cogerla del brazo y arrastrarla lejos, a otra Navidad, si es que alguna vez la habrá. No puedo evitar verlos de niños, a los dos.

Amelia nota cómo la mirada de su tía recae, dolorosamente, sobre ella, y, si no se había percatado enseguida y por sí sola, percibe en los ojos de su madre la exhortación a hacer algo. Así que pasa la mano por la nuca de su tía, despacio, sin preguntar, tal vez sin pensarlo siquiera, como si redescubriera la juguetona ternura de la infancia: y la larga caricia surte el efecto deseado, Mariolina la acoge con una mezcla de abandono y gratitud.

Antes de que Rita mande servir el café, Carlino se levanta y propone un brindis, solo él podría permitírselo, pero no sin antes obtener el consentimiento de la anfitriona. Se acoge con una especie de reticencia, o tal vez a los muchos ancianos de la mesa les cueste ponerse de pie.

—¡Andaos con cuidado! —exclama Carlino—. ¡Hasta podría ponerme a cantar!

Y se echa a reír. Pero Mariolina, muy seria y a la vez muy dulce, se lo implora:

—¡Por favor, canta!

Carlino no se hace de rogar, sobre todo porque quien se lo pide es Mariolina y se lo pide como si fuera una gracia. Y así empieza, y es una canción tradicional a la que enseguida consigue dar un tinte de sonsonete encantador: *«È la notti di Natali, c'è la festa principali...»*, «Es Nochebuena, es la fiesta mayor...», y en el estribillo es como si pidiera a todos los presentes que se unan a él. Pero solo Mariolina le sigue, y por un momento son de nuevo los dos niños resplandecientes que todos recuerdan: *«E susi pasturi, nun dormiri cchiù, lu vidi ca è natu Bambinu Gesù»*, «Alzaos, pastores, no durmáis más, ¿no veis que ha nacido el Niño Jesús?». Cuando termina la canción, todos siguen de pie con la copa en la mano, y Carlino se apresura a extender el brazo y formular un deseo:

—Gracias a todos por estar aquí, feliz Navidad.

Mi marido y yo hemos desarrollado un código secreto. Cuando estamos en casa ajena, si uno de los dos apoya la barbilla en la mano, el otro entiende que quiere irse a casa. Si en cambio quiere permanecer más tiempo, se toca la oreja izquierda. Lorenzo se ha quedado perplejo, pero todos estamos ahítos y listos para un merecido descanso de sobremesa. Al fin y al cabo, corresponde a Rita poner fin a la comida, y ella, como siempre atenta, ha palpado el ambiente.

—¿Vamos a ver el árbol otra vez?

Pienso en la fórmula del mago Colas y vuelvo a sonreír, pero también me gustaría utilizarla para encerrar y curar en un zurcido encantado a estos parientes míos, a esta extraña familia mía.

«*Diggi, daggi, schurry, murry, / horum, harum, lirum, larum...*»

25
Dice Carlino Sorci
(junio de 1990)

He venido a Palermo. Me quedaré dos semanas. En Milán se muere uno de calor. Me gustaría pasar unos días en la playa. El 18 cumplo sesenta años, y quiero celebrarlo con Mariolina, con quién si no.

Esta vez he querido verme con Emilio; elegimos el paseo marítimo del puerto deportivo, como siempre, y luego iremos a Villa Giulia, donde se nos unirá Mariolina. Nos hemos escrito a menudo, pero hace diez años, por lo menos, que no lo veo, es decir, desde que se casó. Pues sí. Emilio está con una mujer, y se aman. Sabe lo nuestro, y, por eso, Emilio siempre ha mantenido que lo mejor sería no hacer presentaciones. Lo reitera incluso ahora, aunque haya pasado tanto tiempo. «Qué lástima», digo yo. Dice que esa parte de su vida «se acabó» mucho antes de conocer a la mujer que se convertiría en su esposa. «Qué lástima», repito. Pero él sabe que es una broma, y le recuerdo que las chicas se morían por él ya entonces, cuando nosotros no teníamos miedo al mundo y, evidentemente, ellas tampoco. «A mí», insiste, «las mujeres me gustan de verdad.» Y seguimos paseando por las avenidas arboladas, como en otros tiempos. Desafiante, cuando nos despedimos, le beso en los labios, como cuando éramos jóvenes: intento meterle la lengua en la boca, pero él se echa hacia atrás.

—Ya veo que se acabó de verdad —le digo—, me temo que para mí no ha sido así, y, en cualquier caso —y aquí doy una vuelta sobre mí mismo para enfatizar el hecho de que no quiero hacerle caer en la tentación—, mi verdadera novia es Mariolina, desde siempre y para siempre.

—Eso lo sé bien —dice Emilio—, siempre he sentido celos.
—Justo entonces la divisa a lo lejos y se aleja, toma por un callejón, desaparece a grandes zancadas entre las palmeras.

Y aparece Mariolina. Ya no tan consumida por la amargura, como la he visto tantas veces, ya no tan apagada. Me cuenta, con la calma que le han dado la edad y la experiencia del dolor, que ha sido capaz de responder a las atenciones de un hombre, Umberto Campino, médico próximo a la jubilación, con un matrimonio a sus espaldas, una hija de treinta años y una hermosa casa en el bosque de Ficuzza.

Se dejó sorprender, dice, felizmente desarmada. Me ha gustado eso de «felizmente desarmada», porque el sufrimiento nos transforma, en efecto, en soldados, nos lanza al frente, nos condena a una dureza que quizás no habíamos previsto. Me cuenta que se conocieron en una nueva librería de Palermo, dudando sobre qué libro elegir: en eso, los aborda la joven encargada, que parece una chiquilla, y señala a la atención de ambos *Las mentiras de la noche,* de Gesualdo Bufalino. De Bufalino a Sciascia, de Consolo a Maraini, el intercambio de opiniones se convierte en una disertación sobre la narrativa siciliana de las últimas décadas. El médico invita a cenar a las dos señoras, que aceptan. La librera conduce la conversación, es la que lleva la voz cantante, y permite así que los otros dos comensales se estudien mutuamente. Sin dejar de ser la protagonista es, al mismo tiempo, una figura que se ve empujada cada vez más a los márgenes del campo de atracción que se ha creado. No para de hablar y, según me cuenta Mariolina, fue una suerte, porque un vacío, un silencio, a esas alturas, solo habría creado incomodidad. En cambio, cuando se despiden, bajo la hermosa luz vespertina de la desierta Palermo, y Mariolina se queda a solas con el sensible interlocutor que la ha invitado a cenar, los dos se miran, entre atrevidos y tímidos. Y se intercambian sus números de teléfono. Empiezan a verse. Ella se deja llevar. Intenta desnudar su corazón. Lo consigue, él se muestra lleno de atenciones. En ese momento, Mariolina se da cuenta de un aspecto que paradójicamente se le había escapado hasta entonces: es un hombre muy guapo.

Me lo ha presentado y pude entender lo que quería decirme: es alto, de pelo rubio apenas encanecido, arrugas de marinero, mirada profunda y —lo primero que noté— unas manos muy largas, nerviosas y amables al mismo tiempo, me costó soltarla cuando me tendió una. Al decir que era muy guapo, Mariolina suelta un gritito, algo a medias entre una risita y un melisma de soprano, y la reconozco: ha vuelto a ser ella misma, por lo menos en parte, la Mariolina adolescente y cantarina que solía caminar a mi lado por las calles de la ciudad. Este Umberto le sienta bien. Han decidido casarse. «Queremos ir juntos más allá de las fronteras de la madurez», me repite varias veces, como si fuera una frase que se han dicho a menudo y que ahora puede exhibirse como un programa.

A bordo de su Renault, nos dirigimos a la costa occidental, y estamos bien, ligeros al fin. ¡Mi sexagésimo cumpleaños con Mariolina! Le hablo de Milán, del mundo de la moda, de cómo he conseguido hacerme un hueco crucial sin depender de ninguna empresa en particular: ya no soy un «maestro de las telas», como me bautizó un diseñador al que conocí cuando se estaba abriendo camino en el Milán de principios de los ochenta. Parece que les hago falta, yo y mi mirada amplia, antes y después de los desfiles de moda. Mariolina me pregunta si me divierto. Digo que sí, aunque el mundo al que ahora pertenezco sea demasiado competitivo, un hervidero de venenos, de hostilidad, de maldad incluso.

Vamos a Mozia. Para Mariolina es un regreso. Había estado allí varias veces con Alfio en la época de su extravagante matrimonio; habían comprado una pequeña villa en la laguna de Stagnone. Las excavaciones acababan de reanudarse y a Alfio —con la complicidad de Peppe Vallo, que entonces era miembro de la CIAM, la Comisión Internacional de Arqueología Mediterránea— le hubiera gustado quedarse con algunos hallazgos. A Alfio lo consumía realmente su amor por el arte antiguo, y la CIAM estaba especializada en encontrar obras preciosas, para robarlas después y venderlas a los nuevos ricos sicilianos, mafiosos en su mayoría, y a coleccionistas multimillonarios estadounidenses: un auténtico mercado negro del arte. Alfio era insaciable, quería aumentar su colección, y Peppe le secundaba, para que ese matrimonio de fachada fuera más sólido. Cuando a Alfio lo encontraron muerto, hubo incluso quien, sin fundamento alguno, atribuyó la responsabilidad a Peppe y luego a la red de turbios negocios en la que Alfio se había involucrado.

El descubrimiento del maravilloso Melqart de Sciacca había encendido la imaginación de Alfio. Siempre que podía, solo o con acompañantes aparentemente de confianza, deambulaba por las excavaciones, y no solo en la zona de Trapani: iba a todas partes, por toda la costa sur, desde Siracusa hasta Camarina, desde Gela hasta Siculiana, intentando anticiparse a los equipos de arqueólogos, a los que a veces, no siempre con éxito, intentaba sobornar. Mariolina vuelve a contarme toda esta historia, que en aquel momento solo me había interesado marginalmente. No me gustaba Alfio, me parecía ridículo. Y Mariolina estaba tan absorta en su amor por Peppe que prestaba muy poca atención a los asuntos de su marido. Ahora, en cambio, me habla de Alfio con una entrega y casi con un cariño que nunca hubiera creído posible. Me dice que aquella pasión frenética, al cabo de tanto tiempo, parece iluminarle bajo una luz diferente: aquella era su obsesión, y donde hay una obsesión —así me lo dice Mariolina— hay una verdad, y la verdad debe ser respetada.

Alfio estaba enamorado del arte fenicio, las excavaciones le habían abierto un mundo que no era solo material: había una fuerte espiritualidad en su obsesión. Se sentía un fenicio, un Melqart. Lo que Mariolina me cuenta ahora me deja estupefacto; ella misma supo poco de aquello durante años y solo se enteró de los detalles mucho más tarde.

Al parecer, Alfio acudía solo a la casa de campo con regularidad, y deambulaba incluso de noche por el yacimiento arqueológico de Mozia portando una vieja linterna. Pero aquella noche se le habían agotado las pilas, se había visto en medio de la oscuridad, por un camino que quizás le era desconocido, y había caído en un pozo seco, excavado en la suave piedra caliza de la isla. La muerte le llegó muchas horas después, quizás al amanecer. No lo encontraron hasta la tarde del día siguiente. Mariolina lo ve vagar en la noche, acariciando la piedra, buscando con las manos, y habitando acaso con la imaginación aquel mundo perdido. Cuando el joven que ahora se conserva en el pequeño museo de la isla fue hallado en 1979, Mariolina dice que pensó que tal vez ese hubiera sido el sueño de Alfio.

Estamos en el museo. Llegamos frente a la estatua y es como si lo entendiera, y al entenderle también entiendo una parte de mí. Representa a un auriga victorioso con la cabeza enmarcada por rizos enroscados, pero tal vez se trate de un dios, un auriga celestial. No importa, lo que importa es que es hermoso, carnal y espiritual al mismo tiempo.

No tiene nada de siciliano, aparte del mármol del que está hecho: se destaca imperioso, un hombre de musculatura fuerte y masculina. Lleva un quitón que le llega hasta los tobillos, ceñido a la altura del pecho por un cinturón alto: la túnica cae perpendicular al vientre y resalta su pene y sus testículos. La tela, sobre el abdomen, se adhiere a la carne como una segunda piel, se desliza ceñida a las caderas, acariciándolas y pegándose casi a los cuádriceps con misteriosa transparencia: el efecto, para quien la contempla, es una mezcla de erotismo y pudor. Se mire por donde se mire, el joven —con la pierna derecha estirada hacia delante y la izquierda más atrás— es un triunfo de músculos, relajados y sensuales. Ya no tiene brazos: el derecho estaba presumiblemente levantado, del izquierdo solo quedan dos dedos, apoyados en su cintura, e incluso estos tienen algo de sensual. Doy una vuelta para mirarlo de espaldas una vez más: la túnica sigue la curva de su espalda, luego envuelve sus nalgas y acompaña la forma de sus piernas.

Es un joven contrito, solemne y puro eros, icono de la plenitud vital de la juventud mediterránea. Sabe que es hermoso, quiere atraer a creyentes a su templo, quiere que lo adoren, pero también que lo amen. Es la estatua de un hombre que no teme ser deseado, por un hombre, por una mujer, quién sabe.

Somos los únicos visitantes. Permanecemos frente al joven durante un tiempo que parece interminable. Mariolina renace, conmovida como yo por esa belleza que viene de lejos. ¿Cuánta más belleza necesitamos para sentirnos verdaderamente en paz?, ¿o será que nunca es suficiente?

Salimos a la luz cegadora de la isla. Nos cogemos de la mano, no queríamos hacerlo, pero ha ocurrido, nuestros dedos se buscaron, y volvemos a ser Cástor y Pólux, como cuando éramos niños. Iluminaremos el cielo, esta noche. Por ahora, solo queda el blanco resplandor de las salinas de Stagnone que, una vez de vuelta en el coche, nos acompaña. Avanzamos hacia Trapani, a la izquierda se encuentra la Salina Grande y el mar lejano e incierto a la luz del mediodía, a la derecha, la campiña llana: frenamos delante de la entrada de una granja para que salga una pequeña camioneta. Entre arbustos y palmeras, aparece un pavo real. Un niño lo ahuyenta y se aleja trotando torpe y orgulloso. Paramos en Trapani, en un restaurante con vistas al paseo marítimo. Después de tanta luz, parece que entramos en una cueva: nos sirven un excelente pescado a la parrilla. Pido vino blanco y brindamos. Mariolina me dice que, como los Dioscuros, deberíamos aportar beneficios y salvación. Juntos somos más fuertes. Levanto mi copa por mi sexagésimo cumpleaños y por su nuevo amor.

—Tal vez —me dice—, llegados a este punto de inflexión de la existencia, no sea exactamente el amor lo que buscamos, sino algo que se le parezca, que tenga su dulzura, su sabor. Algo semejante a la complicidad que existe entre quienes tienen un objetivo común.

—¿Un objetivo? —pregunto, desconcertado. Me parece una palabra ajena al vocabulario de Mariolina.

—Claro que sí, Carlino, el de defender nuestra permanencia en el tiempo de las injurias a las que todavía estamos expuestos... La enfermedad, por ejemplo, o simplemente el cuerpo que se rinde. Se trata de construir una especie de alianza que se renueve cada día, algo así.

Mariolina está demasiado seria, filosofa.

—Nosotros también somos buenos aliados, siempre lo hemos sido —digo, poniéndome la máscara del compañero celoso, del amigo caprichoso. Quiero aligerar el ambiente—. El primero que pasa, y ya me estás descuidando... —Y pongo mala cara.

—Idiota —dice ella, y su trino alegre vuelve.

—«El divino silencio del véspero que enciende / los Dioscuros domadores / de caballos en el Quirinal», así —declamo, hinchando las mejillas—, el viejo D'Annunzio nos sorprende eternos...

—Sí. Eternos, Carlino mío. Sin días para compartir juntos. Y en cambio es allí donde intentaré quedarme con Umberto.

—Nosotros pertenecemos al cielo... —Y hago el gesto de emprender el vuelo.

Mariolina se inclina sobre la bolsa de paja tejida y saca un paquete.

—Feliz cumpleaños.

Me ha traído un regalo. Plano, envuelto en papel grueso y algo rígido, con un estampado vagamente japonés de pequeñas ondas celestes y azul oscuro. Estoy a punto de desenvolverlo, cuando ella me lo arrebata de la mano, casi haciéndome estremecer:

—Cincuenta liras —dice riendo—. Dame cincuenta liras primero.

Solo después de entregarle la moneda recupero la posesión de mi regalo y puedo abrirlo. Son pañuelos. De muselina fina, ribeteados a mano. Con mis iniciales bordadas en una esquina, azul claro. Suaves y preciosos.

—Un homenaje a tu cumpleaños y al Círculo del Punto de Realce.

Cojo su mano y se la beso, dedo a dedo, largamente.

Cuando volvemos a Palermo, siento curiosidad por conocer a la famosa librera que propició el encuentro entre Mariolina y Umberto. Voy a la librería, pregunto por la encargada e inmediatamente se adelanta: «Soy yo», dice, y me explora con sagaces ojos cervunos. Me presento. Menciono el nombre de Mariolina. Se acuerda perfectamente de la velada y del encuentro. Sabe lo de la próxima boda, dice que asistirá. «No podría faltar», dice, «fui yo quien los reunió.» La interrogo y responde de buena gana. Cuenta cómo aceptó el reto de dirigir este negocio, comercial y cultural a la vez, ella, una mujer; dice que la ciudad ha respondido, pero no oculta las dificultades, a veces afloran la ansiedad y la conciencia de estar demasiado expuesta, ella y sus colegas, a este momento difícil, amenazador.

—Dele recuerdos a Milán —me dice cuando me marcho.

26
Dice Rita Sala
(23 de mayo de 1992)

La vejez ha sido caritativa, a su manera, con mi suegra. Físicamente está bien y sigue haciendo sus ejercicios gimnásticos todas las mañanas, a pesar de su demencia. No ha dejado de ser *cumannera,* mandona, y siempre está dando órdenes a criadas imaginarias para que le traigan café y dulces a todas horas, le hagan la cama estirando las sábanas, le sirvan la cena en su habitación, sin darse cuenta de que nadie la obedece. Sufre diabetes y sigue una dieta estricta, pero ha engordado de todos modos: en su mesilla de noche esconde reservas de dulces, chocolates y galletas; es imposible entender cómo se las arregla para conseguirlos.

Hasta la Bolsa de Milán ha sido caritativa con ella. No se sabe si su paquete de acciones se ha revalorizado por su imprevisible perspicacia para los negocios o porque ha sido asesorada por un agente de bolsa hábil y honesto. Sea como fuere, se encuentra con un patrimonio decididamente considerable; ahora lo gestiona Menandro Calò, abogado mercantilista y antiguo compañero de colegio de Luigi, el hijo de Carmela.

Mi suegra ha perdido selectivamente la memoria y a veces incluso parece haber cambiado de carácter, ya no es tan agria como antes. Cuando voy a visitarla junto con Amelia y Colapé, nos recibe con una sonrisa radiante, pero la verdad es que no sabe quiénes somos; ha desterrado el pasado y vive en el presente. Acepta agradecida el vaso de plástico lleno de agua, con tapa y pajita, que la anciana criada no solo le ofrece, sino que la ayuda a sujetarlo, porque si no se lo derramaría encima. Parece casi una buena persona. «*Assìttati, assìttati,* sentaos», les dice mi suegra a sus nietos ya adultos como si fueran niños, dando palmadas sobre sus generosos muslos. Los ojos con los párpados desdibujados siguen atentamente las moscas y el vuelo de los abejorros que chupan la savia de las plantas de la terraza. Sin embargo, cuando hablamos entre nosotros, cansados de intentar atraer su atención, parece escucharnos, y destellos de la antigua dureza relampaguean en su mirada; en cambio, acaba abriendo los labios en una sonrisita triste. En el momento de la despedida, coge las manos de sus nietos e intenta besarlas, llamándolos «Eminencia».

Amelia es una mujer impaciente y no le gusta visitar a su abuela. Yo la obligo y Colapé, desde Londres, está de acuerdo conmigo: «Todos podríamos llegar a estar como ella y me reconforta pensar que, si me ocurriera a mí, mi familia no me olvidaría. Me gustaría que hijos y nietos siguieran viniendo a verme, a hablarme, a quererme. Algo así como si fueran a ver las estatuas al museo».

Palermo no ha cambiado. Los políticos, sean democristianos o no, en connivencia con la mafia, son invitados a los salones de los ricos y nobles. La ciudad prospera gracias a las aportaciones económicas de la Administración regional, a la corrupción y la penetración capilar de la mafia en los principales ámbitos de producción. Los químicos marselleses trasladados a la costa norte, cerca de Palermo, llevan años trabajando en secreto en las fábricas de la mafia de las que se dice que sale heroína de calidad excepcional, distribuida en sus barcos por todo el Mediterráneo.

Es un sábado de primavera, el 23 de mayo de 1992. Los jacarandás están en flor y el aire es fragante. A lo lejos, los rayos aún suaves dan a la ciudad una luminosidad serena.

Hoy llega Colapé, que debería haber llegado ayer, pero tuvo un contratiempo. Ha vivido un gran cambio en su vida, casi imprevisible tal y como estaban las cosas hace apenas tres años: tras una espera que en el mundo académico solo conduce a menudo a la ansiedad y la frustración, le ofrecieron una cátedra y una de sus publicaciones recibió muchos elogios de los especialistas, estadounidenses incluso: ha recibido una invitación como *visiting professor* en Yale para el próximo curso. Amelia ya ha llegado de Pisa, con su Vittorio Pachini. Habíamos planeado dar una sorpresa a Colapé y recogerlo en el aeropuerto, pero entonces *Micha,* la gata de la casa, se puso de parto. Estoy muy unida a ella, he asistido al nacimiento de todas sus crías y no quiero dejarla sola. Cuando les explico a los dos por qué prefiero no ir al aeropuerto con ellos, Vittorio arquea las cejas, entre asombrado y perplejo. «Los sicilianos siempre me sorprendéis», dice en tono pedante y acerado. Le miro y no respondo: simplemente creo que es un esnob incurable. Me han regalado un libro suyo sobre el teatro de Racine: por lo visto, es uno de los herederos más prestigiosos del estructuralismo francés; en verdad, a mí, no especialista, me parece más una suerte de cirujano del texto que un lector capaz de profundizar, desmontar, aislar y volver a montar, hasta el punto de que a veces una línea queda flotando, inconexa, en el vacío. *«Je vois que la raison cède à la violence»,* por ejemplo, de *Phèdre.* Se lo dice Hippolyte a Aricie. Y el profesor Pachini establece conexiones, pero no ilumina la pasión del joven Hippolyte.

Lo leí por curiosidad, me aburrí, pero ese verso, *«Je vois que la raison cède à la violence»,* me volvía una y otra vez a la cabeza, para hablarme de la ausencia de pasión en la vida de mi hija.

Micha, después de comerse las placentas, lame cariñosamente a sus cinco gatitos, uno a uno; aún tienen el pelaje pegado y parecen ratoncitos. Como siempre, los miro con asombro y adoración. Al profesor no le gusta, preferiría salir un rato:

—Vamos, Amelia. Demos nuestro paseo por via Sant'Agostino y veamos a las damiselas de vuestro Serpotta en la iglesia de Santa Rita. ¿O es Sant'Agostino en via Santa Rita...? —Se cree muy ingenioso.

Amelia le toma el pelo:

—Es la iglesia de Sant'Agostino, aunque muchos la llaman de Santa Rita.

—Lo sé, lo sé..., vamos.

No me gusta este Pachini. Los hombres sicilianos, por muy prepotentes que sean, aceptan el no de una esposa decidida —la historia de mis suegros lo demuestra—, mientras que él es mucho más arrogante y me irrita ver cómo Amelia, aparentemente tan segura de sí misma, se deja llevar por este cardo borriquero que la trata con condescendencia. En septiembre cumplirá treinta y siete años y, si quiere tener hijos, debería casarse. No sé a qué espera. No estoy segura de que, casándose con Pachini, mi hija sea feliz.

Antes de salir, Amelia y Vittorio me dicen que no me preocupe si llegan tarde: quizás decidan, después de visitar la iglesia, ir directamente al aeropuerto a esperar a Colapé.

Me quedo en casa tranquilamente, revuelvo con mi habitual tenedor de dos púas rotas la tierra de las macetas de geranios en plena floración y quito las pocas hojas secas. Esta noche estaremos todos juntos en la mesa. Rico estaría encantado, de hecho lo estará. Hace diez años que murió, pero lo siento cerca de mí, todos los días, como si estuviera a mi lado y me hablara. Y esta vez siento algo extraño, en mi Rico imaginario. Él también estaría encantado con la prole de *Micha*, estoy seguro. O quizás ahora le atribuyo cualidades y sentimientos que entonces solo podía suponer. El mar está en calma, el día es luminoso, el aroma de las rosas inunda las fosas nasales y el zumbido de los insectos es pura música.

Y, ya metida en la música, me abandono a escuchar *Carmen*, que insinúa en mí una sensualidad sutil, casi olvidada, y al mismo tiempo me entristece. Esta mujer, que hace del deseo que suscita un arma contra sí misma, siempre me ha dejado consternada: la suya es una naturaleza trágica que no deja lugar a la esperanza.

Estoy esperando a mis hijos. Vuelvo una y otra vez al aria de Don José, «La fleur que tu m'avais jetée». Tengo una grabación con el gran Corelli. Que sabe llegar a ese nudo de pasión y destino que la melodía no deja de ceñir en torno al corazón confuso del personaje. Es una desgarradora declaración de amor, tanto más desgarradora cuanto que sabemos que Carmen la escucha como un tributo de devoción que puede permitirse despreciar y rechazar.

Son las seis y aún no tengo noticias, Colapé ya debería haber aterrizado. Espero que me llame, pero no estoy preocupada. O, mejor dicho, decido no estarlo. «*Je me prenais à te maudire, à te détester, à me dire: pourquoi faut-il que le destin l'ait mise là sur mon chemin.*» Nunca se maldecirá lo suficiente don José, y seguirá incubando el deseo.

Luego, el anuncio en la radio: ha habido un atentado con coche bomba, una gran explosión a la altura de Capaci, Giovanni Falcone, su mujer y los hombres de la escolta han muerto. Me quedo helada. Falcone. Capaci. La autopista de Punta Raisi. Al final ha sucedido. El atentado fallido en Addaura fue solo una premisa, o incluso una promesa. Cumplida. «*Melons! Coupons!*» Carmen pregunta a las cartas qué le depara el futuro. Volver a barajar las cartas es inútil, la respuesta es solo una. «*Cela ne sert à rien, les cartes sont sincères et ne mentiront pas... la carte impitoyable répétera: ¡la mort!*» Ya basta. Quiero silencio. Me hago la ilusión de encontrarlo levantando el brazo y, sin embargo, la agitación de mi interior parece resonar en el exterior.

Si ha habido una explosión, sin duda habrá habido más heridos, y posiblemente más muertos. ¿Dónde están mis hijos? Empiezo a temblar ante la idea de que se hayan visto involucrados. Yo, que no soy religiosa, recurro a la santa cuyo nombre llevo, patrona de las mujeres infelizmente casadas y de los casos desesperados, en apariencia imposibles. Quiero salir, luego me detengo, alguien me llamará. Debo quedarme en casa y esperar.

Las primeras noticias me llegan por la radio. «Giovanni Falcone, un joven magistrado recto e infatigable, ha sido víctima de un atentado junto con su esposa, Francesca Morvillo, y los hombres de su escolta —Rocco Dicillo, Antonio Montinaro y Vito Schifani— en la autopista que conduce a Palermo desde el aeropuerto de Punta Raisi.» Una vez más. Más muerte. Cada vez más cruda y espectacular. Lloro. Lloro como nunca había llorado. Me arrodillo junto a la caja de cartón donde *Micha* está amamantando a sus gatitos de patitas desnudas y sonrosadas.

Por fin suena el teléfono, es Colapé:

—Mamá, perdóname, acabo de enterarme. ¡Estarías muy preocupada! En el avión he conocido a una chica de Nueva Zelanda, una colega economista. Hemos cogido juntos el autobús y luego la he invitado a tomar algo en Sacchiero. Solo en la ciudad nos hemos enterado de la noticia. Llegaré lo antes posible.

—Quédate donde estás —le digo—, no sé dónde está Amelia.

Me avergüenza sentir tanta alegría al pensar que mi hijo está vivo. Pero incluso cuando la tensión se disipa, sigo diciéndome a mí misma: mi hijo está vivo. ¡Mi Colapé está vivo! La alegría se mezcla con un sigiloso sentimiento de culpa que tal vez, cuando recuerde este momento, vuelva a surgir, tan feroz como ahora.

Entonces llama Amelia, muy nerviosa, desde un bar de las afueras de Palermo. Se ha enterado del atentado. Las carreteras están bloqueadas, no ha podido llegar al aeropuerto. ¿Y Colapé? ¿Dónde está Colapé?

Nos buscamos. En las catástrofes nos buscamos para saber que estamos a salvo. Y esto es, de hecho, una catástrofe.

Vuelve a sonar el teléfono, es Amelia otra vez. Colapé acaba de llamarla. Llegarán juntos.

Me llevo la mano a la boca, doy gracias al cielo. Y es como si, de repente, y con una claridad que me da escalofríos, pensara que formo parte de esta desgraciada isla. Me siento responsable.

No nos hemos rebelado, hemos aceptado la corrupción política, el matonismo y los enredos, hemos visto cómo se bastardeaban todos los aspectos de la vida pública, desde la educación hasta la sanidad. Me vienen a la memoria los años de la posguerra, el secuestro de Enrico, las maniobras de Peppe Vallo y sus tratos con el padre de Mariolina, el hotel incendiado de Rico, el fuego provocado en el Círculo del Punto de Realce. Hoy toda nuestra historia arde ante mis ojos. Lo sabíamos. Lo sabíamos. Lo sabemos. La radio está encendida. Escucho y no escucho. Veo a la criada inmóvil en una puerta, intentando escuchar las noticias en directo. Soy incapaz de quedarme quieta: tengo demasiado tiempo por delante, antes de que volvamos a estar todos juntos. Así que deambulo por la casa, sin sosiego, como si buscara algo y no supiera qué. Necesito algo que me siente bien, que me sirva de consuelo y esperanza. No he llegado tan lejos para rendirme. Llevamos demasiado tiempo expuestos todos a la sordidez del mal, llevamos demasiado tiempo dependiendo del valor de unos pocos sin ofrecer un consenso verdaderamente sincero y, sobre todo, eficaz. Hoy y mañana lloraremos a Falcone y a su mujer, a los hombres de la escolta, pero ¿hasta cuándo nos limitaremos a derramar lágrimas? Necesito algo que me dé esperanza para el futuro de mis hijos, algo tangible.

La joven criada me mira atónita: me ha seguido, discretamente y a cierta distancia, en mi calvario. Le digo que Amelia y Colapé ya están de camino. La tranquilizo y tranquilizarla me consuela.

Soy una mujer que ha vivido en el bienestar, los Sorci tienen a sus espaldas una historia de privilegios y de desafueros, los unos y los otros van de la mano. Me viene Leonardo a la cabeza, lo recuerdo como un joven que luchaba por Sicilia, que tomaba partido contra la injusticia: él sí que es un hombre que ha vivido siguiendo el surco de su propia coherencia, profunda e incoercible.

Y mientras deambulo por la casa, cae en mis manos una caja con los papeles del Círculo del Punto de Realce: muchos carteles, algunos artículos recortados de las páginas del *Giornale di Sicilia,* cartas de elogios y cartas de críticas, algunas fotos de grupo de nuestras bordadoras. Hay fotos de los años sesenta, chicas con el pelo cardado y ojos delineados, luego las camisas estampadas y los pantalones de campana de los setenta, en las más recientes aparecen chaquetas con hombreras y zapatos de punta, hay fotos de bordes dentados con las Tres Sabias de pie, muy serias, delante de la verja junto a la farmacia Spallanzani, está la tía Sara sentada en su silla al final del pasillo, tan regia, tan hermosa. ¿Y Caterina? Malhumorada, pero ahí está, posando mientras sostiene un mantel que refulge, su obra maestra. Cuántas fotos. Cuánto tiempo que se diluye y que nos cuenta. Tantas mujeres. Algunas han sufrido mucho, otras poco, pero todas han contribuido a nuestro trabajo y han intentado ayudar a las demás. Una auténtica empresa de signo femenino. Una hazaña que, en el pasado, solo podía lograrse entre los muros de los monasterios, el único lugar donde las mujeres sicilianas tenían la posibilidad de trabajar y ejercer el poder. En el fondo de la caja, una página manuscrita: nuestro Estatuto. Debo contenerme. Es una hoja amarillenta, doblada y vuelta a doblar muchas veces. Temo incluso que pueda deshacerse, como suele ocurrir con el papel.

La vuelvo a leer, despacio, en voz baja, para mí misma:

> El bordado es una tradición que viene de lejos: el principal objetivo del Círculo del Punto de Realce es mantenerlo vivo.
>
> El bordado, pariente cercano del zurcido, no conoce diferencias de riqueza o clase.
>
> El bordado es una actividad beneficiosa que también puede ser remunerativa.
>
> El bordado mantiene ágiles los dedos y es la mejor forma de combatir la artrosis.
>
> El bordado es un trabajo creativo que refina el gusto y la imaginación. Hay bordados fáciles y bordados difíciles, cada bordadora puede encontrar el más adecuado para ella, esforzándose siempre por mejorar y superarse.
>
> El bordado puede realizarse a solas o en grupo. Requiere concentración y silencio, pero puede ser un requisito previo para una sana socialización.
>
> Todas las confidencias que se reciben mientras se borda deben olvidarse de inmediato.
>
> Borda tu vida y Dios te perdonará.

Doblo el papel y me lo meto en un bolsillo de la falda. Quiero enseñárselo a Amelia y a Colapé.

Las fotos y los recortes vuelven a la caja.

Cuántas miradas en esas fotos: asustadas, inseguras, satisfechas, recelosas, alegres, sumisas, curiosas, tímidas, resignadas. Sí, hay también resignación, que sabemos que solo acarrea tristeza. Uno se resigna o se sacrifica por el bien de los demás, como hizo mi madre durante muchos años, como hice yo misma. Pero ni ella ni yo nos quedamos ancladas en esa condición. Porque supimos transformarla en aceptación. La aceptación aporta una pequeña *cuntintizza* que puede salvar la vida, si luchar es imposible.

La resignación, la verdadera, la que acaba siendo sombría y mortal, es la que hoy ha matado en la carretera de Capaci.

Suena el telefonillo.

¡Ya han llegado! Amelia trae a Colapé cogido de la mano como se hace con un hermano, y bajan corriendo juntos hacia casa.

Él me abraza con fuerza. No hay necesidad de palabras. Me ciñe los hombros y salimos juntos al jardín. Frente a nosotros, el monte Pellegrino, junto al mar. El profesor Pachini se queda en casa, visiblemente aturdido, por una vez no sabe qué decir, no sabe qué hacer. Amelia se sienta a su lado, pero siento que nos observa a través de la puerta ventana abierta.

Las rosas triunfan en sus arbustos, turgentes de pétalos y fragantes. Sopla una suave brisa que parece venir de lejos, suavizando el azul herido del día. El mar está plano, observamos en silencio cómo las barcas regresan lentamente a la Cala.

Colapé se aferra a mí.

—Mamá, no podemos resignarnos —dice con voz firme.

Me doy la vuelta y le miro.

También me mira él:

—Voy a volver.

Punto de realce

Una nota sobre verdad y ficción

En *Punto de realce* se mencionan numerosos episodios que tienen que ver con la historia contemporánea y que constituyen el trasfondo de las vicisitudes de la familia Sorci desde la segunda mitad de los años cincuenta hasta la matanza de Capaci en 1992. Se mencionan personalidades que inevitablemente ayudan a crear referencias decisivas. En algunos casos, hay personajes reales que son «llamados a escena» y a los que se les cede verosímilmente la palabra. Siguiendo una tradición que se remonta a la novela decimonónica y llega hasta nuestros días, me gusta pensar en este juego de «interferencias» que anima el teatro de la invención. Y precisamente por eso, quiero recordar a esos personajes según una lógica que se sitúa entre la gratitud y la justicia.

Aparece Giovanni La Parola, hijo de Giuseppe La Parola y hermano de otro Giuseppe, y todos ellos forman parte de una de las sastrerías más renombradas de Palermo.

En la estancia de Carlino Sorci en Nueva York, he evocado las figuras del diseñador de moda Roy Halston Frowick y de Elsa Peretti, diseñadora y modelo, inspiración y colaboradora de Halston durante muchos años.

También he querido devolver a la vida a Mauro Rostagno, asesinado por la violencia mafiosa en Lenzi di Valderice, en la provincia de Trapani, el 26 de septiembre de 1988. Uno de los fundadores del movimiento de izquierda radical Lotta Continua, sociólogo, periodista, presencia vital e intérprete activo de un mundo en constante movimiento, Rostagno fundó en los años ochenta la comunidad terapéutica Saman para la recuperación de toxicómanos. Su hija Maddalena lo recuerda en el libro escrito junto con Andrea Gentile *Il suono di una sola mano. Storia di mio padre Mauro Rostagno,* Il Saggiatore, Milán, 2011.

AGRADECIMIENTOS

Con *Punto de realce* prosigue la saga familiar que empezó con *Café amargo* y continuó con *Planta noble*. En ella se narran las vicisitudes de la familia Sorci hasta el anuncio del trágico atentado de Capaci, en el que perdieron la vida el juez Giovanni Falcone, su esposa Francesca Morvillo y los hombres de su escolta, Rocco Dicillo, Antonio Montinaro y Vito Schifani.

Por segunda vez, me he visto obligada a escribir un libro mío encerrada en casa —como el resto del mundo— con una serie de severos confinamientos, en un Londres vacío y en ocasiones aterrador, al menos hasta la campaña de vacunación. Todos aprendimos a trabajar contando con las formas de comunicación que nos presta la tecnología informática, pero también con el viejo teléfono. Nos hemos convertido en imágenes y voces, no menos que los personajes de una novela.

Afortunadamente, las imágenes no eran hologramas y las voces eran las de personas que conozco y aprecio, y a las que, a continuación, agradezco su ayuda en la redacción de esta obra.

Quisiera dar las gracias a la editorial Feltrinelli, encarnada en Gianluca Foglia, Laura Cerutti y Giovanna Salvia, por su constante, atento y generoso apoyo profesional.

Doy las gracias a mi hermana Chiara y a mi prima Maria Papè di Valdina por escucharme y corregir nuestros recuerdos sicilianos. Fue en casa de Maria, en un caluroso mes de julio de hace dos años, reconfortada por el zumbido de un potente ventilador, donde tracé el primer esbozo de la novela, imaginando lugares y personajes.

Quiero dar las gracias a Rino Messina —gran amigo, colega en la universidad, magistrado y escritor— y a Amelia Crisantino —profesora, periodista y escritora, autora de *Breve storia della Sicilia. Le radici antiche dei problemi di oggi*, publicado por Di Girolamo—, por sus consejos y por responder a mis preguntas sobre la historia moderna de nuestra isla.

Doy las gracias a Silvia Cocco por seguir ayudándome en la investigación histórica y en la revisión del texto, y por su maravilloso proyecto culinario del encierro.

Como siempre, quiero dar las gracias a Alberto Rollo por seguirme con su consabida competencia y habilidad, y por su amistad. En el aturdimiento del confinamiento londinense, no fue raro que perdiera el hilo de la narración. Alberto Rollo me allanó el camino, con paciencia y discreción, y me ayudó a recuperar el control de la novela. La atención al montaje y al detalle ejercida por Giovanna Salvia hizo el resto, que no es poco.

Citas

pág. 76: «Black Coffee», de Sonny Burke y Paul Francis Webster; versión cantada por Sarah Vaughan, Columbia, 1949;

pág. 100: «Only You [and You Alone]», de Buck Ram y Ande Rand; versión cantada por The Platters, Federal, 1954;

pág. 108: «Vola, colomba», de Carlo Concina y Bixio Cherubini, Cetra, 1952;

pág. 111: Cantar de los Cantares, 8, 6, de la Biblia;

pág. 141: Gaetano Donizetti, *Lucia de Lammermoor,* escena II, acto III, libreto de Salvatore Cammarano;

pág. 186: Giacomo Lubrano, *Scintille poetiche,* La Finestra Editrice, Lavis, 2002;

pág. 198: «In ginocchio da te», de Franco Migliacci y Bruno Zambrini, RCA, 1964;

pág. 202: «Cuore matto», de Armando Ambrosini y Totò Savio, Durium, 1967; «La banda», versión de la canción portuguesa «A banda», de Chico Buarque de Hollanda, traducida al italiano por Antonio Amurri, Ri-Fi, 1967;

pág. 255: «O cuntadinu sutta lu zappuni», canción popular siciliana;

pág. 285: Antón Chéjov, *La gaviota,* acto I, traducción de E. Podgursky, CVC, https://www.cervantesvirtual.com/obra-visor/la-gaviota--1/html/ff0a0f4a-82b1-11df-acc7-002185ce6064_2.htm;

págs. 295, 301: Wolfgang Amadeus Mozart, *Bastien und Bastienne,* escena IV, 1768; libreto de Weiskern, Mueller y Schachtner;

pág. 306: «La notti di Natali», canción popular siciliana;

pág. 314: Gabriele D'Annunzio, *Elettra,* Mondadori, Milán, 1966;

pág. 318: Jean Racine, *Phèdre,* acto II, escena II.

Últimos títulos
Colección Andanzas

1026. Cómo conocí al sembrador de árboles
Abilio Estévez

1027. La columna
Adrien Bosc

1028. Hotel Chile
Luis Sepúlveda

1029. De tigres y gacelas
Ginés Sánchez

1030. Cielo sucio
Edgardo Cozarinsky

1031. Hijos de la fábula
Fernando Aramburu

1032. Una salida honrosa
Éric Vuillard

1033. El rumor y los insectos
Ignacio Ferrando

1034. No callar
Javier Cercas

1035. Cuando nadie nos nombre
Luciana Sousa

1036. Descampados
Manuel Calderón

1037. Escuela de escritura
Mercedes Abad

1038. Ganas de vivir
Joaquín Berges

1039. La extraña soy yo
Julia Franck

1040. Guapa de cara
Rafael Reich

1041. Roca Pelada
Eduardo Fernando Varela

1042. Tumbas sin nombre
John Connolly

1043. En la piel del lobo
Kerstin Ekman

1044. La taberna de Silos
Lorenzo G. Acebedo

1045. Tasmania
Paolo Giordano

1046. La soledad de los números primos
Paolo Giordano

1047. Venganza
Yoko Ogawa

1048. El hombre de la guerra
Ramiro Pinilla

1049. El último telesilla
John Irving

1050. El holandés
Elisa Ferrer